Jane Lythell

Denn du gehörst mir

PIPER

Zu diesem Buch

Von außen betrachtet führt Kathy ein Leben wie im Bilderbuch: Sie ist verheiratet, hat gerade einen gesunden Jungen zur Welt gebracht und arbeitet als Redaktionsleiterin bei einer angesehenen Architekturzeitschrift. Doch der Schein der perfekten Mutter und Karrierefrau trügt. Denn in Wirklichkeit hat Kathy Angst. Angst, sowohl in der Arbeit als auch in ihrer Ehe zu versagen. Niemandem fallen ihre Selbstzweifel auf – außer ihrer Kollegin Heja. Die kühle Finnin, die erst seit Kurzem bei ihr in der Firma arbeitet, weiß mehr über Kathy, als es zunächst den Anschein hat. Schritt für Schritt, und von Kathy völlig unbemerkt, beginnt sie, sich in deren Leben zu schleichen. Und je tiefer sich Heja in Kathys intimste Ängste gräbt, desto klarer wird, worauf sie es eigentlich abgesehen hat …

Jane Lythell arbeitete als TV-Produzentin und Chefredakteurin, bevor sie die stellvertretende Leitung des British Film Institute (BFI) übernahm und Geschäftsführerin der British Academy of Film and Television Arts (BAFTA) wurde. Heute widmet sie sich ganz dem Schreiben. »Denn du gehörst mir« ist ihr erster Roman.

Jane Lythell

DENN DU GEHÖRST MIR

Roman

Aus dem Englischen von
Karin Dufner

Piper München Zürich

Mehr über unsere Autoren und Bücher:
www.piper.de

MIX
Papier aus verantwortungsvollen Quellen
FSC® C083411
www.fsc.org

Deutsche Erstausgabe
Januar 2015

Titel der englischen Originalausgabe:
»The Lie of You: I Will Have What Is Mine«, Head of Zeus, London 2014

Umschlaggestaltung und Artwork: Cornelia Niere, München
Umschlagabbildung: Andreas Grigoleit/VISUM creative (Augenmotiv), Ayal Ardon/Arcangel Images (Frau von hinten)
Satz: Fotosatz Amann, Memmingen
Gesetzt aus der Warnock Pro
Papier: Munken Print von Arctic Paper Munkedals AB, Schweden
Druck und Bindung: CPI books GmbH, Leck
Printed in Germany ISBN 978-3-492-30376-7

Für meine heldenhafte Mum, Margaret Lythell Clarke

HEJA

HEJA April

Kathy glaubt, das große Los gezogen zu haben: Job, Kind, Freunde und *ihn*. Doch was ihr fehlt, ist meine Willenskraft. Bei ihr bleibt alles an der Oberfläche. Tiefgang? Nicht vorhanden. Sie weiß nichts über ihre dunkle Seite oder die der anderen, sondern geht immer vom Guten im Menschen aus.

Als ich erfuhr, dass sie zur Chefredakteurin befördert worden war, rief ich sie zu Hause an und wollte mich mit ihr verabreden. Ich sagte, ich müsse mit ihr über meine berufliche Zukunft sprechen. Anfangs war sie mit einem Treffen einverstanden, überlegte es sich aber in letzter Minute anders.

»Lass uns zusammen zum Mittagessen gehen, sobald ich wieder in der Redaktion bin. Okay, Heja? Ich möchte die letzten Tage wirklich gern zu Hause verbringen.«

Seit ich ihr beim Vorstellungsgespräch erklärt habe, dass man meinen Namen Hay-Ja ausspricht, benutzt sie ihn in fast jedem Satz, was mich nervt. Ich habe erwidert, es sei sehr dringend, und wir sollten uns so bald wie möglich sehen. Man habe mir Angebote gemacht. Und wenn ihr mein Beitrag zur Zeitschrift etwas wert sei …

Sie kämpfte mit sich. Sie kann schlecht Nein sagen. Doch dann fing das Baby an zu greinen und bestätigte sie in ihrem Entschluss.

»Tut mir echt leid, Heja, aber warten wir mit dem Treffen, bis ich zurück bin. Ich muss jetzt Schluss machen. Bis bald und danke für deinen Anruf.«

An ihrem ersten Arbeitstag trug sie eine orangefarbene Seidenbluse und einen schmal geschnittenen grauen Rock mit teuren zweifarbigen Schuhen: schwarz und hellbraun. Der Rock saß am Bauch ein wenig knapp, und sie hatte volle Brüste. Offenbar ist sie den Schwangerschaftsspeck noch nicht ganz los. Kathy hat dichtes, gewelltes dunkles Haar und dicke dunkle Augenbrauen. Sofort war sie vom ganzen Team umringt, also von Laura, Karen, Tim und Stephanie. Alle beteuerten, wie sehr sie sich über ihre Rückkehr freuten und wie gut sie aussehe. Dabei ist sie keine Schönheit. Sie ist nicht einmal wirklich hübsch. Sie hat eine reine, strahlende Haut, und auch ihre mandelförmigen haselnussbraunen Augen sind nicht übel. Doch ihr Gesicht ist zu ausdrucksstark und scheint Antworten einzufordern. Es ist anstrengend, sie anzusehen.

Den ersten Vormittag verbrachte sie mit Philip Parr, dem Herausgeber unserer Zeitung, in seinem großen verglasten Büro. Am Nachmittag berief sie dann eine Redaktionssitzung ein. Mit Aisha, ihrer Assistentin, sind wir insgesamt zu sechst. Sie hat uns erklärt, wie sie die Zeitschrift auf Vordermann bringen will. Dann beugte sie sich vor und fragte uns alle nach unserer Meinung. Sie ist nämlich eine große Anhängerin der These, dass Vorgesetzte mit ihren Untergebenen kommunizieren und sie loben müssen. Alle haben etwas gesagt. Ich nicht. Sie hat mich auch nicht beiseitegenommen, um sich mit mir zum Mittagessen zu verabreden.

An ihrem zweiten Tag blieb sie an meinem Schreibtisch stehen.

»Nun zu unserem Mittagessen. Passt es dir am Freitag, Heja?«, fragte sie, die Freundlichkeit in Person.

Ich antwortete, am Mittwoch sei es für mich günstiger. Doch da sie am Mittwoch nicht konnte, habe ich zugestimmt. Schließlich habe ich keine anderen Angebote. Und ich beabsichtige auch nicht, die Zeitschrift zu verlassen. Denn nur so kann ich sie jeden Tag sehen.

KATHY KATHY April

Heute beim Mittagessen saß ich am Tisch Heja gegenüber und verschlang einen riesigen Berg soßetriefender Spaghetti vongole, wenn auch mit leicht schlechtem Gewissen, weil so viel Knoblauch drin war. Ich liebe Knoblauch, wusste aber, dass ich ihn heute Abend mit der Muttermilch wieder ausscheiden würde. Heja bestellte gegrillte Seebrasse mit Fenchel, ein Gericht, das man verspeisen kann, ohne alles mit Spaghettisoße zu bespritzen. Was auch ein Glück war, da sie eine hellblaue Leinenbluse und eine auf Figur geschnittene beige Jacke trug und so makellos elegant war wie immer. Ihr Haar hatte sie aus der Stirn gekämmt und zu einem französischen Zopf zurückgebunden. Dadurch wirkte sie ziemlich unnahbar. Sie hat wunderhübsche Wangenknochen und feines aschblondes Haar. An ihrer Stelle würde ich es mit einem jungenhaften Kurzhaarschnitt versuchen. Sie könnte sich das leisten.

Wir plauderten beiläufig über die aktuelle Ausgabe der Zeitschrift. Mir war klar, dass sie etwas auf dem Herzen hatte, denn schließlich hatte sie um diese Verabredung gebeten, ja, mich regelrecht bedrängt. Allerdings machte sie einen ziemlich geistesabwesenden Eindruck, denn während ich mit ihr sprach, starrte sie meist einen Punkt oberhalb meiner rechten Schulter an, so als interessiere es sie eigentlich nicht, was ich zu sagen hatte. Ich fand das ein wenig merkwürdig. Als mein Kaffee serviert wurde, dachte ich, gut, nun wird sie nichts Wichtiges mehr mehr aufs Tapet bringen. Vielleicht wollte sie sich nach den langen Monaten einfach nur mit mir unterhalten. Sie trank grünen Tee. Mir ist aufgefallen, dass sie sehr gesundheitsbewusst ist. Zum Tee schluckte sie zwei Kapseln Nachtkerzenöl.

Dann setzte sie aus heiterem Himmel zu einem Vortrag an und schlug mir vor, sie zu meiner Stellvertreterin zu machen. Dabei klang sie so gestelzt wie immer, stets in perfektem Englisch, allerdings ein bisschen zu perfekt, was verrät, dass es nicht ihre Muttersprache ist.

»Während du weg warst, habe ich Artikel für alle Rubriken geschrieben«, sagte sie.

Inzwischen hatte ich meinerseits Schwierigkeiten, mich auf Heja zu konzentrieren.

Am Nachbartisch saß ein Paar, das sich einen wirklich hässlichen Streit lieferte. Der Mann hatte die Arme vor der Brust verschränkt und starrte erbost auf seinen mit Himbeersoße verschmierten Dessertteller. Die Frau war aufgebracht. Die Röte überzog ihren Hals bis zum Gesicht hinauf, und sie zerknüllte ihre Serviette. Ich sah, dass sich ein Kellner dem Tisch näherte und zögernd innehielt. Vermutlich war er Szenen wie diese gewöhnt. Zu viele unglückliche Paare. Inzwischen war Heja am Ende ihrer Ausführungen angelangt.

»Im Grunde genommen habe ich als stellvertretende Chefredakteurin gearbeitet, während du im Mutterschutz warst, und ich hätte gern mehr Verantwortung.«

»Das hast du ganz toll gemacht, Heja, und ich bin dir wirklich dankbar für alles. Aber wir sind ein kleines Team. Die Zeitschrift braucht keine stellvertretende Chefredakteurin. Philip wäre niemals einverstanden.«

Warum nur hatte ich Philip, unseren großen Boss, ins Spiel gebracht? Hätte ich Hejas Bitte nicht einfach freundlich, aber mit Nachdruck ablehnen können? Sie war noch nicht lange genug bei unserer Zeitschrift, um für eine Beförderung infrage zu kommen.

Mittlerweile war das unglückliche Paar mit dem Bezahlen der Rechnung beschäftigt. Er warf mit verächtlicher Miene die Kreditkarte auf den Tisch und wandte den Blick ab, während sie demonstrativ Scheine und Münzen abzählte, bis sie exakt die Hälfte des Betrags zusammenhatte. Ihre Miene war angespannt und hasserfüllt.

Heja beugte sich zu mir vor. Inzwischen knisterte sie vor aufgestauter Energie. »Du bist zeitlich doch jetzt so eingespannt. Da dachte ich, du könntest Entlastung gebrauchen.«

Ich hatte Mühe, sie nicht anzuherrschen. »Kein Problem. Wir sind ein eingespieltes Team, und jeder weiß, was er zu tun hat.«

Trotzdem klopfte mir das Herz bis zum Hals, als ich um die Rechnung bat.

Den restlichen Nachmittag war mir leicht übel und flatterig zumute, vermutlich wegen Hejas Bemerkung. Was tat ich da eigentlich in meinem verglasten Büro, wo sich die Arbeit auf dem Schreibtisch stapelte? Spielte ich die Chefredakteurin nur? Warum hatte ich die Beförderung überhaupt angenommen? Ich wollte doch viel lieber nach Hause zu Billy, um ihn zärtlich an mich zu drücken. Als der Tag sich weiter hinschleppte, hatte ich das Gefühl, als sei die Nabelschnur nie durchtrennt worden, und sein süß duftendes Köpfchen und sein kräftig saugender Mund zogen mich magisch an. Ich stillte ihn noch immer jeden Abend, wenn ich von der Arbeit nach Hause kam. Ich holte ein Foto von ihm aus meiner Handtasche, und als ich sein niedliches

Gesichtchen betrachtete, spannten und prickelten meine Brüste plötzlich. Ich legte das Foto beiseite und griff zum Produktionsplan.

Karen, die Produktionsleiterin, kam herein und setzte sich an den Konferenztisch. Als ich auf sie zutrat, stellte ich fest, dass sie mich zweifelnd musterte.

Im nächsten Moment erschien Aisha, meine Assistentin. »Hast du dich irgendwie bekleckert?«, fragte sie.

Ich sah an mir hinunter. Vorn auf meiner Bluse prangten zwei nasse Kreise. Milch war ausgetreten.

HEJA HEJA April

Ich fahre ein dunkelgrünes Cabrio mit hellgrauen Ledersitzen – mein ganzer Stolz. Es zählt zu dem Luxus, den ich mir gönne. *Sie* hat die Redaktion vor mir verlassen. Auf dem Weg zum Auto habe ich ihr Verhalten beim Mittagessen Revue passieren lassen. Wie sie die Nudeln in sich hineinschaufelte, hatte etwas Gewöhnliches an sich. Sie isst zu gern. Wenn sie nicht aufpasst, wird sie in einigen Jahren zu einem Dickerchen. Außerdem lässt ihre Konzentration zu wünschen übrig. Früher war sie aufmerksamer.

Die Autotür ist zwar schwer, aber ein Meisterwerk der Ingenieurskunst, weshalb sie aufgleitet, damit ich elegant auf meinen Sitz rutschen kann. Ich verriegle die Türen und schalte den CD-Spieler ein. Zurzeit höre ich mich durch sämtliche Aufnahmen der vier Klavierkonzerte von Rachmaninov, weil ich noch immer die perfekte Interpretation suche. Beim dritten ist es Martha Argerichs fulminantes

Konzert 1982 in Berlin. Sie hat das Dunkle und die wilde Ekstase von Rachmaninov treffend herausgearbeitet.

Ich fahre über die Waterloo Bridge nach Hause. Ich mag es, wenn sich nachts die Lichter der Gebäude im Wasser spiegeln. Ich bewundere den einschüchternden Klotz von Lasduns National Theatre. Die Briten haben in Sachen Architektur einfach zu wenig Mut und deshalb an seiner großartigen Leistung herumkritisiert. Sie irren sich. Sein Gebäude wird die Nörgler überleben. Architektur ist das Wichtigste auf der Welt. Wir verbringen unser ganzes Leben in Gebäuden. Wir werden darin geboren. Wir wachsen in ihnen auf. Wir lieben uns darin. Wir arbeiten und denken in ihnen. Und in den meisten Fällen sterben wir dort. Gebäude bleiben auch nach unserem Tod bestehen. Sie können zwar krank werden, genau wie wir, allerdings nur wenn der Architekt unfähig, faul oder geldgierig war. Großartigen Gebäuden ist ein langes und würdevolles Leben bestimmt.

Heute Abend kommt Robert, mein Lover. Der Sex mit ihm ist toll und hilft mir beim Einschlafen. Ich lasse ihn nie bei mir übernachten. Inzwischen hat er sich mit meiner Marotte abgefunden und tut mir den Gefallen. Robert steht total auf Sex. Ich glaube, es macht ihn sogar an, dass er zu mir kommt, Sex hat und dann gehen muss. Er duscht danach nie, sondern zieht sich einfach an und verschwindet. Er sagt, er mag es, meinen Geruch an sich zu haben, wenn er wieder zu Hause ist.

Er ist Amerikaner und hat gerade seine Ausbildung zum Psychoanalytiker abgeschlossen. Allerdings kann ich mir eine Behandlung bei ihm nicht vorstellen. Dazu ist er viel zu aufrichtig. Für ihn ist es wichtig, gemocht zu werden. Ich glaube nicht, dass er den Grad von Distanz erreichen kann, der einen guten Psychoanalytiker auszeichnet. Er ist erst spät auf die Psychoanalyse gestoßen. Seiner Ansicht nach ist das in diesem Beruf jedoch von Vorteil. Man werde mit zunehmendem Alter immer besser und könne auch noch mit achtzig praktizieren. Er hat ja keine Ahnung, wie er mir mit dieser Bemerkung wehgetan hat. Er hat Aknenarben im Gesicht und wulstige Lippen. Wenn ich ihn ansehe, bin ich von seinen großen dunkelbraunen Augen fasziniert. Sie sind ernst und haben dichte Wimpern wie die eines Kindes. Ständig versucht er, mich auszuhorchen. Allerdings so, dass ich es nicht merken soll. Er stellt mir nur selten eine direkte Frage.

Stattdessen sagt er: »Als ich gerade den Tod meines Vaters erwähnte, hast du so ein trauriges Gesicht gemacht.« Dann erwartet er, dass ich das Schweigen fülle, das zwischen uns in der Luft liegt. Er möchte, dass ich ihm etwas offenbare, doch ich schweige. Am Anfang unserer Beziehung hat meine Zurückhaltung an seinen Nerven gezerrt, und er erkundigte sich, ob ich je eine Analyse gemacht hätte.

»Nein. Wie kommst du denn darauf?«

»Weil du auf eine bestimmte Art zuhörst und weil ich immer den Eindruck habe, dass du das Gesagte interpretierst.«

»Das tun wir doch alle. Wir filtern das Gehörte, richtig?«

»Menschen, die alles interpretieren, als sei das Leben ein Code, der geknackt werden muss, haben gewöhnlich eine lange Analyse hinter sich.«

»Ich habe nie eine Analyse gemacht«, wiederholte ich.

Das war gelogen. Als meine Depressionen unerträglich wurden, habe ich mich an den angesehenen Psychoanalytiker Arvo Talvela gewandt. Es gab eine zweijährige Warteliste, und niemand kam an ihn heran. Also habe ich ihm einfach geschrieben und ihm meine Lage geschildert. Er war bereit, mich sofort zu empfangen. Offenbar hat es Vorteile, prominent zu sein. Er schrieb zurück, ich solle ihn in seiner

Praxis im Zentrum von Helsinki aufsuchen. Meine anfängliche Reaktion auf ihn war vehemente Ablehnung. Bei unserer ersten Begegnung öffnete er die Tür und bat mich mit einer höflichen Geste herein. Sein Gesichtsausdruck war eindringlich und klug. Graue Augen musterten mein Gesicht.

»Bitte setzen Sie sich, Heja!«

Ich sah mich im Raum um: die hohen, eleganten Fenster, die Bücherregale vom Boden bis zur Decke, der teure Teppich und die Couch mit einem Sessel am Kopfende.

»Ich muss mich also nicht auf die Couch legen?«, fragte ich herausfordernd.

»Ich lasse die Menschen selbst entscheiden, wann sie bereit sind, sich hinzulegen«, erwiderte er.

»Das werde ich nie sein!«, fauchte ich ihn an.

Inzwischen stand ich in der Mitte des Raums und bemerkte die makellos geschwungene Vase auf seinem polierten Schreibtisch. Er folgte meinem Blick und wusste sofort, dass ich die Vase nehmen und zu Boden schleudern wollte, damit sie in tausend Scherben zerbrach. Ich war voller Wut. Monatelang bekämpften wir einander, und mit der Zeit verliebte ich mich in ihn. Es war keine Übertragung, es war Liebe.

Karfreitag. Robert hat Karten für die *Matthäuspassion* von Bach in der St. George's Church am Hanover Square besorgt. Er holte mich zu Hause ab, und wir fuhren mit dem Auto zur Kirche, wo wir uns in die Schlange stellten. Typische englische Mittelschicht. Die Leute sahen alle aus wie Beamte, Bibliothekarinnen und Anwälte. Wir gehörten zu den Jüngsten. Als sich die Türen öffneten, lotste Robert uns zu guten Plätzen in einer Loge auf der Empore.

Jede Sitzreihe hatte sechs Plätze. Sie wirkten nicht sehr bequem, und ich wusste, dass das Konzert über drei Stunden dauern würde. Die Musiker stimmten ihre Instrumente, und dann wurde es plötzlich still, als ein älterer weißhaariger Geistlicher langsam auf die Kanzel zusteuerte. Der Dirigent folgte ihm.

Der Geistliche stieg auf die Kanzel und forderte uns auf, bitte unsere Mobiltelefone abzuschalten und auch nicht zu klatschen, da es sich gleichzeitig um einen Gottesdienst und ein Konzert handelte. Als er sich in der Kanzel niederließ, wurde er von den hohen geschnitzten Seitenwänden beinahe überragt. Er trug ein üppig besticktes Ornat, Gold auf Schwarz, und wurde vom Gewicht seiner Gewänder gleichsam zu Boden gedrückt. Die Sonne schien durch die hohen Bogenfenster aus klarem Glas zu beiden Seiten ins Kircheninnere. Ich genoss den Anblick der Schatten auf den Scheiben, die sich bis hinauf zu den steinernen Bögen erstreckten. Der Künstler, der den Jesus sang, war ausgezeichnet und hatte eine bemerkenswerte Stimme. Den Sopran fand ich etwas schrill.

Nach zwei Stunden gab es eine Pause, und ich war froh, aufstehen zu können. Wir gingen zu Roberts Auto, wo er Räucherlachssandwiches, eine kleine Flasche Champagner und zwei Gläser zutage förderte. Er entkorkte die Flasche und schenkte mir ein Glas ein.

»Du denkst wirklich an alles«, sagte ich. »Danke. Glaubst du eigentlich daran?«

»Woran?«

»An die Auferstehung, die Erlösung der Seelen, das Leben nach dem Tod.«

Er biss in ein Sandwich. »Nein, ich sehe die Religion eher als ein Regulativ gegen die menschliche Eitelkeit.«

»Eitelkeit?«

»Wir können nicht alles verstehen, und die absolute Gewissheit unserer Sterblichkeit verhindert, dass wir uns zu Herren über das Universum aufschwingen.«

»Meinst du, der Tod als großer Gleichmacher …«

»Als großer Demütig-Macher.«

»Ich kann darin keinen Trost finden.«

»Hast du schon einen geliebten Menschen durch den Tod verloren?«, fragte er. Seine Stimme klang zwar sanft, doch seine Auge funkelten neugierig.

»Nur meine Großtante, vor vielen Jahren.«

»Wart ihr euch sehr nahe?«

»Tanya war ein ganz besonderer Mensch. Sie war eine begnadete Sängerin. Und ich habe sie geliebt.«

Er nickte und wartete auf weitere Einzelheiten. Ich blickte aus dem Autofenster.

»Sie hat immer ein bestimmtes Lied gesungen, für das sie berühmt war, und sagte, ich hätte auch eine gute Stimme. Sie wollte mir auch Lieder beibringen. Sie hatte immer viel Geduld mit mir.«

»Also ist sie ziemlich jung gestorben?«

»Ja, zu jung.«

Die zweite Hälfte des Konzerts dauerte länger als erwartet, da der Geistliche erst seine Karfreitagspredigt hielt, bevor die Musik wieder begann. Ich fragte mich, warum Robert dieses Werk gefiel und warum er heute hatte herkommen wollen. Ich war seit meiner Kindheit daran gewöhnt, lange Konzerte zu überstehen. Tanya hatte einmal wunderschön in diesem Oratorium mitgesungen. Allerdings hatte ich nicht erwartet, dass Robert so viel Freude daran fände. Schließlich erklang der Schlusschor der Passion.

Und rufen dir im Grabe zu:
Ruhe sanfte, sanfte ruh.

Der Geistliche forderte alle auf, sich zu erheben und ein Kirchenlied anzustimmen, und dann war es vorbei. Als wir die Kirche verließen, hakte ich mich bei Robert unter. Er schien sich über diese Geste zu freuen, und wir stiegen die Steinstufen hinunter und hinaus in den kühlen frühen Abend.

KATHY Mai

Inzwischen bin ich seit drei Wochen wieder in der Redaktion, und alles erweist sich als viel schwieriger als gedacht. Die Müdigkeit dringt mir bis ins Mark, und die Welt scheint in eine weiche, kuschelige Schicht gehüllt zu sein, die mich ausschließt und die ich nur mit größter Mühe durchdringe. Ich habe einen Artikel über eine Karrierefrau in New York gelesen, die zwei Wochen nach der Geburt ihres ersten Kindes wieder am Schreibtisch saß, ihre Mitarbeiter auf Trab hielt und ihre Zielvorgaben erfüllte. Wie konnte sie das nur schaffen?, habe ich mich gefragt.

Warum also habe ich mich zur Chefredakteurin befördern lassen? Weil es sich bei unserem Blatt um Großbritanniens angesehenste Architekturzeitschrift handelt und weil Philip mich zu Hause anrief und sagte, die Stelle gehöre mir, wenn ich sie haben wolle. Sicher hatte er dabei die Kathy von früher vor Augen. Allerdings war dieser Posten schon immer mein Ziel gewesen, und es hätte mir leidgetan, wenn ich die Gelegenheit nicht beim Schopf gepackt hätte. Ich habe nicht bedacht, wie anstrengend es ist, Vollzeit zu arbeiten, wenn man ein Neugeborenes zu Hause hat.

Irgendwie habe ich den Tag in der Redaktion überstanden. Am Abend, als Billy schlief und ich fast über Suppe und

Salat einnickte, meinte Markus: »Geh ins Bett, du siehst total erledigt aus. Ich räume ab.«

Ich streckte mich in unserem großen Bett aus, unglaublich dankbar für die Aussicht, endlich abschalten zu können. Ich hatte etwa fünfeinhalb Stunden geschlafen, wahrscheinlich die längste Zeit, die ich es in den letzten Monaten ungestört geschafft habe, als ich aus unerklärlichen Gründen aufwachte. Markus hatte mir den Rücken zugekehrt und schlief tief und fest. Ich strich mit der Hand über seinen Bauch, der wundervoll weich und behaart und darunter hart ist. Er bewegte sich und schlief weiter. Ich warf einen Blick auf die Digitaluhr: 02:57. Dann stand ich auf, um nach Billy zu sehen. Am letzten Wochenende haben wir ihn in sein eigenes Zimmer umgesiedelt, und mir ist immer noch nicht ganz wohl dabei. Aber es ist ein wunderschönes Zimmer, eins der hellsten in der ganzen Wohnung.

Unsere Wohnung befindet sich in einer Stadtvilla aus den Dreißigerjahren in der Baker Street. Sie ist altmodisch geschnitten, mit einem langen Flur in der Mitte und Zimmern, die in merkwürdigen Winkeln angelegt sind. Trotz der hohen Decken ist die Wohnung ziemlich dunkel, manche mögen sie sogar als düster bezeichnen. Jedenfalls wird sie niemals die Forderung der modernen Architektur nach lichtdurchfluteten Räumen erfüllen. Meine Tante Jennie, die Schwester meines Vaters, hat zwanzig Jahre lang hier gewohnt, und als sie nach Cornwall zog, um sich zur Ruhe zu setzen, hat sie mir den Mietvertrag und den Großteil der Möbel überschrieben. Damit hat sie mir sehr geholfen. Man könnte sogar sagen, dass sie mein Leben wieder in Ordnung gebracht hat. Ich brauchte dringend eine Wohnung. Es war kurz nach Eddies und meiner letzten gescheiterten Versöhnung, als er wieder einmal versucht hatte, mit dem Trinken aufzuhören. Das Ende war wie immer ein Fiasko, und ich musste endlich weg von ihm. Ich liebe diese Wohnung trotz ihrer Schwächen, weil sie für mich Geborgenheit und Beständigkeit ausstrahlt. Durch diese dicken Mauern dringt kein Geräusch von der Straße herauf.

Billy lag mit ausgestreckten Ärmchen auf dem Rücken und schlief selig. Er hat so unbeschreiblich niedliche weiche Pausbäckchen. Am liebsten hätte ich ihn hochgehoben und abgeküsst. Als er geboren wurde, erfüllte mich eine heilende Liebe, und ich empfand die Gewissheit, dass mich doch noch ein schönes Leben erwartete. Als mir die Hebamme mein Kind in die Arme legte, waren alle meine Ängste, ich könnte mit einem Baby überfordert sein, plötzlich wie weggeblasen.

Ich habe Markus bei einem Architekturkongress in Newcastle kennengelernt. Wir waren derselben Arbeitsgruppe zugeteilt, in der es um Gentrifizierung ging. Markus hatte eine sehr klar und deutlich formulierte Auffassung zu dem Thema, und es war offensichtlich, dass er den Leiter unserer Gruppe nicht mochte, einen bekannten Architekten, der für die Gentrifizierung von Londons East End verantwortlich war. Der Mann hatte mit diesem Projekt ein Vermögen verdient, und bald debattierten er und Markus hitzig über die gesellschaftliche Verantwortung des Architekten. Laut Markus hat ein Architekt die Pflicht, unsere Städte für die Mehrheit der Menschen lebenswerter zu gestalten – nicht nur für die Reichen. Es sei ein Fehler, Gettos für Reiche und Arme zu bauen, statt die Wohnviertel zu durchmischen. Markus stand eindeutig kurz davor, die Debatte zu gewinnen und sich in der Gruppe durchzusetzen. Dann aber forderte mich der Vorsitzende auf, die Zusammenfassung zu referieren, da er gesehen hatte, wie ich mir während der Diskussion eifrig Notizen machte. Wir gingen alle hinaus, um uns einen Kaffee zu holen. Nur Markus blieb sitzen und fing an zu schreiben. Eine Viertelstunde später kam er zu mir und überreichte mir ein Blatt Papier, auf dem alle seine Argumente perfekt und in logischer Reihenfolge aufgelistet waren.

»Für Ihr Referat«, sagte er und sprach mich zum ersten Mal persönlich an.

Er hatte eine körperliche Ausstrahlung, der ich mich einfach nicht entziehen konnte, ein ebenmäßiges, breites Gesicht, große eisblaue Augen und eine lange, schmale Nase. Ich glaube, seine Aufzeichnungen waren ein Test, den ich offenbar bestand, da er mich nach der Tagung wieder ansprach. »Darf ich Sie anrufen, wenn ich wieder in London bin?«, fragte er.

Unser erstes Date fand im *The Widow's Son Pub* in Bow im Osten von London statt. Es war ein großes, belebtes und einladendes Lokal in der Nähe seiner Wohnung. Wir saßen in einer Ecke am Fenster, und Markus wies auf den Tresen.

»Schau mal!«, sagte er. »Siehst du die vielen Brötchen dort oben?«

Ich blickte auf, und an dem Deckenbalken über dem Tresen hing eine Sammlung Hefebrötchen in verschiedenen Phasen des Alters und Zerfalls. Einige waren groß und glänzend, andere schwarz und verschrumpelt. Es mussten über hundert Stück sein.

»Jedes Jahr wird ein weiteres Brötchen dazugehängt«, erklärte er.

»Eine seltsame Sitte.«

»Das ist eine Tradition. Die erste Inhaberin dieses Pubs war eine arme Witwe, die einen einzigen Sohn hatte. Der war Seemann und wurde zu Ostern zu Hause erwartet, weshalb sie ihm ein Hefebrötchen aufhob. Aber er kam nicht. Sie wartete und wartete, aber er kehrte nie von seiner Überfahrt zurück. Da sie sich nicht damit abfinden konnte, dass er ertrunken war, buk sie jedes Jahr ihre Brötchen und legte ein Stück für ihn beiseite. Und so wurde die Sammlung immer größer. Sie dachte, dass er eines Tages nach Hause käme, wenn sie nur weiter die Brötchen für ihn bereithielt.«

»Eine rührende Geschichte.«

»Das ist sie auch. Nach ihrem Tod hat man die Brötchen am Deckenbalken gefunden und die Tradition aufrechterhalten. An jedem Karfreitag kommt ein Seemann in den Pub und hängt ein Hefebrötchen dazu.«

»Fangen die nicht irgendwann an zu müffeln? Die müssen doch nach einer Weile alt werden und schimmeln.«

»Seltsamerweise nicht«, erwiderte er. »Die Gewürzmischung sorgt dafür, dass sie zwar braun werden, sich aber nicht zersetzen.«

Unser zweites Date bestand aus einer Besichtigungstour seiner Lieblingsgebäude im East End. Er hatte eine Schwäche für Industriebauten mit klarer Funktion: Lagerhäuser, Druckereien, Getreidesilos. Die meisten davon standen am Fluss, waren in teure Apartments mit Flusspanorama verwandelt worden und wurden nun von Bankern bewohnt. Er bewunderte den viktorianischen Backstein, die Originalfliesen und die kunstvollen Kamine und zeigte mir alles.

Nachdem wir drei Stunden spazieren gegangen waren und uns unterhalten hatten, landeten wir wieder in einem Pub. Ich fand es so anziehend, dass seine Begeisterung für diese Gebäude wirklich von Herzen kam. Und außerdem fand ich, dass er in seiner schwarzen Lederjacke und den Jeans sehr sexy aussah. Wir saßen nebeneinander auf einer Bank im Pub, und unsere Oberschenkel berührten sich. Sie kennen ja den Moment, wenn man zum ersten Mal Körperkontakt mit einem Menschen hat, der einem gefällt –

schüchtern, verlegen, unbeholfen, glücklich. Der Abend verging wie im Flug.

Offenbar verbrachte Markus viel Zeit allein. Er arbeitete in seiner kahlen, spartanisch möblierten Wohnung oder unternahm Spaziergänge entlang des Kanals, an dem er wohnte. Da er in Helsinki aufgewachsen war, hatte er nicht viele Freunde in London, und ich glaube, dass ich ein wenig Wärme und Farbe in sein Leben brachte. Nach dem chaotischen Auf und Ab während meiner Jahre mit Eddie vermittelte er mir endlich Geborgenheit, und bald waren wir ein Paar.

Ein halbes Jahr nach unserer ersten Begegnung in Newcastle stellte ich fest, dass ich schwanger war. Es war absolut ungeplant, und ich fiel aus allen Wolken. Markus nahm die Nachricht ebenso entsetzt auf wie ich und war sogar so erschrocken, dass ich einen zweiten Schwangerschaftstest in meiner Wohnung veranstaltete. An jenem Samstagmorgen erschien er unrasiert und sah aus, als hätte er eine schreckliche Nacht hinter sich. Um auf Nummer sicher zu gehen, hatte ich aus der Apotheke einen komplizierteren Schwangerschaftstest besorgt. Ich baute die Gerätschaften im Bad auf und kochte Kaffee, während wir auf das Ergebnis warteten. Zehn Minuten später rief ich ihn und zeigte ihm den verräterischen roten Kreis unten im Teströhrchen. Im Bad ist es immer recht kühl. War das der Grund, warum er beim Anblick des Testergebnisses erschauderte?

»Was jetzt?«, fragte er schließlich.

»Wir müssen uns Zeit lassen und darüber nachdenken. Es ist für uns beide ein ziemlicher Schock.«

»Aber du musst doch wissen, was du willst, Kathy.«

»Nun, wahrscheinlich bin ich erleichtert, dass ich schwanger werden *kann.* Und auch verängstigt, weil ich es *bin*. Und du?«

»Total verwirrt. Mit so etwas habe ich nicht gerechnet.«

Wir kehrten zurück in die Küche und setzten uns an den Tisch. Ich hatte ein leicht schlechtes Gewissen.

»Möchtest du noch Kaffee?«

»Ja bitte.«

Meine Küche ist ein gemütlicher Raum. Am liebsten wäre ich den ganzen Tag an dem so oft geschrubbten und zerkratzten Küchentisch meiner Tante sitzen geblieben. Ich stand auf und spülte das Espressokännchen aus. Plötzlich stand Markus dicht hinter mir.

»Ich kümmere mich darum«, sagte er.

»Herrje, du brauchst mich doch noch nicht zu verwöhnen!«

»Ich wollte nur, dass er ein wenig stärker wird als der letzte.«

Mit angewiderter Miene betrachtete er das Päckchen Kaffeemehl aus dem Supermarkt, löffelte eine ziemliche Menge ins Sieb und drückte sie fest.

»Also hast du beschlossen, das Baby zu kriegen?«, fragte er leise.

»Wie kommst du darauf?«, gab ich zurück.

»Wegen deiner Bemerkung mit dem Verwöhntwerden ...«

»Oh.«

Nachdem er am nächsten Morgen fort war, schlenderte ich durch die Wohnung und betrachtete jedes Zimmer mit neuen Augen. Seltsam, wie sich manchmal alles entwickelt. Diese Wohnung war mein Zufluchtsort, mein sicherer Hafen im Sturm gewesen. Und ich erkannte, dass diese stabile, geräumige und altmodische Wohnung auch ein gutes Zuhause für ein Baby wäre. Ich war zu dem Schluss gekommen, dass ich das Kind wollte. Meinen Eltern oder meinen Freunden wollte ich es noch nicht erzählen. Ich brauchte einige Wochen, um mich in aller Seelenruhe an die Vorstellung zu gewöhnen und mir darüber klar zu werden, was ein Kind für mich bedeutete.

Markus hat starke puritanische Tendenzen und hasst Verschwendung, Protz und Prunk. Eigentlich ist guter Kaffee der einzige Luxus, den er sich gönnt. Einige Monate nach unserem Entschluss, das Baby zu bekommen, zog er bei mir ein. Mir fiel auf, wie wenig er mitbrachte. In seiner Wohnung im East End hatte er offenbar wie ein Mönch gelebt. Er besitzt einen betagten Saab, einen guten Zeichentisch, eine Truhe für seine Pläne, kartonweise Bücher, eine einfache Tauchausrüstung und einige sehr hochwertige und oft gewaschene Hemden.

Während meiner Schwangerschaft waren wir glücklich. Abends gingen wir nur selten aus. Markus arbeitete an einem Projekt und fand, dass wir Ruhe brauchten. Ich genoss die neue Häuslichkeit. Eddie hatte stets Beklemmungen bekommen, wenn wir zwei Abende hintereinander zu Hause blieben. Dann überredete er mich stets, ihn in seine Stammkneipe zu begleiten, wo sich seine Freunde versammelten und er ein Publikum für seine lustigen Geschichten antraf. Zu oft wankten wir spätnachts betrunken in unsere Wohnung zurück. Inzwischen hatte sich mein Leben grundlegend geändert. Während der Schwangerschaft hatte ich dem Alkohol abgeschworen und kochte gesunde Mahlzeiten für uns. Ich war zufrieden.

Als ich im fünften Monat war, verbrachten Markus und ich ein verlängertes Wochenende in Portland, Dorset. Ich glaube, es war unser glücklichstes gemeinsames Wochenende, obwohl mir die Gegend ziemlich düster und windig vorkam. Mir ist aufgefallen, dass Markus diese kargen Küstenlandschaften liebt – Portland Bill, Spurn Point, Selsey Bill. Er verabscheut alles Idyllische und Malerische. Und so hat er mir, der Einheimischen, Landstriche von England gezeigt, die ich im Traum niemals besucht hätte. Wir übernachteten in einer Pension im Dorf Southwell und wanderten am ersten Tag den Küstenweg entlang nach Portland Bill. Es war ein traumhafter Junimorgen. Ein laues Lüftchen wehte, und ich fühlte mich gesund und voller Hoffnung. Mit meiner Schwangerschaft lief alles bestens. Auf unserem Weg durch das Dorf kamen wir an einem Süßwarenladen vorbei, in dem es regaleweise altmodische Gläser mit losen Süßigkeiten gab.

»Lass uns reingehen!«, schlug ich vor.

Ich zeigte ihm meine Lieblingssüßigkeiten.

»Die sehen ja fies aus«, lautete sein Kommentar.

»Sie schmecken wie Nagellackentferner. Und im Moment habe ich einen Heißhunger darauf.«

Lachend bat er die Verkäuferin um ein paar Pear-Drop-Bonbons. Sie wog sie ab und füllte sie in eine kleine Papiertüte.

»Sagen Sie Ihrer Frau, sie wird eine leichte Geburt haben«, meinte sie zu ihm.

»Wirklich?«

»Ich war früher Hebamme, und Ihre Frau hat große Füße. Das ist immer ein Zeichen für eine leichte Entbindung.«

»Danke.«

Wir kicherten noch über ihre Bemerkung, als wir dem Küstenpfad zum großen Leuchtturm folgten, einem strahlend weißen Bauwerk mit einem breiten roten Streifen um die Mitte. Es war eine beeindruckende Landschaft mit ihren gewaltigen Kalksteinklippen, die im Sommer von Gräsern und Strandgrasnelken weich gezeichnet werden. Weit und breit war kaum ein Baum zu sehen. Wir setzten uns ins Gras, und ich lutschte zufrieden meine Pear-Drops.

»Ich finde es wunderschön hier«, sagte er.

»Heute bei Sonnenschein ist es ein Traum, aber im Winter wird es sicher recht trist. Es gibt keine Bäume.«

»Genau das gefällt mir ja so gut. Nur Meer und Himmel und kaum menschliche Spuren, bis auf die Steinbrüche.«

Er wies auf Pulpit Rock.

»Der ist durch den Abbau von Gestein entstanden. Man hat Stufen hineingehauen, sodass man bis ganz hinauf steigen kann. Die Jugendlichen hier springen von dort aus ins Meer.«

»Das geht aber ganz schön tief runter! Wie bist du auf die Stelle gestoßen?«

»Durch meinen Tauchklub. In der Nähe der Höhlen an der Küste kann man gut tauchen. Wenn du dich wohl genug fühlst, könnten wir hingehen und sie besichtigen.«

»Ich fühle mich großartig.«

Er half mir beim Aufstehen, und wir gingen weiter nach Osten, um uns die Höhlen in den Klippen anzusehen. Markus hielt mich beschützend am Arm, denn der Boden war leicht uneben. Schließlich erreichten wir die Klippen. Unsere Stimmen hallten in den riesigen Höhlen wider. Die gewaltigen Mengen Seetang, die sich in den Rinnen gesammelt hatten, verströmten einen stark fauligen und salzigen Geruch. Wir setzten uns vor die Höhlen, und Markus warf Kieselsteine ins Wasser. Noch nie hatte ich ihn so glücklich erlebt.

»Eines Tages baue ich ein Haus am Meer«, sagte er.

In jener Nacht meinte ich zu ihm, meine großen Füße hätten offenbar Vor- und Nachteile, und wir kuschelten uns lachend in dem durchgelegenen Pensionsbett aneinander, mein Schwangerschaftsbäuchlein an seinem Bauch, meine großen Füße warm an seinen.

Als ich am nächsten Morgen um halb sieben aufwachte, stand Markus nackt am Fenster unseres Zimmers, das Meerblick hatte. Ich lag im Bett, betrachtete ihn, fühlte mich wohlig und geborgen und bewunderte seine breiten Schultern und seinen hübschen Hintern. Er spähte genauso gebannt aus dem Fenster wie ein im Zauber des Augenblicks gefangenes Kind. Ich wollte ihn wieder lieben, wie wir es schon in der Nacht zuvor getan hatten. Er wandte sich um und stellte fest, dass ich ihn beobachtete.

»Ich wollte dich nicht wecken.«

»Du hast mich nicht geweckt.«

Als ich aufs Bett klopfte, setzte er sich neben mich, zog die Decke weg und streichelte sanft mein Bäuchlein.

»Du solltest noch ein wenig schlafen. Ich glaube, ich unternehme einen Morgenspaziergang.«

»Ich habe gerade deinen Po bewundert.«

Er lachte.

»Ich wette, du kannst dich vor Verehrerinnen nicht retten.«

»Ich bin nur einer Frau treu. Und jetzt ruh dich aus! Ich bin zum Frühstück wieder da.«

Während er sich rasch anzog, dachte ich darüber nach, dass er selbst jetzt, da wir so glücklich und entspannt waren, nicht über seine Vergangenheit oder frühere Beziehungen sprechen wollte. Allerdings wusste ich inzwischen, dass ich Markus besser nicht bedrängte.

Später, bei einem gewaltigen englischen Frühstück, nahm ich meinen ganzen Mut zusammen und fragte ihn, ob er zu mir ziehen wolle. Er sagte Ja.

Die Frau im Süßwarenladen hatte sich geirrt. Ich lag sechsunddreißig Stunden lang in den Wehen, weil sie einfach zu schwach waren. Schließlich, nach langer Quälerei, gab der

Arzt mir eine Spritze, weil das Baby allmählich in Bedrängnis geriet. Da Billy einen großen Kopf hatte, riss ich ziemlich stark ein und musste mit vielen Stichen genäht werden. Außerdem hat die Geburt mich stärker verändert, als ich je für möglich gehalten hätte. Vor Billy war ich voll und ganz auf meinen Beruf konzentriert und auch sehr ehrgeizig gewesen. Ich war fest entschlossen, Chefredakteurin zu werden und eines Tages vielleicht sogar meine eigene Zeitschrift zu gründen. Doch als Billy mich zerriss, habe ich etwas verloren. Ja, mir ist die Zielstrebigkeit abhandengekommen, es zu etwas zu bringen. Dafür habe ich die verborgene sinnliche Welt meines geliebten Sohns gewonnen.

Billy kam im Oktober zur Welt. An Silvester wollte Markus sich unbedingt das Feuerwerk ansehen, mit dem das neue Jahr begrüßt wurde. Billy war erst drei Monate alt und ich so müde, dass ich bezweifelte, bis Mitternacht wach bleiben zu können. Markus fand es aber wichtig, dass wir diesen Moment miteinander teilten – das erste Silvester als Familie. Also vermummte ich Billy mit Strickmütze und Fleeceoverall, Markus schnallte sich einen Tragesack um, und wir setzten den Kleinen hinein. Dann gingen wir los, um auf den Bus nach Clerkenwell zu warten. Dort, in der Nähe von Markus' Büro, sollte ein großes Feuerwerk stattfinden.

Während wir an der Bushaltestelle Baker Street in der Schlange standen, fiel einem alten Mann vor uns die Einkaufstasche aus der Hand. Ein Knacken wies darauf hin, dass etwas zerbrochen war, und der Inhalt kullerte aus der Tasche. Ich bückte mich, um die Einkäufe für ihn einzusammeln. Darunter befand sich eine kleine Flasche Whisky, die beim Aufprall auf dem Boden zerschellt war. Der alte Mann war den Tränen nahe, als er feststellte, dass die Flasche den Sturz nicht überlebt hatte. Vermutlich hatte er sich an diesem Abend etwas ganz Besonderes gönnen wollen. Ich rettete den Rest seiner Sachen, wickelte die Scherben in Papier und warf sie in einen Mülleimer.

Markus, der die Szene beobachtet hatte, bemerkte die Bestürzung des alten Mannes. Diskret förderte er einen Zwanzigpfundschein zutage, gab ihn dem Mann und sagte leise: »Ich möchte Sie einladen, aufs neue Jahr anzustoßen.«

Der alte Mann freute sich sehr und dankte Markus begeistert, als der Bus kam. Wir setzten uns nach oben. Und als ich so neben Markus und Billy saß, war ich froh über seine gute Tat. Manchmal musste ich mich kneifen, um zu glauben, dass ich mir wirklich mit diesem wundervollen Mann eine gemeinsame Zukunft aufbaute. Ich fühlte mich wie der glücklichste Mensch auf Erden, denn ich besaß so viel.

HEJA HEJA Mai

In der Mittagspause fahre ich manchmal in die Straße, in der sie wohnt, und sitze vor dem Haus im Auto. Meine Kollegen veranstalten ein Riesentamtam um ihr gemeinsames Mittagessen. Sie sind ein eingeschworenes Team. Ich halte mich da lieber raus. Meistens gehen sie in einen Pub an der Ecke Primrose Hill oder in ein Café, wo es laut und überheizt ist. Als ich bei der Zeitschrift anfing, hat Stephanie mich immer gefragt, ob ich mitkommen will. Inzwischen haben sie begriffen, dass ich während der Mittagspause lieber allein bin.

Von der Redaktion bis zu ihrer Wohnung brauche ich knappe zehn Minuten. Das Haus, in dem sie lebt, steht in der Baker Street, ist aus rotem Backstein erbaut, hat vier

Etagen und ist gut in Schuss. Die Wohnungen machen einen gediegenen, sicheren, gemütlichen und etwas langweiligen Eindruck. Mitten am Tag ist nicht viel los in der Straße. Es gibt eine Zahnarztpraxis, und ich beobachte die Patienten, die zu ihren Terminen kommen. Manchmal sehe ich auch einen Lieferwagen von Harrods oder John Lewis. Ich habe eine Weile gebraucht, um herauszufinden, wer ihr Kindermädchen ist. Nachdem ich das Gebäude einige Wochen lang ausgespäht habe, kenne ich sie. Es ist eine junge Frau, die ich auf Anfang zwanzig schätze. Hin und wieder habe ich gesehen, wie sie mit Billy im Kinderwagen aus dem Haus gekommen ist. Offenbar unternimmt sie mit ihm Spaziergänge oder erledigt Einkäufe.

Heute musste ich nur wenige Minuten im Auto warten, bis sie mit Billy auf die Straße trat. Ich beschloss, sie zu beschatten. Also stieg ich aus und fütterte die Parkuhr. Dann folgte ich ihr. Sie blieb stehen, um ihre Umhängetasche in den Korb unter dem Kinderwagen zu legen. Sie ist ziemlich klein und hat einen Riesenbusen. Ihre engen Jeans betonten den dicken Hintern, und außerdem trug sie weiße Turnschuhe und ein leuchtend blaues Oberteil mit weißen Knöpfen an der Seite. Sie überquerte die Marylebone Road und wartete auf der Verkehrsinsel in der Mitte, wo ich sie einholte. Die Autos stauten sich in drei Reihen, und Abgasgestank lag in der Luft. Ein Müllwagen fuhr vorbei und verbreitete einen säuerlichen Gestank. Ich sah, wie er einen Zierkirschbaum streifte und wie sich welke Blütenblätter auf die Straße ergossen.

Sie beugte sich über den Kinderwagen. »Oh, schau nur, der große Lastwagen, Billy!«

Sie bog von der Hauptstraße in eine Seitenstraße ein, und zwar nicht in die Richtung, wo die Geschäfte liegen. Ob es hier in der Nähe einen Park gab? Ich blieb einige

Meter hinter ihr, ließ sie jedoch nicht aus den Augen. Sie kam an einer schmuddeligen, vernachlässigt wirkenden Kirche vorbei. Schließlich steuerte sie auf die vier Hochhäuser einer sozialen Wohnanlage zu, die sich um einen Platz gruppierten. Die Wohnblocks hatten etwa zehn Stockwerke und wirkten ziemlich heruntergekommen. Die Balkone auf der Innenseite hatten Blick auf eine verdorrte Rasenfläche. Auf einigen Balkonen hing Wäsche an der Leine. Auf jeder Etage waren schwarze und weiße Satellitenschüsseln an der Mauer befestigt. Sie wiesen in den Himmel. Ein Hund schnupperte am äußeren Rand des Platzes herum und hob das Bein.

Hier wollte sie hin? Was mochte sie in dieser Gegend wollen? Selbstbewusst schob sie den Kinderwagen auf die Wohnanlage zu, unter graffitibeschmierten Fußgängerbrücken hindurch und zu einem schäbigen kleinen Spielplatz hinter der Rasenfläche. Hier gab es zwei Schaukeln, eine verbeulte Wippe und eine Metallbank vor einem Geländer. Sonst war niemand da. Ich folgte ihr nicht bis zum Spielplatz, weil das zu auffällig gewesen wäre. Was hätte ich dort zu suchen gehabt? Also schlich ich mich nur bis zur Fußgängerbrücke und versteckte mich, um sie zu beobachten. Sie setzte sich auf die Bank und griff nach ihrer Tasche. Dann kippte sie den Kinderwagen ein Stück zurück und klappte den Sonnenschutz über Billys Gesicht. Er war eingeschlafen.

Einige Minuten lang saß sie da und sah sich um. Kurz darauf beobachtete ich, dass sich ein junger Mann näherte. Wahrscheinlich kam er aus einer der Wohnungen. Sie stand auf, und die beiden küssten sich. Er fasste ihr an den Po und kniff hinein. Kichernd machte sie sich los. Die beiden ließen sich nebeneinander nieder. Er nahm die Zigarette, die sie ihm anbot. Er war dunkelhaarig, unrasiert und hatte eine dunkle Haut. Offenbar war er gerade erst aufgestanden. Ich hielt ihn für einen griechischen Zyprer. Die beiden rauchten und unterhielten sich lässig.

So also verbrachte Kathys Babysitterin ihre Tage. Sie traf sich mit ihrem offenbar arbeitslosen Freund. Ich fragte mich, ob Kathy wohl wusste, dass Billys tägliche Ausflüge in diese heruntergekommene Siedlung führten. Ganz sicher nicht, denn sie war bestimmt eine Übermutter. Vermutlich gab es bei ihr jede Menge Regeln, zum Beispiel ein Rauchverbot in der Wohnung und in der Nähe des Babys sowie strenge Anweisungen, was seine Ernährung und seinen Schlafrhythmus betraf. Wie vertrauensselig sie doch war. Wie ahnungslos.

Es war Zeit zu gehen. Ich kehrte zum Auto zurück und fuhr in die Redaktion. Als ich meinen Wagen auf dem Firmenparkplatz abstellte, sah ich, wie Philip Parr seinem protzigen großen Mercedes entstieg. Er kam auf mich zu und musterte mich von oben bis unten, wie er es immer tut.

»Hallo, wie geht es, Heja?«

»Danke, und dir?«

»Ich war gerade bei einer Präsentation bei RIBA. Sie starten eine neue Webseite mit allen öffentlichen Gebäuden Großbritanniens. Die Fotos waren so langweilig.«

»Wer hat sie gemacht?«

»Sie haben Amateure im ganzen Land aufgefordert, die Gebäude an ihrem Wohnort zu fotografieren. Offenbar haben die Leute vorher eine Anleitung bekommen, denn die Bilder sehen alle gleich aus. Zum Gähnen.«

Er hielt mir die Tür auf, und wir stiegen nebeneinander die Treppe hinauf.

»Wahrscheinlich berichten wir trotzdem über die Webseite, ganz gleich, wie schlecht das Material auch ist. Schließlich müssen wir das RIBA bei der Stange halten. Ich rede mit Kathy.«

Oben an der Treppe trennten sich unsere Wege. Ich ging zu meinem Schreibtisch, er in Kathys Büro. Sie stand neben Aisha, und ich bemerkte, dass sie uns gemeinsam hereinkommen sah. Mir fiel auf, dass Philip sie nervös machte. Sie nahm sich zusammen, als er sich näherte, und sie verschwanden in ihrem Büro.

Stephanie betrachtete mich, als ich mich setzte.

»Mittagessen mit dem großen Boss?«, fragte sie neugierig.

»Nein«, erwiderte ich. »Heute nicht.«

Das sollte sie eine Weile beschäftigen.

KATHY

KATHY Mai

Meistens gehe ich morgens durch den Regent's Park zur Arbeit. Markus nimmt mich mit dem Auto zur Great Portland Street mit und fährt dann nach Clerkenwell im Osten. Ich betrete den Park am südlichen Ende und bewundere die formvollendet gestaltete Anlage mit ihren zahlreichen Brunnen und Blumenbeeten. Es ist eine stille Oase mitten in London. Nach diesem Teil des Parks überquert man eine Straße zum Broad Walk, wo linker Hand der Zoo liegt. Manchmal ist aus dem Vogelhaus ein wahnwitziges, schrilles Kreischen zu hören.

Da sich unsere Redaktion in Primrose Hill befindet, nimmt der ganze Weg nur eine knappe halbe Stunde in Anspruch. Heute peitschte ein nicht jahreszeitgemäßer Wind die Bäume. Da ich keine Jacke mitgenommen hatte, schritt ich rasch aus, um mich aufzuwärmen. Vor mir ging ein

Mann mit einem Mops und einem Labrador. Der Labrador war ein rassereines, edles Tier mit wohlgeformtem Kopf und geschmeidigem Gang. Der Mops hingegen wirkte beinahe komisch, so als hüpfe er den Pfad entlang. Seine kurzen Beine mussten ganze Arbeit leisten, und er hatte nie mehr als zwei Pfoten gleichzeitig auf dem Boden. Er brachte mich zum Schmunzeln. Vielleicht haben einige von uns ja das Glück, als Labrador geboren zu werden, während die anderen Möpse sind und sich mehr ins Zeug legen müssen, um mitzuhalten.

Auf halbem Weg den Broad Walk entlang spürte ich etwas eindeutig Feuchtes zwischen den Beinen. Ich setzte mich auf eine Bank, blickte nach unten und nahm verstohlen die Schenkel auseinander. Zu meinem Entsetzen bemerkte ich einen immer größer werdenden wässrig roten Fleck auf meiner hellgelben Hose. Da ich Billy noch immer stille, hatte meine Periode noch nicht wieder angefangen – bisher.

Nun hatte ich entweder die Möglichkeit, zur öffentlichen Toilette im Park zurückzuhasten oder so schnell wie möglich die Redaktion aufzusuchen und das Problem dort in Angriff zu nehmen. Ich entschied mich für Letzteres und versuchte, den Fleck mit meiner Handtasche abzudecken. Da diese jedoch aus leuchtend rotem Leder besteht, hatte ich eher das Gefühl, die Misere damit noch zu betonen. Die Situation war mir schrecklich peinlich, und ich schämte mich meines unzulänglichen tropfenden Körpers. Wie immer waren viele Leute mit ihren Hunden im Park unterwegs, die einander lautstark begrüßten. Ich malte mir aus, wie sich ihre Blicke in meinen Rücken bohrten, während sich ein riesiger roter Fleck auf meinem Hinterteil ausbreitete. Die letzten Meter zum Büro erschienen mir viel länger als sonst.

Ich erreichte die Glastür des Bürogebäudes, hastete am Empfang vorbei, stürmte die Treppe hinauf und rannte schnurstracks aufs Klo, wo ich ein Papierhandtuch aus dem Spender zog. Da ich allein war, zog ich die Hose aus und versuchte, das Blut mit kaltem Wasser wegzuschrubben. Doch dadurch verteilte es sich nur noch mehr, und außerdem war die Hose jetzt nicht nur schmutzig, sondern auch noch nass. Ich war den Tränen nahe und fühlte mich wieder wie ein Kind, das völlig überfordert in einer Erwachsenenwelt steht. Am liebsten hätte ich mich in einer Kabine eingeschlossen und mich vor meinem Team versteckt.

Irgendwann hatte ich mich wieder im Griff und machte mich eilig auf den Weg in mein Büro. Als ich sah, dass Aisha eine lange schwarze Strickjacke trug, bat ich sie, sie mir zu leihen. Sobald ich die Jacke anhatte, ging es mir gleich viel besser. Ich war wieder erwachsen und beschloss, mir in Hampstead eine neue Hose zu kaufen und anschließend in meinem Fitness-Studio zu duschen und mich umzuziehen. Dazu mussten Aisha und ich die für den Vormittag geplanten Sitzungen verlegen.

Am Abend versuchte ich, Markus die Episode zu schildern. Wir saßen am Küchentisch, wo ich gerade gefüllte Paprikaschoten zum Abendessen vorbereitete. Ich entfernte das faserige weiße Häutchen und beseitigte das letzte hartnäckige Kernchen, das sich stets im Hütchen der Paprika fängt.

»Ich verstehe nicht, warum du dich so aufregst«, erwiderte er.

Ich legte die Paprikaschote auf ein Schneidebrett und erklärte ihm meine Verlegenheit.

»Ich kam mir vor wie ein Kind, das in der Schule in die Hose gemacht hat und sich schämt. Es weiß, dass alle auf eine intime Körperfunktion aufmerksam geworden sind.«

»Wenn eine Kollegin etwas bemerkt hätte, wäre sie doch nur zu dem Schluss gelangt, dass du überraschend deine Tage gekriegt hast.«

»Kapierst du denn nicht, wie peinlich das war?«

Was erwartete ich eigentlich von ihm? Vermutlich Anteilnahme. Er hat ungewöhnliche Augen, lang und schmal und an den Winkeln leicht nach oben gebogen. Sie sind so klar und unglaublich eisblau wie ein arktisches Gewässer. Er schärfte gerade die Küchenmesser mit einer Schleifstange und bewegte die Klinge anmutig und präzise hin und her. Überhaupt wirkte er immer, als habe er seine Umwelt im Griff, und ich bewunderte seine Geschicklichkeit beim Messerschleifen. Ich schälte und zerdrückte einige Knoblauchzehen.

»Heute hat mir jemand erzählt, dass Heja, eine meiner Mitarbeiterinnen, eine der berühmtesten Nachrichtensprecherinnen Finnlands war. Heja Vanheinen. Hast du schon mal von ihr gehört?«, fragte ich.

Er testete die Schärfe des Messers an dem Daumen. »Ja, sie war Chefmoderatorin beim größten Sender.«

»Das hast du mir gar nicht erzählt. Warum, um alles in der Welt, hat sie den Posten aufgegeben? Ich meine, eine so tolle Stelle, und das nur, um bei unserer Zeitschrift zu arbeiten.«

Er hob die Schultern und war offenbar noch immer mit der Messerklinge beschäftigt. »Helsinki ist eine kleine Stadt. Nicht jeder fühlt sich dort wohl.«

»Auf mich macht sie gar nicht den Eindruck einer Frau, die im Fernsehen gut rüberkommt. Fürs britische Fernsehen hat sie zu viel von einer Eiskönigin.«

»In Finnland wurde sie sehr bewundert«, erwiderte er.

Ich hatte zu viel Knoblauch geschält und musste einen Teil davon wegwerfen.

»Dann kommt mir ihre Kündigung noch seltsamer vor. Ich verstehe es nicht. Du vielleicht?«

Er zog die Schublade auf und verstaute Schleifstange und Messer an ihren angestammten Plätzen.

»Was geht dich das eigentlich an?«, entgegnete er dann ziemlich kühl.

Ich fühlte mich von dieser Abfuhr sofort in die Verteidigungshaltung gedrängt. »Warum sollte mich das nicht interessieren? Immerhin verbringe ich jeden Tag viele Stunden mit ihr.«

Seit ich wieder arbeite, hat Markus sich verändert. Wir gehen nicht mehr so unbefangen miteinander um wie während meiner Schwangerschaft. Ich frage mich, ob er es besser gefunden hätte, wenn ich bei Billy zu Hause geblieben wäre. Wir haben darüber gesprochen, und ich war sicher, dass er meine Entscheidung unterstützte, weiter berufstätig zu sein. Allerdings zieht er sich in letzter Zeit zunehmend zurück, unser Schweigen dauert immer länger und ist schwerer zu überbrücken. Wir albern auch nicht mehr miteinander herum. Deshalb plappere ich belangloses Zeug, um die Stille zu füllen, wohl wissend, dass ihm das noch mehr auf die Nerven geht. Außerdem hat er gewisse Themen zu Tabuzonen erklärt. Er weigert sich, über seine Vergangenheit in Finnland zu sprechen. Also weiß ich fast nichts über die ersten sechsunddreißig Jahre seines Lebens. Ich wünschte, er würde mir mehr erzählen, aber ich kann ihn schlecht dazu zwingen. Ich habe den Verdacht, dass ein Bruch mit seiner Familie stattgefunden hat, denn keiner seiner Angehörigen kam zu unserer Hochzeit.

Warum haben wir überhaupt geheiratet? Ich hatte es eigentlich nicht geplant, doch Markus fand, dass wir dem Baby zuliebe vor der Geburt heiraten sollten. Seiner Ansicht nach müsse man wissen, welche gesellschaftlichen Regeln man brechen könne und welche man besser befolgen solle, um wirklich frei zu sein. Nicht unbedingt ein romantischer Grund für eine Hochzeit. Also heirateten wir im kleinen Kreis auf dem Standesamt, was meine Mutter sehr verärgerte, denn sie hätte eine Trauung in einer katholischen Kirche mit allem Drum und Dran vorgezogen. Doch Markus wäre damit niemals einverstanden gewesen. Ich war damals bereits hochschwanger, und so luden wir nur enge Freunde und die Familie ein.

Meine Eltern kamen aus Lissabon, und auch meine Tante Jennie war dabei. Ich rechnete fest damit, dass jemand von seiner Verwandtschaft erscheinen würde, einer seiner Brüder vielleicht, wenn schon nicht seine Eltern. Aber sein einziger Gast war ein Freund aus dem Tauchklub, den er erst in London kennengelernt hat. Hatte er seinen Eltern in Helsinki überhaupt von der Hochzeit erzählt? Sie ließen nie von sich hören und schickten nicht einmal eine Karte. Als ich ihn danach fragte, druckste er herum und wechselte das Thema.

An jenem Abend wurde beim Essen kaum gesprochen. Die gefüllten Paprikaschoten waren zwar in Ordnung, aber keine kulinarische Meisterleistung, und außerdem kämpfte ich nach der Abfuhr von vorhin mit den Tränen. Ich wusste, dass ich überempfindlich war. Ich hatte einen schweren Tag hinter mir, und er hatte mir das Gefühl vermittelt, dass ich mich albern aufführte. So gern hätte ich ihm erzählt, dass Billy sich kurz vor dem Abendessen zum Stehen hochgezogen hatte. Doch ich brachte kein Wort heraus. Sein Gesicht zeigte den abweisenden Ausdruck, den ich inzwischen kannte.

Nach dem Abendessen zog sich Markus sofort in sein Arbeitszimmer zurück, das früher Tante Jennies Esszimmer gewesen war. Sie hat es nur selten benutzt, und als Markus bei mir einzog, hat er es mit Beschlag belegt. Er hat alle alten Möbel ausgeräumt, den uralten Teppichboden herausgerissen und den Boden abgeschliffen. Die Wände hat er weiß gestrichen. Dann hat er Regale für seine Bücher gebaut und seinen Zeichentisch und seine Truhe für die Pläne aufgestellt. Er hat Hunderte von Büchern. Jedes steht so, dass es haargenau mit der vorderen Kante des Regalbretts abschließt. So hat er den Raum in ein völlig durchgestyltes, wenn auch recht minimalistisches Arbeitszimmer verwandelt. Neben der Tür steht sein brauner Ledersessel. Manchmal sitze ich dort und lese, während er arbeitet.

An diesem Abend hatte er sich wie immer auf seinem hohen Hocker im Lichtkegel der Lampe auf der schräg gestellten Platte seines Zeichentischs niedergelassen. Nachdem Billy schlief, setzte ich mich zu ihm, weil ich ihm so gern beim Zeichnen zusehe. Bei der Arbeit ist er ein richtiger Perfektionist. Inzwischen weiß ich, dass ich ihn dann nicht ansprechen darf. Also saß ich neben ihm, las Korrekturfahnen und blickte von Zeit zu Zeit auf, um ihn zu beobachten und zu bewundern. Er ist so hoch konzentriert, dass um ihn herum ein undurchdringliches Kraftfeld entsteht.

HEJA HEJA Mai

Kathy ist ein Gewohnheitstier. Jeden Morgen erscheint sie mit einem kleinen Styroporbecher Cappuccino in der Redaktion. Sie trägt eine Tasche aus weichem rotem Leder quer über dem Oberkörper. Ich habe beobachtet, wie sie die Büroschlüssel herausholt. Die Tasche hat Fächer mit Reißverschlüssen auf beiden Seiten, und im linken Fach bewahrt sie alle ihre Schlüssel auf. Sobald sie ihr verglastes Büro aufgeschlossen hat, streift sie die Tasche über den Kopf und stellt sie auf das untere Bücherregal neben ihrem Schreibtisch. Dann kehrt sie zurück, den Kaffee noch in der Hand, um mit Aisha zu reden, die vor ihrem Büro sitzt. Sie überprüfen den Terminkalender. Danach kommt Kathy zu uns herüber. Wir haben fünf Schreibtische zusammengeschoben, und unsere Computerterminals bestrahlen sanft unsere Brüste. Morgens ist sie stets freundlich – süßlich wäre wahrscheinlich das bessere Wort. Sie erkundigt sich nach unseren Fortschritten und macht aufmunternde Bemerkungen.

Je länger ich sie beobachte, desto mehr lerne ich.

Heute hat offenbar irgendetwas ihren Tagesablauf gestört. Als sie die Treppe heraufstieg, hatte sie keinen kleinen weißen Becher dabei. Sie stürmte zur Toilette, und als sie kurz darauf wieder herauskam, war ihre Hose nass und fleckig. Sie sah aus wie vollgeblutet. Kathy ging mit steifen Schritten zu ihrem Büro und schloss ungeschickt auf. Ich stand auf, um besser sehen zu können. Aisha folgte ihr und schloss die Tür. Die beiden unterhielten sich ein paar Minuten lang angeregt, und Kathy gestikulierte. Daraufhin zog Aisha ihre lange schwarze Strickjacke aus und reichte sie Kathy. Die schlüpfte hinein und knöpfte sie ordentlich zu. Danach kramte sie in ihrer Tasche, holte das Portemonnaie heraus und stellte die Tasche an ihren üblichen Platz neben dem Schreibtisch.

»Ich bin zurück, so schnell ich kann«, hörte ich sie zu Aisha sagen, als ich wieder zu meinem Schreibtisch ging. »Vielen Dank, Aish.«

Mit diesen Worten hastete sie zur Tür und würdigte uns kaum eines Blickes.

Meine Chance war gekommen. Ich wartete, bis Aisha telefonierte, und schlenderte zu ihrem Schreibtisch hinüber.

»Ich leihe mir mal das *Who's Who* aus.«

»Klar.« Aisha hielt die Hand über die Sprechmuschel. »Du weißt ja, wo Kathy es stehen hat.«

Ich nickte. Das *Who's Who* befindet sich bei den anderen Nachschlagewerken in dem Bücherregal neben ihrem Schreibtisch. Langsam ging ich darauf zu und bückte mich nach dem Buch. Mein Rücken versperrte Aisha die Sicht. Ich griff in die rote Tasche, zog den linken Reißverschluss auf, holte die Schlüssel heraus, zog den Reißverschluss wieder zu, richtete mich auf und steckte den Schlüsselbund in die Jackentasche. Dann spazierte ich, das *Who's Who* in der Hand, wieder aus dem Büro. Aisha telefonierte noch immer.

Mir blieb nicht viel Zeit. Nachdem ich eine Weile im *Who's Who* geblättert hatte, stand ich auf, stieg die Treppe hinunter und verließ das Gebäude. Da sich unsere Redaktion in Primrose Hill befindet, gibt es hier jede Menge Läden. Ich wollte nicht den ersten nehmen, eine Schuhreparaturtheke, sondern suchte mir einen Eisenwarenladen am Ende der Straße. Dort wartete ich, während eine Italienerin eine schiere Ewigkeit lang mit dem Mann hinter der Theke konferierte. Ich spürte, dass meine Anspannung stieg, und machte Atemübungen, um mich zu beruhigen. Endlich hatte der Mann Zeit für mich.

Ich nahm Kathys Schlüssel aus der Tasche. »Ich brauche den ganzen Satz«, sagte ich. »Könnten Sie das sofort erledigen?«

Er untersuchte den Schlüsselbund und meinte, es könne eine halbe Stunde dauern. Ich zögerte. Vielleicht war sie ja wieder da, bevor ich die Schlüssel hatte. Dann würde ich sie später am Tag in die Tasche schmuggeln müssen. Das war möglich, solange sie nicht den ganzen Tag irgendwelche

Termine hatte, was manchmal geschah. Doch selbst wenn ich die Schlüssel nicht zurücklegte, spielte das keine Rolle. Sie würde vermuten, dass sie sie verloren hatte. Bei ihrer Ankunft in der Redaktion heute Morgen war sie ziemlich aufgelöst gewesen und würde sich deshalb vermutlich selbst die Schuld geben. Also reichte ich dem Mann die Schlüssel und beschloss, mich auf den Primrose Hill zu setzen und zu warten.

Es war ein windiger Tag, die Bäume wiegten und schüttelten sich. Ich knöpfte die Jacke zu. Meine Finger waren kalt und steif. Eine junge Mutter mit einem schreienden, strampelnden Kind im Kinderwagen hastete vorbei. Das Kind wollte aussteigen und bäumte sich zornig auf. Die Miene der Mutter wirkte angestrengt. Als das Kind sein Gebrüll zu einem Crescendo steigerte, hätte sie es offenbar am liebsten geohrfeigt. Stattdessen wurde sie noch schneller. Ihr Gesicht war wutverzerrt.

Eine elegante ältere Dame kam mit ihrem Hund vorbei. Die Frau war schätzungsweise Mitte sechzig und von Kopf bis Fuß in sanftes Grau gehüllt. Ihr Hund hingegen war eine struppige, räudig wirkende Promenadenmischung. Mich wunderte, dass sie sich ausgerechnet diesen Hund ausgesucht hatte. Sicher war sie eine Tierfreundin und gehörte zu jenen Menschen, die im Tierheim nach dem hässlichsten Hund fragten. Dem Hund, der am meisten durchgemacht hatte und den keiner haben wollte. Jedenfalls himmelte der Hund sie mit Blicken an und konnte sein Glück offenbar noch nicht fassen. Noch eine Viertelstunde, dann würde ich in den Laden zurückkehren.

Rechts von mir quälte sich ein Mann mittleren Alters mit einer Frau im Rollstuhl den Hügel hinauf. Oben blieb er stehen, um eine karierte Decke fester um ihre Knie zu wickeln. Sie sprachen kurz miteinander. Ihr Gesicht war zwar faltig, wirkte aber nicht unglücklich. Im nächsten Moment setzte er seinen Weg fort, bemüht, trotz des abschüssigen Wegs und des heftigen Winds die Kontrolle über den Rollstuhl nicht zu verlieren.

Als ich neun Jahre alt war, starb meine Großtante Tanya mit siebenundvierzig Jahren. Sie war die jüngere Schwester meines Großvaters, und er vergötterte sie. Bevor ihre Krankheit, eine Form von Muskelschwund, sie zunehmend lähmte, war sie eine berühmte Sängerin gewesen. Auf dem Höhepunkt ihrer Karriere hatte sie das Singen aufgeben müssen. Es handelte sich um einen seltenen Gendefekt. Meine Vorfahren waren sehr von sich und der Reinheit ihres Erbguts überzeugt und heirateten nur selten Außenstehende, da niemand in ihrer kleinen Gemeinde gut genug für einen Vanheinen war. Für gewöhnlich wurde die Ehe mit Vettern ersten Grads geschlossen. Und Tanya hatte den Preis für diesen Stolz bezahlt.

Sie hatte eine wundervolle Stimme und sang uns zu Weihnachten Kirchen- und Weihnachtslieder vor. Als sie schwächer wurde, zog sie zu meinem Großvater. Ich erinnere mich noch, wie sie in ihrem Rollstuhl im Garten saß, immer mit einem Buch auf dem Schoß.

Meine Eltern beschlossen, dass ich bei der Beerdigung anwesend sein sollte. Am Morgen der Trauerfeier kam mein Vater in den Frühstücksraum im Haus meines Großvaters, setzte sich neben mich und strich mir das Haar aus dem Gesicht.

»Heja, mein Liebes, Tanya war ein ganz besonderer Mensch, und Opa hatte sie sehr lieb. Er ist schrecklich traurig, und ich möchte, dass du heute in der Kirche still sitzt und dich ruhig verhältst.«

»Warum ist sie denn gestorben?«

»Sie war seit vielen Jahren krank.«

»Warum hat der Arzt sie nicht gesund gemacht?«

»Er hat es versucht. Alle haben es versucht. Opa war sogar mit ihr in New York, aber dort konnte man ihr auch nicht helfen.«

»Warum nicht?«

»Manche Krankheiten kann man nicht heilen, Liebes.«

»Es war so schön, wenn sie für uns gesungen hat.«

In diesem Moment trat mein Großvater ins Zimmer. Er bückte sich und küsste mich auf die Wange. In seinen geschwollenen Unterlidern hatten sich Tränen gesammelt, und es sah so aus, als würden sie ihm gleich über die Wangen fließen.

»Ja, mein Schatz, Tanya hat gesungen wie ein Engel.«

Die Beerdigung machte mir Angst. Der Sarg war auf Hochglanz poliert und stand auf einem Tisch vorn in der Kirche. Ich wusste, dass meine Großtante Tanya darin lag. Mir fiel ein Ereignis in einem Sommer ein, den wir bei Großvater verbrachten. Es war ein wundervoll sonniger Tag. Ich lag mit einem Buch auf dem Bauch im hohen Gras hinter dem Gemüsegarten. Es war so hell, dass sich das Sonnenlicht in den Seiten spiegelte und die schwarzen Buchstaben vor meinen Augen vorbeikrochen wie eine Ameisenkolonne. Der lebendige Geruch der Erde stieg mir in die Nase, und ich hörte rings um mich herum Gescharre und Geraschel. Ich holte meine glasierte Tonmaus aus der Tasche und streichelte ihren gerundeten Rücken. Ich beschloss, für meine Maus eine Höhle aus schimmernden Grashalmen zu bauen und sie über Nacht dort zurückzulassen. Ich wusste, dass die Maus sich strecken und durch das Gras davonhuschen würde, sobald ich weg war.

Im nächsten Moment hörte ich das Surren von Rädern auf dem Weg, der mitten durch den Gemüsegarten verlief. Es war Großtante Tanya, die sich mit ihrem Rollstuhl meinem Versteck näherte. Plötzlich kamen die Räder am Ende des Pfads an den Erdbeerbeeten zum Stillstand, und ich hörte meine Tante weinen. Ich lag flach im Gras. Mein Herz pochte gegen den warmen Boden, und ich dachte: Sie ist erwachsen und möchte sicher nicht, dass ich sie weinen sehe. Wenn sie mich bemerkt, wird sie böse. Also verharrte ich reglos, solange ich konnte. Sie weinte immer weiter. Irgendwann musste ich tief durchatmen, und mein Kopf erschien kurz über den Gräsern. Im ersten Moment wirkte sie erschrocken. Doch dann lächelte sie zittrig und winkte mich zu sich. Ich hob mein Buch und meine Tonmaus auf und näherte mich langsam ihrem Rollstuhl.

Sie nahm meine freie Hand zwischen ihre kühlen Hände, die immer ein wenig zitterten. »Hab keine Angst, Heja, mein Schatz!«, beruhigte sie mich. »Manchmal sind Tränen etwas Gutes. Sie bringen neues Leben hervor.«

Nach den Liedern und Reden trugen vier Männer, unter ihnen mein Vater, Tanyas Sarg auf den Schultern aus der Kirche. Langsam und steif schritten sie den Mittelgang entlang. Warum trugen sie den Sarg auf den Schultern? Es sah ziemlich unbequem aus. Warum nahmen sie nicht ihre Hände? Wir folgten ihnen aus der Kirche über den Friedhof zu einem Loch im Boden. Der frische Erdhaufen daneben erinnerte an einen zugedeckten Körper. Ich beobachtete, wie mein Großvater einen Klumpen Erde auf Tanyas Sarg warf. Tränen strömten ihm übers Gesicht.

Ich kehrte zurück zum Eisenwarenladen, um meinen neuen Schlüsselbund abzuholen, und fühlte mich mächtiger als zuvor. Die Schlüssel wieder in die Tasche zu legen, entpuppte sich als ebenso einfach, wie sie zu stibitzen. Wie Kathy ist auch Aisha ein vertrauensseliges Dummerchen.

Heute Abend war Robert bei mir. Er hat seine Mutter und seine Schwester in New York besucht. Als er hereinkam, überreichte er mir eine mit meterweise silberner Geschenkschleife umwickelte schwarze Schachtel.

»Als ich es sah, musste ich es dir einfach kaufen«, sagte er.

Vorsichtig öffnete ich die Schachtel. Darin befand sich ein in dickes weißes Seidenpapier gehüllter knöchellanger Kimono aus schwarzem Seidencrêpe. Ich schüttelte den Kimono aus.

»Er ist wunderschön.«

»Ich habe ihn aus einem Laden für antike Kleidungsstücke. Er ist achtzig Jahre alt. Zieh ihn an, damit ich sehen kann, ob er dir steht!«

Als er ihn mir hinhielt, streifte ich ihn über meine Sachen. Der Kimono hatte einen breiten Bindegürtel und weite Manschetten.

»Der Stoff ist phantastisch.« Ich strich über die Ärmel.

»Du siehst wundervoll darin aus.«

»Er ist ein Traum, Robert. Vielen, vielen Dank.«

»Es ist mir ein Vergnügen.«

Er umarmte mich und streichelte durch den Stoff des Kimonos mein Hinterteil. Dann schob er die Hand darunter. Er zog mir den Rock hoch und liebkoste die Rückseite meiner Oberschenkel. Er öffnete mir den Mund mit der Zunge, und seine Hand wanderte zwischen meine Beine. Dann schob er den Mittelfinger in mich hinein. Sein Gesicht wurde ganz heiß. Er nahm die Lippen von meinem Mund, zog den Finger aus mir heraus und steckte ihn in den Mund. Seine dicken, fleischigen Lippen schlossen sich bis zum Knöchel um den Finger, bis er den Finger wieder herauszog. Dabei beobachtete er mich die ganze Zeit. Ich finde das immer ziemlich abstoßend, habe aber noch nie etwas gesagt. Ich lasse mir meinen Widerwillen nicht anmerken.

Häufig habe ich den Verdacht, dass Roberts Haltung zu unserer Sexualität etwas mit Geben und Nehmen zu tun hat. Er macht mir teure Geschenke und erwartet dafür guten Sex. Ich benutze ihn auch. Er hat einen standfesten großen Penis, und nach dem Sex kann ich besser schlafen, weil mein Verstand dadurch für ein paar Stunden zur Ruhe kommt. Doch es rührt mich nie so an wie damals mit meiner wahren Liebe.

Am nächsten und am übernächsten Tag saß ich während der Mittagspause im Auto vor ihrem Haus und behielt es im Auge. Ich wollte unbedingt die Schlüssel ausprobieren, um zu sehen, ob sie passten, und um endlich ihre Wohnung zu betreten. Am dritten Tag kam die Babysitterin mit Billy in seinem Kinderwagen aus dem Haus. Sie schlug die gleiche Richtung ein wie letztens. Bestimmt traf sie sich wieder in der Sozialbausiedlung mit ihrem Freund.

Ich weiß genau, wo in diesem Haus sich ihre Wohnung befindet, nämlich im dritten Stock in der linken Ecke. Der erste Schlüssel, der zur Eingangstür, passte großartig. Er glitt ins Schlüsselloch und ließ sich mit einem wundervollen Klicken drehen. Als ich die schwere Holztür aufschob, stand ich in einem Foyer, das größer war als erwartet. Es hatte etwas von verblichener Pracht an sich. Die Decke war hoch, und alles war in einem stumpfen Beigeton gestrichen. An einer Wand stand ein langer Tisch mit Marmorplatte, auf dem sich Briefe stapelten. Sie sahen aus, als lägen sie schon seit einer Weile da, zerknittert und an den Ecken eingerollt. Vermutlich waren sie an Mieter gerichtet, die ausgezogen oder verstorben waren. An einer Wand hing ein leicht fleckiger riesiger Spiegel. Als ich mein Spiegelbild betrachtete, erkannte ich wieder einmal, wie mein Absturz in die Depression und meine Sitzungen bei Arvo Talvela mich für immer verändert haben. Mir blickte nicht mehr das Gesicht entgegen, das Markus geliebt hatte.

Der Aufzug hat eine Metallgittertür, die sich klappernd öffnet und schließt wie ein Blasebalg. Das musste ich mir merken. Ich fuhr mit dem Lift hinauf in den dritten Stock. Der zweite Schlüssel passte so gut wie der erste. Ich musste dazu noch den Türknauf drehen. Ich öffnete langsam die Tür und stand in einem langen Flur, in dessen Mitte ein rostroter Läufer lag. Links und rechts davon war poliertes Parkett zu sehen. Auf einem kleinen runden Tisch stand eine Lampe mit dunkelrotem Schirm. Von diesem Flur ging eine Reihe von Türen ab. Ich betrat einen Raum, der offenbar das Wohnzimmer war. Die altmodischen schweren Möbel überraschten mich. Überall sah ich Walnussintarsien, das Sofa hatte einen gemusterten Bezug, die konventionelle Lampe einen mattgoldenen Schirm mit Troddeln. Die Wohnung war mir ein Rätsel.

Von Markus schien jede Spur zu fehlen. Dann jedoch entdeckte ich das Zimmer, das ihm vermutlich als Arbeitszimmer diente. Es war das genaue Gegenteil vom Wohnzimmer, weiß, karg und funktional. Auf den gut geschreinerten Regalen standen die Bücher in Reih und Glied. Ich ließ den Blick über die Regale schweifen. Das eine oder andere Buch hatte er von mir bekommen. Ich erkannte eins auf einem oberen Regalbrett, das erste, das ich ihm geschenkt hatte: einen Fotoband über die Eremitage. Ich streckte die Hand aus, holte ihn herunter und las meine liebevolle Widmung für ihn, schwungvoll auf das innere Deckblatt geschrieben. Damals war das Buch für mich sehr teuer gewesen. Vorsichtig stellte ich es wieder an seinen Platz zurück. Markus würde sofort bemerken, wenn etwas durcheinandergeraten war.

Mitten im Raum stand sein Zeichentisch, an dessen Kante eine Architektenleuchte klemmte. Ich berührte den hohen

Hocker vor dem Tisch. Er bestand aus Holz, das sich unter meiner Hand glatt anfühlte. Seine Truhe für die Pläne befand sich an der Wand. Ich fragte mich, ob sie wohl die Pläne für unser Haus enthielt, jenes Haus, das wir hatten bauen wollen.

Ich ging in die Knie, öffnete die Plantruhe und zog die unterste Schublade auf. Ich kannte ihn so gut. Natürlich sortierte er seine Zeichnungen chronologisch – die ältesten ganz unten, die neuesten in der obersten Schublade. Die großen Bögen waren ordentlich ausgebreitet. In der untersten Schublade befanden sich sicher mehr als zwanzig Pläne. Vorsichtig holte ich sie heraus. Ich wusste schließlich, wie übertrieben penibel er mit seinen Arbeiten umging. Den Plan unseres Hauses fand ich ziemlich weit unten im Stapel. Ich hatte ihn mir seit Jahren nicht mehr angesehen. Der Bogen wies tiefe Knickspuren auf. Ich legte den Plan auf den Zeichentisch und betrachtete den Grundriss des Hauses. Unseres Hauses am Meer. Es war die Arbeit eines jungen Architekten, der für seinen Beruf brannte.

Ich ging in die altmodische große Küche. Sie war unordentlich und verwinkelt, und die Gerätschaften wirkten abgenutzt. Auf dem Regal neben dem Herd standen viele Kochbücher. Ein großer Steinguttopf auf dem Fensterbrett neben der Spüle war mit fleckigen Holzkochlöffeln unterschiedlicher Größe gefüllt. An der Küchentür hingen zwei Schürzen. Also kochte sie offenbar viel.

Neben der Küche gab es noch ein kleines Zimmer, das vermutlich ihr Arbeitszimmer war. Markus hätte einen Raum niemals in diesem Zustand hinterlassen. Auf dem kleinen Schreibtisch entdeckte ich einen Laptop und ein Gewirr aus Stiften und Papieren. Vor dem Schreibtisch waren Bücher, Handbücher und Papierstapel einfach in ein Regal gestopft worden und sahen aus, als würden sie jeden

Moment herausfallen. Der Papierkorb neben dem Schreibtisch quoll über. Das Zimmer war winzig. Der Platz reichte gerade für eine Person. Ich hatte weder Zeit noch Kraft, die Papiere durchzusehen. Das musste warten.

Als ich ihr Arbeitszimmer verließ, bemerkte ich an der Rückseite der Tür eine Pinnwand, die mit Fotos von Billy bedeckt war. Ich betrachtete sie gründlich. Sie hat seine Entwicklung ab den ersten Lebenstagen genau dokumentiert. Eine der Aufnahmen war im Krankenhaus entstanden. Billy lag in einem durchsichtigen Plastikbettchen und trug ein Armbändchen mit seinem Namen am Handgelenk. Dann gab es noch einige Fotos von Billy in der Badewanne und ein Bild, auf dem sie ihn stillte. Ihr Hemd stand offen, und sie machte ein träges, selbstzufriedenes Gesicht, während der Kleine an ihrer Brust saugte. Offenbar hatte Markus die Aufnahme gemacht.

Von ihm entdeckte ich ein einziges Foto. Er lag, Billy auf dem Bauch, auf dem Teppich. Billy war bis auf die Windel nackt. Sein pummeliger Rücken wies Fettröllchen auf, als er den Kopf hob und Markus ansah. Dessen Hand ruhte beschützend auf Billys Rücken. Markus hatte Lachfältchen um die Augen. Ich entfernte die Reißzwecke und steckte das Foto ein.

Meine Zeit wurde knapp. Also sah ich mich rasch um, weil ich mir den Grundriss der Wohnung für meinen nächsten Besuch einprägen wollte. Ich warf einen Blick ins Schlafzimmer: weitere schwere Möbel. Billy hat ein eigenes Zimmer mit einem weißen Holzbettchen und orangefarbenen Vorhängen.

Ich hatte Mühe, mir Markus in dieser Wohnung vorzustellen. So etwas hätte ich nicht erwartet. Sicher war es ein Kompromiss für ihn, hier mit ihr zu wohnen. Ich würde bald wiederkommen.

KATHY KATHY Juni

Allmählich glaube ich, dass eine Geburt eine Frau geistig schachmatt setzt. Erst letzte Woche saß ich am Küchentisch und wollte arbeiten, war jedoch mit dem Kopf neben dem Laptop eingeschlafen. Markus hatte mir helfen wollen und die Waschmaschine befüllt. Als ich nach einer Weile mit steifem Genick aufwachte, räumte ich die Maschine wieder aus.

»O nein!«

»Was ist?«, fragte Markus erschrocken und kam in die Küche.

Er hatte seine schwarzen Socken zusammen mit Billys blütenweißen Unterhemdchen und Stramplern gewaschen. Die Farbe war ausgelaufen, und nun hatten Billys Sachen einen scheußlichen grauen Farbton angenommen.

»Du hast seine ganzen Sachen verfärbt!«, rief ich.

Als ich die grauen Babysachen aus der Maschine holte, war ich von völlig übertriebener Trauer erfüllt. Dann setzte ich mich an den Küchentisch und weinte in das feuchte Häufchen verdorbener Kleidungsstücke hinein. Markus starrte mich an, als hätte ich den Verstand verloren.

»Tut mir leid! Wahrscheinlich haben sich die schwarzen Socken irgendwie in den Handtüchern verheddert.«

Markus hielt sich für einige Tage in Durham auf. Das Architekturbüro, bei dem er angestellt ist, beteiligt sich dort an einem Wettbewerb für ein Großprojekt, und er leitet das Team. Die Stadt Durham hat mit einer Lotterie und der Hilfe von Sponsoren genug Geldmittel gesammelt, um ein großes Kulturzentrum mit Kino, Café, Kunstgalerie und

Buchladen zu bauen, und Markus will den Auftrag unbedingt bekommen.

Ich hatte gedacht, dass ich ein paar Tage allein mit Billy genießen würde. Doch ich fühlte mich unruhig und einsam, als die Wohnung mit ihrem eigenartigen Knarren und Ächzen mich umfing. Vielleicht hätte ich Fiona anrufen sollen. Sie ist meine beste Freundin, wohnt aber in Glasgow, und um die Entfernung zu überbrücken, war es mir heute Abend zu weit. Allmählich spürte ich, dass es sehr einsam werden kann, Chefredakteurin zu sein. Wenn man eine gewisse Schwelle überschreitet, ändert sich das Verhältnis zum restlichen Team. Man muss Abstand halten. Vermutlich würde Heja sich damit wohler fühlen als ich, weil sie ohnehin eine ausgeprägte Eigenbrötlerin zu sein scheint. Über ihr Privatleben weiß ich überhaupt nichts. Nie geht sie mit den anderen einen trinken, und die Mittagspause verbringt sie fast immer allein. Trotzdem finde ich es spannend, dass sie in Finnland eine berühmte Nachrichtensprecherin war. Und es ist *wirklich* merkwürdig, dass sie alles aufgegeben hat. Markus kapiert einfach nicht, warum mich das interessiert. Das liegt daran, dass er Promis nicht leiden kann und das ganze Drumherum unwichtig findet.

Billy wachte auf und wollte gestillt werden. Es ist immer ein wundervolles Gefühl, wenn er in meinen Armen schwer und schläfrig wird, während er an meiner Brust saugt. Anfangs war sein Gesichtchen voll konzentriert, doch dann glätteten sich Wangen und Stirn, seine Miene wurde zufrieden, und er kuschelte sich wohlig an meinen Bauch.

Als er fest schlief, legte ich ihn vorsichtig in sein Bettchen und ging in mein Büro. Beim Anblick der Papierstapel, die ich eigentlich sortieren wollte, verließ mich sofort der Mut. Ich setzte mich in Markus' Zimmer, das immer so makellos ordentlich ist, und suchte das Buch über Lissabon heraus, das ich letzte Woche spontan gekauft hatte, als ich meine Eltern vermisste. Und als ich es durchblätterte, stieß ich auf eine Aufnahme des Torre de Belem, meiner Ansicht nach eins der weltweit beeindruckendsten Beispiele für militärische Architektur. Wie wunderschön und unbritisch sah er in Lissabons hellem Sonnenschein aus. Ich las, dass die UNESCO ihn 1983 zum Weltkulturerbe ernannte. Danach kam mein absolutes Lieblingsgebäude, das Mosteiro Dos Jeronimos, ebenfalls Weltkulturerbe.

Und plötzlich kam mir die Idee, dass wir vielleicht in unserer Zeitschrift eine Serie über diese phantastischen Gebäude bringen könnten. Ich hatte keine Ahnung, wie viele es insgesamt waren. Also kehrte ich in mein Arbeitszimmer zurück, schaltete den Laptop ein und suchte nach Webseiten, die das Weltkulturerbe behandelten. Ich stieß auf eine Liste sämtlicher Standorte, weltweit mehr als neunhundertundsechzig. Einige davon sind natürliche Phänomene – Höhlen, Schluchten, Vulkane, Wälder und Korallenriffe. Und dann gibt es noch die weltberühmten Gebäude. Die Kathedrale von Chartres, die Akropolis und das historische Stadtzentrum von Siena. Bei der Lektüre der Liste wuchs meine Aufregung. Selbst wenn wir uns nur auf die kulturellen Stätten Europas beschränkten, hätten wir genug Material für ein Jahr Berichterstattung: einen Reiseführer zu allen Kulturdenkmälern.

Ich bin sicher, dass ich es Philip schmackhaft machen kann. Die Produktion wird zwar kostspielig, da einige der Orte auch aufgesucht und fotografiert werden müssen, und er sträubt sich immer, wenn wir Geld ausgeben wollen. Natürlich wird er einen Businessplan verlangen. Ein solcher Reiseführer würde viele Werbekunden anziehen. Voller Tatendrang schrieb ich den ersten Entwurf meines Einfalls nieder.

In der Küche läutete das Telefon. Es war Markus, und er klang ausgesprochen fröhlich.

»Es hat prima geklappt. Wir sind unter den letzten beiden«, meldete er.

»Spitze! Glückwunsch.«

»Aber die anderen haben auch was drauf. Wir müssen uns mächtig ins Zeug legen.«

»Du schaffst das.«

Ich freute mich so für ihn, dass ich meine Idee nicht erwähnte, weil dieser Moment allein ihm gehören sollte. Eigentlich wollte ich ihm sagen, dass ich ihn vermisste, doch dann fiel mir ein, dass er, umringt von seinen Kollegen, in einem Hotel stand.

»Was machst du gerade?«

»Wir essen einen Happen und planen unsere Kampagne.«

»Im Hotel?«

»Nein, ich habe auf dem Weg hierher ein indisches Restaurant entdeckt. Es heißt *Curry Paradise.*«

Ich lachte.

»Morgen unternehme ich einen Spaziergang durch Durham. Ich muss viel fotografieren, also hänge ich besser noch eine Nacht dran.«

»Natürlich. Ich freue mich ja so für dich, Markus.«

Ich kehrte in mein Arbeitszimmer und zu meiner Liste zurück. Großbritannien besitzt achtundzwanzig Stätten des Weltkulturerbes. Manche fielen mir auf Anhieb ein, wie Stonehenge, der Hadrianswall, die Kathedrale von Canterbury und Bath. Aber es gibt auch unbekanntere wie das Industriegebiet Blaenavon. Ich stellte fest, dass Durham Castle samt Kathedrale auch dazu gehörten, und sah dies als gutes Omen. Vielleicht würde wieder alles gut werden.

Markus und ich mussten uns eben erst an die Elternschaft und das Zusammenleben gewöhnen. Natürlich war das anfangs schwierig. Am besten war es, wenn ich einfach die Ruhe bewahrte und meine gute Laune und nicht in Panik geriet, wozu ich leider neige. Also tippte ich weiter auf meinem Laptop herum, als es an der Tür läutete. Ich blickte auf die Uhr – kurz vor zehn. Wer mochte das jetzt noch sein?

Rasch sah ich nach Billy. Er schlief friedlich; die Klingel hatte ihn nicht geweckt. Dann ging ich den Flur entlang, betätigte den elektrischen Türöffner und wartete, während der Lift langsam nach oben fuhr. Die Aufzugtür öffnete sich klappernd, und Eddie trat heraus.

»Eddie!«

»Hallo, K!«

Er kam rasch auf mich zu, schlang mir die Hände um die Taille und küsste mich auf die Lippen.

»Ich war gerade in der Nähe. Kriege ich einen Kaffee?«

»Du kannst nicht einfach so hereinplatzen. Was, wenn Markus da gewesen wäre?«

»Also ist er weg?«

Ich musterte ihn prüfend. Er war nicht betrunken und roch auch nicht nach Alkohol. Lachfältchen entstanden um seine grünen Augen, als er mich angrinste. »Schön, dich zu sehen«, sagte er.

»Aber nur einen Kaffee. Ich bin todmüde und bleibe nachts nicht mehr lange auf.«

Er folgte mir in die Küche und setzte sich an den Tisch. Während ich Kaffee machte, stellte ich beunruhigt fest, dass ich ihn noch immer attraktiv fand. Sein braunes Haar war lockig und zerzaust wie immer. Er war noch in Arbeitskleidung, und sein Gesicht war vom Arbeiten im Freien sonnengebräunt und voller Sommersprossen.

»Wie geht es dir? In echt?«, fragte er.

»Ich bin erledigt. Noch nie im Leben war ich so müde, und es fällt mir schwer, meinen Job zu machen und außerdem Billy …«

»Ach, reg dich ab! Meine Mum hatte fünf von uns.«

»Klar, sie war sicher eine Supermutter. Allerdings bezweifle ich, dass sie gleichzeitig Chefredakteurin einer Zeitschrift war«, entgegnete ich gereizt.

»Stimmt.«

Als er mir sein entwaffnendes Lächeln schenkte, legte sich meine schlechte Laune. Er wollte mich wie immer nur auf den Arm nehmen.

»Also ist das Eheleben doch nicht das Gelbe vom Ei.«

Ich stellte eine Kaffeetasse vor ihn hin. »Hör auf, mich zu provozieren, und erzähl mir lieber, wie es bei dir läuft!«

Sein Lächeln verflog, und er beugte sich über den Tisch zu mir herüber.

»Ich vermisse dich.«

»Oh, Eddie …«

»Ich trinke nicht mehr. Schon seit drei Monaten. Ich weiß, ich war ein Albtraum für dich.«

»Dieses Chaos könnte ich nicht mehr aushalten. Es hat mich todunglücklich gemacht.«

»Ich weiß.«

»Du wirst mir immer wichtig sein. Immer … Aber jetzt habe ich Billy.«

Bei diesen Worten verzog er das Gesicht.

»Ich bin ein Vollidiot«, erwiderte er. »Ein hoffnungsloser Fall.«

Mit seinem Charme und seiner Selbstkritik hat er mir schon immer den Wind aus den Segeln genommen. Wir hatten diese Szene bereits allzu oft durchgespielt. Ich musste hart bleiben.

»Wie läuft es in der Arbeit?«

»Okay. Ich bin beschäftigt. Zurzeit habe ich einen Lehrling. Ich bringe ihm alles bei.«

»Spitze. Bestimmt bist du ein wunderbarer Lehrer«, sagte ich begeistert.

Eddie war Gärtner mit Leib und Seele und konnte einen langweiligen Londoner Garten in eine verzauberte Idylle verwandeln. Leider trudelten die Aufträge nur unregelmäßig ein. Er trank einen großen Schluck Kaffee.

»Dein Kaffee ist stärker als früher. Inzwischen mache ich mehr Landschaftsplanung.«

»Phantastisch. Das war doch schon immer deine Leidenschaft.«

»Aber ich fühle mich mies«, erwiderte er und beugte sich über seine Tasse.

Ich antwortete nicht, weil es nichts zu sagen gab.

»Hoffentlich behandelt dieser finnische Typ dich auch gut.«

Er musterte mich forschend. Ich ertappte mich dabei, dass ich dem Blick seiner grünen Augen auswich. Ich wollte mit Eddie auf keinen Fall über Markus sprechen.

»Möchtest du Billy sehen?«, fragte ich und erhob mich.

Er folgte mir in Billys Zimmer, wo wir beide standen und meinen schlafenden kleinen Sohn betrachteten.

»Ein toller kleiner Typ. Versteh mich jetzt nicht falsch, aber er hat gar nichts von dir, K.«

»Stimmt. Er ist einhundert Prozent Markus.«

Billy bewegte sich. Seine Augenlider flatterten, und er schlug die Augen auf. Als er mich sah, streckte er die Arme aus. Ich beugte mich über das Bettchen und hob ihn hoch. Er war ganz warm und schläfrig und fing an meiner Schulter ein bisschen zu quengeln an.

»Lass mich mal!«, sagte er.

Ich reichte Billy an Eddie weiter, der im Zimmer hin und her ging und ihn sanft wiegte, bis er in seinen Armen eingeschlafen war. Er betrachtete Billy, und als ich die beiden beobachtete, spürte ich einen Schmerz und dachte, dass wir das auch hätten haben können, wenn die Umstände anders gewesen wären. Ein wunderschönes gemeinsames Kind. Er legte Billy vorsichtig in sein Bettchen und deckte ihn zu.

»Woher kannst du das?«

»Ich habe mich oft um meine kleinen Geschwister gekümmert«, antwortete er leise.

Inzwischen sah er traurig aus. Vielleicht dachte er das Gleiche wie ich. Im nächsten Moment umarmte er mich heftig, küsste mich auf den Hals und hastete aus der Wohnung.

Nachdem er fort war, stand ich im Flur und schwelgte in liebevollen Gedanken an ihn. Ich hatte ihn einmal sehr geliebt. Jahrelang. Wir hatten gemeinsam wunderschöne Zeiten erlebt. Ich erinnerte mich an den Tag vor vielen Jahren, als ich meinen ersten Arbeitstag als Jungredakteurin bei einer Zeitschrift angetreten hatte. Ich war schrecklich aufgeregt gewesen, endlich als Journalistin anfangen zu können. Als ich an jenem Abend nach Hause kam, hatte Eddie die ganze Wohnung mit Blumen dekoriert und Irish Stew für uns gekocht. Er sagte, er sei sehr stolz auf mich und wisse, dass ich es in der Zeitschriftenbranche noch weit bringen würde.

Ich riss mich zusammen und befahl mir, die Vergangenheit nicht zu verklären. Drei Monate ohne Stoff. Er würde sicher wieder anfangen. Leider waren seine trockenen Phasen nie von Dauer.

Ich habe gelauscht, als sie Aisha erzählte, Markus sei in Durham. Also war sie mit Billy allein. Am späten Abend fuhr ich zur Baker Street und parkte dort.

Ich stieg aus und suchte mir einen guten Beobachtungsposten, von dem aus ich ihr Haus im Blick hatte. Ihre Wohnungsschlüssel steckten in meiner Tasche. In mehreren Zimmern brannte Licht, und ich berechnete, welche es waren: Billys Zimmer, Markus' Zimmer und die Küche. Irgendwann stellte ich fest, dass sie sich in der Küche bewegte. Und dann, ein wenig später, trat in Billys Zimmer ein Mann ans Fenster. Er hatte Billy auf dem Arm!

Markus war nur wenige Nächte weg, und sie hatte einen Mann bei sich in der Wohnung. Und dieser Mann trug das Baby herum. Um Markus' willen war ich empört. Es war schon spät, kurz vor elf. Wer war dieser Mann? Warum durfte er Billy halten? Er entfernte sich vom Fenster. Ich verharrte an meinem Platz und starrte auf das Fenster.

Einige Minuten später, ich weiß nicht, wann es war, wurde die große Eingangstür aufgeschoben. Der Mann trat heraus. Ich folgte ihm in gebührendem Abstand und wollte ihn mir genauer ansehen. Er ging schnell und mit gesenktem Kopf. Er hatte lockiges Haar, trug Jeans und ein derbes Holzfällerhemd. Er hastete zur U-Bahn-Station Baker Street, und als er sich eine Fahrkarte kaufte, sah ich sein Gesicht. Mitte dreißig, gebräunter Teint. Wer war er? Er trat durch die Kontrollschranke, und ich kehrte langsam zu meinem Auto zurück.

Am nächsten Abend zog ich mich warm an, obwohl es am Nachmittag mild gewesen war. Ich friere schnell. Ich wählte weiche Schnürschuhe aus weißem Leder, die kein Geräusch erzeugen. Gegen elf Uhr nachts schloss ich meine Wohnung ab und beschloss, mit dem Taxi zu fahren. Ich ging den Weg am Fluss entlang bis zur Blackfriars Bridge. In diesem Jahr ist der Wasserstand niedrig. Man kann die kalkig graue Pegelmarkierung an den rostigen Brückenpfeilern erkennen. Die Wasserfläche befindet sich ein gutes Stück darunter, und ein ganzer Streifen Gestein liegt frei, der viele Jahre von der Themse verborgen war. An langen Sonntagnachmittagen habe ich am Fenster gestanden und beobachtet, wie Kinder und ihre Eltern diesen freiliegenden Geröllstrand erkundeten und Freudenschreie ausstießen, wenn sie auf ein Stück Tonrohr oder einen alten Schiffsnagel stießen.

Ich bat den Taxifahrer, mich eine Straße entfernt von ihrer Wohnung abzusetzen. Seit zwei Wochen weht schon ein kräftiger trockener Wind, der einfach nicht nachlassen will und inzwischen ziemlich unangenehm ist. Die Bäume sind schon teilweise ihres frühsommerlichen Laubs beraubt. In dieser Nacht ist der Wind ein wenig schwächer. Von den Bäumen abgerissene Blätter und Zweige liegen auf den Straßen. Welkes braunes Laub, vor der Zeit abgestorben. Es passt einfach nicht. Totes Laub gehört in den November, nicht in den Juni.

An diesem Abend war ich später als sonst unterwegs. Als ich ihre Straße erreichte, spähte ich zu den Fenstern hinauf. In zwei Zimmern brannte Licht. Das eine schimmerte durch orangefarbene helle Vorhänge: Billys Zimmer. Das andere war ihr Schlafzimmer. Wenig später ging das Licht im Schlafzimmer aus. Ich musste mindestens eine halbe Stunde warten, um sicherzugehen, dass sie wirklich schlief. Also betrat ich den Pub an der Ecke und bestellte einen Orangensaft, den ich nicht trank. Die Minuten schleppten sich dahin.

Die Nagelprobe für mein Durchhaltevermögen und meine Willenskraft.

Ich kehrte zu ihrem Haus zurück. Bis auf Billys Zimmer war alles dunkel. Diesmal nahm ich die Treppe, weil ich mich an die klappernden Aufzugstüren erinnerte. Durch die Türen der Wohnungen, an denen ich vorbeikam, drang kein Geräusch. Es ist ein gut gebautes Haus mit dicken Wänden und Türen. Schließlich erreichte ich ihre Wohnung. Es war durchaus möglich, dass ich die Tür aufschließen und ihr gegenüberstehen würde. Im Schlafzimmer brannte kein Licht. Also schlief sie wahrscheinlich. Ganz vorsichtig öffnete ich die Wohnungstür, hielt im Flur inne und spitzte die Ohren. Alles war still. Aus Billys Zimmer drang ein warmer Schein. Es war das Licht, das ich von der Straße aus gesehen hatte, ein Nachtlicht in Form einer großen gelben Blume. Er lag auf dem Rücken in seinem weißen Holzbettchen. Darüber hing ein Mobile aus grauen Pappmaschee-Möwen mit orangefarbenen Schnäbeln, das sich leicht bewegte. Ich beugte mich über das Bettchen und betrachtete Billy eine lange Zeit. Sein Haar ist fein und weißblond. Er ist ein kleiner Markus, ein echtes nordisches Baby.

Danach schlich ich mich ins Schlafzimmer. Es dauerte eine Weile, bis sich meine Augen an die Dunkelheit gewöhnt hatten. Als ich so in der Finsternis stand, stieg mir der zarte, aber beharrliche Geruch ihres Parfüms in die Nase. Nach und nach konnte ich trotz des Lichtmangels etwas sehen. Umrisse tauchten verschwommen aus dem Nebel auf. Gleich neben der Tür stand eine große hohe Kommode. Die Holzschale darauf enthielt Fläschchen und Schmuckstücke, wild durcheinander. Das Bett war breit.

Sie lag bäuchlings auf der linken Seite des Betts. Auf dem Nachttisch befand sich ein aufgeschlagenes Buch neben einem Radiowecker mit hässlichen roten Digitalziffern. Ich wollte mir alle Einzelheiten einprägen und sie im Gedächtnis bewahren, damit ich mir ihr Leben in dieser Wohnung ausmalen kann, wenn ich sieben Kilometer entfernt in meinem Bett liege. Wenn ich mich in der unendlichen Düsternis der Nacht sehr traurig fühle, stelle ich mir vor, wie er mit ihr zusammen ist. Das steigert meine Entschlossenheit. Ich kann arbeiten. Ich kann planen. Mein Verstand ist auf Patrouille. Mein Wille ist stark und wird immer stärker.

Ich trat ins Zimmer und blieb dicht vor dem Fußende des Betts stehen. Ihr Gesicht auf dem Kissen war der Uhr zugewandt. Ein Arm lag auf der dunklen Steppdecke, die über das Bett gebreitet war. Sie trug ein weißes Baumwollnachthemd. Eins mit spitzenbesetzten Ärmeln und Halsausschnitt, das viktorianischen Nachthemden nachempfunden war. Er hat es ihr sicher nicht geschenkt. Er hasst Kopien wie die Pest. Auf einem Stuhl am Fußende des Betts türmten sich Kleidungsstücke, darunter lag ein Gewirr aus Schuhen. Auf dem Bett entdeckte ich einige jener Gazetücher, mit denen Mütter ihren Babys das Gesicht abwischen. Ich nahm eins davon mit.

Als ich Markus kennenlernte, war ich achtzehn und er neunzehn. Wir studierten beide im ersten Jahr an der Universität von Helsinki. Ich hatte mich für Kunstgeschichte eingeschrieben, Markus für Architektur. Wir besuchten beide eine Vorführung des Filmklubs: *Frankensteins Braut*. Der Filmklub zeigte jede Woche einen Film im Biologiehörsaal der Universität. Es war kein besonders gemütlicher Ort, um sich einen Film anzusehen. Wir saßen auf langen harten Sitzbänken mit einem schmalen Holzpult vor uns. Die Sitzreihen waren steil angeordnet. Vorn im Raum gab es eine große Leinwand. Jeden Donnerstag projizierte ein filmbegeistertes Klubmitglied einen Klassiker auf diese Leinwand, meistens eine zerkratzte und ruckelige 16-Millimeter-Kopie.

Frankensteins Braut hatte gerade mit lauter Musik begonnen. Die erste Einstellung zeigte ein heftiges Gewitter, das über einem unheimlich wirkenden Haus auf einer Klippe ausgebrochen war. Ein junger, im Stil der Romantik gekleideter Mann stand am Fenster und blickte in den Sturm hinaus. Da bemerkte ich, dass sich jemand am Ende meiner Sitzreihe niederließ. Da ich am liebsten am Gang saß, rutschte ich ziemlich widerwillig weiter, um dem Neuankömmling Platz zu machen. Er bedankte sich flüsternd, legte eine große Aktenmappe vor sich auf das Pult und machte es sich bequem. Während des Films lachten die meisten Studenten bei manchen Szenen. Doch ich verstand den Grund dafür nicht. Der Inhalt des Films war ziemlich grausam, und das Monster besaß mehr Würde als die Menschen, die ihm nachstellten. Dann war der Film zu Ende, der Abspann lief, und im Hörsaal sprangen die grellen Neonröhren an.

Ich bückte mich nach meiner Tasche. »Genau der richtige Ort, um diesen Film zu zeigen, findest du nicht?«, sagte da der Mann neben mir.

Offenbar stand mir die Verwirrung ins Gesicht geschrieben.

»Doktor Frankenstein könnte hier seine Experimente durchführen ...«

Er wies mit dem Kopf auf den Untersuchungstisch vor der Leinwand und das Waschbecken neben der Tür.

»Ach, ich verstehe ...«

»Ich heiße Markus. Kann ich dich zu einem Kaffee einladen?«

»Ich bin Heja.« Wir schüttelten behandschuhte Hände.

»Kennst du hier in der Nähe einen Laden?«

Wir gingen durch die kalte Nacht in ein Café und ergatterten einen Tisch im hinteren Teil des Raums. Ich zog die Handschuhe aus. Meine Hände waren trotzdem taub vor Kälte. Markus holte zwei Tassen Kaffee und ein Schinkenbrot und brachte alles zu unserem Tisch. Dabei ließ er mich nicht aus den Augen. Ich betrachtete meinen violett und blau gemusterten Tweedrock und strich ihn über den Knien glatt. Er hatte sehr auffällige Augen.

»Heute schneit es sicher noch«, meinte ich und kam mir albern vor, während ich Zucker in meinen Kaffee streute und umrührte. Dann umfasste ich die Tasse mit den Händen, um sie zu wärmen.

»Hat dir der Film gefallen?«, fragte er.

»Ja, hat er. Aber er war auch traurig. Warum haben die anderen alle gelacht?«

»Er hatte seine komischen Momente.«

»Ich mochte das Monster und fand die Leute schrecklich, die ihm auf den Fersen waren. Selbst die Braut, die sie für ihn gemacht haben, weist ihn zurück. Seine letzte Chance, Kontakt mit einem anderen ...«

»Und so vernichtet er sie beide mit den Worten: ›Wir gehören zu den Toten.‹ Möchtest du etwas von dem Sandwich abhaben?«

»Nein danke.«

»Wenn du alte Filme magst – am späten Freitagabend bringen sie immer welche im Hauptsender«, sagte er.

»Ich sehe mir Filme nicht gern im Fernsehen an. Ich finde, man muss sie projizieren.«

»Ich dachte mir schon, dass du eine Puristin bist.«

»Wie kommst du darauf?«

»Weil dein Zopf so perfekt geflochten ist.«

Ab diesem Abend waren wir die nächsten neun Jahre lang zusammen.

Ich warf noch einen Blick in ihr chaotisches Arbeitszimmer. Um hier mehr Überblick zu bekommen, brauchte ich Zeit, also nicht in dieser Nacht. Ich spürte, wie meine Macht wuchs, als ich lautlos durch ihre Wohnung schlich, ohne dass sie es wusste. Ich bin so viel stärker als sie. Bevor ich mich aus dem Staub machte, betrat ich noch einmal ihr Zimmer. Sie schlief und ahnte nichts, als ich ans Bett trat und nur wenige Zentimeter entfernt von ihr verharrte. Ich beobachtete, wie sich ihre Brust hob und senkte, und betrachtete ihr verquollenes, fast kindliches schlafendes Gesicht.

KATHY KATHY Juni

An diesem Vormittag musste ich Philip Parr und Victoria meine Idee mit den Stätten des Weltkulturerbes präsentieren. Sie leitet die Abteilung PR und Marketing, trägt stets knapp auf Figur geschnittene Kostümchen und flirtet schamlos mit Philip. Ich bin nicht ganz sicher, wie viel Einfluss sie auf ihn hat, denn ihm eilt ein Ruf als Frauenheld voraus. Zu mir ist sie aber stets freundlich. Ich war gut vorbereitet und kam zu früh. Da er uns beide zehn Minuten vor seinem Büro warten ließ, nutzte ich die Gelegenheit, um Victoria das von mir entworfene Layout zu zeigen. Es war ein bebildeter Artikel über Siena als Arbeitsprobe.

Es fiel mir nicht schwer, Victoria meine Vorstellungen zu unterbreiten. Doch sobald Philip uns in sein Büro rief, bekam ich Magenkrämpfe und einen trockenen Mund. Er stand hinter seinem Schreibtisch auf und bedeutete uns, auf den unbequemen schicken Stühlen davor Platz zu nehmen. Dann lehnte er sich in seinem Chefsessel zurück und verkündete, ich hätte zehn Minuten für meinen Vortrag.

Ich hatte Stunden mit dem Probeartikel über Siena verbracht, den ich ihm nun reichte.

»In Europa gibt es über dreihundertachtzig Stätten des Weltkulturerbes, zu denen einige der bedeutendsten architektonischen Meisterwerke gehören. Das sind die Gebäude, die man besichtigt, wenn man ins Ausland reist. Sobald man nach Hause kommt, will man vom Besuch dieses wichtigen Bauwerks berichten können. Deshalb erstellen wir einen gut verständlichen Reiseführer, der den Lesern alle Informationen vermittelt, die sie brauchen, um diese Bauwerke zu bewerten und angemessen zu würdigen.

Der Reiseführer wird einen starken optischen Schwerpunkt haben und beeindruckende Fotos enthalten. Einige davon können wir in Auftrag geben, andere aus bereits vorhandenen Quellen beziehen. Dazu liefern wir die grundlegenden Daten, was die Geschichte des jeweiligen Gebäudes und den architektonischen Stil betrifft. Wir bringen diese Reiseführer ein Jahr lang als heraustrennbare Beilagen in unserer Zeitschrift. Ich möchte, dass sie den Charakter eines Nachschlagewerks bekommen, die unsere Leser sammeln und aufbewahren können.«

Philip musterte meine Präsentation eine Weile.

»Interessante Idee, Kathy, aber das würde eine ziemlich teure Angelegenheit werden. Denk nur an die Reise- und Hotelkosten«, entgegnete er. »Wir müssten einen Fotografen und einen Autor zu allen diesen Örtlichkeiten schicken.«

Ich hatte gewusst, dass er sofort mit dem Geld anfangen würde.

»Ja, es werden Kosten entstehen. Wir könnten ortsansässige Fotografen beschäftigen. Ich habe Kontakte in ganz

Europa, und es sind einige angesehene Namen darunter. Unser Team könnte das Schreiben als Teil seiner sonstigen Aufgaben übernehmen. Ich habe bereits einen Budgetplan entworfen und bin sicher, dass wir die Kosten über die Anzeigen wieder hereinbekämen.«

Ich reichte ihm die Tabelle mit meinen Kalkulationen und gab auch Victoria eine Kopie, denn ich brauchte ihre Unterstützung. Philip starrte eine schiere Ewigkeit lang auf das Blatt. Wenn er nachdenkt, verspannt sich sein ganzes Gesicht, und er schürzt unwillig die Lippen. Ich habe ihn noch nie besonders gemocht. Er gehört zu den Menschen, die allgemein als politisch geschickt bezeichnet werden, womit verschlagen und machtgierig gemeint ist. Als das Schweigen andauerte, ärgerte ich mich immer mehr über mich selbst. Ich weiß, dass ich übertrieben bemüht bin. Warum kann ich nicht alles lockerer sehen und muss mir alles so zu Herzen nehmen?

Endlich legte Philip die Tabelle auf den Schreibtisch und ließ mich weiter schmoren. »Was hältst du davon, Victoria?«, fragte er.

»Meiner Ansicht nach hat die Idee viel Potenzial. Auf der Liste stehen ein paar sehr attraktive Örtlichkeiten. Ich bin sicher, dass wir damit viele Anzeigen von Reiseveranstaltern bekommen. Außerdem ist das Projekt keine Eintagsfliege. Vielleicht könnte ich sogar einen Kontakt zu einer der Sonntagsbeilagen herstellen. Ein Preisausschreiben – du weißt schon: Gewinnen Sie eine Reise in die historische Stadt Siena.«

»Wir müssten auch nicht überall Autoren hinschicken«, ergänzte ich und hoffte, meine Planung mit diesem Argument durchzuboxen. »Viel Material lässt sich auch aus anderen Quellen beschaffen.«

»Okay, der Vorschlag gefällt mir. Ich möchte mir aber

zuerst die Zahlen genauer ansehen. Aber es ist grundsätzlich ein Ja. Allerdings müsstest du den Vorstandsmitgliedern eine Präsentation abliefern. Sie sind gern auf dem Laufenden und müssen, was die Kosten betrifft, überzeugt werden.«

»Natürlich. Mit dem größten Vergnügen. Danke, Philip.«

Da er für seinen Dickkopf berüchtigt ist, war dies ein haushoher Sieg. Victoria und ich verließen gemeinsam sein Büro.

»Gut gemacht!«, sagte sie. »Dein Team hat gerade das große Los gezogen.«

»Das haben wir alle. Und es gibt mehr als genug Gebäude, die uns auf Dauer bei Laune halten können. Danke für deine Unterstützung, die hat mir sehr geholfen.«

Meine Euphorie hielt den ganzen Nachmittag an. Meinem Team durfte ich noch nichts verraten, weil Philip nur »grundsätzlich« gesagt hatte und ich Gerüchten vorbeugen wollte, die das Projekt womöglich zum Scheitern gebracht hätten. Allerdings war ich so in Hochstimmung, dass ich für alle Kaffee und Eclairs aus der Konditorei an der Ecke ausgab. Ich kaufte welche mit Vanille- und Erdbeergeschmack und brachte auch Victoria ein Teilchen mit. Aisha und ich saßen in meinem Büro, und während wir das buttercremegefüllte köstliche Gebäck verspeisten, erzählte ich ihr im Vertrauen von Philips Entscheidung.

Danach saß ich an meinem Schreibtisch und machte mir den Nachmittag über Notizen. Ich sprudelte förmlich über vor Ideen für den Reiseführer. Die Gebäude in Portugal wollte ich selbst besichtigen. So könnten Markus und ich meinen Eltern in Lissabon den längst versprochenen Besuch abstatten. Ich würde ihm alle jene Orte zeigen, die mir etwas bedeuteten.

Ich war vor Markus zu Hause. Sobald ich seinen Schlüssel im Schloss hörte, lief ich ihm entgegen und konnte es kaum erwarten, ihm alles zu erzählen.

»Philip ist einverstanden«, verkündete ich. »Das Projekt ist genehmigt.«

»Das ist wirklich eine gute Nachricht.«

Ich stand vor ihm und wartete darauf, dass er mich umarmte. Da er es nicht tat, umarmte ich ihn, und so standen wir eng umschlungen im Flur.

»Möchtest du ein Glas Wein?«, fragte ich. »Zur Feier des Tages ...«

»Lieber nicht. Ich muss heute Abend noch arbeiten.«

»Nun, dann gönne ich mir einen Schluck.«

Ich ging in die Küche, um mir ein Glas einzuschenken, und redete dabei weiter.

»Allerdings dürfen wir nur die wirklich wichtigen Bauwerke selbst bearbeiten. Ich musste ihm versprechen, dass wir uns bei vielen auf Archivmaterial stützen, weshalb es kein hundertprozentiger Triumph war. Aber wenn es ein Erfolg wird – wer weiß?«

»Du hast dir ein gutes Konzept einfallen lassen.«

»Danke. Ich bin so erleichtert. Ich hatte schon Angst, mir könnten endgültig die Ideen ausgegangen sein. Jetzt kann ich bald mit den Bauwerken in Portugal anfangen. Wir kriegen endlich unsere Woche in Lissabon. Wie wunderschön ...«

Er legte mir die Hände auf die Schultern und sah mir ins Gesicht. »Dir ist doch klar, dass ich nicht mitkommen kann.«

»Warum nicht?«

»Das weißt du ganz genau. Ich habe mit dem Projekt in Durham alle Hände voll zu tun.«

»Es wären ja nur fünf Tage. Ich zeige dir alle meine Lieblingsplätze. *Bitte* komm mit!«

»Ich kann nicht, Kathy. Ich hätte keinen Moment Ruhe.

Dir macht die Reise bestimmt viel Spaß, und deine Eltern haben Gelegenheit, Billy besser kennenzulernen.«

»Sie möchten auch *dich* besser kennenlernen. Wirklich.«

»Tut mir leid, aber das muss warten. Ich bin in den nächsten beiden Monaten Tag und Nacht mit dem Projekt beschäftigt.«

Das klang alles so vernünftig. Schließlich hatte er seinen Beruf, und ich hatte meinen. Trotzdem fing ich an zu weinen wie ein kleines Kind, dem die versprochene Belohnung verweigert wird. Ich war machtlos dagegen. Ich stand vor ihm, die Tränen rannen mir übers Gesicht, und ich fühlte mich dumm und albern, weil ich wusste, dass mein Weinen die Kluft zwischen uns nur vertiefte.

»Mach dich nicht lächerlich, Kathy! Du bist übermüdet und gereizt. Die Reise wird dir guttun. Ich wäre gern mitgekommen, aber es ist nicht möglich. Und jetzt muss ich mich wirklich an meine Zeichnungen machen.«

Er verschwand in seinem Arbeitszimmer. Ich setzte mich an den Küchentisch und weinte vor mich hin. Ich war so aufgebracht, dass ich beim Griff nach den Papiertaschentüchern den hübschen kleinen apfelgrün glasierten Krug umwarf und zerbrach, den Tante Jennie mir zum Einzug in die Wohnung geschenkt hatte. Ich weinte nicht nur, weil Markus mich nicht nach Lissabon begleitete, sondern wegen des Gefühls, mich selbst verloren zu haben. Viel zu viel war in viel zu kurzer Zeit geschehen. Die Trennung von Eddie. Die Begegnung mit Markus. Die Schwangerschaft und die Geburt meines wundervollen Sohns. Natürlich war ich müde, aber es lag auch an Markus' abweisender Art, die mir zunehmend wehtat. Ich liebte ihn und wollte, dass er mir mehr Wärme entgegenbrachte, so wie während meiner Schwangerschaft. Wir hatten so viel füreinander empfunden. Das konnte doch nicht alles vorbei sein.

Er hatte meine Idee für den Reiseführer als »gutes Konzept« bezeichnet, was irgendwie gefühllos klang. Er hatte mich weder umarmt, noch hatte er mit mir feiern wollen. Eddie hätte ganz anders reagiert. Er hätte mich an sich gedrückt und darauf bestanden, sofort in den Pub zu gehen, um auf meinen Erfolg anzustoßen. Dann hätten wir beide viel zu viel getrunken – und das hatte ich doch auch nicht ausgehalten, richtig?

Plötzlich fiel mir eine Situation mit Eddie ein. Ich kam gerade von der Arbeit und hörte, dass im Wohnzimmer unserer alten Wohnung das Radio dröhnte. Als ich eintrat, lag er auf dem Sofa und sang aus voller Kehle mit. Er grinste mich an, und ich wusste sofort, dass er betrunken war. Außerdem sah ich, dass seine rechte Hand blutete. Ich stellte das Radio leiser.

»Was ist passiert?«

»Da war so ein Typ, der seine Freundin behandelt hat wie den letzten Dreck. Er hat sie rumgeschubst. Also habe ich ihm eine verpasst.«

»Deine Hand ...!«

Ich holte eine Packung Tiefkühlerbsen aus dem Gefrierschrank, setzte mich neben ihm aufs Sofa und hielt ihm die Packung an die blutenden Fingerknöchel. Er zuckte zusammen, als ich seine Hand berührte, und sang weiter. Während ich dasaß und ihn betrachtete, tobten widerstreitende Gefühle in mir. Obwohl ich wütend war, weil er schon wieder getrunken und sich geprügelt hatte, liebte ich ihn dafür, denn schließlich hatte er eine misshandelte Frau verteidigt. Wenn Eddie trank, verhielt er sich anderen Männern gegenüber manchmal aggressiv. Doch er hatte sehr altmodische Vorstellungen, was den Umgang mit Frauen betraf, und hätte nie einer Frau auch nur ein Haar gekrümmt. Er verachtete Männer, die Frauen schlugen.

Das Telefon läutete. Heja war am Apparat. Rasch nahm ich mich zusammen und putzte mir die Nase.

»Entschuldige, dass ich dich zu Hause anrufe. Könnte ich morgen freinehmen? Tut mir leid, dass es so kurzfristig ist.«

Es folgte, typisch Heja, keine weitere Erklärung. Mich störte das nicht, weil ich das Gespräch möglichst kurz halten wollte.

»Es ist schon in Ordnung, dass du mich zu Hause anrufst, Heja. Werden deine Sachen bis Freitag fertig?«

»Ja klar.«

»Dann kannst du morgen natürlich freinehmen. Wir sehen uns am Freitag.«

Ich beendete das Telefonat und blickte auf. Markus stand an der Tür. Warum musterte er mich so eindringlich? Wollte er auskundschaften, ob mein hysterischer Anfall inzwischen vorbei war und er gefahrlos die Küche betreten konnte? Er trat an den Tisch und griff nach den drei Scherben des kleinen grünen Krugs.

»Ich repariere ihn für dich«, sagte er. »Ich weiß ja, wie sehr du daran hängst.«

»Wirklich?« Ich drängte eine Träne zurück.

»Ja. Sieh her – die Bruchstellen sind glatt. Wenn ich ihn zusammenklebe, sieht er wieder aus wie neu.«

»Danke.«

Er wickelte die Scherben ordentlich in ein Stück Küchenrolle.

»Wir sollten etwas essen«, meinte er.

Als Billy zu weinen anfing, stand ich auf, um ihn zu holen.

»Ist Pizza okay? Ich bin total erledigt«, erwiderte ich.

Als ich mit Billy in die Küche kam, holte Markus gerade zwei Schollenfilets aus dem Gefrierschrank.

»Wir brauchen beide etwas Richtiges zu essen«, sagte er.

»Ich kümmere mich darum. Lass mich nur rasch Billy wickeln, dann schiebe ich den Fisch ins Backrohr. Arbeite ruhig weiter!«

Als ich Markus kennenlernte, hielt ich ihn für stark und selbstbewusst. Schließlich hatte ich miterlebt, wie er die Diskussion auf der Tagung in Newcastle bestimmt hatte. Außerdem war er aufrichtig, endlich ein Mann, bei dem ich mich geborgen fühlen konnte. Er hatte Prinzipien, war praktisch veranlagt und ließ sich kein X für ein U vormachen. Allerdings hat diese Stärke auch eine Schattenseite. Es ist eher eine gewisse Starrheit, mit der er andere Menschen abwehrt. Nun wehrt er auch mich ab, und dennoch weiß ich, dass ihn irgendetwas in seinem Leben belastet. Wenn er mir nur Zugang zu diesem wunden Punkt gewähren würde, ganz gleich, was es auch sein mag! Dann könnten wir wieder so vertraut und zärtlich miteinander umgehen wie zu Anfang meiner Schwangerschaft.

Ich brachte Billy ins Bad. In diesem Raum wird es nie richtig warm, weil die Wände bis auf halbe Höhe gefliest sind und der Boden aus Parkett besteht. Ich kann Teppiche in Badezimmern nicht ausstehen. Also nahm ich Billys Wickeldecke und alle Utensilien mit in die Küche und wickelte ihn neben der Kommode. Seit Neuestem hat er entdeckt, dass er an seinen Zehen lutschen kann. Als er seine linke große Zehe in den Mund steckte, musste ich lachen. Ich ließ ihn auf seiner Decke liegen und wusch mir die Hände. Den Backofen aufzuheizen, dauert eine Ewigkeit, weil er schon alt ist. Also würde es wieder einmal erst sehr spät Abendessen geben. Ich holte den Wäschekorb aus dem Bad und befüllte die Waschmaschine. Als das Telefon wieder läutete, war mein Kindermädchen Fran am Apparat.

»Es tut mir schrecklich leid, Kathy, aber ich kann morgen nicht kommen. Mir geht es schon den ganzen Tag nicht gut, und inzwischen fühle ich mich richtig elend. Ich habe mir bestimmt irgendwas eingefangen.«

»Ach, du Arme …«

»Es tut mir echt leid. Ich habe eine Freundin. Sie heißt Lisa und babysittet manchmal. Soll ich dir ihre Nummer geben? Vielleicht kann sie einspringen.«

Die nächsten zwei Stunden versuchte ich, Lisa zu erreichen, während ich gleichzeitig den Fisch zubereitete und mit Markus zu Abend aß. Um halb elf gab ich es auf.

»Es reicht«, sagte ich. »Dann muss ich eben von zu Hause aus arbeiten. Philip wird das zwar nicht gefallen, aber was soll ich tun? Ich fehle zum ersten Mal und werde Aisha bitten, mir die Post zu bringen.«

Heute Morgen habe ich eine Karte von meiner Tante Jennie aus Cornwall bekommen, über die ich schmunzeln musste. Als ich den Umschlag öffnete, lag darin ein Schwarz-Weiß-Foto, das ein Paar in einem offenen Sportwagen aus den Fünfzigerjahren zeigte. Die Frau war sehr glamourös und trug ein Tuch um Kopf und Hals geschlungen wie ein Filmstar aus jener Epoche. Sie himmelte ihren Begleiter mit Blicken an. Er saß am Steuer und starrte männlich konzentriert geradeaus. Auf die Rückseite hatte Jennie einige Zeilen geschrieben.

Ich habe über Deine Worte nachgedacht, dass Markus so reserviert sei. Tja, es ist eine Tatsache, dass eine Frau im Durchschnitt siebentausend Wörter am Tag spricht, während es bei einem Mann nur zweitausend sind. Hör auf, Dir das Hirn zu zermartern! Du hast einen tollen Mann und einen wundervollen Sohn. Erfreu Dich daran, dann wird bald alles wieder gut.
In Liebe, Jennie xx

Jennie ist ein herzensguter Mensch und steht mit beiden Beinen im Leben. Als meine Eltern sich zur Ruhe setzten und nach Lissabon zogen, hat sie ein Auge auf mich gehabt. Zu wissen, dass sie zu mir hält, ist ein wunderbares Gefühl.

Ich fand es herrlich, den ganzen Tag bei Billy zu Hause zu sein, obwohl es mir schwerfiel, mich auf die Korrekturfahnen zu konzentrieren, die ich durchlesen sollte. Wir saßen in der Küche auf einer Decke. Ich blätterte mit ihm Bilderbücher durch, deutete auf die Tiere und machte die entsprechenden Geräusche. Er war begeistert. Dann erschien Aisha, und wir waren drei Stunden lang fleißig. Ich arbeite schon seit Jahren mit ihr zusammen, auch wenn sie erst ausschließlich für mich tätig ist, seit ich Chefredakteurin geworden bin. Sie ist der Mensch, dem ich in der Redaktion am meisten vertraue. Wir gingen meine Post und die neuesten Rechnungen durch, und ich bat sie um Hilfe bei der Vorbereitung der Präsentation vor dem Vorstand. Ich müsse mit Fakten und Zahlen über die Reiseziele unserer Leser in Europa aufwarten. Aisha hat ein Händchen für Zahlen, die nicht unbedingt meine Stärke sind.

»War Philip damit einverstanden, dass ich von zu Hause aus arbeite?«

»Er hat nicht viel dazu gesagt. Du kennst ihn ja. Aber ich bin sicher, es ist alles in Ordnung. Er hat nach Heja gefragt.«

»Hast du ihm erklärt, dass sie einen Tag freigenommen hat?«

»Ja. Ich glaube, er steht auf sie.«

»Wirklich? Ich dachte immer, dass er Victoria toll findet.«

»Der Typ ist ein Lustmolch und lungert ständig um Hejas Schreibtisch herum. Aber sie hat einen Freund. Ich habe ihn schon mal gesehen.«

»Wie ist er denn so?«

»Groß, dunkelhaarig, gut angezogen. Wirkt wie ein Arzt oder Anwalt oder etwas in der Richtung. Ich habe die beiden letzten Sonntag beim Spaziergang im Barbican beobachtet.«

Nachdem Aisha gegangen war, hielten Billy und ich zusammengekuschelt auf unserem großen Bett ein Nickerchen. Als ich eine Stunde später aufstand, beschloss ich, Huhn mit Ratatouille zu kochen. Während das Huhn briet und köstliche Düfte die Küche erfüllten, ließ ich die Badewanne vollaufen und goss Schaumbad hinein. Dann setzte ich mich, Billy zwischen den Beinen, in die Wanne. Er hat ein gelbes Eimerchen mit einem Loch an der Seite, aus dem das Wasser in einem Strom herausfließt. Da Billy das sehr unterhaltsam findet, musste ich den Eimer immer wieder füllen und hochhalten, während er das Wasser mit den Händen aufzufangen versuchte. Ich hörte Schritte im Flur, und Markus kam herein.

»Das scheint ja ein Spaß zu sein.«

»Ist es.«

Er kniete neben der Wanne nieder und küsste Billy auf den feuchten Scheitel. Dann krempelte er die Ärmel hoch. »Jetzt wasche ich dich, Mrs Hartman«, verkündete er.

Er tropfte Duschgel auf die Handflächen und liebkoste mit seifigen Händen meine Brüste. Seit ich stille, sind sie größer geworden, was mir gut gefällt. Ich lehnte den Kopf an den Badewannenrand, balancierte Billy zwischen den Knien und schloss die Augen. Mit festen, massierenden Bewegungen strich Markus mit den Fingern über meine Brüste und auf die Stellen darunter. Meine Haut fühlte sich angenehm glitschig an, und meine Brüste prickelten.

Plötzlich fing er an zu lachen. Ich öffnete die Augen.

»Aus dir spritzt Milch«, sagte er.

Er beugte sich über die Wanne, nahm meine rechte Brust in den Mund und leckte die Brustwarze ab.

HEJA HEJA Juni

Gestern hatte ich einen Termin mit einem gewissen Mr Banerjee in Kentish Town. Er praktiziert Ayurvedamedizin und wurde mir als ausgezeichneter Arzt und Heiler empfohlen. Mr Banerjee war ein verhutzelter kleiner Mann mit mitfühlend dreinblickenden großen Augen. Er lispelte leicht. Eine übliche medizinische Untersuchung fand nicht statt. Er blickte mir nur in die Augen, fühlte mir den Puls, wies mich an, die Zunge herauszustrecken, und erkundigte sich nach meinen Ernährungsgewohnheiten.

Dann verkündete er, eine Panchakarmakur könne mir seiner Ansicht nach helfen. Dabei handelt es sich um eine Form der Entgiftung, die in Indien schon seit Jahrhunderten praktiziert wird. Unter anderem gehören dazu Dampfbäder, Einläufe mit Kräuteröl und das Inhalieren von Kräuterdämpfen. Eine Panchakarmakur reinigt den Körper. Er hat mich zu einer Radikalbehandlung verdonnert. Ich soll ihn alle zwei Wochen aufsuchen.

Heute Abend habe ich mein Auto geparkt und bin in einem mir unbekannten Teil von London eine von teuren Häusern und Läden gesäumte Straße entlanggegangen, bis ich das von Robert beschriebene Restaurant fand. Er sagte, er habe es vor Kurzem entdeckt, und das Essen dort sei ein Gedicht. Die Eingangshalle verströmte eine diskret luxuriöse Atmosphäre. Alle Wände waren mit dunklem Holz getäfelt. Ein livrierter Mitarbeiter nahm mir die Jacke ab und reichte sie der Garderobiere. Dann führte er mich in einen Raum, wo Ledersessel um polierte niedrige Tische gruppiert waren. An einem davon saß Robert und hatte unsere Speisekarten in der Hand. Er trug einen dunkelgrauen Anzug und ein weißes Hemd. Für einen Mann Mitte dreißig kleidet er sich sehr konservativ. Ich glaube, dass er älter wirken will, als er tatsächlich ist, vermutlich um auf seine Patienten vertrauenerweckend zu wirken.

Er stand auf und küsste mich zur Begrüßung sanft auf die Lippen. Dann trat er einen Schritt zurück und musterte mich anerkennend.

»Tolles Kleid.«

»Danke. Ich hatte noch Zeit, vorher nach Hause zu fahren. Kommst du direkt von der Arbeit?«

»Ja, ich hatte wieder viel zu tun.«

»Ich bin immer unsicher, wie viel ich dich nach deiner Arbeit fragen darf.«

»Tue ich etwa geheimnisvoll?«

»Nein, nur wegen des Arztgeheimnisses.«

Robert hatte sich für Rotwein entschieden. Der Kellner stellte ein sehr großes Glas vor mich hin, zeigte Robert die Flasche und schenkte mir dann feierlich ein. Ich ließ die violette Flüssigkeit kreisen und nippte daran.

»Wie lecker. Feiern wir etwas?«

»Ich möchte nur, dass du von allem das Beste bekommst«, erwiderte er und prostete mir zu. »Auf dieser Speisekarte stehen einfach unglaubliche Köstlichkeiten.«

Als ich nachsah, waren dort nur üppige und teure Gerichte aufgeführt – Hummermousse, Wildente aus Norfolk mit einer Soße aus Pfirsichen und Bitterorangen, Trüffelwürstchen und Wildbraten. Nichts Leichtes wie gegrillter Fisch mit gedünstetem Gemüse, was mir eigentlich lieber ist. Nachdem wir unsere Bestellungen abgegeben hatten, wurden wir zu unserem Tisch geleitet.

Im Speiseraum herrschte die gleiche Atmosphäre wie in dem ersten Raum, nämlich die eines exklusiven Herrenklubs. Die hohe Decke war kunstvoll mit Stuck verziert, und zwischen den mit weißem Leinen gedeckten Tischen gab es genügend Abstand. Die Gäste sprachen mit gedämpften Stimmen.

»Woran arbeitest du zurzeit?«

»Unsere Chefredakteurin hatte die Idee zu einer Serie über Stätten des Weltkulturerbes in Europa.«

»Klingt spannend.«

»Da bin ich nicht so sicher. Ein Nachschlagewerk über historische Bauwerke ... ich schreibe lieber über moderne Gebäude.«

»Ich glaube, eure Chefredakteurin kennt ihr Publikum. Die Briten lieben die Vergangenheit.«

»Umso mehr ein Grund, sie über moderne Architektur zu informieren.«

»Wahrscheinlich sollte ich eure Zeitschrift abonnieren. Ich muss mich dringend bilden.«

»Ja, ich glaube, du hängst auch an der Vergangenheit«, erwiderte ich und musterte meine Umgebung mit bedeutungsvollem Blick.

»Gefällt es dir hier nicht?«

»Es ist eine hübsche Abwechslung. Aber ich könnte in einem so traditionellen Umfeld nicht leben.«

»Ich empfinde es als sehr beruhigend.«

»Du bist ja auch ein bisschen traditionell«, neckte ich ihn. Seine dunkelbraunen Augen musterten mich ernst. »Ich weiß das Schöne zu schätzen. Hast du am Samstag Zeit? In Hampstead läuft ein Film mit Bette Davis.«

»Welcher?«

»Opfer einer großen Liebe.«

»Den kenne ich nicht.«

»Bette Davis spielt eine reiche, verwöhnte Erbin, die sich in ihren Arzt verliebt. Er stellt fest, dass sie an einem unheilbaren Gehirntumor leidet.«

»Klingt ja aufmunternd. Ich dachte, Ärzte dürften nicht mit ihren Patientinnen ausgehen«, erwiderte ich.

»Willentliche Aussetzung der Ungläubigkeit, wenn du es so sehen willst … Jedenfalls verloben sie sich. Sie will ihn in seiner Praxis abholen, aber er ist schon ins Restaurant vorausgegangen. Sie wirft einen Blick in ihre Akte und liest den Vermerk negative Prognose.«

Ich überlege, ob ich mein Weinglas umschütten soll. Es wäre sicher ein hübscher Anblick, wie das Dunkelrot im dicken weißen Leinen versickert. Die anderen Gäste würden verstohlen herübersehen und die Blicke wieder abwenden. Robert würde sich vor Hilfsbereitschaft überschlagen.

»Also trifft sie sich mit ihm im Restaurant. Und als der Kellner sie fragt, was sie trinken möchte, zischt sie nur: ›Ich hätte gern eine negative Prognose!‹ Dann setzt sie ihren typischen Blick auf und stürmt hinaus.«

»Jetzt brauche ich mir den Film nicht mehr anzuschauen. Du hast ihn mir ja schon so plastisch geschildert«, sagte ich.

»Das war nur der erste Akt, es wird noch besser. Magst du alte Filme?«

»Manchmal …«

Ich wusste, dass ich mich nicht sehr begeistert anhörte. Er machte ein bestürztes Gesicht. Schließlich wollte er keinen Streit anfangen. Aber er ahnt nichts von meiner Depression und davon, wie sehr ich meinen Analytiker geliebt habe. Es war nicht meine Aufgabe, ihn zu trösten. Verlegenes Schweigen entstand, als der Kellner erschien, um unsere Teller abzuräumen. Ich strich mit dem Finger über den Rand meines Weinglases.

»Ich glaube, ich habe dich verärgert«, meinte er.

»Nein, Robert, du hast alles getan, damit es ein wundervoller Abend wird. Lass dich nicht von meiner nordischen Schwermut stören!«

»Heja, es wäre so schön, wenn du dich mehr öffnen könntest. Was ist der Grund für diese Schwermut?«

»Es ist zu kompliziert«, erwiderte ich und senkte den Blick auf die Tischdecke. »Ganz anders als in den Filmen.«

Er ließ es dabei bewenden, denn er bedrängt mich nie, wenn ich ihm das Signal *Bis hierher und nicht weiter* gebe. Offenbar erwartete er, dass wir mit dem Taxi zu ihm fahren würden. Nach dem teuren Abendessen wollte er Sex. Doch ich erklärte ihm, ich hätte keine Zeit. Ich sei mit dem Auto da und müsse nach Hause, denn morgen stehe mir ein langer Tag bevor. Er bestand darauf, mich zum Auto zu begleiten. Wir standen unter einer Laterne. Er schlang die Arme um mich und betrachtete mich ein wenig traurig mit seinen großen braunen Augen.

»Bist du sicher, dass du Auto fahren möchtest?«

»Kein Problem. Ich habe nur ein Glas Wein getrunken.«

»Hatte ich den ganzen Rest?«

»Wenn ein Wein gut ist, merkt man ihn nicht. Danke für die Einladung.«

»Treffen wir uns am Wochenende?«

Ich erklärte mich mit einer Verabredung am Samstag einverstanden. Es wird allmählich schwierig mit ihm. Körperliche Nähe genügt ihm inzwischen nicht mehr. Auf der Heimfahrt fragte ich mich, wann ich die Beziehung wohl beenden müsste.

Ich parkte und fuhr mit dem Aufzug in meine Wohnung. Dort schenkte ich mir ein kleines Glas Wein ein, setzte mich an mein wunderschönes Fenster und betrachtete den Fluss. Das waren die ganz besonderen Momente, die ich allein und mit mir im Reinen sein konnte. Ich sah die Lichter der Schiffe auf dem Fluss funkeln. Wieder musste ich an Markus denken. Er wäre von dieser Wohnung und diesem Blick begeistert gewesen.

Bei ihrer ersten Begegnung mit Markus tat meine Mutter ihr Bestes, um ihn zu beleidigen. Wir waren zwar während unserer gesamten Studienzeit zusammen, doch meine Eltern erfuhren erst von ihm, als er bei der Besetzung der Universität gefilmt wurde. Sämtliche Nachrichtensendungen berichteten über ihn als Anführer. Und eine Freundin meiner Mutter, die ich noch nie hatte leiden können, erzählte ihr, sie habe mich mehrfach mit Markus gesehen. Ich hätte also eindeutig etwas mit einem Studentenrevoluzzer.

Nachdem ich meinen Abschluss gemacht hatte, wurde Markus endlich von meinen Eltern zum Essen eingeladen. Ich hatte damals bereits meinen ersten Job beim Fernsehen, während Markus noch an seinem Abschluss in Architektur saß. Mir graute vor der Begegnung. Meine Mutter konnte nämlich sehr abweisend und kritisch sein und nahm kein Blatt vor den Mund, wenn ihr jemand unsympathisch war. Ich fuhr am Vortag nach Hause, um alles vorzubereiten. Meine Mutter hatte im Feinkostladen ein großes Blech fertiges Moussaka gekauft und wollte dazu einen Salat servieren. Am nächsten Abend deckte sie den Tisch mit Keramikgeschirr und Kelchen für den Wein.

»Ein bisschen rustikal ist doch ganz nett, nicht wahr, Heja?«, meinte sie.

Ich war außer mir. Wenn sie mit Markus einverstanden gewesen wäre, hätte sie für ihn ein mehrgängiges Menü zubereitet und das beste Porzellan und Silber herausgeholt. Das Essen sollte eine klare Botschaft vermitteln: Für einen Sozialisten ist ein Fertiggericht gut genug.

Das Schöne daran war, dass es Markus so ohnehin besser gefiel. Ich stand neben ihr, als sie ihm die Tür öffnete, und spürte, wie sie erschrak, ihn plötzlich leibhaftig vor sich zu sehen. Wie faszinierend seine Augen waren, konnte eine

Filmkamera niemals einfangen. Er folgte ihr ins Wohnzimmer, wo mein Dad aufstand und ihm die Hand schüttelte.

»Wir wollen es heute nicht so förmlich angehen. Ich hoffe, das ist Ihnen recht, Markus«, sagte meine Mutter.

Er blickte sie an und lächelte. »Klingt gut.«

Ich stand am Kamin und beobachtete das Gespräch. Meine Liebe zu ihm war so übermächtig, dass ich mich fühlte wie die Ballerina aus Papier, die zu ihrem Zinnsoldaten ins Feuer springt. Während er schmilzt, wird sie, zusammen mit ihm, von einer strahlenden Flamme verschlungen.

Beim Essen unterhielten Markus und mein Vater sich ungezwungen miteinander. Sie erörterten eine kürzliche Inszenierung von *Der kaukasische Kreidekreis,* die im Rahmen einer in Helsinki soeben beendeten Brechtreihe stattgefunden hatte. Meine Mutter, die den ganzen Abend kaum ein Wort von sich gegeben hatte, unterbrach das Gespräch, indem sie darauf beharrte, den Kaffee im Wohnzimmer einzunehmen. Also standen wir auf und trotteten nach nebenan. Markus langte in seinen Rucksack, holte ein Buch heraus und reichte es ihr.

»Ich danke Ihnen beiden herzlich für diesen wunderschönen Abend. Ich habe das hier in einem Buchladen gefunden und dachte, es könnte Ihnen vielleicht gefallen.«

Es war ein großes altes Buch mit einem braunen Ledereinband. Der Titel war in Goldbuchstaben eingeprägt. Es handelte sich um einen Bildband über Helsinki. Meine Mutter legte das Buch auf den Schoß und blätterte vorsichtig mit ihren manikürten Fingern um. Die Fotos waren alle schwarz-weiß und wunderschön.

»Das ist wirklich nett von Ihnen«, sagte sie kühl. Als mein Dad sich neben sie aufs Sofa setzte, drehte sie das Buch zu ihm hin.

»Oh, dieses Gebäude kenne ich. Schau, wie sich die Straße seitdem verändert hat. Darf ich?«, meinte er und nahm meiner Mutter das Buch aus der Hand.

Er betrachtete das Deckblatt. »Erschienen 1932. Wo haben Sie es entdeckt, Markus?«

»Ganz in der Nähe der Universität gibt es ein Antiquariat. Ich gehe schon seit Jahren hin, um preiswerte Lehrbücher zu suchen. Außerdem sammle ich Fotos von Gebäuden. Der Inhaber kennt mich inzwischen und legt mir bestimmte Bücher zurück.«

»Das ist wirklich ein Prachtstück. Vielen Dank, Markus.«

Nachdem er fort war, half ich meiner Mutter beim Abräumen. Sie verlor kein Wort über Markus, und ich bedankte mich nicht, dass sie uns mit einem Fertiggericht abgespeist hatte. Anschließend kehrten wir zurück ins Wohnzimmer, wo mein Vater noch immer das Buch betrachtete. Als er aufblickte, bemerkte er, dass ich ihn beobachtete. »Ich finde deinen Markus sehr sympathisch«, sagte er. »Er hat einen guten Geschmack und ausgezeichnete Manieren.«

KATHY Juni

Aisha und ich saßen bis spätabends in der Redaktion. Sie tippte meine Aufzeichnungen für das Referat ab, das ich am nächsten Tag vor dem Vorstand halten sollte. Als ich hinausschlüpfte, um uns einen Kaffee zu holen, sah ich Heja an ihrem Schreibtisch und Philip in seinem Büro. Sicher bereitete er sich auch auf die Vorstandssitzung vor. Bei diesen Veranstaltungen handelte es sich um kunstvoll choreografierte Inszenierungen, und Philip war ein Fachmann darin, die Mitglieder in seinem Sinn zu beeinflussen.

Als ich Heja fragte, wie es ihr gehe, antwortete sie mit »Danke, gut«. Sie verriet mir nicht, womit sie gerade beschäftigt war. Da sie nur selten freiwillig mit Informationen herausrückte, sprach ich sie direkt darauf an. Sie erwiderte, sie arbeite ihren Rückstau auf. Ich meinte, ich sei auf dem Weg ins Café an der Ecke, ob ich ihr etwas zur Stärkung mitbringen solle. Sie bedankte sich höflich und entgegnete, sie habe eine Wasserflasche dabei. Meine Unterhaltungen mit Heja beschränken sich auf den Austausch von Höflichkeitsfloskeln.

Bald war ich mit unseren Kaffeebechern zurück und stand neben Aisha, während sie meine Notizen abtippte und eine Zahlentabelle hinzufügte, die sie zusammengestellt hatte. Diese enthielt die demografischen Daten unserer Leser – wo sie ihre Ferien verbrachten und welche potenziellen Anzeigenkunden sich möglicherweise für sie interessieren könnten. Es war eine ausgezeichnet recherchierte Arbeit.

»Das ist toll, Aish, einfach nur toll.«

»Bist du sicher, dass es genügt?«

»Klar. Und jetzt geh nach Hause! Du musst noch packen. Ich weiß gar nicht, wie ich dir danken soll, dass du heute länger geblieben bist.«

Sie druckte meine Präsentation aus und steckte sie mit anderen Papieren in eine Mappe.

»Viel Glück morgen! Du machst das sicher klasse. Ich habe meiner Vertretung eine detaillierte Liste mit Arbeitsanweisungen hinterlassen. Außerdem noch eine mit Sachen, um die du dich kümmern musst.«

Als sie mir die Mappe reichte, küsste ich sie auf die Wange.

»Was täte ich nur ohne dich? Einen schönen Urlaub wünsche ich dir.«

Am nächsten Morgen wollte sie für zwei Wochen nach Kreta fliegen und hatte eine Vertretung organisiert, die mich unterstützen sollte. Ich blieb noch eine Weile am Schreibtisch sitzen und las die Präsentation durch. Sie war gut. Inzwischen war es kurz vor halb acht, und ich musste nach Hause. Also ging ich aufs Klo, kehrte in mein Büro zurück, schaltete alles aus, nahm Handtasche und Mappe und schloss das Büro ab. Als ich an Philips Büro vorbeikam, stellte ich fest, dass Heja inzwischen bei ihm saß. Er hatte sich, ein Glas in der Hand, zurückgelehnt und plauderte mit ihr. Sie hatte auch ein Glas. Als er aufblickte, winkte ich zum Abschied.

Warum empfand ich Beklommenheit, als ich Heja dort bei ihm sitzen sah? Sie trank doch nur einen mit ihm. Mich ließ jedoch die Erinnerung an unser gemeinsames Mittagessen nicht mehr los, als sie mich gefragt hatte, ob sie meine Stellvertreterin werden könne. Ich hatte abgelehnt und hinzugefügt, Philip werde das niemals gutheißen. War es möglich, dass sie ihm gerade den gleichen Vorschlag unterbreitete? War sie länger geblieben, um Philip in seinem Büro abzufangen? Bei der Vorstellung, dass sie womöglich hinter meinem Rücken intrigierte, wurde mir flau im Magen. Es war schon zu spät, um zu Fuß nach Hause zu gehen, und so hielt ich ein Taxi an.

Vielleicht hatte er sie auch einfach nur an ihrem Schreibtisch sitzen sehen und in sein Büro gerufen, um mit ihr zu flirten. Aisha vermutete, dass er auf sie stand. Er hatte immer wieder Techtelmechtel mit Kolleginnen gehabt. Ich erinnerte mich an die Affäre mit Andrea vor etwa zwei Jahren und daran, wie schlecht sich das auf die Stimmung im Team ausgewirkt hatte. Wollte Heja etwas mit Philip anfangen? Auch dieser Gedanke gefiel mir ganz und gar nicht.

Um zehn vor acht war ich zu Hause, später, als ich mit Fran verabredet hatte. Als ich gerade die Tür aufschloss, kam Fran, Billy auf dem Arm, aus seinem Zimmer. Sie wirkte aufgelöst, Billys Wangen waren gerötet, und er weinte.

»Er zahnt schon den ganzen Tag. Ich wollte ihm gerade Calpol geben.«

»Armes Baby. Ich stille ihn gleich.«

Ich nahm ihr Billy ab, setzte mich in sein Zimmer und knöpfte meine Bluse auf. Sofort dockte Billy an meiner rechten Brust an und begann zu saugen. Ich blickte auf. Fran stand in der Tür.

»Entschuldige, dass ich zu spät komme. Vielen Dank, dass du länger geblieben bist. Du warst mir eine große Hilfe.«

Sie rührte sich nicht vom Fleck, sondern verharrte einfach auf der Schwelle. Ihre Lippen fingen an zu zittern, und dann brach sie in Tränen aus, gewaltige Schluchzer, die ihren gesamten Körper erschütterten.

»Fran, was hast du?«

Sie setzte sich auf Billys Spielzeugkiste, nahm eine Handvoll feuchte Tücher aus dem Spender und putzte sich die Nase.

»Entschuldige ...«

Eigentlich war ich gerade dabei, Billy zu stillen, und das tat ich gern in Ruhe. Doch offenbar brauchte Fran Hilfe.

»Geh schon mal in die Küche, Liebes, und setz den Kessel auf! Ich bringe Billy ins Bett. Dann können wir reden.«

Während Fran aufstand, legte ich Billy an die linke Brust. Er saugte zufrieden, die Schmerzen vom Zahnen waren vergessen. Als ich auf die Uhr sah, stellte ich fest, dass es schon nach acht war. Markus kam gegen halb neun nach Hause. Das Essen war nicht fertig, und außerdem wollte ich noch einmal meine Präsentation durchsehen. Doch ich musste Prioritäten setzen – Fran steckte offenbar in einer Krise. Sie verstand sich gut mit Billy, und ich konnte mich auf sie verlassen. Deshalb war ich darauf angewiesen, dass mit ihr alles in Ordnung war. Inzwischen hatte Billy sich satt getrunken und war in meinen Armen eingeschlafen. Also legte ich ihn vorsichtig in sein Bettchen. Seine Wangen waren zwar noch immer gerötet, und sein Haar war an den Schläfen ein wenig feucht, doch ansonsten schien er sich wohlzufühlen.

Ich ging in die Küche. Mittlerweile hatte Fran aufgehört zu weinen und eine Kanne Tee aufgegossen. Ich schenkte uns beiden eine Tasse ein.

»Und jetzt erzähl mir, was dich bedrückt, Liebes!«

Sie stieß einen zitternden Seufzer aus. »Andros hat gestern Abend Schluss gemacht.«

»Andros …?«

Und so kam alles ans Licht: dass sie seit neun Monaten mit diesem Andros zusammen war. Dass sie seine Ausbildung zum Automechaniker mitfinanziert hatte. Und dass am Tag zuvor aus heiterem Himmel Schluss gewesen war. Sie hatte schon eine Weile den Verdacht gehegt, dass er ein Auge auf ein Mädchen vom griechischen Teil Zyperns geworfen hatte, das auch in dem Wohnblock lebte. Er hatte Frans Geld genommen, sie benutzt und dann in die Wüste geschickt. Nun fühlte sie sich wirklich elend.

Ich tröstete sie so gut wie möglich und sagte, sie sei eine reizende junge Frau, die so viel mehr zu bieten habe. Es sei doch besser, dass sich der miese Typ rechtzeitig entlarvt habe, bevor sie Jahre an ihn verschwendet hätte. Sicher würde sie bald einen Mann finden, der viel besser zu ihr passte. Ich wusste nicht, ob ich ihr damit half, aber zumindest beruhigte sie sich.

»So gern ich's täte, Fran, aber ich kann dir morgen leider nicht freigeben. Ich habe eine wichtige Präsentation.«

»Nein, nein, ich komme. Es tut mir gut, wenn ich arbeite.«

Im nächsten Moment hörten wir, wie Markus die Wohnungstür aufschloss. Fran stand auf.

»Ich gehe jetzt besser.«

Ich glaube, dass sie sich ein wenig vor Markus fürchtete. Ich erhob mich und umarmte sie. »Alles wird wieder gut.«

Nachdem sie fort war, erzählte ich Markus, was sich an diesem Tag ereignet hatte. Inzwischen war es nach neun, und ich war erschöpft und hatte leichte Kopfschmerzen. Da wir erst spät zu Abend aßen, beschloss ich, dass ich zu müde war, um die Präsentation noch einmal durchzuarbeiten, und stellte den Wecker etwas früher.

Er läutete um zwanzig vor sieben. Ich rieb mir den Schlaf aus den Augen. Ich war so müde, dass ich gern weitergeschlafen hätte. Doch ich wusste, dass ich mich besser fühlen würde, wenn ich richtig gut auf die Vorstandssitzung vorbereitet war. Also zwang ich mich aufzustehen, duschte und zog ein schickes schwarzes und orangefarbenes Kleid und richtige Erwachsenenschuhe an. Inzwischen hatte ich gelernt, dass man bei Treffen mit dem Vorstand auch aussehen musste wie eine Chefredakteurin. Nachdem ich mir kräftig das Haar gebürstet hatte, trug ich Wimperntusche auf und legte teure Ohrringe an.

Markus bewegte sich erst, als ich in die Küche ging, um meine Mappe mit dem Manuskript zu holen. Ganz obenauf entdeckte ich Spesenabrechnungen, was ich seltsam fand. Dort hatte ich doch meine Präsentation abgelegt. Ich blätterte alles durch. Darunter befanden sich Aishas Anweisungen an ihre Vertretung und weitere Rechnungen. Sonst nichts. Verdattert blätterte ich die Papiere noch einmal durch – die Präsentation war verschwunden. Ich fragte mich, ob ich sie am Vorabend anderswo verstaut hatte, griff nach meiner Handtasche und durchsuchte sie. Nichts. Dann kramte ich in den Stößen von Zeitschriften und Broschüren auf dem Küchentisch. Allmählich bekam ich es mit der Angst zu tun. Anschließend ging ich in mein Arbeitszimmer, um das Manuskript dort zu suchen. Mein Kleid war eng anliegend, und mir brach der Schweiß aus. Inzwischen war Markus in der Küche und machte Kaffee.

»Möchtest du einen Kaffee?«, rief er.

»Ich kann mein Manuskript nicht finden.«

Er trat in den Flur hinaus und sah zu, wie ich mit zunehmender Verzweiflung die Papiere auf meinem Schreibtisch durchwühlte.

»Wann hast du es zuletzt gesehen?«

Ich dachte nach. »Im Büro habe ich es mir noch einmal angesehen. Danach bin ich mit dem Taxi nach Hause gefahren. O Mist! Könnte es im Taxi herausgefallen sein?«

»Es ist doch sicher auf deiner Festplatte. Fahr in die Redaktion. Du hast noch Zeit.«

»Es ist nicht auf meiner, sondern auf Aishas Festplatte!«

Ich griff nach meinem Mobiltelefon und rief Aisha an. Während es läutete und läutete, tigerte ich im Flur auf und ab. Dann fiel mir ein, dass sie ja in aller Frühe nach Kreta hatte fliegen wollen. Die Mailbox sprang an. Im nächsten Moment hörte ich, dass Billy aufgewacht war.

»Aisha meldet sich nicht. Wahrscheinlich sitzt sie schon im Flieger. Markus, du musst Billy wickeln und füttern. Ich fahre sofort in die Redaktion. Tut mir leid, es geht nicht anders. Fran kommt gleich.«

Ich griff nach Handtasche und Mappe und hastete hinaus. Statt auf den Lift zu warten, rannte ich auf meinen hochhackigen Schuhen die Treppe hinunter.

Es war kurz vor acht, und die Vorstandssitzung begann um halb zehn. In der Baker Street hielt ich ein Taxi an. Natürlich blieben wir im Stau stecken. Inzwischen war mir vor lauter Panik schwindelig. Ich wusste, dass ich mich beruhigen musste. Mir fiel ein, dass ich eine frühere Version meines Manuskripts im Computer hatte. Allerdings war es eine

Rohfassung, und außerdem fehlte die Analyse unserer Leserschaft, der wichtigste Teil meiner Präsentation. Endlich war ich im Büro. Ich schloss auf, warf den Computer an und druckte die Rohversion aus. Während der nächsten vierzig Minuten versuchte ich mich an die Einzelheiten zu erinnern, die Aisha so gründlich für mich recherchiert hatte. Einen Teil konnte ich mir wieder ins Gedächtnis rufen, doch es war nicht die umfassende Statistik, die ich eigentlich hatte vorstellen wollen.

Philip trug einen schicken Anzug. Um zwanzig nach neun steckte er den Kopf zur Tür herein.

»Bist du bereit? Einige Vorstandsmitglieder sind schon da. Trink doch einen Kaffee mit uns!«

Ich stand auf. Sollte ich ihm reinen Wein einschenken? Nein, sonst hielt er mich für eine Chaotin. Also folgte ich ihm, die Mappe fest umklammert. Ich hatte das Gefühl, als würde ich zur Schlachtbank geführt. Bevor ich in den Sitzungssaal trat, sah ich Heja und Stephanie an ihren Schreibtischen. Heja, makellos elegant wie immer, schaltete gerade ihren Computer an. »Viel Glück«, flüsterte Stephanie. Dann schloss Philip die Tür hinter uns.

Es war ein Albtraum. Ich wollte die Vorstandsmitglieder für die großartigen kulturellen Stätten begeistern, die wir in unserem Reiseführer behandeln würden. Einige der berühmtesten europäischen Bauwerke. Allerdings wurde ich die Panik einfach nicht los und sprach zu schnell und atemlos. Ich wirkte bestimmt nicht überzeugend und erweckte sicher den Eindruck, als glaube ich selbst nicht an das Projekt. Ein freundliches Vorstandsmitglied, eine Frau über sechzig, nickte mir aufmunternd zu, während ich mich durch mein Manuskript quälte.

Am schlimmsten war die Fragestunde nach der Präsentation. Meine Antworten, was die Zahlen anging, fielen nicht gerade selbstbewusst aus, und genau die waren das Lieblingsthema des Vorstands. Ich teilte den Anwesenden mit, ich würde ihnen eine detaillierte demografische Analyse unserer Leser, ihrer Reisegewohnheiten sowie eine Liste der Unternehmen nachreichen, die vermutlich gern eine Anzeige im Reiseführer schalten würden. Schließlich musste ich ihnen vermitteln, dass die Kosten für den Reiseführer von den Anzeigen gedeckt werden würden. Endlich leitete Philip zum nächsten Tagesordnungspunkt über, und ich durfte gehen.

Ich verließ den Sitzungssaal und marschierte schnurstracks in mein Büro. Zum Glück waren die meisten Schreibtische unbesetzt. Nur Heja saß da und musterte mich mit ihrer gewohnt undurchdringlichen Miene. Ich nickte ihr nur zu, weil ich keinen Ton herausbrachte. Niedergeschlagen und voller Selbstzweifel kehrte ich in mein Büro zurück. Die Vertretung von der Zeitarbeitsfirma saß an Aishas Schreibtisch. Ich fragte sie, ob sie so nett wäre, mir einen Kaffee und ein Croissant zu holen, denn ich hatte den ganzen Tag nichts gegessen und bekam allmählich pochende Kopfschmerzen. Ich gab ihr etwas Geld, setzte mich an meinen Schreibtisch, zog die hochhackigen Schuhe aus und griff nach Aishas Mappe.

Am liebsten wäre ich nach Hause gefahren, um meine Wunden zu lecken. Ich wusste, dass Philip bei mir auf der Matte stehen würde, sobald die Sitzung vorbei war. Ich klappte die Mappe auf und entdeckte Aishas Arbeitsanweisungen unter den Spesenquittungen. Und ganz oben standen ihr Benutzername und das Passwort ihres Computers. Hätte ich meine fünf Sinne beisammengehabt, hätte ich ihren Computer einschalten und die Präsentation ausdrucken können, die wir so sorgfältig vorbereitet hatten und die alle benötigten Zahlen enthielt.

Zur Mittagszeit, die Vorstandsmitglieder hatten das Gebäude bereits verlassen, suchte Philip mich im Büro auf. Ich hatte mit zunehmend banger Vorahnung auf ihn gewartet. Er trat ein und schloss die Tür hinter sich. Ich stand auf. Er sparte sich die Floskeln und kam sofort auf den Punkt.

»Das war unter deinem üblichen hohen Niveau.«

»Ich weiß. Es tut mir leid, Philip.«

»Schön und gut, dass du anbietest, ihnen eine Analyse unserer Leserschaft zuzuschicken. Heute hattest du die Chance, ihnen diese Analyse zu *geben*. Das hatte ich erwartet, und ich dachte, ich hätte mich klar genug ausgedrückt.«

»Das hast du. Tut mir leid.«

»Fehlt dir etwas?«

Er bedachte mich mit seinem typisch durchdringenden Blick. Offenbar zweifelte er an mir und traute mir nicht zu, trotz Baby den Job einer Chefredakteurin auszufüllen. Sollte ich ihm von dem verschwundenen Manuskript erzählen?

»Ich muss mich erst eingewöhnen und bin noch immer etwas müde.«

»Deine Leistungen machen mir ein wenig Sorgen, Kathy«, fuhr er fort. Mir wurde übel. Bis jetzt war ich immer spitze in meinem Beruf gewesen.

»Du bist noch in der Probezeit«, fuhr er fort. »Dieser Posten ist mit einer sechsmonatigen Probezeit verknüpft.«

Ich reckte den Kopf und zwang mich, ihm unverwandt in die Augen zu blicken.

»Das ist mir klar. Ich werde eine detaillierte Analyse für den Vorstand vorbereiten. Bis heute Abend hast du sie.«

»Gut.«

Er ging hinaus.

Obwohl seine Kritik berechtigt gewesen war, fühlte ich mich elend. Seit Billys Geburt war ich nicht mehr ganz klar im Kopf. Die alte Kathy hätte niemals ihr Manuskript verloren oder eine Präsentation in den Sand gesetzt. Ich ging auf die Toilette, schloss mich in eine Kabine ein und gestattete es mir, fünf Minuten lang zu weinen. Danach verbrachte ich die nächsten drei Stunden mit Schadensbegrenzung. Ich verschaffte mir mit Aishas Passwort Zugriff auf ihren Computer und verfasste einen griffigen und überzeugenden Begleittext für die Zahlentabellen, die wir aufgestellt hatten. Dann druckte ich alles aus und übergab es Philip, bevor dieser um sechs das Gebäude verließ.

HEJA HEJA Juni

Kathy fühlt sich in ihrer Rolle als Chefredakteurin unsicher, und es gehört nicht viel dazu, sie aus dem Tritt zu bringen. Ich habe ihr Gesicht gesehen, als sie aus der Vorstandssitzung kam. Sie sagte kein Wort und wirkte ziemlich erschüttert. Sie ist unfähig, ihre Gefühle zu verbergen. Sie stehen ihr ins Gesicht geschrieben. Es war ein Triumph, sie so niedergeschlagen zu erleben.

Es war ein Kinderspiel gewesen, mich in ihr Büro zu schleichen und ihr Manuskript zu entwenden, während sie auf dem Klo war. Aisha hatte schon Feierabend gemacht, und die Mappe lag mitten auf dem Tisch. Sie aufzuklappen und das Manuskript herauszunehmen, dauerte nur wenige Sekunden. Ich habe es in meiner Schreibtischschublade versteckt. Dann habe ich an Philips Bürotür geklopft und ihn gefragt, ob ich kurz mit ihm sprechen könne. Er hat mich begeistert hereingebeten und mir einen Drink angeboten, den ich angenommen habe. Er hat immer eine Flasche Whisky im Büro.

Weil ich Whisky nicht mag, habe ich nur mit dem Glas herumgespielt. Doch er hat es nicht bemerkt, denn er lehnte sich zurück und hielt Vorträge über die Zeitschrift. Ich wusste, dass es sie nervös machen würde, mich bei ihm sitzen zu sehen. Sicher hat sie sich gefragt, worüber wir geredet haben.

Sie hat keine Ahnung, wie man Philip an der Leine führt, obwohl das so einfach ist. Nur ein kleiner Schubs wäre nötig, und er würde sich mit mir verabreden. Stephanie hat mir erzählt, dass er schon früher Affären mit Kolleginnen hatte. Eine Weile hatte er etwas mit einer Teamkollegin namens Andrea laufen. Laut Stephanie spielte sie sich daraufhin mächtig auf und machte sich wichtig, bis es zu Spannungen im Team kam. Schließlich steckte es jemand seiner Frau, und eine Woche später war Andrea Geschichte. Ich habe mich bei Stephanie erkundigt, wer Philips Frau von der Affäre erzählt hat, doch sie sagte, sie wisse es nicht. Jedenfalls hätte die Betreffende allen einen Gefallen getan. Ich bin sicher, dass sie es doch weiß, es mir aber nicht verraten wollte. Vielleicht war sie es ja selbst. Ich habe ermittelt, dass es vor zwei Jahren passiert ist und dass Kathy damals schon bei der Zeitschrift gearbeitet hat.

In den letzten Tagen habe ich ihre Wohnung beobachtet. Der Tagesablauf des Kindermädchens hat sich offenbar aus irgendeinem Grund geändert. Sie fährt Billy zwar noch immer im Kinderwagen spazieren, schlägt allerdings die entgegengesetzte Richtung ein. Nachdem sie heute das Haus verlassen hatte, bin ich mit dem Lift in den dritten Stock gefahren und habe die Wohnungstür aufgeschlossen. Ich bin sofort in Markus' Arbeitszimmer gegangen. Ich halte mich gern in der Nähe seiner Sachen, seiner Bücher und seiner Pläne auf. So fühle ich mich ihm verbunden. Als ich seine Bücher betrachtete, stieß ich auf das alte Album, das seinem Großvater Billy Hartman, Pressefotograf und Kommunist, gehört hat. Ich setzte mich auf den Boden und sah mir noch einmal die besten Arbeiten seines Großvaters an.

Billy Hartman war sein Leben lang als Fotograf beim *Helsingin Sanomat* tätig. Er war sehr stolz auf seine Aufnahmen und klebte über die Jahre hinweg die besten davon in dieses Album. Markus hat seinen Großvater sehr geliebt. Ich erinnere mich an seine Wut, als der alte Mann an Alzheimer erkrankte und seine Eltern ihn in ein Pflegeheim steckten. Markus hat sich deshalb schrecklich mit seinen Eltern gestritten. Seiner Ansicht nach hätten sie ihn zu Hause behalten sollen, wo er von gewohnten Gegenständen umgeben war.

Das Pflegeheim war viele Kilometer von seinem vertrauten Umfeld entfernt. Markus studierte damals noch in Helsinki, und es war eine weite Fahrt. Trotzdem besuchte er ihn regelmäßig. Manchmal begleitete ich ihn. Ich erinnere mich an einen meiner ersten Besuche. Markus hatte das Fotoalbum bei sich. Wir saßen im Bahnhof und warteten auf den Zug.

»Was ist das?«

»Ich begreife meine Eltern nicht. Erst schieben sie ihn in diesen Laden ab, und dann packen sie ihm nicht mal sein Album ein!«, schimpfte er.

»Was ist da drin?«

»Nur sein ganzes Leben …«

Er fügte hinzu, er habe als Kind seinen Großvater immer wieder gebeten, das Album durchzublättern und ihm die Geschichte von jedem Foto zu erzählen. Sein Beruf hatte Billy Hartman mit den verschiedensten Ereignissen in Kontakt gebracht: mit Unfällen am Hafen, politischen Kundgebungen und Streiks. Ein Foto hatte Markus ganz besonders beeindruckt. Ich sah es mir noch einmal an. Ein junger

Mann liegt ausgestreckt am Boden. Seitlich aus seinem Kopf rinnt Blut und bildet eine dunkle Lache. In seinen offenen Augen malen sich Schreck und Schmerz. Auf der Oberlippe hat er einen leichten Bartflaum. Ein Arm klemmt verdreht unter seinem Körper. Der andere ist ausgestreckt, und die Finger krümmen sich, als wolle er jemanden herbeirufen. Er trägt eine derbe Hose und eine Arbeitsjacke aus blauem Stoff. Neben ihm steht eine zerborstene Kiste, aus der sich Metallteile ergießen.

»Ein beeindruckendes Foto«, sagte ich.

»Mein Großvater war gerade am Frachthafen, als der Unfall geschah. Eigentlich hätte er eine Handelsdelegation fotografieren sollen, die dort zu Gast war. Er war früher gekommen und hatte sich nach einer geeigneten Stelle umgesehen, wo er die Fotos machen wollte. ›Zeit, die man mit Erkundungen verbringt, ist nie vergeudet‹, waren seine Worte. Es war einer seiner liebsten Aussprüche. Und so wurde er Zeuge, wie die Kiste abstürzte und den jungen Mann am Kopf traf. Vor seinen Augen ist er umgefallen und gestorben. Er hat beschlossen, die Szene zu fotografieren.«

»Was für ein schrecklicher Unfall«, erwiderte ich.

»Es kam zu einem allgemeinen Aufschrei. Der Frachthafen genoss einen üblen Ruf hinsichtlich der Arbeitssicherheit. Das hatte er von einigen Hafenarbeitern erfahren, die mit ihm in der kommunistischen Partei waren.«

Schließlich habe das aufrüttelnde Foto seines Großvaters eine Bewegung zur Verbesserung der Arbeitssicherheit in finnischen Frachthäfen ausgelöst. Seine Arbeit hatte etwas bewirkt.

Als wir im Pflegeheim ankamen, ging Markus vor mir her und entdeckte seinen Großvater auf einer Bank unter den Bäumen. Es war einer von Billy Hartmans klareren Nachmittagen, und er freute sich sehr, Markus zu sehen und sein

Album zurückzubekommen. Er war ein überzeugter Kommunist. Bei späteren Besuchen sagte er immer wieder zu uns: »Jeder muss geben, was er kann, und bekommen, was er braucht. Ihr werdet schon sehen.«

Ich bin sicher, dass sie nichts davon weiß. Sie ahnt nicht, welch außergewöhnlicher Mensch Markus ist und was ihm etwas bedeutet. Mir fiel der Mann am Fenster ein, der Mann, der Billy im Arm gehalten hatte, während Markus verreist war. Nachdem ich das Album wieder genau an seinen Platz gestellt hatte, ging ich in ihr Arbeitszimmer und durchsuchte ihre Schreibtischschubladen. Sie hat alle möglichen Sachen hineingestopft. Alte Disketten, aufgebrauchte Scheckhefte, und in der untersten Schublade entdeckte ich einen Stapel Fotos. Als ich sie durchsah, fand ich das Gesuchte. Es waren ziemlich viele Fotos von *ihm*. Auf einem stand er mit gebräuntem nacktem Oberkörper in einem Garten. Ihr Liebhaber … Ich nahm das Foto und legte es mitten auf Markus' Zeichentisch. Die Platte war leer. Er konnte es nicht übersehen.

KATHY KATHY Juni

Ich stand in der Küche und überlegte, was ich zum Abendessen kochen sollte. Ich hatte das Bedürfnis nach Futter für die Seele. Billy spielte zu meinen Füßen, und ich fühlte mich so elend. Philip hatte mir keine Rückmeldung auf die Zahlen gegeben, die ich für ihn und den Vorstand zusammengestellt hatte. Ich wusste, dass er sie verschickt hatte, denn ich hatte seine Sekretärin danach gefragt. Doch mir gegenüber hatte er kein Wort darüber verloren. Philip ist sehr nachtragend. Man braucht ziemlich lange, um sich seinen Respekt zu verdienen, und kann ihn im Nu wieder verlieren. Ich hörte, wie Markus die Wohnungstür aufschloss. Er kam in die Küche und küsste mich und Billy.

»Ich brauche mal einen freien Abend«, meinte er. »Lass uns mit Billy einen Spaziergang machen!«

Da Markus nur selten so etwas vorschlug, stimmte ich sofort zu.

Ich war froh, der Wohnung zu entkommen. Es war ein milder, heller Abend, und wir gingen in den Regent's Park. Auf den Wegen im Park waren viele Paare unterwegs, die Arm in Arm dahinschlenderten und einen friedlichen Feierabend genossen. Allmählich wurde ich etwas ruhiger. Während wir Billy im Kinderwagen rund um den See schoben, vertraute ich Markus meine Ängste an.

»In der Arbeit läuft es nicht gut. Ich bin nicht sicher, ob ich es als Chefredakteurin schaffe.«

Das Eingeständnis, dass ich mich unzulänglich fühlte, fiel mir schwer. Aber ich musste darüber reden.

»Es ist doch noch früh am Tag«, tröstete er mich.

Ich spürte, wie mir Tränen in die Augen traten.

»Ständig verwechsle, verliere oder vergesse ich etwas. Und je stärker ich an mir zweifle, desto mehr Fehler mache ich.«

»Du hast dein Manuskript verloren, was ein Jammer ist. Schließlich war das mit dem Reiseführer eine gute Idee«, erwiderte er. »Das Projekt läuft doch noch, oder?«

»Ja, es läuft noch. Allerdings hat Philip mich darauf hingewiesen, dass ich eine sechsmonatige Probezeit habe. Ich glaube, er vertraut mir nicht mehr.«

»Das bezweifle ich. Vielleicht bürdest du dir zu viel auf. Delegier mehr an dein Team! Lass die das Schreiben übernehmen, sitz da und sei die entspannte und gütige Chefin.«

»Ich schreibe aber gern.«

»Dann tu's, aber gib ihnen mehr Freiraum. Sie sollen sich selbst die Gebäude aussuchen. Mit dieser Methode holst du sie an Bord, und wenn dein Team treu hinter dir steht, kommt Philip nicht an dich heran.«

Das war ein guter Ratschlag, und ich fühlte mich gleich viel besser, weil Markus mich so unterstützte. Ich beschloss, seinen Tipp anzunehmen: Ja, ich würde mich mit allen Teammitgliedern einzeln zusammensetzen und sie fragen, über welches Gebäude sie gern berichten würden. Dann würden sie sich wertgeschätzt fühlen, und ich hätte wieder mehr Freude an dem Projekt. Ich drückte Markus die Hand.

»Danke.«

Wir gingen noch ein Stück und bewunderten die Wasserfläche des Sees, in der sich das Licht spiegelte. Da wir beide Spaß an diesem Ausflug hatten, beschlossen wir, ihn fortzusetzen. Wir entdeckten ein Café mit Tischen auf dem Gehweg, das Tapas anbot. Wir nahmen Platz, parkten den Kinderwagen neben uns und bestellten zwei Bier.

»Du bist hier die Tapas-Expertin«, meinte Markus. »Also übernimmst du die Bestellung.«

»Stimmt, in meiner Kindheit gab es oft Tapas, obwohl Dad immer ein Freund von Fleisch mit zwei Sorten Gemüse geblieben ist.«

»Nun, in meiner Kindheit haben wir hauptsächlich sauren Hering, Kartoffeln und Roggenbrot gegessen«, erwiderte er mit einem bedauernden Lächeln.

Ich studierte die Speisekarte. »Wir müssen Knoblauchshrimps, *patatas bravas*, eingelegte Sardellen, Tortilla und Chorizo probieren. Außerdem schwanke ich zwischen frittierten Tintenfischringen und gefüllten Muscheln. Hast du irgendwelche Wünsche?«

»Ich habe noch nie gefüllte Muscheln gegessen.«

»Sie sind gefüllt, paniert, frittiert und sehr lecker.«

»Brauchen wir denn noch mehr?«, fragte er.

»Wahrscheinlich nicht. Ich kann nur den Hals nicht vollkriegen. Es ist schön, wieder mal auswärts zu essen.«

Der Teller mit der Tortilla wurde zuerst serviert. Ich schnitt ein Stück für Billy ab, damit er daran knabbern konnte. Doch er war nicht sonderlich begeistert. Da ihm die Augen zufielen, kippte ich den Kopfteil des Kinderwagens zurück, und Markus schaukelte ihn hin und her, bis der Kleine eingeschlafen war.

Wir bestellten noch zwei Bier, und dann wurden die restlichen Tapas gebracht. Ich forderte Markus auf, die Augen zu schließen, fütterte ihn mit willkürlich ausgewählten Bissen und fragte ihn, was ihm am besten schmeckte. Erst gab es Knoblauchshrimps, dann *patatas bravas* und danach die anderen Gerichte. Wir kicherten beide und alberten ein bisschen herum. Er mochte den scharfen Tabasco in der Kartoffelsoße, doch sein absolutes Lieblingsgericht waren die eingelegten Sardellen.

»Da setzt sich deine Kindheit mit dem sauren Hering durch«, meinte ich.

»Und du magst die Knoblauchshrimps am liebsten, richtig?«

»Genau.«

Nachdem wir aufgegessen und den letzten Rest Soße mit Brot von den Tellern gewischt hatten, betrachteten wir beide unseren schlafenden Sohn.

»Ich war nicht auf die Gefühle vorbereitet, die ich für ihn empfinde«, sagte Markus. »Eigentlich sind Gefühle etwas recht Primitives, oder?«

Ich griff nach seiner Hand. »Sind sie.«

Auf dem Heimweg fühlten wir uns wundervoll verbunden. Da es schon spät war, trug ich Billy in sein Zimmer und brachte ihn ins Bett.

»Hast du das auf meinen Tisch gelegt?«, fragte Markus und kam herein.

Er hielt mir ein Foto hin, das mir einen Stich versetzte, denn es war mein Lieblingsfoto von Eddie. Er steht darauf im Garten eines jener Häuser, für die er oft gearbeitet hat. Sein Oberkörper ist nackt, Brust und Arme sind sonnengebräunt, sein Gesicht ist voller Sommersprossen, und er grinst breit in die Kamera. Er strotzt geradezu vor männlicher Erotik.

»Das ist Eddie, mein Ex. Ich habe dir von ihm erzählt. Wo hast du das Foto gefunden?«

»Gerade eben auf meinem Zeichentisch …«

Sofort glaubte ich, mich rechtfertigen zu müssen.

»Das ist aber seltsam. Ich habe es nicht hingelegt. Ich habe es seit einer Ewigkeit nicht mehr in der Hand gehabt.«

»Fran vielleicht?«, meinte er.

»Woher sollte sie es haben?«

Ich war sicher, dass ich alle Fotos von Eddie in die unterste Schreibtischschublade gesteckt hatte. Das hatte ich getan, kurz bevor Markus bei mir eingezogen war. Damals hielt ich es für die taktvollste Lösung. Markus hob nur die Schultern und verließ das Kinderzimmer. Offenbar schien ihn das Foto eher zu verwirren als zu ärgern, während ich mich beklommen und schuldig fühlte, weil ich ihm nichts von Eddies Besuch erzählt hatte. Vielleicht hätte er die späte Stunde ja unpassend gefunden. Ich bin nicht gut im Bewahren von Geheimnissen, und ich tue es nur sehr ungern. Nun hatte das Foto mir meine Heimlichtuerei drastisch vor Augen geführt, und ich war sicher, dass mein Gesichtsausdruck mich verraten hatte.

Nachdem ich eine leichte Decke über Billy gebreitet hatte, betrachtete ich das Foto noch einmal. Eddie an einem guten Tag. Ich ging in mein Arbeitszimmer und zog die unterste Schreibtischschublade auf. Da waren sie, alle Fotos aus meinem gemeinsamen Leben mit Eddie, genau dort, wo sie hingehörten. Ich legte das Foto zurück auf den Stapel und bedauerte, dass es den wunderschönen gemeinsamen Abend ein wenig verdorben hatte.

HEJA Juni

Heute Nachmittag fand meine Besprechung mit ihr statt. Sie rief mich in ihr Büro, und wir setzten uns an den Konferenztisch. Es ist ihr ungemein wichtig, dass Sitzungen an diesem Tisch abgehalten werden. Niemals würde sie dabei hinter ihrem Schreibtisch thronen. Sie trug ein ärmelloses rotes Leinenkleid, und ich bemerkte halbmondförmige dunkle Schweißränder unter den Achseln.

»Es ist furchtbar heiß hier drinnen, findest du nicht?«, meinte sie, als ich Platz nahm. »Das Fenster lässt sich nicht weiter öffnen, und außerdem weht heute sowieso kein Lüftchen. Möchtest du ein Glas Wasser, Heja?«

»Ja bitte, wenn es stilles Wasser ist.«

»Klar.«

Sie trat ans Bücherregal, nahm eine große Flasche Evian und zwei hässliche Plastikbecher heraus und stellte alles vor uns auf den Tisch. Ich wartete, während sie mir Wasser einschenkte.

»Danke.«

»Also, die Serie über die Stätten des Weltkulturerbes wird uns bis ins nächste Jahr beschäftigen. Deshalb würde mich brennend interessieren, über welche Bauwerke du gern berichten möchtest.«

»Hast du irgendwelche Vorschläge?«, gab ich zurück.

Ich sah keinen Grund, so zu tun, als risse mich ihr Projekt vom Hocker. Tim und Stephanie haben ihr Gespräch mit ihr schon hinter sich und platzen vor Begeisterung. Tim hat sich Italien geschnappt, Stephanie schreibt über Griechenland.

»Hast du denn keine bestimmten Vorstellungen, Heja?«

Ich schüttelte den Kopf.

»Nun, dann kannst du dich ja um die Bauwerke in Finnland kümmern. Wäre das etwas für dich?«

Sie schob eine Liste zu mir herüber.

»Es gibt dort sieben historische Stätten, die du vermutlich alle kennst. Wir werden nichts über den Begräbnisplatz oder die Landschaften bringen, sondern nur über die restlichen vier.«

Ich warf einen Blick auf die Liste – die Festung Suomenlinna, die Altstadt von Rauma, die Holzkirche in Petjevesi und die Kartonfabrik in Verla.

»Die habe ich alle als Schulmädchen besucht und fand sie nicht sonderlich spannend. Ich glaube nicht, dass mir dazu etwas Interessantes einfällt.«

»Oh. Gut, ich dachte nur, dass du bessere Interviews führen könntest, da du schließlich die Sprache sprichst …«

»Die Kuratoren dort sprechen sicher fließend Englisch.«

»Aber natürlich …«

Sie spielte mit dem Ring am rechten Finger herum. Es ist ein dicker Goldring von Wright and Teague mit einer eingravierten Inschrift. Ich habe bemerkt, dass sie immer an diesem Ring herumnestelt, wenn sie nachdenkt. Sie betrachtet den Ring und dreht ihn so, dass ein bestimmtes Wort ganz oben zu sehen ist. Den ziemlich bescheidenen Ehering an der linken Hand würdigt sie kaum eines Blicks. Sie legte die Liste aller Stätten vor mich hin.

»Bist du sicher, dass wirklich nichts für dich dabei ist?«

Ich überflog die Liste. Es gibt in England viele berühmte Bauwerke, und ich habe keine Lust zu reisen. Als ich bei Großbritannien angelangt war, stellte ich fest, dass Durham Castle, die dortige Kathedrale, die Insel St. Kilda und der Hadrianswall auf der Liste standen.

»Ich möchte gern über die britischen Bauwerke schreiben, insbesondere über die in Nordengland und Schottland«, sagte ich.

»Bist du sicher?« Ich stellte fest, dass ihr Gesicht verschwitzt war.

»Ganz sicher.«

»Gut, okay, danke, Heja. Das wäre wunderbar. Ich bin überzeugt, dass du eine neue Perspektive einfließen lässt.«

Sie stand auf. Ich blieb sitzen.

»Möchtest du mir nicht noch mehr über das Format verraten, nach dem wir arbeiten sollen?«

»O ja. Ich habe eine Vorlage mit dem Thema Siena erstellt – ich mache dir eine Kopie.«

Sie griff nach dem Layout, das auf ihrem Schreibtisch lag, und hastete aus dem Büro. Ich warf einen Blick auf den Schreibtisch. Neben dem Telefon stand ein neues gerahmtes Foto. Da ich es von meinem Platz aus nicht richtig sehen konnte, erhob ich mich, trat an den Schreibtisch und drehte das Foto um. Es war eine Nahaufnahme von Markus, der, Billy auf dem Schoß, in einem Sessel am Fenster sitzt. Markus hat die großen Hände um den Körper des Babys geschlossen. Billy lehnt den Kopf an die Brust seines Vaters. Beide blicken in die Kamera. Die Miene des Kleinen ist ernst. Auf Markus' Gesicht malt sich ein fragendes, beinahe verlegenes Lächeln. Ein Lichtstrahl fällt auf seine rechte Gesichtshälfte, und sein Haar wirkt beinahe weiß. Ich erkannte das Zimmer nicht. Offenbar wurde das Foto nicht in der Wohnung gemacht. Ich drehte das Bild wieder um und sah aus dem Fenster, als sie zurückkam.

»Du hast hier eine tolle Aussicht«, sagte ich.

»Ich bin ganz begeistert. Der Ahorn ist ein Traum, insbesondere im Herbst. Hier die Kopie der Arbeitsvorlage! Ich möchte, dass wir zu jedem Gebäude einige historische Fakten und wichtige Details liefern. Aber nicht zu viel Text. Du kannst dies als Anhaltspunkt benutzen.«

Ich betrachtete den DIN-A3-Bogen. »Ich verstehe. Am besten fange ich gleich an.«

»Danke, Heja.«

Wenn ich in der Redaktion allein bin, unterhalte ich mich manchmal mit Tim. Er ist schon lange bei der Zeitschrift und fällt mir weniger auf die Nerven als die anderen. Als ich mich nach der Geschichte mit Andrea erkundigte, erzählte er mir, Philips Affäre mit ihr habe für mächtigen Ärger gesorgt. Davor sei Andrea eine tolle Kollegin und wirklich nett gewesen. Doch dann habe sie sich verändert. Er habe sie als sehr ehrgeizig eingeschätzt.

»Sie fing an, sich Arndrea zu nennen«, ergänzte er.

»Ist Kathy mit ihr klargekommen?«, fragte ich.

»Mehr oder weniger, bis Andrea die Königliche Hoheit spielen wollte.«

Tim warf einen Blick zu Philips Büro hinüber. Die Tür war geschlossen.

»Wenn der Boss in der Nähe ist, redet man am besten nicht darüber, Heja.«

Da der Abend warm war, klappte ich das Verdeck meines Autos herunter und fuhr nach Richmond, um im Great Park zu sitzen. Ich komme oft hierher. Wie still es ist. Die uralten hohen Bäume sind völlig reglos. Kein Lüftchen bewegt das Laub in den Wipfeln. Die Kinder sind alle nach Hause gegangen. Es gibt hier drei Birken, die in Dreiecksformation angeordnet sind. Ihre Rinde ist elfenbeinfarben und von hufeisenförmigen grauen Narben durchsetzt. Sie schimmert im Abendlicht. Im Winter gefallen mir die Bäume sogar noch besser, denn wenn das Laub fehlt, heben sich ihre zarten Äste schattenrissartig vom bleigrauen Himmel ab.

Kathy hat etwas von einem Stehaufmännchen. Der Patzer bei der Vorstandssitzung hat ihr sehr zu schaffen gemacht. Doch inzwischen strotzt sie schon wieder vor Tatendrang. Bei unserer Besprechung habe ich bemerkt, dass sie sich ihren Schwung zurückerobert hat. Offenbar hat sie Eltern, die ihr als Kind Geborgenheit und Liebe vermittelt haben. Deshalb nimmt sie die Gefahren ringsum nicht zur Kenntnis. Allerdings kriselt es derzeit anscheinend zwischen ihr und Philip. Auch wenn sie das Team auf ihrer Seite hat – ich kann dafür Philip zu meinem Verbündeten machen.

Eine große Krähe flattert an den weißen Bäumen vorbei und landet unbeholfen. Sie sitzt im Gras, untersucht ihre ölig schwarzen Flügel und stochert kräftig, ja, beinahe grob mit dem Schnabel zwischen den Federn herum. Dann hebt sie den Kopf und schießt wieder in den Himmel hinauf. Ich bleibe sitzen, bis es dunkel wird.

Ich werde diesen Sommer nicht nach Finnland fliegen. Meine Mutter ist eine Aaskrähe. Sie würde an meinem geschwächten Körper herumpicken. Ich vermisse meinen Vater. Ich vermisse Arvo Talvela. Und am allermeisten vermisse ich Markus.

KATHY
Juni

»Warum sieht sie aus wie eine verschrumpelte kleine Olive?«, witzelte mein Dad liebevoll, als ich geboren wurde.

»Nein, nein!«, protestierte meine Mutter, die den Scherz meines Vaters als Kritik deutete. »Sie ist unsere kleine Taube.«

Dieser Ausspruch wurde in unserer Familie zum geflügelten Wort und immer wieder erzählt. Außerdem erklärt er meinen albernen Namen, der Katherine Paloma Olive lautet. Meine Mum Luisa stammt aus Portugal. Sie ist in den späten Sechzigern nach London gekommen, um Arbeit zu suchen, und als sie meinen Dad kennenlernte, musste sie ihm erst erklären, was eine Olive ist. Dad war in Norfolk geboren und aufgewachsen und wusste kaum, wie eine Olive aussah. Im Winter konnte man dort Karotten, Zwiebeln, Kohlrüben und Steckrüben kaufen, im Sommer gab es Kopfsalat, Tomaten und Gurken. Also waren Oliven für ihn der Gipfel des Exotischen, ein bisschen so wie meine Mum.

Sie ist überschwänglich, liebevoll und gefühlsbetont, und mein Dad war verrückt nach ihr. Das ist er noch immer. Die beiden haben ihre Krisen hinter sich. Ein Jahr nach meiner Geburt wurde bei meiner Mutter Gebärmutterhalskrebs diagnostiziert. Ihre Gebärmutter musste entfernt werden. Mein Vater stand Todesängste aus, dass sie sterben und ihn mit einem einjährigen Kleinkind zurücklassen könnte. Doch die Götter waren gnädig. Sie erholte sich wunderbar, und der Krebs ist zum Glück nicht wiedergekommen.

Allerdings belastete es meine Mum, dass sie keine weiteren Kinder bekommen konnte. Eigentlich hatte sie eine große Familie geplant. Und so wurde ich das verhätschelte

Einzelkind. Mein Dad hat mir erzählt, die Krebserkrankung meiner Mutter habe sein Weltbild verändert. Er sei weniger ehrgeizig geworden und habe mehr Freude an den kleinen Dingen im Leben entwickelt – zu kochen, spazieren zu gehen, mit uns zusammen zu sein. Als ich ein Kind war, verbrachten wir jeden Sommer und auch häufig die Weihnachtsferien in Portugal. In meiner Erinnerung war meine Mum dort am glücklichsten. Als mein Dad in Rente ging, sind sie endgültig hingezogen. Er hat es für Mum getan.

Ich stieg mit Billy auf dem Aeroporto Da Portela aus dem Flieger. Es war die letzte Juniwoche, der ideale Zeitpunkt für einen Besuch in Lissabon. Mir ist aufgefallen, dass die Luft immer anders riecht, wenn man aus einem Flugzeug steigt. Inzwischen bin ich überzeugt, dass jedes Land seinen eigenen Geruch hat. Ich liebe den Geruch von Portugal, ein wenig süß mit leicht pfeffriger Note. Meine Eltern erwarteten uns am Flughafen, und nachdem wir uns alle ausgiebig um den Hals gefallen waren, fuhr mein Dad uns zu ihrer Wohnung. Das Leben in Lissabon ist sehr entspannend, weil die Stadt sich ihre Menschlichkeit und ihren Charme bewahrt hat. Unterwegs zeigte ich Billy die gelben Straßenbahnen.

»Wenn er ein bisschen größer ist, fahre ich mit ihm Straßenbahn«, sagte ich.

In meiner Kindheit fuhren meine Mum und meine Großmutter mit mir in der Straßenbahn zu den Prozessionen, die ständig zu Ehren irgendeines Heiligen stattfanden. Als Kind hatte ich große Angst vor den gewaltigen Holzstatuen, die durch die Straßen getragen wurden, vor allem vor der Figur, die den Teufel darstellte. Ich erinnerte mich noch gut an sein grellrot bemaltes zorniges Gesicht, die schwarzen Hörner auf der Stirn, sein grausames Lächeln und seine abstoßende Fratze. Meine Großmutter glaubte fest an die Sünde und sprach über den Teufel wie über eine Person, der man jederzeit begegnen könne. Deshalb musste man immer gut vorbereitet sein, und der Rosenkranz und die Gebete waren die wirksamsten Waffen.

Manchmal kam mein Dad mit, obwohl er nicht sonderlich religiös ist. Er ist ein Mensch, der alles eher locker sieht und extreme Ansichten ablehnt, ganz gleich, welcher Art sie sein mögen. Wenn er dabei war, durfte ich auf seinen Schultern sitzen, damit ich die Prozession besser sehen konnte. Männer trugen die Holzfiguren durch die Straßen. Am besten gefiel mir die Statue, die eine wunderschöne Frau mit einem Umhang aus weißer Spitze darstellte. Diese Prozessionen wurden stets von einer Gruppe von Trommlern angeführt, die einen wilden Rhythmus schlugen. Wir folgten ihnen bis zum Hauptplatz. Im Winter gab es zusätzlich zur Prozession noch ein großes Feuer. Die Trommler trommelten immer lauter, und dann wurde, begleitet vom Jubel der Menschen, das Feuer angezündet.

Danach ging mein Dad mit mir zu einer Bude, wo es gebrannte Nüsse gab. Der karamellisiernde Zucker duftete köstlich, wenn der Verkäufer die Nüsse in einer riesigen Metallschüssel umrührte und sie mit einer heißen Zuckerschicht überzog. Dad kaufte mir eine Tüte, und ich zerknackte die knusprigen süßen Nüsse mit den Zähnen.

Meine Großmutter war eine beeindruckende Frau, und ich glaube, dass meine Mum sie gleichzeitig liebte und fürchtete. Manchmal fragte ich mich, ob Mum nach England gezogen war, um der erdrückenden Mutterliebe zu entrinnen. Jedenfalls stritten sich die beiden häufig. Manchmal hörte ich, wie sie über meine Erziehung debattierten. Mum war zwar mit einem englischen Protestanten verheiratet, doch als sie älter wurde, übten Lissabon und der katholische Glaube immer mehr Einfluss auf sie aus. Sie war überglücklich, wieder dort leben zu können.

Meine Eltern haben eine Wohnung mit einem großen Balkon, von dem aus man einen Blick auf den Fluss Tagus hat. Der Balkon ist ihr Lieblingsplatz, und sie nehmen die meisten Mahlzeiten dort ein. Die Markise über dem Balkon war einmal dunkelblau. Doch die Sonne hat sie ausgebleicht wie ein verwittertes Segel, und die Baststühle rund um den Tisch sind bequem durchgesessen. Am ersten Nachmittag genehmigten wir uns dort eine ausgiebige und reichhaltige Mahlzeit, bestehend aus Schweinefleisch mit Venusmuscheln – *carne de porco à Alentejana*, eins der Gerichte, die meine Mutter am besten beherrscht. »Jetzt legst du dich am besten hin«, meinte Mum dann. Also ging ich für zwei Stunden ins Bett und zog wegen der grellen Sonne die Jalousien herunter, während meine Eltern mit Billy durch die kopfsteingepflasterten Straßen spazierten.

Abends half ich beim Kochen. Mum hatte sich selbst übertroffen. Sie hatte ein großes Stück Stockfisch eingeweicht und bat mich, Knoblauch zu schälen und zu zerkleinern. Dann schenkte sie uns Weißwein ein und setzte sich mit mir an den Tisch.

»Dad sieht gut aus, findest du nicht?«

»Spitze. Das Rentnerdasein bekommt ihm.«

»Und wie läuft es bei dir, Liebes …?«

»Ich bin nicht mehr so müde. Monatelang bin ich herumgelaufen wie in Trance. Mum, hattet du und Dad am Anfang eurer Ehe Schwierigkeiten – ich meine, weil ihr aus verschiedenen Ländern kamt?«

»O ja, jede Menge. Wir haben uns oft gestritten. Dad fand, ich sei viel zu gefühlsbetont. Manchmal hat er meine Emotionalität nicht ertragen, besonders wenn ich geweint habe. Dann ist er einfach gegangen und stundenlang nicht wiedergekommen.«

»Männer hassen Tränen! Und was geschah dann?«

»Meistens haben wir uns einfach umarmt und wieder vertragen. Wir haben es einfach nicht ausgehalten, lange böse aufeinander zu sein. Und irgendwann haben wir uns an die Marotten des anderen gewöhnt.«

»Hat er dir viel darüber erzählt, wie sein Leben aussah, bevor er dich kennenlernte?«

»Eigentlich nicht. Vor mir gab es eine andere Frau, eine Engländerin. Er hat kaum über sie gesprochen, und ich wollte es auch nicht so genau wissen. Gewöhnlich war ich es, die geredet hat.«

»Bei mir ist es auch so. Ich habe erzählt und erzählt, als wir uns begegnet sind. Vielleicht hat das ja wirklich etwas mit dem Unterschied zwischen Männern und Frauen zu tun. Obwohl ich glaube, dass bei Markus mehr dahintersteckt. Er ist so schrecklich reserviert.«

»Ja, das ist er. Das ist mir schon bei der Hochzeit aufgefallen. Aber so ist er nun einmal, Liebes. Das ist nicht weiter schlimm.«

Meine Mutter war froh und erleichtert gewesen, als ich geheiratet hatte. Daher leuchtete es nur ein, dass sie für Markus Partei ergriff.

»Und habt ihr schon über die Taufe gesprochen?«

»Noch nicht. Eins weiß ich ganz bestimmt – Markus ist absolut gegen jede Religion.«

»Dein Dad ist auch nicht gläubig, aber er hat deiner Taufe zugestimmt, weil mir das so viel bedeutete.«

»Wir haben uns immer noch nicht an unser Elterndasein gewöhnt.«

»Rede mit ihm, wenn sich eine Gelegenheit ergibt! Es ist sehr wichtig, Liebes.«

Am nächsten Morgen machte ich mich früh auf den Weg zum Torre de Belem und ließ Billy bei meinen Eltern. Ich hatte mich dort mit Hector Agapito verabredet, einem ortsansässigen Fotografen. Ich kannte Arbeiten von ihm und hielt ihn für sehr begabt. Wir waren uns noch nie begegnet. Ich stand auf dem Gehweg und betrachtete den Turm. Die Sonne schien so grell, dass es schmerzte, die leuchtend weiße Fassade zu betrachten. Gerade kramte ich meine Sonnenbrille aus der Tasche, als ein Mann, eine Kameratasche in der einen und ein Stativ in der anderen Hand, laut meinen Namen rief.

»Kathy?«

Er trug schwarze Jeans und ein graues T-Shirt. Ich beobachtete, wie er auf mich zukam, und stellte fest, dass sich sein schwarzes Haar im Nacken lockte.

»Hallo! Ich bin Hector.«

Er stellte das Stativ weg, um mir die Hand zu schütteln. Dabei musterte er mich auf eine Weise, die ich nur als eindringlich bezeichnen kann, so als wolle er sich die Konturen meines Gesichts einprägen.

»Wie haben Sie mich erkannt?«, fragte ich.

»Ich fand, dass Sie aussehen wie eine Frau aus London.«

»Wirklich?«

»Vielleicht ist es ja Ihre Kleidung, die nach London aussieht«, erwiderte er.

Ich betrachtete meine schwarze Caprihose, die ärmellose rote Tunika und die schwarzen Sandalen und wusste nicht genau, was er meinte. Dennoch munterte mich seine Bemerkung auf.

Der Turm steht an der Hafeneinfahrt von Lissabon am rechten Ufer des Tagus. Er war als Festung zur Verteidigung der Flussmündung erbaut und 1520 fertiggestellt worden. Nach jahrhundertelanger Versandung hat sich das Ufer in

Richtung Turm ausgebreitet, sodass er nun an der Küste verankert zu sein scheint.

»Die Außenaufnahmen machen wir am besten später von der Fähre aus«, schlug Hector vor.

»Guter Vorschlag. Da wir eine Genehmigung haben, fangen wir am besten ganz oben an. Können Sie das Gewölbe in der vierten Etage fotografieren? Das ist das einzige Originalgewölbe, das noch übrig ist.«

»Ja ... und sicher wollen Sie auch ein Bild vom Rhinozeros.«

»Ja, bitte.«

Auf der Wachkanzel befindet sich ein geschnitztes Rhinozeros, die erste Abbildung dieses Tiers in Europa.

Im Turm war es kühl, und ich atmete den Geruch von Stein und Putz ein, der typisch für alte Gebäude ist und nach dem ich geradezu süchtig bin. Als ich mich erbot, das Stativ zu tragen, erwiderte Hector, er komme auch allein zurecht, vielen Dank auch. Mit diesen Worten stürmte er vor mir die Treppe hinauf, als wolle er unbedingt sofort anfangen. Durch das Fenster sah ich die breite Flussmündung und die westliche Seite von Lissabon. Ich holte meinen Schreibblock heraus und machte mir Notizen.

»Sehen Sie diese Bögen mit den drei Spitzen? Das ist eine interessante Perspektive«, sagte er.

Er ging ein paarmal im Raum hin und her, blieb vor den dreifachen Bögen stehen, stellte das Stativ auf und ließ sich mit dem Fotografieren Zeit. Dann trat er auf den Steg hinaus, wo man einen weiten Blick auf den Tagus und den Himmel hat. Vom Fluss her stieg ein leichter Geruch nach Kanalisation auf.

»Hier bin ich bald fertig. Kommen Sie, ich möchte, dass Sie auch im Bild sind.«

»Ich glaube, mein Chef wüsste so viel Eitelkeit nicht zu schätzen. Okay, aber nur das eine.«

Hector stellte mich vor die Wand. Dann trat er auf mich zu und machte etwa ein halbes Dutzend Nahaufnahmen von mir. Er hatte warme braune Augen, die mich über den Sucher hinweg ansahen. Und dennoch trafen sich unsere Blicke nicht wirklich. Wieder hatte ich den Eindruck, dass er mich nur als Formengebilde wahrnahm, als eine Ansammlung von Flächen, Licht und Schatten.

Wir kauften Karten für die Fähre, und als diese auf den Tagus hinausglitt, beobachtete ich, wie er den Turm fotografierte. Er wirkt vom Fluss aus wirklich am besten, weil man den maurischen Einfluss dann ganz klar erkennt. Ich saß auf einer Bank im vorderen Teil der nur zur Hälfte besetzten Fähre und beobachtete ihn bei der Arbeit. Sein Körper war genauso konzentriert angespannt wie der von Markus, wenn er sich über seinen Zeichentisch beugt.

Schließlich wandte er sich zu mir um. »Jetzt bin ich zufrieden. Wollen wir etwas essen gehen? Ich kenne ein gutes Lokal am anderen Ufer.«

»Ich habe Lust auf Miesmuscheln mit viel, viel Knoblauch«, erwiderte ich.

»Kein Problem.«

Im nächsten Moment stand ein alter Mann, der neben mir auf der Bank gesessen hatte, taumelnd auf und versuchte, sich an der Reling festzuhalten. Seine Arme wurden steif, sein Körper erstarrte, und es war deutlich zu erkennen, dass er gerade einen Anfall erlitt. Seine weit aufgerissenen Augen blickten ins Leere, und sein Mund stand offen, während er nach Luft rang. Ich sah, dass er gleich stürzen würde. Doch Hector war sofort zur Stelle. Er sprang vorwärts und fing den Körper des alten Mannes auf, der inzwischen heftig zitterte.

»Kathy, komm her!«, rief er auf Portugiesisch.

Ich hastete zu ihm hinüber, und beide stützten wir den

Rücken des alten Mannes. Er war bleischwer, und ich konnte ihn nicht mehr lange festhalten. Irgendwie gelang es uns, ganz langsam in die Knie zu gehen und den alten Mann aufs Deck zu legen. Ich erkannte Bartstoppeln auf seinem aschfahlen Gesicht und ein Rinnsal Blut im rechten Mundwinkel. Bei dem heftigen Anfall hatte er sich offenbar auf die Zunge gebissen. Er zitterte noch immer, obwohl die Zuckungen allmählich nachließen. Hector bettete den Kopf des alten Mannes auf seine Knie, umfasste sein Gesicht und redete beruhigend auf ihn ein. Inzwischen war ein Mitglied der Besatzung erschienen.

»Wir brauchen sofort einen Arzt!«, rief Hector. »Kann jemand helfen?«

Er sprach weiter beschwichtigend mit dem Alten. Der Steward kniete neben uns nieder. Der Körper des alten Mannes rührte sich nicht mehr, und seine Augen waren blicklos geworden. Ganz sanft legte Hector seinen Kopf aufs Deck. Der Steward beugte sich über ihn, um ihm am Hals den Puls zu fühlen. Ich wusste, dass der Mann tot war, und fing an zu zittern. Ich lehnte mich an die Bank und schloss die Augen.

Kurz darauf spürte ich Hectors Hand auf meinem nackten Arm. Ich erschauerte.

»Ich habe noch nie zuvor einen Toten gesehen«, sagte ich mit bebender Stimme.

Er legte den Arm um mich. »Er war schon alt und ist schnell gestorben«, erwiderte er. »Ich glaube, er hat nichts mehr gespürt. Und jetzt lade ich dich auf einen Drink ein.«

Als ich die Augen aufschlug, wurde der alte Mann gerade auf eine Bahre gelegt. Seine graue Flanellhose war im Schritt nass, und ich bemerkte, dass die Finger, die aus seiner braunen Strickjacke hervorragten, gelb vom Nikotin waren. Ich war Zeugin geworden, wie fürsorglich Hector den alten Mann in seinen letzten Minuten begleitet hatte, und wieder wurde mir klar, wie wichtig Nächstenliebe bei einem Menschen war, vielleicht war es sogar das Wichtigste überhaupt.

Hector kehrte mit Brandy in zwei Plastikbechern zurück, und wir setzten uns aufs Deck und lehnten den Rücken an die Bank. Ich spürte den Wind am Hals, die Sonne im Gesicht und das Vibrieren der Fähre unter meinen Schenkeln. Die Wellen schlugen an den Rumpf, und über unseren Köpfen kreischte ein Vogel. Der Brandy rann mir brennend durch die Kehle in den Magen, und ich nahm Hectors Anwesenheit neben mir ganz deutlich wahr. Mein ganzer Körper prickelte vor Lebendigkeit. Der alte Mann war tot, und ich lebte.

Am nächsten Tag traf ich mich mit Hector am Mosteiro dos Jeronimos. Zu dieser frühen Stunde war sonst kaum jemand unterwegs. Er sah mich an. »Alles in Ordnung?«, fragte er leise.

Ich nickte und sprach schnell und atemlos. »Ich finde, dies ist eins der schönsten Bauwerke der Welt.«

Wir schlenderten durch den Wandelgang und bewunderten die Steinmetzarbeiten. In jedem Bogen und jeder grazilen Säule waren einzigartige Verzierungen zu sehen – gequälte und glückselige Gesichter, Girlanden aus Blumen und Früchten, mythologische und echte Tiere. Die Sonne malte traumhafte Schatten auf die steinernen Wände und Böden. Wir verbrachten fünf Stunden im Mosteiro, weil Hector immer wieder ein Motiv entdeckte, das er fotografieren wollte. Während er arbeitete, ging ich umher und machte mir Notizen. In der Mitte des Wandelgangs befindet sich ein sorgsam gestalteter Garten. Er ist das Sinnbild eines mediterranen Gartens mit schmalen Pfaden, die durch ein Arrangement aus niedrigen Büschen und kiesbestreuten dreieckigen Flächen verlaufen. Ich setzte mich auf eine Bank, schloss die Augen, wurde ganz ruhig und genoss die Atmosphäre. Nach einer Weile hörte ich Hectors Schritte auf dem Kies.

»Ich schulde dir noch eine Portion Muscheln«, meinte er.

Das Restaurant war klein und von außen nicht als solches zu erkennen. Hector bestellte Muscheln für uns beide und eine Flasche Weißwein. Dazu wurden Brot, grüne Oliven und eine Untertasse mit Olivenöl serviert.

»Ich kann die Fotos in Porto jetzt doch machen«, meinte er, brach ein Stück Brot ab, tunkte es in Öl und zerkaute es mit kräftigen weißen Zähnen, die vorn ein wenig schief waren.

»Super. Deine Agentin war nicht sicher, ob du Zeit hast.«

»Sie hat ein paar Termine verschoben. Es ist ein großes Projekt, richtig?«

»Ja. Eine einjährige Serie über Stätten des Weltkulturerbes, nur in Europa.«

»Da bist du sicher gut beschäftigt ...«

Der Kellner brachte einen Topf mit dampfenden Muscheln und zwei tiefe Teller. Hector schöpfte einen Berg schwarzer Muschelschalen in meinen Teller und goss eine milchig weiße Flüssigkeit darüber.

»Ganz viel Knoblauch, genau wie ich es mag«, verkündete er.

»Ich auch, obwohl ich an dieser komischen englischen Paranoia leide, dass ich nach Knoblauch riechen könnte.«

»Knoblauch ist gesund.«

»Ich weiß. Aber wenn man viel davon isst, scheidet man den Geruch durch die Poren und den Schweiß aus. Das ist uns verklemmten Engländern ein bisschen zu körperlich.«

»Aber du bist doch Portugiesin, oder?«

»Ja, meine Mum ... und wenn es ums Essen geht, bin ich nach ihr geraten.«

Wir aßen beide zufrieden, und der Haufen aus Muschelschalen zwischen uns wuchs.

»Arbeitest du oft außerhalb von Portugal?«, fragte ich.

»Ja, ich bin ziemlich oft in Spanien und manchmal auch in Brasilien …«

»Und bist du gern im Ausland?«

»Schon, aber es hat mir großen Spaß gemacht, heute das Mosteiro zu fotografieren, obwohl es bereits Tausende von Aufnahmen davon gibt. Ich stelle mir gern die Steinmetze vor. Jeder von ihnen hat ein unverwechselbares Meisterwerk geschaffen. Zu wissen, dass die Arbeit den eigenen Tod überdauert, muss ein gutes Gefühl gewesen sein.«

»Ja, ein ganz persönliches Denkmal … Als ich den alten Mann auf dem Boot sah, musste ich an meine Großmutter denken. Ich erinnere mich hier oft an sie. Sie war eine furchterregende alte Dame.«

»Oh, so eine Großmutter hatte ich auch.«

»Wirklich? Meine hat die Heiligen verehrt, insbesondere den heiligen Antonio von Lissabon. Sie hat mir Gutenachtgeschichten erzählt. Doch ihre Helden waren niemals als Frösche getarnte Prinzen. Nein, es ging immer um Heilige und ihre Kämpfe gegen den Teufel und die Versuchungen des Fleischs.«

Hector lachte.

»Und sie hat so seltsame Ausdrücke benutzt. Den heiligen Antonio hat sie immer ganz feierlich als Hammer gegen die Heiden bezeichnet. Ich habe das zwar nicht ganz verstanden, fand es aber ziemlich beängstigend.«

»Davon kannst du einen lebenslangen Schaden davontragen. Meine Oma, die sich bestimmt sofort mit deiner Großmutter angefreundet hätte, hatte eine Marotte, was Päpste betraf. Sie setzte immer Puzzles mit Papstbildern zusammen, was wegen der weißen Soutanen wirklich schwierig war.«

Inzwischen lachten wir beide. Es war so entspannend, mit ihm zusammen zu sein. Er hatte einen hübschen Mund, der wegen der leicht schiefen Zähne sogar noch anziehender wirkte.

Ich winkte ihm nach, als er auf seinem Motorroller davonfuhr. Dann kehrte ich zu Fuß zur Wohnung meiner Eltern zurück. Es war sehr heiß und stickig, und die meisten Leute hielten ein Mittagsschläfchen. Als ich in eine Parallelstraße einbog, bemerkte ich eine kleine Kapelle, die von der Nachmittagssonne in einen gelblichen Schein getaucht wurde, sodass die Steine aussahen wie vergoldet. Ich beschloss, einen kurzen Blick hineinzuwerfen, und überquerte die Straße. Ich hatte den schmiedeeisernen Ring schon in der Hand und schob die schwere Tür auf, als ich feststellte, dass ich es nicht schaffte, die Schwelle zu überschreiten. Mein Herz klopfte wie wild, und ich hatte plötzlich das lebensechte Bild des Teufels vor Augen, der im Schneidersitz und mit bedrohlicher Miene auf der Kanzel saß. Er hatte einen geschwärzten Körper und schuppige Beine, die in Hufen endeten. Als ich seinen Gesichtsausdruck sah, hielt ich wie gelähmt an der Kirchentür inne. Er grinste, und abgrundtiefe Bösartigkeit malte sich in seinen pechschwarzen Augen.

Als ich am nächsten Morgen am Bahnhof eintraf, um unsere Fahrt nach Porto anzutreten, erwartete Hector mich wie verabredet in der Kaffeebar. Er las die Zeitung und trank einen Espresso. Sein Kopf war über die Lektüre gebeugt, und in seinem Nacken lockte sich das dunkle Haar. Als er mich hereinkommen sah, stand er auf. Ich trat auf ihn zu, und was als freundschaftliche Begrüßung angefangen hatte, verwandelte sich in eine leidenschaftliche Umarmung. Ich schmeckte den Kaffee in seinem Mund, als wir uns küssten.

HEJA HEJA Juni

Sie ist in Portugal, um über ihre kostbaren historischen Stätten zu berichten, und kommt erst nächste Woche zurück. Seit ich Markus' Zeichnungen und Bücher gesehen habe, ist meine Sehnsucht, ihm wieder zu begegnen, übermächtig geworden. Ich habe das Gefühl, dass alles möglich ist. Markus ist nicht wie andere Männer. Er hat noch nie etwas aufgegeben, auf das er sich von ganzem Herzen eingelassen hatte, und mir hat er gesagt, ich sei die Liebe seines Lebens.

Ich rief ihn im Büro an. Er arbeitet in einem Architekturbüro in Clerkenwell. »Richten Sie ihm aus, es ist Heja«, erwiderte ich, als seine Sekretärin wissen wollte, wer am Apparat sei. Er meldete sich sofort. Sein Tonfall war angespannt, und er sprach Finnisch mit mir.

»Ich habe mich schon gefragt, ob du irgendwann anrufst.«

»Ich finde, wir sollten uns treffen.«

Eine lange Pause entstand. »Ich bin nicht sicher, ob das ein guter Vorschlag ist, Heja«, erwiderte er schließlich.

»Markus, es *ist* ein guter Vorschlag. Ich möchte wissen, wie es dir geht. Bist du glücklich und zufrieden? Wie läuft es in der Arbeit? Komm und besuch mich zum Abendessen in meiner neuen Wohnung! Sie liegt am Fluss, und ich möchte sie dir gern zeigen und dich fragen, ob sie dir gefällt.«

Wieder eine lange Pause. Offenbar hatte ich es richtig angefangen. Er war einverstanden, am nächsten Tag bei mir zu Abend zu essen.

Ich nahm mir den Nachmittag frei und ließ mir Zeit mit den Vorbereitungen. Ich zog ein schwarzes Etuikleid aus Satin an und trug mein Haar offen. Das hatte Markus immer gern gehabt. In unserer Studentenzeit hat er mich oft wegen meines Zopfs gefoppt. An diesem Abend fühlte ich mich mit dem offenen Haar sehr gut.

Ich wohne in einem Loft mit Blick auf die Themse, unweit der Blackfriars Bridge. Mein Wohnzimmer ist ein gewaltiger Raum mit hoher Decke. Als es läutete, zitterte ich vor Furcht und Aufregung. Er hatte mich seit sieben Jahren nicht gesehen. Wie stark hatte ich mich verändert?

Ich öffnete die Tür. »Willkommen, liebster Markus!«, brachte ich heraus.

Beim Eintreten küsste er mich nicht, sondern sah mich nur an. »So viele Jahre, Heja …«, sagte er.

Er ist älter geworden. Um Augen und Mund sind Falten entstanden, die ich noch nicht kenne. Er ging ins Wohnzimmer und blickte sich gründlich um. Der Boden besteht aus hellem Kalkstein. Die Wände sind eierschalfarben, mit Ausnahme der hinteren Wand, die in einem matten Silberton gehalten ist. Die Wand, die auf den Fluss zeigt, ist eine Glasfront, sodass der Raum bei schönem Wetter lichtdurchflutet ist. Bis auf zwei hellgraue Sofas ist er mehr oder weniger leer. An der hinteren Wand hängt ein Mosaik, das ich selbst geschaffen habe. Es hat die Form einer riesigen Meeresschnecke und besteht aus Stückchen von Glas und Muschelschalen. Links davon befindet sich die Küchenzeile mit einer langen Theke und Schränken aus hellem Holz.

Er schlenderte zu dem Mosaik hinüber und betrachtete es. Dann durchquerte er den Raum und musterte die Küche mit Kennerblick. Und zu guter Letzt spähte er durch das riesige Fenster auf den Fluss hinaus. Schließlich wandte er sich mit begeistert funkelnden Augen zu mir um.

»Einfach wundervoll, Heja, und die Farben sind wirklich dezent.«

»Ich habe viel von dir gelernt. Sieht es für deinen Geschmack nicht zu sehr nach Geld aus?«

»Es ist Geld, das du dir selbst verdient und erarbeitet hast.«

»Richtig.«

Wir hatten schon immer den gleichen Geschmack. Dadurch und durch vieles mehr waren wir tief miteinander verbunden. Allerdings gönnt sich Markus die schönen Dinge nicht. Als ich ihn so in meiner Wohnung stehen sah – die ich ganz in seinem Sinn eingerichtet hatte –, glaubte ich, ihn zurückgewinnen zu können. Ich trat an die Theke und bot ihm ein Glas Weißwein an. Ich bat ihn, den Wein einzuschenken, denn wenn ich stark bewegt bin, zittern mir die Hände. Er tat es. Dann setzte er sich mir gegenüber auf einen Barhocker. Nachdem er mich eindringlich gemustert hatte, stellte er mir die erwartete Frage.

»Du musst mir die Wahrheit sagen, Heja. Warum arbeitest du bei Kathys Zeitschrift?«

»Ich schreibe gern über Gebäude. Du hast mir den Blick dafür geöffnet.«

»Aber ausgerechnet Kathys Zeitschrift!«

»Es ist die beste auf dem Markt. Ich bin nach London gekommen, um mich beruflich zu verändern, Markus. Ich war selbst erschrocken, als ich von eurer Verbindung erfuhr.«

»Ich auch, als ich hörte, dass du dort beschäftigt bist. Ich habe es nicht verstanden. Zeitschriftenjournalistin? Du warst eine Berühmtheit …«

»Es hat mich einfach angewidert. Ich hatte genug und musste weg. Sicher kannst du dir vorstellen, wie wütend meine Mutter war, nachdem ich alles hingeworfen hatte.«

»Deine Eltern sind bestimmt nicht begeistert, dass du so weit weg von zu Hause lebst.«

»Ihre Hunde waren meiner Mutter ohnehin lieber. Dad

vermisst mich, und ich vermisse ihn. Wie geht es deiner Familie?«, fragte ich, als ich mich an den großen Krach erinnerte.

»Seit Großvaters Tod habe ich fast keinen Kontakt mehr. Sie halten mich noch immer für das schwarze Schaf.«

»Du hast Kathy nichts von uns erzählt, oder?«

»Nein.«

Sein Nein schwebte weiter im Raum. Ich hatte ein einfaches Abendessen mit Räucherlachs und saurem Hering vorbereitet, weil das zu seinen Lieblingsspeisen gehörte. Dazu gab es einen Salat aus Tomaten und Gurken. Er schnitt Roggenbrot für uns auf und schenkte Wein nach.

»Das ist ein allzu großes Geheimnis, um es für sich zu behalten«, sagte ich leise.

Er antwortete nicht. Ich beugte mich vor und legte eine Hand auf die seine.

»Markus, wir hätten uns niemals trennen sollen. Wir haben zu früh zu viel miteinander geteilt. Danach ist es nicht möglich, mit einer anderen wieder von vorn anzufangen.«

Seine Haut war warm. Er legte die andere Hand auf meine. »Immer so kalte Hände«, meinte er. »Ich habe im Lauf der Jahre oft darüber nachgedacht. Wir waren so jung, Heja. Wir sind uns zu früh begegnet.«

»Aber es ist nicht so, als müssten wir einen Zug erwischen. Dann warten wir eben auf den nächsten.«

»Und bei dir lief alles so gut ...«

»Bist du deshalb gegangen? Weil bei mir alles so gut lief?«

Er schwieg eine Weile. »Wahrscheinlich hatte es ein bisschen damit zu tun«, erwiderte er schließlich. »Damit, wie du in der Medienwelt aufgegangen warst.«

»Es war mein Beruf.«

»Wie hast du diese Leute nur ertragen?«

Ich spürte, wie ich errötete.

»Du dachtest, ich würde mich in eine von denen verwandeln, richtig?«

»Nein, dachte ich nicht. Früher oder später hätte die Presse Wind davon bekommen. Es wären Artikel über Heja Vanheinen und den Studentenrevoluzzer in Umlauf geraten. Dann hättest du mich vielleicht gehasst.«

Er ließ meine Hand los und blickte aus dem Fenster. Diese gequälte Miene kannte ich von früher.

»Ist beruflich alles in Ordnung?«, erkundigte ich mich.

Er verzog wehmütig das Gesicht. »Manchmal.«

»Erzähl mir, woran du gerade arbeitest!«

Danach bewies ich wahren Heldenmut, weil ich ihn fragte, wie es sich so als Vater lebte. Er sang ein Loblied auf Billy und zeigte mir liebevoll und stolz ein Foto von ihm. Ich gab die passenden Antworten – was für ein hübscher Junge er sei und wie sehr er Markus ähnele. Es schmerzte mich, dass er den Sohn so sehr vergötterte, den er mit ihr hatte, und dass Billy der Mittelpunkt seines Lebens geworden war. Doch er hatte viel aufgegeben, ohne es eigentlich zu wollen. Er sagte, es sei alles schrecklich schnell gegangen. Er habe sie erst seit wenigen Monaten gekannt, und die Schwangerschaft sei völlig überraschend gekommen. Doch er sei so froh, dass es geschehen sei. In diesem Moment sah ich meinen Verdacht bestätigt. Er liebt sie nicht. Markus ist nur wegen Billy mit ihr zusammen.

Er blieb lange bei mir. Wir saßen auf meinem Sofa und hörten uns einige unserer liebsten Musikstücke an. Er war zu meiner CD-Sammlung hinübergegangen und hatte die Reihen gemustert.

»Immer noch die Russen, wie ich sehe.«

Dann sah er genauer hin und lachte.

»Nur du bringst es fertig, sie erst nach dem Alphabet und dann auch noch chronologisch zu sortieren.«

»Da redet genau der Richtige! Ich weiß noch, was du mit deinen Büchern gemacht hast. Darf ich mir deine Pläne für Durham anschauen?«

Er stimmte zu. In zwei Tagen treffen wir uns wieder, während sie noch verreist ist. Als er im Flur stand und sich zum Gehen anschickte, berührte er kurz mein Haar und meinen Nacken.

»Ich wollte mich schon den ganzen Abend dafür entschuldigen, dass ich damals so plötzlich verschwunden bin«, sagte er. Und dann war er fort.

Ich verharrte an meinem großen Fenster und beobachtete den Fluss. Ich weiß, dass ich es bin, die er braucht. Ihre Gerüche, Aromen und Farben sind nicht die richtigen für ihn. Sie kennt seine Vergangenheit nicht. Sie versteht nicht, was ihn wütend macht. Bald wird sie ihn mit ihrem Chaos anstecken. Und dann wird er die unbeschreibliche Klarheit verlieren, die er immer besessen hat.

KATHY
KATHY
Juni/Juli

Im Zug nach Porto saßen wir einander gegenüber, hielten uns an den Händen und versuchten, den Kuss als emotionale Reaktion auf den Tod des alten Mannes wegzuerklären.

Und ich habe Hector nicht mehr geküsst. Den ganzen Tag über arbeiteten wir konzentriert und harmonisch, aßen anschließend gemütlich zu Abend und trennten uns dann auf dem Hotelflur. Wir sahen uns an, als wir die Türen unserer jeweiligen Zimmer öffneten.

Seit ich aus Lissabon zurück bin, hat Markus sich verändert: Er geht einfühlsamer und sanfter mit mir um. Noch immer arbeitet er Tag und Nacht an dem Durham-Projekt. Doch er gibt sich auch Mühe und hat uns vom Flughafen abgeholt. Als ich, den schlafenden Billy in seinem Buggy, durch die Sperre kam, sah ich ihn dahinter stehen und auf uns warten. Er machte einen erschöpften Eindruck. Sofort hatte ich ein schlechtes Gewissen, weil ich ihn alleingelassen hatte, obwohl er so überlastet war. Wir umarmten uns lange.

»Hast du auch genug gegessen und geschlafen?«, fragte ich.

»Ich habe viel weggeschafft. Können wir uns etwas Essbares besorgen? Zu Hause sieht es ziemlich dürftig aus.«

»Soll das heißen, du hast den ganzen Tag kaum etwas gegessen?«

»So ähnlich ...«, meinte er mit reumütigem Grinsen.

Wir setzten uns ins Flughafenrestaurant, und Billy schlief weiter, während Markus Suppe, Steak, Pommes und Apfelkuchen vertilgte. Dabei betrachtete er unentwegt seinen kleinen Sohn und hoffte offenbar, dass er endlich aufwachte.

»Geht es deinen Eltern gut?«

»Ja, sehr, und sie vergöttern Billy. Jeden Tag sind sie mit ihm spazieren gegangen, während ich gearbeitet habe. Dad hielt es für ein gutes Training, den Kinderwagen bergauf und bergab zu schieben.«

»Hat mit dem Fotografen alles geklappt?«

»Er war ausgezeichnet und sehr engagiert. Seine Fotos werden sicher etwas ganz Besonderes.«

Keinesfalls wollte ich mit Markus über Hector sprechen. Ich wusste, dass ich seinem Blick nicht standhalten konnte. Also sagte ich nichts mehr und erwähnte auch den Tod des alten Mannes auf der Fähre nicht. Es war eine jener Erfahrungen, die das Alltägliche durchbrechen und die ich nie vergessen würde. Eine Erinnerung, die ich nur mit Hector teilen wollte. Danach schien es, als hätten wir uns schon jahrelang gekannt, und das hatte zu dem wundervollen und verbotenen Kuss geführt.

Dennoch bedauerte ich die Geheimnisse und das Schweigen, die sich zwischen mir und Markus zu einer Natursteinmauer auftürmten. Jedes Geheimnis war ein weiterer Stein, der uns voreinander verbarg.

Schließlich erwachte Billy. »Kann ich ihn halten?«, fragte Markus, als ich den Kleinen aus dem Kinderwagen nahm.

Er drückte ihn an sich und küsste ihn auf die Wange. »Mein wunderbarer Junge, ich habe dich ja so vermisst«, flüsterte er.

Als wir zu Hause in der Küche saßen, stellte ich fest, dass Markus den zerbrochenen kleinen Krug geklebt hatte, an dem ich so hing. Er stand mitten auf dem Tisch. Ich griff danach.

»Oh, vielen Dank, Markus! Er sieht wunderschön aus, so gut wie neu.«

»Fast ...«, erwiderte er.

Ich kramte in meiner Tasche nach dem Päckchen und reichte es ihm. »Und das ist für dich. Ich habe es in einem Laden in Lissabon entdeckt, ganz in der Nähe der Wohnung meiner Eltern.«

Er öffnete das Päckchen und holte den Kristall heraus, den ich für ihn gekauft hatte. Der Stein war außen rau und stumpf graubraun, das Innere bestand aus einer Unmenge von Kristallen. Ich hatte ihn an meinem letzten Tag in Portugal entdeckt und mir gedacht, dass der Kontrast zwischen dem rauen Äußeren und dem funkelnden Innern Markus gefallen könnte. Er hielt den Stein in beiden Händen und drehte ihn hin und her, sodass sich die Küchenbeleuchtung in den Kristallen brach und Lichtfunken durch den Raum tanzten.

»Er ist sehr schön. Vielen Dank.«

»Du kannst ihn dir ja im Büro auf den Schreibtisch legen. Als Briefbeschwerer oder so.«

Hectors Fotos sind ein Traum. Heute Morgen sind sie in der Redaktion eingetroffen. Einige sind wunderschön, andere auffällig durch ihre schroffen Kontraste. Und sie sind alle Ergebnis seines eindringlichen Blicks auf die Welt. Die Designerin, die den Reiseführer gestaltet, möchte eines der Fotos für die Titelseite der ersten Ausgabe verwenden. Die Fotos, die Hector von mir gemacht hat, habe ich noch niemandem gezeigt.

An meinem letzten Tag in Lissabon haben wir uns an der Fähre verabredet, um noch einmal über den Fluss zu fahren. Es war sein Vorschlag.

»Um die Erinnerungen an das traurige Ereignis zu vertreiben«, meinte er.

Wir saßen auf der Bank an Deck und betrachteten Lissabon vom Fluss aus. Am nächsten Morgen sollte ich abreisen, und die Stadt wirkte auf mich so verführerisch wie immer. Ich verstand, warum meine Mutter unbedingt hier leben wollte.

»Ich liebe diese Kirche«, sagte er und wies auf eine rosa gestrichene Fassade. »Aus der Nähe bemerkt man leider, dass der Stein bröckelt und die Fresken im Innern verrotten.«

Hector überreichte mir zwei große Umschläge. Der erste enthielt Kontaktabzüge seiner Aufnahmen vom Torre de Belem, dem Mosteiro und den Stätten in Porto und Sintra. In dem zweiten steckten sechs Fotos von mir auf dem Steg vor dem Torre de Belem. Er hatte sie alle ausgedruckt und auf Pappe aufgezogen.

»Dieses hier gefällt mir am besten«, sagte er.

Ich habe seine Fotos von mir in der Schreibtischschublade versteckt und die ersten Entwürfe der Artikel korrigiert. Allmählich nahm der Reiseführer Gestalt an, und zum Glück war Aisha aus dem Urlaub zurück. Mein Team war Feuer und Flamme für das Projekt, und ich hatte das Gefühl, die Sache wieder im Griff zu haben, obwohl Philip sich mir gegenüber weiterhin abweisend verhielt.

Gegen sechs, ich packte gerade meine Sachen zusammen, steckte Aisha den Kopf zur Tür herein. »Kathy, Eddie ist unten und fragt nach dir«, meldete sie.

Ich sah sie an. »Ist er in Ordnung?«

Da sie sein Problem kannte, verzog sie besorgt das Gesicht. »Ich glaube, er hat getrunken.«

»Mist!«

Rasch schloss ich das Büro ab und hastete nach unten. Philip oder meine Mitarbeiter durften Eddie auf gar keinen Fall in betrunkenem Zustand erleben.

Als ich in den Empfangsbereich kam, fiel er mir, ein albernes Grinsen im Gesicht, um den Hals und wollte mich umarmen.

»Meine liebste K…«

Ich musste ihm seinen Willen lassen und roch seine Fahne. In diesem Moment kam Heja die Treppe herunter und wurde Zeugin, wie Eddie mich an sich drückte. Ich machte mich sofort los.

Er versuchte mich festzuhalten. »Geh nicht!«, flehte er mit schwerer Zunge.

Sicher war ihr klar, dass er getrunken hatte. Sie musterte ihn einen Moment lang, nickte mir zu und verließ wortlos das Gebäude. Ich beobachtete, wie sie über den Parkplatz zu ihrem Auto ging. Die Situation war mir peinlich, und ich schämte mich. Ich wollte nicht, dass jemand Eddie in diesem Zustand sah, vor allem Heja nicht, die Eiskönigin …

»Du kannst nicht einfach so bei mir im Büro hereinplatzen!«, zischte ich ihm zu.

»Aber ich habe tolle Neuigkeiten, die ich dir unbedingt erzählen muss.«

Ich beobachtete, wie Heja davonfuhr.

»Nicht hier!«, stieß ich zwischen zusammengebissenen Zähnen hervor.

Ich schob ihn aus dem Gebäude und in den Regent's Park, wo wir uns auf eine Bank setzten.

»Ich habe einen phantastischen Auftrag an Land gezogen. Ich werde einen riesigen Garten in Kent umgestalten. Reiche Kunden und Arbeit für viele Wochen. Daran werde ich gut verdienen.«

Er sprach in der typischen Art Betrunkener, die nüchtern wirken wollen, indem sie jede Silbe genau betonen.

»Das ist ja wunderbar. Glückwunsch.«

Doch dann betrachtete ich ihn ohne die übliche rosafarbene Brille. Und stellte fest, dass ich wirklich wütend war. Wütend, weil er einfach an meinem Arbeitsplatz aufgekreuzt war. Wütend, weil er getrunken hatte. Und wütend, weil er sich die Chance wieder verderben würde.

»Wenn du weitertrinkst, kriegst du es nie geregelt. Du bist schon wieder betrunken. Ich rieche es.«

»Du warst schon immer eine Spielverderberin. Kannst du dich nicht einmal mit mir freuen?«

»Nein, ich kann mich nicht freuen, wenn ich sehe, wie du dein Leben sabotierst. Werd endlich erwachsen! Hör auf zu trinken! Arbeite regelmäßig! Und lass mich in Ruhe!«

Rasch ging ich durch den Park davon. Ich kämpfte mit Tränen der Wut und des Mitleids und dachte, wie vertraut mir dieses Gefühl war. In den sechs Jahren unserer Beziehung hatte ich mich so oft für ihn geschämt und mir den Kopf zerbrochen, was die Leute von ihm halten könnten. So oft hatte ich Ausflüchte für ihn erfunden.

Eines Abends hatte meine Tante Jennie uns beide zum Abendessen in ihre Wohnung eingeladen, die nun meine ist. Sie plante ihren Ruhestand und den Umzug nach Cornwall und wollte mit uns die Übernahme des Mietvertrags besprechen. Damals wohnten Eddie und ich in Paddington in einer überteuerten Wohnung im Hinterhaus. Sie hatte etwas Leckeres gekocht, und eigentlich fing der Abend gut an. Wir besichtigten die Wohnung, und Eddie war der Charme in Person. Wir hatten zwei Flaschen Wein mitgebracht, die er ziemlich rasch leerte. Jennie öffnete eine dritte, und ich beobachtete zunehmend besorgt, wie er auch dieser recht schnell den Garaus machte. Er schwadronierte über seine Gartendesignpläne, und da es schon spät war, schlug Jennie uns vor, bei ihr zu übernachten. Ich stimmte zu, und wir legten Handtücher und Bettzeug heraus, während Eddie am Küchentisch weitertrank.

»Entschuldige«, flüsterte ich ihr im Bad zu. »Er übertreibt es heute Abend ein bisschen.«

Sie meinte, ich solle mir keinen Kopf machen, und ging ins Bett. Irgendwann brachte ich ihn dazu, sich hinzulegen, und er schlief sofort ein. Ich hingegen lag wach und grübelte wie so oft über ihn nach, bis ich schließlich ebenfalls einschlief.

Mitten in der Nacht wurde ich von einem Poltern geweckt. Ich war allein im Zimmer. Offenbar war er aufgestanden, und da er sich in der Wohnung nicht auskannte, torkelte er offenbar herum und stieß gegen die Möbel. Ich sprang auf und hastete in den Flur, wo ich sah, dass er, splitterfasernackt und verwirrt, in Jennies Schlafzimmer taumelte.

Jennie war erschrocken aufgewacht und saß im Bett, während ich Eddie packte und aus dem Zimmer schob.

»Wo ist das Klo?«, fragte er.

Ich lotste ihn zum Bad und bugsierte ihn dann zurück in unser Zimmer und ins Bett. Den Rest der Nacht tat ich kein Auge zu, sondern lag wach, um ihn zu beaufsichtigen. Dabei spürte ich, wie Wellen der Scham in mir hochstiegen. Nun wusste meine Tante, wie schlimm es manchmal um ihn stand. Sie hatte miterlebt, dass er nicht nur Gesellschaftstrinker, sondern Alkoholiker war.

Ziemlich früh, um sechs, erwachte er und hatte wie so oft nicht die geringste Ahnung, was in der Nacht geschehen war. Als ich ihm alles erzählte, wäre er beinahe im Erdboden versunken. Er wollte sofort gehen und bat mich, ihn bei meiner Tante zu entschuldigen, weil er sich wie ein Vollidiot aufgeführt habe.

Am liebsten hätte ich auch die Flucht ergriffen. Mein Herz war schwer, weil wieder einmal ein schöner Abend mit einem Drama geendet hatte. Es tat so weh, ihn zu lieben, aber ich liebte ihn eben. Deshalb zwang ich mich zu warten, bis Jennie aufgestanden war. Wir saßen zusammen in der Küche bei Tee und Toast. Als ich mich entschuldigen wollte, hinderte sie mich daran. Sie merkte mir an, wie elend ich mich fühlte, und meinte nur, falls ich je eine Wohnung ganz allein für mich haben wolle, könne ich ihre haben. Das Angebot sprach Bände – eine Wohnung, ganz für mich allein.

Ich erkannte ihn sofort. Es war der Mann, den ich in Billys Zimmer gesehen hatte, der Mann von dem Foto. Er hatte sie spätabends besucht, während Markus verreist gewesen war. Nun umarmte er sie, und sie erwiderte die Umarmung. Als sie mich sah, machte sie sich los und wirkte verdammt schuldbewusst. Vor lauter Wut verschlug es mir die Sprache. Sie hat Markus, und trotzdem tut sie so etwas.

Ich stieg ins Auto und fuhr zu meinem Termin mit Bernadita. Sie ist Spezialistin für Tiefengewebsmassage. Sonst freue ich mich immer auf die Massagen. Doch diesmal rieten mir alle meine Instinkte, umzukehren und zu Markus zu fahren. Ich wollte ihm berichten, mit welcher Verräterin er verheiratet war. Aber dazu hätte ich preisgeben müssen, dass ich ihre Wohnung beobachtet hatte, denn nur so hatte ich den Mann mit Billy im Arm sehen können.

Ich stellte den Wagen an einer Parkuhr ab und ging zu Bernaditas Gartenwohnung. Sie bietet mir vor der Massage immer einen grünen Tee an. Und so setzten wir uns in den Garten, um ihn zu trinken. Dabei beruhigte ich mich langsam wieder und bewunderte ihren Lavendelbusch. Die Sache kann warten, und das wird sie auch. Ich werde den richtigen Moment wählen, um Markus reinen Wein einzuschenken.

Massagen können gegen Depressionen und Schwäche helfen. Vor zwei Jahren, nach Arvo Talvelas Tod, fing ich an, mich für einige Bereiche der alternativen Medizin wie die Aromatherapie zu interessieren. Er wäre strikt dagegen gewesen, denn alternative Medizin war für ihn Quacksalberei. Arvo war ein intellektuell streng prinzipientreuer Mann und der wichtigste Mensch in meinem Leben geworden. Ich sah ihn zweimal pro Woche. Er erkannte das Gute in mir und liebte mich so, wie ich war. Und dann starb er. Er starb an einem Morgen im Mai an einer schweren Gehirnblutung. Er war sechsundfünfzig Jahre alt. Er starb ganz plötzlich an einem Dienstag um halb neun Uhr morgens. Der Dienstag war einer unserer Tage. Wir trafen uns immer um zwölf.

Ich erinnere mich nicht an die Tage und Wochen nach Arvos Tod. Ich stand unter Schock. Ich kündigte, indem ich dem Sender mitteilte, ich würde drei Monate Auszeit benötigen. Hätte ich ihnen nämlich verraten, dass ich für immer fortwollte, hätten sie sich gesträubt. Selbst der dreimonatigen Pause stimmten sie nur höchst ungern zu. Ich wusste, dass ich nie wieder dort arbeiten würde.

Ich fühlte mich so allein. Manchmal ertappte ich mich dabei, dass ich dienstags um zwölf auf der Straße vor Arvos Praxis stand. Dass Arvo für immer fort sein sollte, überstieg meine Vorstellungskraft, und ich konnte die Tatsache einfach nicht hinnehmen. Er war der einzige Mensch auf der Welt gewesen, der meine Probleme verstanden hatte, und für mich Kompass und Anker gewesen. Und nun gab es ihn nicht mehr. Nie wieder würde ich seine Stimme hören, es war endgültig vorbei. Trauer ist wie Angst, sie macht ganz klein. Man ist ein klägliches Geschöpf, das durch die Straßen schleicht und den Blicken anderer Menschen ausweicht.

Ich erinnere mich noch, was mich aus dieser grauenhaften Leere befreite. Im Spätsommer traf ich Ilkka auf der Straße, und er erzählte mir, dass Markus inzwischen in einem Londoner Architekturbüro arbeite. Er nannte mir den Namen der Firma. Zum ersten Mal seit Monaten entwickelte ich wieder Interesse für etwas. Natürlich, ich musste Markus wiederfinden. Ich musste ihm alles sagen, auch wenn es schon Jahre her war.

Ich hatte ein neues Ziel. Ich flog nach London, und nachdem ich einige Monate in einer Mietwohnung verbracht hatte, kaufte ich mir die wunderschöne Wohnung am Fluss. Es hat seine Vorteile, viel Geld zu besitzen. Dann erfuhr ich, dass er mit einer Frau zusammen war. Ich ermittelte ihre Adresse und die Zeitschrift, bei der sie arbeitete. Eine Architekturzeitschrift, das ergab Sinn. Sicher war sie Markus durch ihren Beruf begegnet.

Ich erinnere mich noch, als ich sie zum ersten Mal sah. Es war spät am Abend, und ich saß vor ihrem Haus im Auto. Plötzlich traten sie und Markus aus der Haustür. Es war ein Schock, sie gemeinsam zu erleben. Ich fühlte mich wie elektrisiert. Sollte ich wegfahren? Dann hätte er mich vielleicht bemerkt und erkannt. Ich konnte den Blick nicht von ihnen abwenden, und sie nahmen die Autos auf der dunklen Straße offenbar nicht zur Kenntnis, sondern standen nur da und redeten. Dann wandte sie sich um und wollte wieder ins Haus gehen, und ich stellte fest, dass sie schwanger war – im vierten oder fünften Monat! Ihr Oberteil spannte über dem gewölbten Bauch. Er zog sie an sich und küsste sie. Mitten in der Öffentlichkeit, auf der Straße. Als sie ins Haus zurückkehrte, machte sie ein selbstzufriedenes Gesicht. Offenbar glaubte sie, dass sie alles hatte: einen guten Job, ein Baby im Bauch und ihn.

Hätte ich ihn nur ein paar Monate früher aufgespürt! Während meiner Zeit beim Fernsehen hieß es immer, mein Gefühl für den richtigen Zeitpunkt trüge mich nie. Meine Überleitungen auf die Schlagzeilen kämen immer genau zur vollen Stunde. Doch diesmal hatte mein Zeitgefühl mich im Stich gelassen. Ich war ein paar Monate zu spät gekommen. Sie erwartete bereits ein Kind von ihm.

KATHY

KATHY Juli

Heute Abend, nachdem Billy eingeschlafen war, sagte ich zu Markus, ich hätte große Lust, auch über die Alhambra und die historischen Stätten in Segovia zu berichten, falls er mitkäme. Ich fügte hinzu, dass es erst im September so weit sei, weshalb er es vielleicht einrichten könne. Ich war sicher, dass Markus von den Bauwerken beeindruckt sein würde, und wir konnten ja einen kleinen Sommerurlaub daraus machen. Markus lehnte nicht ab, sondern antwortete eher ausweichend.

»Vielleicht. Es wäre wirklich toll, sich das anzusehen. Wenn ich bis dahin das Durham-Projekt fertigkriege, also eher nicht …«

»Wir könnten doch einen Kurzurlaub damit verbinden, oder?«

»Für dich wäre es kein Urlaub, richtig? Du würdest arbeiten. Warum vereinbarst du nicht etwas mit Fran? Und dann lass uns ein paar Tage nach Spanien fliegen.«

»Wahrscheinlich könnte ich Billy eine Zeit lang bei ihr unterbringen. Aber ich weiß nicht so recht – wahrscheinlich würde ich mir Sorgen machen.«

Wir waren in Markus' Arbeitszimmer. Er spitzte gerade Bleistifte. Dabei drehte er die Stifte im Spitzer, bis jeder in einer makellosen Spitze auslief, und reihte sie dann kerzengerade vor sich auf.

»Wer kümmert sich denn um Finnland?«, erkundigte er sich.

»Laura. Sie ist für Skandinavien zuständig. Zuerst habe ich Heja gefragt, doch sie hatte keine Lust. Auf mich macht sie eher den Eindruck, als langweile sie das ganze Projekt.«

Und dann fiel mir plötzlich etwas ein.

»Markus – möchtest du nicht nach Finnland fliegen? Was rede ich dauernd über Spanien? Ich könnte das mühelos organisieren. Wir nehmen Billy mit und besuchen deine Familie.«

Markus stand auf. »Nein, wirklich nicht. Ich habe nicht das geringste Bedürfnis, dieses Land wiederzusehen. Du warst doch so begeistert von Spanien, also bleib dabei. Möchtest du Kaffee? Ich glaube, ich setze noch eine Kanne auf.«

»Das erledige ich. Zeichne nur weiter!«

Ich holte sein Espressokännchen vom Regal und die Dose mit dem Kaffee aus dem Kühlschrank. Markus mahlte jeden Morgen Kaffeebohnen und bestand darauf, dass der Kaffee dann in den Kühlschrank musste. In dieser Hinsicht war er ein extremer Perfektionist. Schon wieder hatte er es rundheraus abgelehnt, nach Finnland zu fliegen und seine Familie zu besuchen. Ich schraubte das Espressokännchen auf und füllte die untere Hälfte bis knapp unterhalb des Ventils mit Wasser.

Ich dachte an meinen Aufenthalt in Lissabon. Warum wollte ich Markus die Fotos von mir nicht zeigen? Ich schüttete Kaffeemehl ins Sieb und drückte es mit einem Löffel fest. Die Fotos waren ziemlich gut, obwohl sie meinem Bild von mir selbst überhaupt nicht entsprachen. Ich sah darauf aus wie eine Portugiesin. Vielleicht lag es ja am Licht oder an Hectors Stil, jedenfalls strahlte ich darauf eine südländische Sinnlichkeit aus. Ich schraubte das Espressokännchen zusammen und stellte es auf eine kleine Flamme. Hector hatte gesagt, ich sähe aus wie jemand aus London – allerdings war das an unserem ersten Tag am Torre de Belem gewesen. Als das Kännchen blubberte, wartete ich auf das durchdringende Zischen, schaltete die Flamme aus und goss das starke dunkle Gebräu in eine Tasse aus Knochenporzellan, die ich Markus brachte.

»Der Kaffee riecht wunderbar, danke. Trinkst du keinen?«

»Nein, für mich ist es viel zu spät dazu. Arbeitest du noch lange?«

»Ein paar Stunden bestimmt …«

»Ich glaube, ich gehe ins Bett.«

Als ich ihn auf den Scheitel küsste und ihm übers Haar strich, hatte er ganz offensichtlich Mühe, sich seine Ungeduld nicht anmerken zu lassen. Wenn er arbeitet, ist er unberührbar. Er beugte sich über seine Zeichnung. Dann blickte er auf. »Kathy, ich freue mich so, dass dein Projekt gut läuft«, meinte er.

Ich schaute nach Billy, der tief schlafend in seinem Bettchen auf dem Rücken lag. Im Moment hat er eine Durchschlafphase. Ich streichelte sein weißblondes Babyhaar, sein weiches Gesicht und seine pummeligen Ärmchen. Er sieht ganz genauso aus wie Markus als Kleinkind. Ich habe ein Foto von Markus, das er mir zu Billys Geburt geschenkt hat. Darauf ist Markus etwa ein Jahr alt, sitzt auf einer Decke und lächelt breit in die Kamera. Es könnte genauso gut ein Foto von Billy sein.

Ich ging ins Schlafzimmer, zog mich aus und stellte mich nackt vor den großen Spiegel am Kleiderschrank. Ich war schon immer unsicher, was mein Aussehen betraf. Es heißt, dass ich ein apartes, ja, ein attraktives Gesicht habe, was bedeutet, dass man mich nicht für hübsch hält. Meine Augenbrauen sind sehr dicht und dunkel. Als Teenager wollte ich mich selbst neu erfinden und zupfte mir die Brauen zu geschwungenen dünnen Bögen, sodass ich ständig ein erstauntes Gesicht zu machen schien. Es tat weh, und meine Mum wollte mir die Prozedur ausreden. Sie sagte, ich würde einen lebenslangen Kampf gegen einen sehr hartnäckigen Teil meiner selbst ausfechten und solle meine Augenbrauen einfach akzeptieren.

Wie Teenager eben so sind, schlug ich ihren Rat in den Wind. Wochenlang saß ich, die Pinzette in der Hand, in meinem Zimmer vor einem Vergrößerungsspiegel. Der Schmerz trieb mir die Tränen in die Augen, als ich die dicken, dunklen Härchen auszupfte. Irgendwann gab ich auf, und meine Augenbrauen wuchsen dicht und dunkel nach. Mein Haar ist auch recht dicht, und ich trage es gewöhnlich kinnlang, denn wenn es länger wird, ist es zu viel des Guten.

Ich musterte mich eine Weile. Meine Brüste waren wegen des Stillens noch immer größer als sonst. Ich schob die Hände darunter und spürte ihr Gewicht. Als ich mich zur Seite drehte, stellte ich fest, dass mein Bauch ein wenig vorstand. Nach der Schwangerschaft waren mir meine Sachen noch immer zu eng, und ich musste unbedingt einige Kilo abnehmen. Vielleicht hatte ich auf den Fotos deshalb so sinnlich ausgesehen: Die Kleidung klebte mir am Körper! Ich strich mir über den Bauch und zog ihn ein. Dann fuhr ich mit den Händen über Hüften und Oberschenkel. Da sich meine Haut trocken anfühlte, cremte ich mich mit Körperlotion ein und genoss es, die Creme auf den Oberschenkeln zu spüren.

Im Bett dachte ich an das Kulturstättenprojekt und daran, was es noch zu tun gab. Philip möchte, dass die Markteinführung der ersten Ausgabe im Herbst steigt. Eine *medienwirksame Markteinführung*, wie er hinzufügte. Inzwischen scheint er Gefallen an dem Projekt zu finden und ist bereit, Geld zu investieren. Ich hatte ein leicht schlechtes Gewissen, weil ich selbst über die spanischen Bauwerke berichten wollte. Ich hatte sie noch niemandem im Team zugeteilt.

Warum machte ich mir etwas vor? Hector hatte mich stark angezogen. Ich wandte mich um und sah auf die Uhr. Ich wollte nicht schlafen, ich wollte Sex mit Markus.

Am Wochenende beschlossen Markus und ich, ein Sofa zu kaufen. Wir waren uns schon lange einig, dass das Erbstück von Jennie seine besten Tage hinter sich hatte. Eigentlich war es ein recht ansehnliches Sofa, sogar ein Wesley-Barrell, um genau zu sein. Allerdings wirkte es altmodisch, und der Bezug hatte ein goldenes und orangefarbenes geometrisches Muster, über das wir uns oft lustig machten. Ich schlug vor, in ein Möbelhaus in Highbury zu fahren, das viele Sofas im Angebot hatte. Wir wollten Billy mitnehmen, durch die Möbelausstellung schlendern und auf einigen Sofas probesitzen, um festzustellen, ob uns eins davon gefiel.

Als wir ankamen, steuerte ich schnurstracks auf ein wunderhübsches knautschiges und mit gelbem Stoff bezogenes Sofa zu, das frisch und fröhlich aussah und den Namen *Kuschelecke* trug. Markus begeisterte sich für ein Sofa aus grauen Lederwülsten und Chrom, das elegant und skandinavisch wirkte. Als ich mich auf das Markus-Sofa setzte, war es nicht nur unnachgiebig, sondern steinhart.

»Das ist kein Sofa, das ist ein Nagelbrett«, meinte ich lachend. »Wie sollen wir uns darauf aneinanderkuscheln?«

Daraufhin betrachtete er mein Kuschelsofa und fand es ebenso ungeeignet.

»Es hat keine Struktur«, verkündete er. »Es ist viel zu weich und geht sicher bald kaputt.«

Wir standen in der Möbelausstellung, lächelten uns verlegen an und ließen den Blick über die reichhaltige Sofaauswahl schweifen. Gab es ein Stück, auf das wir uns einigen konnten? Ein Sofa mit cremefarbenem Stoffbezug sah zwar recht nett aus, riss uns aber nicht vom Hocker. Irgendwann beschlossen wir, dass es sinnlos war, und gingen zum Mittagessen in ein Restaurant, das mit thailändischen Garküchengerichten warb. Es war ein lustiger und ergebnisloser Nachmittag, und Tante Jennies altes Sofa durfte weiterleben.

HEJA HEJA Juli

Heute hatte ich wieder einen meiner Termine bei Mr Banerjee, meinem Ayurveda-Arzt. Wir sehen uns alle zwei Wochen. Oh, wie Arvo Mr Banerjees Methoden missbilligt hätte! Arvo hatte eine ausgeprägte puritanische Ader. Er vertrat die Auffassung, dass Leid den Charakter bilde. Die Hüllen würden abfallen und gäben den Menschen in seiner wahren Gestalt frei. Ich hatte den Eindruck, dass Mr Banerjee mir guttat, obwohl ich einen abscheulichen Kräutertee trinken musste. Er sagte, er sei mit meinen Fortschritten zufrieden.

Ich parkte und steuerte gerade auf den Hauseingang zu, als ich Markus in der Vorhalle stehen sah. Ich verharrte reglos auf dem Parkplatz. Er hatte nicht angerufen. Warum kreuzte er einfach unangemeldet hier auf? Zwei Hausbewohner gingen an mir vorbei und öffneten mit ihrer Magnetkarte die Tür. In diesem Moment wandte er sich um, erkannte mich und winkte mir zu. Seine Miene war glücklich und aufgeregt. Ich lief zu ihm hinüber, zog ebenfalls meine Karte durchs Lesegerät und schob die schwere Glastür auf.

»Wir haben den Wettbewerb gewonnen! Ich habe es gerade erst erfahren und musste es dir sofort erzählen.«

Ich umarmte ihn.

»Das ist ja wundervoll … einfach nur wundervoll …«

»Ich wollte diesen Auftrag unbedingt haben.«

»Du bist ein toller Architekt.«

»Ich fühle mich zum Bäumeausreißen, Heja.«

»Komm mit hoch! Darauf müssen wir einen trinken.«

Wir fuhren mit dem Lift nach oben. Da noch drei weitere Hausbewohner im Aufzug waren, standen wir nur da und lächelten einander freudig an. Sobald wir den Lift verlassen hatten, nahm ich seine Hand und zog ihn an mich. Wir umarmten einander fest, und dann küssten wir uns im Flur vor meiner Wohnungstür. Im nächsten Moment machte er sich verwirrt los und folgte mir in die Wohnung. Ich ging in mein Ankleidezimmer, wo ich einen sehr guten Wein aufbewahre, und holte eine Flasche davon. Markus betrachtete durch das Fenster den Fluss.

»Ich wollte schon immer ein Kino bauen«, sagte er.

»Solange es bequemer ist als der Bio-Hörsaal!«

Er lachte fröhlich auf. Ich hielt ihm die Flasche hin.

»Bitte mach sie auf!«

Er musterte das Etikett. »Ich kenne mich mit Weinen nicht gut aus, aber der hier scheint teuer zu sein. Bist du sicher?«

»Wir haben Grund zu feiern.«

Während er die Flasche öffnete, holte ich die Gläser. Er schenkte jedem von uns ein halbes Glas Wein ein. Dann prosteten wir einander zu.

»Auf wundervolle Gebäude …«, sagte ich.

»Die hoffentlich besser sind als wir selbst«, fügte er hinzu.

»Und die uns um viele Jahre überleben werden«, ergänzte ich, als wir anstießen.

»Also wirst du in Zukunft viel Zeit in Durham verbringen.«

»Ja. Es gefällt mir dort, und ich freue mich schon, die Gegend besser kennenzulernen. Du hast mir wirklich geholfen. Deine Anmerkungen waren eine große Anregung. Darf ich dich zum Dank zum Essen einladen?«

Wenn das nur möglich gewesen wäre! Es tat weh, seine Einladung abzulehnen.

»Ich kann nicht, obwohl ich liebend gern mitgekommen wäre. Aber ich erwarte Besuch.«

»Besuch …?«

»Robert Mirzoeff. Ich habe dir von ihm erzählt.«

»Der Analytiker …«

»Ja. Er hat Karten für ein Konzert in einer Kunstgalerie ganz in der Nähe besorgt. Er kennt die Musiker.«

»Das klingt ja richtig nach intellektueller Herausforderung …«

Ich stieß ihm spielerisch in die Rippen. »Wahrscheinlich hast du recht. Ein Jammer, dass ich zugesagt habe! Trink noch einen Schluck Wein!«

Er schenkte nach.

»Markus, man weiß nie, was geschehen wird. Also genieß den Augenblick! Ich freue mich so für dich und bin unglaublich stolz. Du wirst ein phantastisches Gebäude bauen, das noch viele Jahre lang in Durham stehen wird. Das ist genug.«

»Seit wann bist du so weise? Komm, setz dich neben mich!« Sein Tonfall war sehr liebevoll.

Ich umrundete die Theke und ließ mich auf dem Hocker neben ihm nieder.

»Die Schuhe, die du anhast, sehen genauso aus wie die, die ich dir damals geschenkt habe«, meinte ich und berührte die braunen Schnürschuhe mit der Zehenspitze.

»Was meinst du mit *genauso wie*? Es *sind* dieselben Schuhe …«

»Die können doch unmöglich so lange gehalten haben.«

»Solche Schuhe sind dazu gemacht, ein Leben lang zu halten. Ich habe sie neu besohlen lassen.«

»Ich freue mich sehr, dass du sie noch trägst.«

»Diese Schuhe bringen mir Glück.«

Lachend stießen wir noch einmal an.

Als es klingelte, zuckte ich zusammen. Markus und Robert sollten sich nicht begegnen, und ich überlegte kurz, ob ich so tun sollte, als wäre ich nicht zu Hause.

»Das ist Robert. *Natürlich* wieder mal zu früh.«

Seufzend stand ich auf, drückte auf den Türöffner, um Robert hereinzulassen, und wartete an der Tür. Wie immer mit einem förmlichen grauen Anzug und einem weißen Hemd bekleidet, kam er den Flur entlang.

»Komm herein! Ich möchte dich einem alten Freund vorstellen«, sagte ich.

Robert küsste mich auf die Wange und betrat vor mir die Wohnung.

»Markus und ich haben zusammen studiert«, erklärte ich, holte ein Glas für Robert und reichte es Markus, damit er Wein einschenkte.

Die beiden schüttelten einander recht förmlich die Hände.

»Danke«, sagte Robert und nahm das Glas von Markus entgegen. »Bist du zu Besuch in London?«

»Nein, ich wohne hier, und zwar schon seit einer Weile …«

»Der Wein ist phantastisch, Heja.« Robert sah mich an. »Woher hast du den?«

»Vor einigen Jahren habe ich einen Dokumentarfilm gedreht, der unserem Sender einen Preis eingebracht hat. Und da hat mir mein Chef, ein echter Weinkenner, eine Kiste davon geschenkt. Er hat mich angewiesen, den Wein zehn Jahre lang zu lagern, weil er dann noch besser würde. Ich habe noch ein paar Flaschen übrig.«

»Wirklich beeindruckend. Lagerst du ihn auch unter den richtigen Bedingungen?«

»Wahrscheinlich nicht. Die Flaschen liegen an einem kühlen, dunklen Ort. Genügt das?«

»Klingt in Ordnung. Und was machst du beruflich, Markus?«

»Ich bin Architekt.«

»Und mit welcher Art von Gebäuden beschäftigst du dich?«

»Meistens mit öffentlichen Gebäuden, Bibliotheken, Kliniken und so weiter.«

»Bürogebäude?«, fragte Robert.

»Solche Häuser habe ich noch nie gebaut. Die interessieren mich nicht«, entgegnete Markus knapp, ohne etwas hinzuzufügen.

Ich versuchte, die Spannung aufzulockern, die sich zwischen den beiden aufbaute. »Markus hat gerade einen Wettbewerb gewonnen und wird ein großes Kulturzentrum mit Kunstgalerie und Kino bauen«, verkündete ich.

Robert prostete Markus zu. »Glückwunsch.«

»Danke. Heja hat mir erzählt, dass du eine Ausbildung zum Psychoanalytiker machst.«

»Ich bin im Frühjahr fertig geworden.« Robert grinste spöttisch. »Jetzt werde ich auf die Menschheit losgelassen.«

»Heja, ich muss los. Danke für den Wein. Nett, dich kennengelernt zu haben, Robert.«

Markus stand auf, und ich begleitete ihn zur Tür.

»Danke, dass du gekommen bist, um mir diese wundervollen Neuigkeiten zu überbringen. Schade, dass wir nicht bei einem Abendessen feiern können.«

»Finde ich auch ...«

Ich ging mit ihm hinaus in den Flur und zog die Tür hinter mir zu.

»Markus, das Abendessen können wir nachholen. In Durham. Ich muss nämlich dorthin, um zu recherchieren. Wir könnten uns treffen, wenn du das nächste Mal in der Stadt bist. Dann kannst du mir auch den Bauplatz zeigen. Das würde mir sehr viel bedeuten.«

Er war mit einer Verabredung in Durham einverstanden. Als er sich den Flur entlang entfernte, war ich froh, dass er seinen Erfolg mit mir hatte teilen wollen.

Ich schloss die Tür und kehrte zu Robert zurück, der mich mit leicht verstörter Miene musterte.

»Du bist mir ein Rätsel. Ich wusste gar nicht, dass du mal beim Fernsehen warst.«

»Das war vor vielen Jahren in Helsinki.«

KATHY KATHY Juli

Markus hat den Wettbewerb gewonnen, und ich freue mich unglaublich für ihn. Allerdings kann er im September nicht mit nach Spanien kommen. Doch das ist nicht weiter wichtig. Es zählt nur, dass er einen großen Auftrag an Land gezogen hat, bisher das wichtigste Projekt überhaupt. Besonders freut es ihn, dass seine innovativen Entwürfe auf Beifall gestoßen sind. Das Gebäude wird die Attraktion von Durham werden. Ich habe beschlossen, heute Abend ein portugiesisches Festessen für meine Freunde Fiona und Douglas zu kochen, die aus Glasgow zu Besuch sind, um Markus' Triumph zu feiern. Es gibt das Dorschgericht, für das meine Mum so berühmt ist: *bacalhau com natas*.

Als ich elf war, schickten meine Eltern mich auf eine katholische Oberschule, während alle meine Freundinnen die städtische Highschool besuchten. Anfangs sträubte ich mich dagegen und war fest entschlossen, die neue Schule zu hassen. An meinem ersten Tag dort wurde ich neben ein schottisches Mädchen namens Fiona gesetzt. Ihr hellrotes Haar hatte die Farbe von Malzzucker, und sie trug es zu Büscheln zusammengebunden, die links und rechts vom Kopf abstanden. Wir verabscheuten einander auf Anhieb, und sie wurde für mich zum Sinnbild dessen, was ich an dieser Schule ablehnte und was sie für mich repräsentierte. Sie hasste die Schule auch, weil sie neu in London war und ihre Freundinnen in Glasgow vermisste. Mich fand sie schrill und londonerisch, und unsere gegenseitige Abneigung erhielt uns am Leben.

Als ich aus den Weihnachtsferien zurückkam, traf ich sie im Flur. Sie hatte sich einen Pagenkopf schneiden lassen. Wir blieben stehen und fingen an zu lachen. Ich stellte fest, dass ich mich über das Wiedersehen freute und sie schmerzlich vermisst hatte. Von diesem Tag an waren wir beste Freundinnen und unzertrennlich, sprachen jeden Tag miteinander und teilten alle unsere Geheimnisse. Nach der Schule beschloss Fiona, in ihr geliebtes Glasgow zurückzukehren. Sie hat dort studiert und lebt inzwischen mit Douglas zusammen. Nun kommen sie übers Wochenende nach London und werden endlich Markus kennenlernen, nachdem sie es zu unserer Hochzeit nicht geschafft haben.

Ich hatte mir für den Tag Markus' Auto ausgeliehen, weil ich Termine überall in der Stadt hatte und außerdem die Zutaten fürs Abendessen einkaufen musste. Es war sogar schon um neun Uhr morgens heiß, als ich nach Mile End in die Druckerei fuhr, um den Druck der Reiseführer zu besprechen. Anschließend war ich in der Nähe von Islington zum Mittagessen verabredet, um einem von Victorias Anzeigenkunden die Reiseführer schmackhaft zu machen. Der Stau zwischen Mile End und Islington war mörderisch, und die Sonne brannte gnadenlos durch den Abgasdunst auf mich herab.

Victoria hatte einen Tisch in einem angesagten libanesischen Restaurant in Exmouth Market reserviert, wo es zum Glück kühl war. Die Kellnerin war eine hochgewachsene, hinreißende Araberin, die eine bauschige weiße Bluse, eine schwarze Satinhose und einen goldenen Kettengürtel um die Hüften trug. Der Anzeigenkunde war ein ausgesprochener Widerling und begaffte die Kellnerin, als er Arak für uns drei bestellte. Victoria schlug vor, verschiedene Vorspeisen zu ordern, und wählte für uns neun kleine Portionen Falafel, Kibeh, leuchtend grünen Tabouleh, gebackene Aubergine und libanesischen Salat mit Croûtons aus. Das Essen schmeckte köstlich und war sehr dekorativ angerichtet. Die Kellnerin riss uns jeden Teller weg, sobald er leer war, als wolle sie uns so schnell wie möglich loswerden. Der Widerling fiel ihr eindeutig auf die Nerven.

Victorias Instruktionen folgend, beschrieb ich den Reiseführer in glühenden Farben. Ich listete die berühmteren Bauwerke auf, über die wir berichten würden, und betonte die Qualität der Fotos und den von uns erzeugten Mehrwert. Natürlich würde es auch eine einschlägige Webseite geben, auf der er seine Werbung einstellen könne. Ich ließ Victoria und ihn noch vor dem Kaffee allein, weil ich die Zutaten für das Festessen einkaufen musste. An diesem Nachmittag beneidete ich Victoria nicht um ihren Job, denn sie musste zu solchen Typen immer nett sein.

Ich erreichte mein Auto, als die Parkuhr gerade abgelaufen war und bereits von einer männlichen Politesse lauernd umkreist wurde. Der Mann schien in seiner Uniform zu schwitzen und sich unwohl zu fühlen, und ich fragte mich schon, ob er mir einen Strafzettel verpassen würde. Doch er ließ mich unbehelligt einsteigen, worauf ich mich durchs offene Fenster bedankte. Ich fuhr nach Highbury, wo es einen ausgezeichneten Fischhändler und einen Feinkostladen gibt, der portugiesischen Käse verkauft. Ich brauchte Dorsch für das Hauptgericht und erstand außerdem Azeitão, Serra und Castello Branco für die Käseplatte. Nachdem ich alles im Kofferraum verstaut hatte, fuhr ich in die Redaktion. Die Sonne brannte noch immer vom Himmel, und der Teerbelag des Parkplatzes fühlte sich unter meinen Füßen weich und klebrig an. Da ich befürchtete, dass im kochend heißen Kofferraum der Käse schmelzen und der Fisch verderben könnte, nahm ich alles mit ins Gebäude und bat die Empfangsdame, die Lebensmittel im Getränkekühlschrank zu bunkern.

In den nächsten beiden Stunden arbeitete ich im Höllentempo mein Pensum ab, weil ich so früh wie möglich nach Hause wollte, um mit dem Kochen anzufangen. Als ich gerade meinen Schreibtisch aufräumte, rief Philip an und zitierte mich in sein Büro. Er wollte wissen, wie weit der Zeitplan für den Reiseführer gediehen sei. Er hielt mich über vierzig Minuten lang fest und nahm mich ins Kreuzverhör, welche Kollegin über welches Gebäude berichten würde und welche Kosten auf die Zeitschrift zukämen. Seine Mitarbeiterinnen aus heiterem Himmel einzubestellen, hat bei ihm Methode. Mit einer gewissen Vorwarnung hätte ich ihm eine Tabelle vorlegen können. Als ich sein Büro verließ, fühlte ich mich verunsichert und gereizt.

Auf dem Parkplatz sah ich Heja in ihr Auto steigen. Sie hat ein wunderschönes dunkelgrünes Cabrio, und das Verdeck war heruntergeklappt. Nun verstehe ich, wie sie sich ein so tolles Auto leisten kann. Sicher hat sie noch Geld aus ihrer Zeit beim Fernsehen übrig, denn bei unseren Gehältern wäre ein solcher fahrbarer Untersatz nicht drin. Sie wirkte so frisch und kühl wie immer, kein Fältchen in der Bluse und das Haar zu einem ordentlichen französischen Zopf geflochten. Ich winkte ihr zu und fuhr hinter ihr vom Parkplatz. Während sie nach rechts in Richtung Belsize Park abbog, fuhr ich links nach Camden Town. Ich brauchte noch Petersilie, und auf dem Straßenmarkt in Inverness gibt es einen Stand, wo ich immer einkaufte.

Der Markt schloss gerade, und in den Kartons am Straßenrand lag mehr verdorbenes Obst und Gemüse als gewöhnlich. Ich sah einen Mann mit einer Hose voller Ölflecken, der die Abfälle nach Essbarem durchwühlte. Dann wandte er sich den Papierkörben zu. Er steckte die Hand in einen der Behälter und förderte ein angebissenes Baguette zutage, das er ohne Zögern in den Mund schob und zerkaute.

Endlich war ich auf dem Nachhauseweg. Ich fuhr gerade die Park Street in Richtung Baker Street entlang, als ich feststellte, dass die rechte Fahrbahn wegen Straßenbauarbeiten gesperrt war, was den Flaschenhals zur Baker Street noch verengte. Ich blieb auf meiner Spur und schimpfte vor mich hin, weil es nun noch länger dauern würde.

Ein kleines rotes Auto näherte sich von links und versuchte, sich vor mich zu drängen. Ich warf einen Blick auf den Fahrer, der mir mit unhöflichen Gesten bedeutete, zurückzubleiben und ihn einscheren zu lassen. Da mir mein Hintermann an der Stoßstange klebte, hob ich nur die Schultern, hielt die Spur und starrte geradeaus auf die Ampel. Ich hatte die Fenster geöffnet, um frische Luft zu bekommen. Der Mann im roten Auto schrie mich an. Ich wandte mich zu ihm um. Er hatte einen rasierten Schädel und ein mageres, spitzes, von Zornesfalten durchzogenes Gesicht. Neben ihm saß eine Frau, und auf dem Rücksitz lümmelte ein halbwüchsiges Mädchen. Beide Frauen hatten das Haar zu hoch angesetzten Pferdeschwänzen zusammengebunden und sahen mich mehr oder weniger feindselig an.

Wieder zuckte ich mit den Achseln, um ihnen mitzuteilen, dass ich ihnen nicht Platz machen konnte, was den Mann noch mehr zur Weißglut zu treiben schien. Als die Ampel auf Grün umschaltete und alle weiterkrochen, arbeitete er sich ein Stück näher an mich heran, sodass unsere Seitenspiegel mit leisem Knirschen kollidierten. Sein kleiner Spiegel konnte dem stabilen von Markus' Saab nicht standhalten.

»Sieh nur, was du gemacht hast!«, brüllte er. »Jetzt ist mein Spiegel kaputt, du Fotze!«

Rasch schloss ich die Fenster und verriegelte die Türen. Die Ampel wurde gelb, und ich blinkte rechts. Dann hielt ich an, damit er vor mir einscheren konnte. Er schoss auf meine Fahrbahnseite, trat ruckartig auf die Bremse und sprang aus dem Wagen, um seinen Spiegel zu untersuchen. Er war ein kleiner, drahtiger Mann, der gebügelte Jeans und ein Sweatshirt trug. Ich hatte nicht den Eindruck, dass sein Spiegel defekt war, denn er war wieder in die Ausgangsstellung zurückgeschnellt. Doch der Mann veranstaltete ein Riesentheater um seinen Spiegel. Die Ampel wurde rot, sodass ich jetzt hinter ihm festsaß. Er sprach mit seiner Beifahrerin, die den Kopf schüttelte. Dann warf er mir wieder einen Blick zu. Ich wandte die Augen ab. Bitte, mach, dass es aufhört!, dachte ich. Es war so heiß im Auto, dass ich den Schweiß auf dem Gesicht und den Händen spürte.

Die Ampel sprang um. Er stieg ins Auto, bog auch rechts ab und parkte an der Ecke. Ich fuhr an ihm vorbei die Straße entlang, musste jedoch wieder an einer Ampel stoppen. Meine Hände umkrampften das Lenkrad so fest, dass ich Schweißspuren hinterließ. Ich versuchte, die Hände zu lockern und tief durchzuatmen. Gerade wollte ich das Fenster öffnen, um etwas frische Luft hereinzulassen, als er dicht neben mir erschien, das Gesicht an die Scheibe presste und mich anbrüllte.

»Fenster aufmachen! Mach das Scheißfenster auf! Du hast meinen Spiegel kaputt gemacht.«

Ich weigerte mich, ihn zur Kenntnis zu nehmen, denn wenn ich ihn angesehen hätte, wäre die Situation eskaliert. Im nächsten Moment drosch er mit der Faust aufs Autodach. Seine Schläge hatten eine solche Wucht, dass die gesamte Karosserie erzitterte.

»Bleib stehen! Bleib doch stehen, verdammte Scheiße!«, schrie er.

Die Ampel wurde grün. Ich trat aufs Gas und brauste in den Dorset Square. Er sprang mit einem Satz auf den Gehweg. Im Rückspiegel sah ich, dass er zu seinem Auto rannte. Mir wurde klar, dass er mich verfolgen würde. Ich raste über den Dorset Square und über eine rote Ampel in die Rossmore Street. Das war zwar nicht mein Nachhauseweg, aber die Straße vor mir war frei, und ich wollte ihn so schnell wie möglich abhängen. Immer wieder spähte ich in den Rückspiegel und rechnete damit, die Motorhaube seines roten Wagens hinter mir zu sehen. Mein Atem ging stoßweise, und mir war schwindelig. Ich bog zweimal links ab. Endlich hielt ich an und wartete mit klopfendem Herzen ab. Ich war ihn los.

»Die Leute sind heutzutage so verdammt aggressiv und merken gar nicht, dass sie voll lebensgefährlicher Wut stecken«, sagte Douglas.

Wir saßen mit Fiona und Douglas in der Küche beim Essen. »Viele haben es momentan nicht leicht, und dann lassen sie ihren Hass an ihren Mitmenschen aus«, meinte Markus.

»Wisst ihr, ich hatte heute einen schlechten Tag«, erwiderte ich. »So etwas passiert meistens, wenn man sowieso schon unter Strom steht. Wahrscheinlich hätte ich ihn einfach überholen lassen sollen …«

»Ach, schon die kleinste Kleinigkeit kann so etwas auslösen«, entgegnete Fiona. »Es ging doch um nichts Großes, nur um einen Platz weiter vorn im Stau.«

Wir hatten gerade das *bacalhau com natas* verspeist, Schichten aus Dorsch und Zwiebeln und dazu Bratkartoffeln in Sahne. Meistens wirkt Kochen beruhigend auf mich. Heute Abend hatte es nicht geklappt. Ich stand auf, um abzuräumen. Fiona half mir dabei. Im nächsten Moment hörte ich Billy in seinem Zimmer greinen.

»Ich glaube, ich hole Billy aus dem Bett«, meinte ich zu Markus. »Er hatte heute Abend so rote Bäckchen. Sicher zahnt er wieder.«

Ich trug Billy in die Küche, wo er sofort die Arme nach seinem Dad ausstreckte. Markus nahm ihn auf den Schoß.

»Offenbar wollte er die Party nicht verpassen«, sagte Fiona.

Ich stellte den Salat und die Käseplatte auf den Tisch.

»Meine drei portugiesischen Lieblingskäse«, verkündete ich.

»Spitze!«, begeisterte sich Fiona. »Wo treibst du diese Sachen nur immer auf?«

»In Highbury gibt es einen tollen Laden, der außerdem das allerbeste Olivenöl führt.«

Markus reichte Fiona die Salatschüssel. Er hatte die Soße gemacht. Sie enthielt jede Menge Knoblauch und brannte schon fast auf der Zunge.

»Hmmm, wie lecker!«, seufzte sie und häufte von Salatsoße triefenden Radicchio, Kresse und Rucola auf ihren Teller.

Douglas bestrich einen Kräcker mit viel Butter und legte ein dickes Stück Serra darauf.

»Douglas, du brauchst doch zum Käse nicht auch noch Butter zu essen!«, schrie Fiona auf.

»Ich mag aber den Geschmack von Butter unter dem Käse.«

»Denk an dein Cholesterin!«

Ich gab Billy ein Stück Brot zum Knabbern.

»Ich war vor ein paar Jahren wegen eines Forschungsprojekts in Finnland«, erzählte Douglas. »Wir haben die Reaktionen der Menschen auf Veränderungen untersucht, hauptsächlich in Helsinki, wo es mir sehr gut gefallen hat. Ich war auch in einigen Dörfern an der Küste. In kleinen Gemeinden gibt es auch jede Menge Wut.«

Markus nickte zustimmend.

»O ja, Wut, Engstirnigkeit und Kleingeistigkeit«, erwiderte er.

»Wann warst du denn dort?«, fragte ich Douglas.

»Vor etwa vier Jahren.«

»Eine Mitarbeiterin in meinem Team war früher eine bekannte Fernsehmoderatorin in Helsinki – Heja Vanheinen.«

Markus stand auf. »Nimmst du Billy mal einen Augenblick?«, wandte er sich an Fiona. »Ich hole noch Wein ...«

»Ich dachte schon, du fragst mich nie«, sagte sie, setzte Billy auf ihren Schoß und schaukelte ihn sanft.

Markus griff nach der leeren Flasche und legte sie in die Altglaskiste.

»Wie sieht sie denn aus?«, erkundigte sich Douglas.

»Sehr blond, hohe Wangenknochen ...«

Markus streckte die Hand nach einer vollen Flasche aus und entfernte die Folie.

»Im Kühlschrank liegt noch eine kalte Flasche«, meinte ich.

Mit einem Nicken wandte er sich zum Kühlschrank um. Ich überlegte, warum er wohl ein so finsteres Gesicht machte.

Nachdem Fiona und Douglas gegangen waren, kratzte ich die Teller über einem Stück Zeitungspapier ab und warf die Reste in den Müll. Nach dem heißen und anstrengenden Tag pochte mir der Schädel. Als ich sah, wie das Fett von der Sahne in die Zeitung einsickerte, wurde ich von Widerwillen und Erschöpfung ergriffen.

Am nächsten Morgen rief Fiona an.

»Danke für das Essen gestern Abend. Es war superlecker.«

»Ich habe mich so gefreut, euch zu sehen. Markus fand euch beide sehr nett. Tut mir leid, dass ich ein bisschen gestresst war.«

»Du warst wunderbar. Außerdem verstehe ich, warum du dich in Markus verliebt hast. Ein Traumtyp!«

»Hübsch anzusehen, findest du nicht?«

»Warum hast du mir nicht erzählt, dass er berühmt war?«

»Berühmt? Was meinst du damit?«

»Douglas hat sich den ganzen Abend gefragt, warum ihm Markus so bekannt vorkam. Heute Morgen ist es ihm endlich eingefallen. Offenbar hatte Markus in Finnland einen Namen als Revolutionär.«

»Nein!«

»Doch! Es gab einen großen Studentenprotest, und Markus führte eine Massendemonstration in Helsinki an. Die Situation eskalierte, und er wurde verhaftet. Hunderte von Studenten zogen vor das Polizeirevier und forderten seine Freilassung.«

»Ich fasse es nicht.«

»Es stimmt aber. Douglas und Politik, du kennst ihn ja. Dein Markus war der Pin-up-Boy für Tausende von Studentinnen!«

»Nicht zu glauben. Ich hatte ja keine Ahnung. Überhaupt keine … das würde eine Menge erklären.«

»Dann frag ihn doch!«

»Ich weiß nicht, ob das ein guter Vorschlag ist. Er blockt immer ab, wenn ich seine Vergangenheit anspreche. Ich traue mich kaum noch, das Thema zur Sprache zu bringen.«

»Es sollte doch möglich sein, mit ihm darüber zu reden.«

»Sollte es, aber … tja … wir leben eben in keiner perfekten Welt, Fiona. Markus kann sehr reserviert sein. Manchmal macht mir seine abweisende Art wirklich zu schaffen.«

»Das tut mir leid.«

»Ich sage mir immer, dass ich unserer Beziehung Zeit lassen muss. Es war für uns beide eine große Umstellung. Aber es wäre schön, wenn er mir gegenüber offener wäre.«

»Du hättest mich anrufen sollen.«

»Außerdem war Eddie neulich abends hier.«

»Oh, Kathy, du wirst doch nicht …«

»Nein, nein, natürlich nicht! Er stand einfach unangemeldet auf der Matte.«

»Du warst sehr unglücklich, wenn er trank.«

Nach dem Telefonat tat ich etwas, worauf ich bisher noch nicht gekommen war. Ich suchte im Internet Informationen über Markus. Als ich *Markus Hartman Finnland* eintippte, fühlte ich mich ziemlich schuldig, so als würde ich mich wie eine Stalkerin gebärden. Worauf würde ich stoßen? Fünf Fotos von einem viel jüngeren Markus erschienen auf dem Bildschirm. Drei davon schienen eine Studentendemo zu zeigen, denn es waren Transparente und viele Menschen zu sehen. Markus ging in der ersten Reihe. Da der Text auf Finnisch war und aus verschiedenen Zeitungsartikeln stammte, konnte ich ihm nicht viel entnehmen, nur die Daten, die mir verrieten, dass diese Proteste vor vielen Jahren stattgefunden hatten. Es gab auch noch zwei Porträtaufnahmen von Markus und ein Foto, auf dem er vor einem Gebäude stand. Da auch diesmal keine englischen Texte verfügbar waren, konnte ich nicht ermitteln, wo die Fotos gemacht worden waren.

Offenbar hatte Douglas recht – Markus hatte sich als Student politisch engagiert und war ein bekannter Anführer gewesen. War das die Tatsache, die er mir verschwieg? Oder zögerte er, über sein Leben in Helsinki zu sprechen, weil ihm noch etwas anderes zugestoßen war? Ich betrachtete die Fotos, auf denen er so jung und leidenschaftlich aussah, und wusste, dass ich ihn nicht danach fragen würde.

Da ich ohnehin gerade dabei war, beschloss ich, auch nach Informationen über Heja zu suchen. Als ich ihren Namen eintippte, erschienen sofort massenweise Fotos. Eine Serie von gestellten Aufnahmen zeigten sie hinter dem Pult in einem Nachrichtenstudio, einige andere PR-Aufnahmen hatten etwas Retuschiertes an sich. Auf einem Foto interviewte sie einen Mann, der wie ein Politiker aussah. Der Begleittext war auf Englisch, schilderte ihre Rolle beim Sender und nannte die Einschaltquoten. Offenbar hatte sie wirklich zu den bedeutendsten Nachrichtenmoderatoren Finnlands gehört. Die Texte behandelten nur Berufliches wie Interviewpartner und Ereignisse, über die sie berichtet hatte.

Etwas Persönliches war nicht zu entdecken, und ich konnte auch keine Links zu Facebook, LinkedIn oder Twitter entdecken. Nun, das hätte ich mir gleich denken können. Heja war die Letzte, die irgendetwas über sich in sozialen Netzwerken mitteilen würde. Sie sprach ja kaum mit ihren Kolleginnen, die sie jeden Tag sah. Allerdings wollte mir noch immer nicht in den Kopf, warum sie einen so hohen Posten beim Fernsehen aufgegeben hatte. Sie war Mitte dreißig und hätte sicher noch viele Jahre vor der Kamera stehen können. Und das alles, um für eine Zeitschrift über Architekturthemen zu schreiben? Wirklich seltsam.

HEJA HEJA Juli

Anfang Juli traf ein Brief von meiner Mutter Solange ein.

Meine liebe Heja,
da Du Dich dieses Jahr so zurückgezogen hast, haben Dein Vater und ich Folgendes beschlossen: Wenn der Prophet nicht zum Berg kommt, kommt der Berg eben zum Propheten. Also besuchen wir Dich.

Dein Vater ist in letzter Zeit nicht mehr der Alte, und ich mache mir Sorgen um seine Gesundheit. Dennoch arbeitet er immer weiter und setzt sich unnötig unter Druck. Trotzdem konnte ich ihn überreden, vier Wochen Urlaub zu machen. Im August brechen wir zu einer zehntägigen Kreuzfahrt auf. Wir fangen in London an und verbringen anschließend zwei Nächte in Paris, bevor wir mit dem Zug nach Marseille fahren und an Bord gehen. Wir werden Genua, die Amalfiküste, Sizilien, Karthago und Barcelona besuchen. Dann kehrt das Kreuzfahrtschiff nach Marseille zurück. Danach planen wir, zwei Wochen in der Provence zu verbringen. Es wird sicher sehr erholsam, und Vater möchte unbedingt, dass Du uns auf der Kreuzfahrt begleitest. Ich finde auch, dass es Dir guttäte, eine Zeit lang Abstand von

Deiner Arbeit zu gewinnen. Natürlich übernimmt Vater sämtliche Kosten.

Solltest Du Dich, wie ich mir denken kann, nicht so lange freimachen können, fliegen wir schon früher nach London, um einige Tage mit Dir zusammen zu sein. Man hat uns ein gutes Hotel im Stadtzentrum empfohlen, das Brownsage Hotel *in der Charlotte Street. Ich wäre Dir dankbar, wenn Du es für uns in Augenschein nehmen könntest, bevor ich die Reservierung bestätige.*

Gib mir so früh wie möglich Bescheid, ob Du die Kreuzfahrt mitmachen möchtest, damit Vater die Schiffskabine für Dich buchen kann.
Wie immer in Liebe
Solange

Ich kann mir kaum Schlimmeres vorstellen, als zehn Tage mit meiner Mutter auf einem Schiff zu verbringen und mit ihr um die Aufmerksamkeit meines Vaters zu buhlen. Sie ist die eifersüchtigste Frau der Welt. Wenn Vater nur wagt, erst mein Glas und dann erst ihres zu füllen, ist eine Szene vorprogrammiert. Außerdem geht aus dem Brief ziemlich klar hervor, dass ich lieber nicht mitkommen soll.

Ich weiß noch, wie sie reagierte, als ich ihr von meiner Kündigung beim Sender erzählte. Sie wurde unglaublich wütend. Auch wenn sie mich nicht liebt, fand sie es toll, eine berühmte Tochter zu haben. Den wahren Grund, warum ich meinen Beruf aufgab, konnte ich ihr nicht verraten. Ich hoffte, sie würde ihre leidende Tochter hinter der Fassade erkennen, die ich ihr zeigte. Aber sie hat gar nichts erkannt. Sie hätte nicht kühler und abweisender reagieren können. Damals habe ich sie aus meinem Leben gestrichen. Ich nenne sie nicht einmal mehr Mutter. Für den Rest der Welt ist sie Solange. Also auch für mich.

Als meine Eltern einige Wochen später in London eintrafen, nahm ich Robert als Vermittler mit, um mir das übliche Verhör durch Solange zu ersparen. Elegant in einem dunkelgrünen Hemdblusenkleid mit Jacke stand sie im Foyer des *Brownsage Hotel.* Robert küsste sie auf die Wange, und sie lächelte ihm kurz zu. Offenbar hatte er gestern beim Abendessen in ihrem Hotel einen guten Eindruck auf sie gemacht.

»Pieter kommt heute Vormittag nicht mit. Er hatte eine schlechte Nacht und braucht Ruhe. Wir treffen ihn zum Mittagessen.«

»Er hat gestern Abend gar nicht gut ausgesehen«, erwiderte ich beklommen.

»Ich habe es in meinem Brief doch klipp und klar geschrieben, Heja. Er fühlt sich nicht wohl.«

»Was fehlt ihm denn?«

Kurz malte sich ein gereizter Ausdruck auf Mund und Wangen wie der Anflug eines Zitterns.

»Er hat Herzprobleme«, sagte sie mit leiser Stimme.

»Wie ernst ist es?«

»Er muss sich schonen.«

»Kann man nichts tun?«

»Es wird schon alles Mögliche getan, und sein Zustand ist unter Kontrolle. Er muss eben manchmal kürzertreten.«

Robert spürte die Spannung zwischen uns. Er zog die Mundwinkel nach unten – typisch für ihn, wenn er sich eine Bemerkung verkneift. Dann tätschelte er mir den Arm. »Wollen Sie trotzdem in die Tate Modern?«, wandte er sich an Solange. »Wir können den Besuch auch abblasen.«

»Nein, nein! Ich möchte das Museum unbedingt sehen. Außerdem soll ich Pieter einen Katalog mitbringen.«

Ich betrachtete das geometrische Muster auf dem Fußboden des Hotelfoyers. Es bestand aus grauen und weißen

Marmorstücken, präzise geschnitten und gelegt. Robert berührte mich wieder am Arm.

»Gehen wir?«

»Ich möchte lieber bleiben und Dad Gesellschaft leisten. Wäre das sehr schlimm?«

Ich sah erst ihn und dann Solange an.

»Dein Vater braucht Schlaf«, entgegnete sie spitz.

»Ich werde ihn nicht wecken. Gib mir den Zimmerschlüssel! Ich setze mich einfach hin, warte, bis er aufwacht, und koche ihm einen Tee.«

»Du wolltest uns doch die Stadt zeigen.«

Oh, wie ich diese Frau hasste! Ich hatte meinen Vater seit vielen Monaten nicht gesehen, und trotzdem gönnte sie uns keine Minute unter vier Augen.

»Ich spiele mit Vergnügen den Fremdenführer«, erklärte Robert rasch.

»Danke, Robert.«

Sie wandte sich an mich. »Dann sehen wir euch beide im Restaurant.«

»Der Tisch ist für Viertel nach eins reserviert«, erwiderte Robert und warf mir einen verschwörerischen Blick zu, der wohl besagen sollte, dass sie wahrlich eine schwierige Person war.

Dad schlief nicht, sondern saß im Morgenmantel in einem Sessel am Fenster.

»Liebes, wo sind denn die anderen?«

»In der Tate Modern. Ich wollte dir Gesellschaft leisten.«

Er stand auf, und wir umarmten uns herzlich.

»Ich freue mich so«, meinte er.

Ich setzte mich neben ihn und betrachtete sein Gesicht im Licht, das durch das Fenster hereinströmte. Seine Hautfarbe gefiel mir gar nicht.

»Hattest du eine unruhige Nacht, Dad?«

»Ich habe schlecht geschlafen und wollte mich heute Vormittag ein bisschen schonen. Kein Grund zur Sorge.«

Ich tätschelte ihm die Hand. »Die Tate Modern zu besichtigen, ist ziemlich anstrengend. Ein riesiges Gebäude.«

»Ja, das habe ich gelesen.«

»An einem Tag schafft man es gar nicht, obwohl ich jede Wette eingehe, dass Robert es versuchen wird.«

Mein Vater schmunzelte. »Ich mag ihn. Er ist ein kluger Mann.«

»Ja, er ist sehr klug und gebildet ...«

»Das klingt aber nicht sehr liebevoll.«

»Robert ist ein netter Mensch, aber ich liebe ihn nicht.«

»Ach herrje, ich glaube nämlich, er ist verrückt nach dir.«

Ich zuckte mit den Achseln. Mein Vater wusste, wie sehr ich Markus geliebt und wie weh es getan hatte, als er mich verließ.

»Wie geht es dir wirklich, Dad?«

»Alles in Ordnung. Ich muss nur ein paar Tabletten schlucken und darf nichts übertreiben, das ist alles.«

Ich streichelte ihm noch immer die Hand. Seine Haut fühlte sich dünn und trocken an.

»Ich creme dir die Hände ein. Das tut bestimmt gut.«

Im Bad fand ich ein Fläschchen Körperlotion mit Hotelaufdruck. Persischer Flieder.

»Dann rieche ich ja wie ein türkischer Harem«, meinte er schmunzelnd.

Ich tröpfelte eine großzügige Portion auf seinen linken Handrücken, rieb die Lotion vorsichtig in die Hand ein und massierte dann jeden Finger, die Knöchel und das Handgelenk.

»Das ist wirklich angenehm«, sagte er.

Ich fing mit der rechten Hand an. Inzwischen befürchtete

ich bei jeder unserer Begegnungen, es könnte das letzte Mal sein. Dabei gibt es zwischen uns noch so viel Unausgesprochenes.

»Manchmal glaube ich, unsere Familie ist verflucht«, sagte ich, während ich die Lotion auf jedem Fingerknöchel der rechten Hand verteilte.

»Wie kommst du denn darauf, Liebes?«

»Tomas und Tante Tanya ... vielleicht sind unsere Gene ja verdorben.«

»Tomas ist an einer Infektion gestorben.«

»Und Tanya?«

»Tanyas früher Tod war eine Tragödie und eine schreckliche Verschwendung an Leben. Doch Tragödien gibt es in jeder Familie. Machst du dir deshalb Sorgen?«

Jetzt hätte ich es ihm erzählen können. Es wäre eine solche Befreiung gewesen, meinem Vater mein Herz auszuschütten. Ich musterte sein gütiges, liebes Gesicht und sah, wie aschfahl es war. Er hatte bereits eins seiner Kinder zu Grabe getragen. Also sollte er weiter glauben, mit mir sei alles in bester Ordnung.

»Natürlich haben mich die Todesfälle beeinflusst.«

»Hindern sie dich daran, Kinder zu bekommen?«, fragte er liebevoll.

Ich schüttelte den Kopf.

»Du hast einmal gesagt, nach Tomas' Tod sei Solange nicht mehr dieselbe gewesen.«

»Ja, richtig. Nun ja, wir dachten, er sei nur erkältet, und haben das Fieber darauf geschoben. Der Arzt hatte uns angewiesen, ihn zu kühlen, und deine Mutter ist die ganze Nacht wach geblieben und hat ihn abgewaschen, um das Fieber zu senken. Etwa anderthalb Stunden lang ist sie auf dem Fußboden im Kinderzimmer eingeschlafen. Als sie wieder aufwachte, hatte sich Tomas' Zustand stark verschlechtert. Er war blass und reagierte nicht mehr. Sie war außer sich. Wir haben ihn sofort ins Krankenhaus gefahren. Am nächsten Abend ist er gestorben. Meningitis schlägt ganz plötzlich zu und hat schreckliche Folgen.«

»Entschuldige, dass ich es erwähnt habe, Dad! Ich wollte dich nicht aufregen.«

»Du hast mich nicht aufgeregt. Das hast du noch nie getan. Ich weiß, dass das Unglück einen langen Schatten auf deine Kindheit geworfen hat. Deine Mutter ist kaum über Tomas' Tod hinweggekommen. Sie hat ihn vergöttert. Manchmal war ich fast eifersüchtig auf ihn. Als er starb, hatte ich schwere Schuldgefühle, weil ich sie in jener Nacht nicht genug unterstützt hatte.«

»Du hättest kein besserer Ehemann sein können, Dad. Du tust so viel für sie.«

»Sie war einige Jahre lang krank. Es gab eine Zeit, da konnte sie nicht mehr aus dem Bett aufstehen oder irgendetwas tun. Ich habe ihr einen Welpen geschenkt, und sie war gezwungen, aufzustehen und ihn Gassi zu führen. Allmählich hat sie sich wieder erholt. Mir ist dadurch klar geworden, wie verletzlich sie war und eigentlich immer noch ist.«

»Auf mich wirkt sie nie verletzlich. Sie wünschte sich immer Söhne und hat Probleme mit mir. Ich bin ja nur ein Mädchen.«

»Auch wenn Solange es nicht oft zeigt, aber wir sind beide sehr stolz auf unsere schöne und begabte Tochter. Hab keine Angst davor, Kinder zu bekommen, Liebes! Sie machen so viel Freude.«

Ich schmiegte den Kopf an seine Brust. Natürlich wollte er, dass ich Kinder bekam. Die beiden warteten darauf. Ich hörte das leise Pochen seines armen kranken Herzens.

Um Punkt Viertel nach eins trafen wir sie wie angewiesen im *Connaught*. Solange war in guter Stimmung. Robert hatte meine Eltern eingeladen, und dies war ein Lokal genau nach seinem Geschmack. Beim Aperitif erzählte er uns, dass General de Gaulle während des Kriegs im *Connaught* gewohnt hatte, wenn er sich in London aufhielt. General Eisenhower war Stammgast im Hotelrestaurant gewesen. Robert hat eine Schwäche für überladene Restaurants, wo das Essen mächtig ist und alle mit gedämpften Stimmen sprechen. Er empfahl die Hähnchenpastete, eine Spezialität des Hauses. Dad bestellte sie. Wahrscheinlich um sich bei Robert dafür zu bedanken, dass er sich am Vormittag um Solange gekümmert hatte. Man servierte ihm eine ganze Pastete in einer Auflaufform aus Keramik. Als er die Kruste aufschnitt, entdeckte er unter der Teighaube ein makelloses weich gekochtes Wachtelei.

»Das ist aber ein hübscher Einfall«, sagte Dad und stach vorsichtig in das Ei. Das üppige Eigelb rann heraus und vermischte sich mit der Hühnersoße. Er aß einen Bissen.

»Köstlich. Ihr kennt ja den Spruch *Nur Kleingeister erfreuen sich an kleinen Dingen*. Ich fand das schon immer falsch. Kleine Dinge können große Freude bereiten. Wie zum Beispiel dieses Ei auf dem Hühnerfleisch. Es ist zwar nur eine Kleinigkeit, sorgt aber dafür, dass die Hühnerpastete nicht nur gut, sondern ein Gedicht ist.«

Wir lachten alle.

Robert nickte. »Man darf die Wichtigkeit von Details nicht unterschätzen. In der Psychoanalyse gehen wir davon aus, dass auch Kleinigkeiten viel Bedeutung innewohnt.«

»Du siehst besser aus, Pieter«, meinte Solange. »Die Ruhe hat dir gutgetan.«

»Das Zusammensein mit Heja hat mir gutgetan«, erwiderte er und lächelte mich an.

Ich warf einen kurzen Blick auf Solange. Sie ging nicht weiter darauf ein, sondern war voll und ganz mit der Tate Modern, der Kunst, ihren Ansichten und ihrer keimenden Freundschaft mit Robert beschäftigt.

»Der Blick auf Saint Paul's ist wirklich beeindruckend. Ich ziehe die Aussicht aus diesen prachtvollen Fenstern sogar den Kunstwerken in den Sälen vor«, verkündete sie.

Falls ich je beschließen sollte, Robert ins Haus meiner Familie in Helsinki zum Essen einzuladen, würde sie ganz sicher das beste Porzellan und das Tafelsilber für ihn hervorholen.

Am Mittwochmorgen berief sie kurzfristig eine Redaktionssitzung ein, um uns mitzuteilen, sie werde nächste Woche in Cornwall sein – in St. Ives. Es sollte ein Familienurlaub werden. Falls es Probleme gebe, sollten wir uns bei Aisha melden. Die würde sich dann mit ihr in Verbindung setzen. Allerdings werde dieser Fall vermutlich gar nicht eintreten, fügte sie hinzu, machte ein freundliches Gesicht und lächelte jede von uns nacheinander an. Wir seien ein tolles Team, und sie wisse unseren Einsatz zu schätzen.

Ich saß da und fühlte mich innerlich eiskalt. Ich konnte es mir bildlich vorstellen: die reizende kleine Familie im Hotel. Die Tage am Strand. Billy mit Sonnenhut. Wie sie beide mit ihm im Sand spielten. Sicher trug sie einen Bikini, der ihre großen Brüste betonte, auf die sie so stolz ist. Er cremte ihr Rücken und Schultern ein. Er hatte die Kamera dabei. Sie ging schwimmen, und wenn sie wieder aus dem Wasser kam, rutschten ihr die Brüste beinahe aus dem Bikinioberteil. Er machte Fotos von ihr, während sie näher kam. Er hatte schon immer eine Schwäche für Schnappschüsse. Er wartete, bis sie sich mit einem rauen Strandlaken abtrocknete, sich hinter einem Felsen verrenkte und lachend unter dem Handtuch herumzappelte. Und mit jeder gemeinsamen Erfahrung, mit jedem Foto von ihr und Billy bastelten sie weiter an ihrem Leben und errichteten ein stärkeres gemeinsames Fundament.

Ich musste ihn wiedersehen, bevor er eine Woche lang mit ihr verreiste. Ich wollte, dass unser Abendessen in Durham stattfand. Er hatte versprochen, mir den Platz zu zeigen, an dem er das Kulturzentrum errichten würde. Also verließ ich gleich nach der Redaktionssitzung das Gebäude und rief ihn im Büro an. Die Empfangsdame teilte mir mit, er sei für drei Tage nach Durham gefahren und werde erst am Freitag zurückkehren. Ich spürte, wie stille Wut in mir aufstieg. Am Samstag wollen sie aufbrechen, weshalb ein Treffen vor dem Urlaub in Cornwall nicht mehr infrage kommt. Warum hatte er nicht für diese Woche eine Verabredung in Durham vorgeschlagen? Der Zeitpunkt wäre optimal gewesen.

Langsam kehrte ich zum Bürogebäude zurück. Sie kam gerade mit Philip Parr die Treppe herunter. Als er mir zunickte, blieb ich demonstrativ in der Vorhalle stehen und wartete, bis die beiden mich erreicht hatten.

Ich lächelte. Dann wandte ich mich an sie. »Also sollen wir Aisha fragen, falls es ein Problem gibt?«, fragte ich mit besorgter Stimme.

Sie errötete leicht. »Ja, bitte, obwohl ihr euch bestimmt alle wacker schlagt. Es ist ja nur eine Woche.«

»Du kannst mit deinen Fragen auch jederzeit zu mir kommen, Heja«, ergänzte Philip.

Ich bedankte mich mit einem Lächeln, das ihr gar nicht zu gefallen schien. Sie presste die Lippen zusammen, um eine unwillige Grimasse zu unterdrücken. Die beiden verließen gemeinsam das Haus.

An diesem Abend saß ich vor ihrem Haus im Auto. Anfangs wollte ich gar nicht hineingehen. Ich beobachtete nur das Gebäude. Als Markus das letzte Mal verreist gewesen war, war dieser Mann erschienen. Ich war neugierig, ob er wieder aufkreuzte. In der Wohnung wurden nacheinander die Lichter ausgeschaltet, bis nur noch das orangefarbene in Billys Zimmer brannte. Plötzlich stand ich vor der Haustür. Ich schloss auf und stieg die Treppe hinauf zu ihrer Wohnung im dritten Stock. Und dann stand ich vor ihrer Tür. Ich wusste, dass ich ein großes Risiko einging. Beim letzten Mal hatte sie geschlafen. Doch möglicherweise würde sie diesmal aufwachen. Bei diesem Gedanken fühlte ich mich sehr lebendig und drehte den Schlüssel im Schloss.

Vielleicht war ich ja unvorsichtiger als neulich. Vielleicht hatte ich beim Pirschen durch den Flur ein leises Geräusch verursacht. Als ich in ihrem Schlafzimmer verharrte und die Umrisse ihres Körpers unter der Decke betrachtete, bewegte sie sich und stöhnte. Ich schlüpfte hinaus und schlich in Markus' Arbeitszimmer. Ich hörte, wie sie aus dem Schlafzimmer kam und ins Bad ging. Sie machte Licht, und kurz darauf rauschte die Toilettenspülung. Dann kehrte sie zurück, vorbei an Markus' Zimmer, wo ich mich in der Dunkelheit versteckte. Ihr Ziel war Billys Zimmer. Nach einer Weile steuerte sie, das Kind auf dem Arm, wieder auf ihr Schlafzimmer zu. Offenbar nahm sie ihn mit ins Bett. Er stieß lustige kleine Geräusche aus, die sie mit beruhigender Stimme erwiderte.

Ich hielt inne und wartete, die Hand auf Markus' Zeichentisch gestützt. Allmählich beruhigte sich mein Atem. Meine Augen gewöhnten sich an die Dunkelheit und nahmen die Umrisse der Gegenstände wahr. Wie ich diese Frau doch hasste! Dieses Zimmer ist das einzige, das Markus wirklich entspricht. Alles andere ist ihr Kram – ihre Möbel, ihr Chaos, ihre verklebten Kochutensilien, ihr Baby. Sie hat dieses Chaos überall verteilt und saugt ihn langsam in ihre Umlaufbahn.

Ich würde die Wohnung erst wieder verlassen, wenn ich sie noch einmal gesehen hatte. Also wartete ich eine lange Zeit. Ich saß auf dem Boden in Markus' Arbeitszimmer und lehnte den Kopf an seinen Sessel. In der Wohnung war es still. Irgendwann stützte ich mich auf die Knie und stand auf. Ich ging zur Türschwelle ihres Schlafzimmers und spähte hinein. Da lag sie, schlafend und mit Billy in der Armbeuge. Ich verharrte und beobachtete die beiden, das rhythmische Heben und Senken ihrer Brust und die leichteren Bewegungen des Babys. Mutter und Sohn schliefen friedlich.

KATHY KATHY August

»Aufwachen, Kathy! Wir müssen los.«

Langsam öffnete ich die Augen. Markus stellte einen Kaffeebecher neben den Wecker, der 05:27 anzeigte.

»Noch fünf Minuten«, nuschelte ich.

»Du musst aufstehen. Ich will um sechs aufbrechen, damit wir nicht in den Stau geraten. Ihr könnt ja im Auto weiterschlafen, du und Billy.«

Endlich war Markus einverstanden gewesen, kurzfristig eine Woche Urlaub zu nehmen. Also hatte ich mich ans Telefon gehängt und ein Zimmer in einem Familienhotel in St. Ives gebucht, das Tante Jennie mir empfohlen hatte. Mühsam setzte ich mich auf und trank den starken Kaffee, den er für mich gekocht hatte.

»Wenn wir bis zur Mittagszeit dort sind, schaffe ich vielleicht noch einen Tauchgang«, sagte er. Er lief, erfüllt von Tatendrang, im Schlafzimmer hin und her und wollte mich aus dem Bett jagen.

Ich ließ Billy weiterschlafen, während ich mich rasch wusch und anzog. Da Markus erst spät in der Nacht aus Durham zurückgekommen war, hatte ich alle Taschen gepackt, auch seine Kleidung.

»Sieh besser nach, ob ich nichts von deinen Sachen vergessen habe, die du noch brauchst!«, sagte ich und ging in die Küche, um ein Gläschen mit Babynahrung für Billy zu holen.

Bis Exeter schliefen Billy und ich. Als Markus an einer Raststätte hielt und den Motor abschaltete, wachten wir beide auf. Wir tranken rasch einen Kaffee und aßen zwei süße Teilchen, dann waren wir wieder auf der Schnellstraße und rasten in Richtung Plymouth.

»Der Kaffee war ungenießbar«, stellte er fest.

»Ich glaube nicht, dass du in Saint Ives einen besseren kriegst.«

»Ich hätte meinen eigenen Kaffee und mein Espressokännchen mitnehmen sollen.«

Als ich lachte, grinste er mich an.

»Werde ich in Sachen Kaffee allmählich zwanghaft?«

»Ein bisschen schon …«

Wir überquerten die Tamar Bridge und waren in Cornwall. Als wir über die Brücke fuhren, blickte ich nach unten und sah eine kleine Flotte von Segelbooten über das sonnenbeschienene Wasser gleiten. Meine Stimmung besserte sich. Wie wundervoll, eine Woche vor mir zu haben, in der ich mich nicht ständig hin- und hergerissen fühlen würde! Eine Woche, um wieder aufzutanken und meine Zeit mit Markus und Billy zu verbringen. Auch Markus wirkte viel vergnügter. Er sprach über die Tauchausflüge, die er für unseren Aufenthalt in Cornwall eingeplant hatte. Er ist Mitglied eines Tauchklubs, der oft von den Manaclesfelsen auf der Halbinsel Lizard aus taucht. Nach Markus' Ansicht eine der interessantesten Stellen im ganzen Land, da dort Wracks auf dem Meeresgrund liegen.

»Am liebsten möchte ich ganz nach Cornwall ziehen«, sagte er plötzlich.

»Es ist schön hier, richtig.«

»Für Billy wäre es besser, aus London rauszukommen und am Meer zu leben, solange er noch klein ist. Vielleicht sollten wir ein paar Häuser besichtigen, während wir hier sind. Nur um uns über die Preise zu informieren …«

»Uff, das ist ein bisschen schnell für mich.« Verdattert starrte ich ihn an. Häuser in Cornwall besichtigen?

»Das hat doch hoffentlich nichts mit dem durchgeknallten Autofahrer von neulich zu tun, oder?«, fragte ich.

»Ich möchte nicht, dass du solchen Belästigungen ausgesetzt bist. Nein, der Grund ist eher das Leben, das wir uns für Billy wünschen. Ich weiß, dass du in London aufgewachsen bist, aber ich finde, diese Stadt eignet sich nicht für ein Kind.«

»Das muss nicht unbedingt so sein.«

Ich dachte eine Weile nach und stellte mir vor, wie wir in Cornwall in einem Häuschen am Meer wohnten. Wir hätten einen Garten für Billy, und Markus und ich könnten beide von zu Hause aus arbeiten. Schluss mit Philip Parr und dem Druck, den er auf mich ausübte! Ich wäre als freiberufliche Autorin tätig, hätte Ruhe, Frieden und … Einsamkeit! Nein, ich wusste, dass ich durch und durch ein Stadtmensch war. Ich wohnte gern in der Innenstadt und liebte unsere Wohnung in der Baker Street.

»Ich bin noch nicht so weit, London den Rücken zu kehren«, sagte ich.

»Deine Artikel kannst du überall schreiben.«

»Ja, aber von Cornwall aus könnte ich keine Zeitschriftenredaktion leiten. Wie lange planst du das schon?«

»Seit einer Weile ...«

Wieder war ich überrascht, hatte ich doch geglaubt, dass er an dem Architekturbüro in Clerkenwell hing. Insbesondere seit er den großen Auftrag an Land gezogen hatte. Vielleicht lag es ja genau daran. Vielleicht fühlte er sich beruflich inzwischen sicherer.

»Du wirst noch eine Ewigkeit mit dem Durham-Projekt beschäftigt sein.«

»Ja, werde ich. Aber wir sollten es uns trotzdem überlegen. Kinder brauchen frische Luft und Platz zum Toben«, antwortete er. »Und mir ist es in London manchmal zu eng.«

Und dann saßen wir viele Kilometer weit auf einer einspurigen Straße in Cornwall hinter einem Traktor fest. Markus hält solche Situationen nur schlecht aus, und ich spürte, wie seine Ungeduld wuchs, weil er unbedingt ans Meer wollte. Mein Mobiltelefon läutete.

»O nein! Ich wette, es ist die Redaktion.«

»Geh einfach nicht dran!«, erwiderte er. »Du hast Urlaub.«

Als ich das Telefon aus der Tasche zog, sah ich, dass es Eddie war. Ich wartete, bis die Mailbox ansprang. Ich würde ganz bestimmt nicht mit ihm telefonieren, während Markus neben mir saß.

»Die können mir auch eine Nachricht hinterlassen«, sagte ich.

Endlich erreichten wir das Hotel und wurden in unser Zimmer geführt. Es war groß, hatte zwei Fenster über Eck und leicht abgewetzte Möbel. Der Meerblick war phantastisch, und wir waren beide zufrieden. Rasch packte ich unsere

Sachen aus und ging ins Bad, um mir Eddies Nachricht auf der Mailbox anzuhören. Sie war recht lang. Er sagte, er sei unterwegs nach Kent, um das große Gartenprojekt in Angriff zu nehmen. Es tue ihm leid, dass er einfach bei mir ins Büro geplatzt sei. Ich hätte allen Grund zur Verärgerung gehabt. Er hoffe nur, dass wir in Kontakt bleiben würden. Ich stand im Bad und überlegte, ob ich den richtigen Zeitpunkt abwarten sollte, um ihn zurückzurufen und ihm Glück zu wünschen. Dann jedoch beschloss ich, dass es endgültig genug war. Ich baute mir mit Markus eine neue Zukunft auf und wollte einen erholsamen Urlaub mit ihm verbringen. Also schaltete ich das Telefon ab.

Für Markus war es zu spät zum Tauchen, da er seine Sauerstoffflaschen noch auffüllen musste. Also schlenderten wir vor dem Abendessen zum Strand. Wir hielten Billy an den Händen und sahen zu, wie er zum ersten Mal aufgeregt im Meer paddelte. Es war ein wundervoller Moment.

Nachdem wir drei Tage lang in St. Ives gewesen waren, lud ich meine Tante Jennie zum Abendessen in unser Hotel ein.

»Markus, wenn du gern tauchst, musst du unbedingt nach Botallack fahren. Dort gibt es ein natürliches Schwimmbecken, das aus einem Ring aus Granitfelsen besteht. Bei Flut füllt es sich mit Meerwasser. Nur die Einheimischen kennen es.«

»Und wie kommt man dorthin?«

»Es ist ein ziemlicher Fußmarsch. Etwa eine Stunde vom Dorf Botallack entfernt, das westlich von hier liegt. Aber die Strecke ist malerisch. Außerdem kann man sich den alten Mineneingang ansehen.«

»Wenn ich eine Stunde gehen muss, kann ich nicht tauchen. Das ist zu weit, um die Ausrüstung zu schleppen. Schnorcheln wäre möglich.«

»Dann machen wir das doch morgen!«, schlug ich begeistert vor.

»Billy solltet ihr besser nicht mitnehmen. Der Abstieg zum Becken ist steil und rutschig. Morgen habe ich keine Zeit, um auf ihn aufzupassen. Aber wenn ihr bis Donnerstag wartet, nehme ich ihn gern.«

»Ich möchte lieber morgen hinfahren«, meinte Markus. »Die Wettervorhersage für Donnerstag ist nicht sehr gut.«

»Dann machen wir es so«, sagte ich. »Du kannst in dem Becken schwimmen, und ich bleibe mit Billy oben. Wir können ein Picknick einpacken.«

Wir genossen unseren Aufenthalt und erholten uns immer besser. Das Wetter war schön, Billy schlief durch, Markus war schon zweimal beim Tauchen gewesen, und ich lag gemütlich am Strand und las Bücher, nur so zum Spaß. In der zweiten Nacht hatten Markus und ich uns geliebt, und die Redaktion und die Spannungen, die ich in letzter Zeit gespürt hatte, waren meilenweit entfernt. Ich war so froh, dass wir Zeit gefunden hatten, wegzufahren und die Mauer zwischen uns nach und nach einzureißen.

HEJA HEJA August

Heute Nacht habe ich in Markus' Bett geschlafen. Ich lag auf seiner Seite und erschnupperte noch einen Hauch seines Geruchs.

Eigentlich hatte ich nicht bei ihr übernachten wollen. Ich kam um neun an, mit dem Plan, einige Stunden lang Vorbereitungen zu treffen. Zuerst machte ich im Flur Licht und ging in Billys Zimmer, wo eine kleine weiße Kommode an der Wand steht. Ich kniete mich hin und durchsuchte die Kleidungsstücke in den Schubladen. Obwohl er noch kein Jahr alt ist, steht bei vielen seiner Sachen *12 bis 18 Monate* auf dem Etikett. Also ist er offenbar groß für sein Alter. Die Kleidung war ordentlich zusammengefaltet. Pullis und Strickjacken lagen in der untersten Schublade, darüber die T-Shirts und Hosen. Die Strampler und Söckchen befanden sich in der Schublade ganz oben. An seiner Zimmertür ist eine Reihe kleiner Haken angebracht. An einem Haken hing eine wattierte Jacke. Das Möwenmobile über seinem Bettchen ist weg. Vielleicht haben sie es nach Cornwall mitgenommen. Es könnte ja sein, dass Billy nur schläft, wenn die Möwen über ihm kreisen.

Am Fenster stand eine stoffgepolsterte Spielzeugkiste, die mit Motiven aus der Arche Noah bedruckt war. Ich klappte den Deckel auf. Sie war voller Spielsachen und enthielt unter anderem eine Giraffe aus weichem Gummi, die beim Draufdrücken quietschte, einen lackierten Holzclown mit Gelenken an Armen und Beinen, viele bunte Bauklötzchen und einen roten Kipplaster aus Plastik mit großen Rädern. Die Gummigiraffe war ziemlich scheußlich. Sie hatte Augen mit Lidern und langen schwarzen Gummiwimpern.

Im Schlafzimmer stellte ich fest, dass sie das Bett nicht abgezogen hatte. Ich an ihrer Stelle hätte die Laken in die Wäsche getan, bevor ich verreist wäre. Ich wollte mich dorthin legen, wo er jede Nacht liegt. Also zog ich mich nackt aus, schlug die dunkle Steppdecke zurück und legte mich auf seine Seite des Betts. Ich schlief gut in der fremden Umgebung. Und ich hatte einen unglaublich lebensechten Traum. Ich stand in meiner Küche. Markus saß an der Frühstückstheke. Ich nahm ein Messer und schnitt mir oberhalb des rechten Eierstocks tief in die Haut. Markus beobachtete mich aufmerksam. Ich drückte vorsichtig auf die Wundränder, bis ein rohes Ei aus der Ritze rutschte. Ich fing es mit einer weißen Porzellanschale auf, froh, dass das Eigelb nicht geplatzt war. Dann erhitzte ich Butter in einer Pfanne und briet das Ei für Markus.

Als ich aufwachte, war es kurz vor acht. Also zog ich mich rasch an und machte mich ans Werk. Ihr Arbeitszimmer ist so klein, dass man sich kaum umdrehen kann. An der Rückseite der Tür hingen neue Fotos von Billy. Ich setzte mich auf ihren Stuhl und ließ den Blick über die Regale vor mir schweifen. Welch ein Durcheinander! Ich zog den ersten Papierstapel heran und blätterte ihn durch. Es war eine Mischung aus bezahlten Rechnungen, Postkarten von Freunden und einigen Weihnachtskarten wohltätiger Organisationen. Danach kamen Nachschlagewerke und ein weiterer Papierstapel in einer Klarsichthülle. Ich durchsuchte auch ihn. Es waren zum Großteil Briefe von ihren Eltern aus Portugal. Ich hatte gar nicht gewusst, dass ihre Eltern im Ausland leben. Aber sie musste doch irgendwo ihre wichtigen Dokumente aufbewahren.

Ich stand auf und begutachtete die Regale. Über den Büchern im obersten Regal klemmte ein violetter Ordner. Ich stellte mich vorsichtig auf ihren Stuhl und holte ihn herunter. Geschafft. *Geburtsurkunden, Rente, Testament,* stand auf dem Rücken. Es war einer dieser Ordner, bei denen der Inhalt von einer Klemme zusammengehalten wird. Ich öffnete sie und holte die Papiere heraus. Ganz oben lag ihre Geburtsurkunde. Sie ist zwei Jahre jünger als ich. Ihr Vater ist Engländer, ihre Mutter Portugiesin. Sie ist in London geboren. Billys Geburtsurkunde befand sich unmittelbar darunter. Er ist am 3. Oktober im University College Hospital zur Welt gekommen und hat keinen zweiten Vornamen. Einfach nur Billy Hartman. Wie rührend, dass Markus seinen Sohn nach seinem Großvater benannt hat, dem Pressefotografen und Kommunisten! Er war das Familienmitglied, das Markus am meisten geliebt und das den größten Einfluss auf ihn ausgeübt hatte.

Als er elf Jahre alt war, erzählte mir Markus einmal, sei sein Großvater mit ihm in das Fischerdorf gefahren, aus dem er stammte. Er sei seit vierzig Jahren nicht mehr dort gewesen. Seine Frau war im Frühjahr verstorben, der Anlass für diese Reise. Der Besuch hatte Markus viel bedeutet, und er hatte oft darüber gesprochen. Seine älteren Brüder hätten es albern gefunden, mit ihrem Großvater wegzufahren. Deshalb seien sie nur zu zweit gewesen. Markus sagte, sein Großvater habe immer Zeit für ihn gehabt und ihm stets zugehört. Und er habe ihm einen eigenen Namen gegeben: Poppa.

Am ersten Morgen im Dorf seien sie zum ehemaligen Haus seines Großvaters am Dorfrand gegangen. Das Haus sei inzwischen abgerissen gewesen. An seiner Stelle stand ein neues einstöckiges Gebäude. Dass sein altes Haus verschwunden war, habe Poppa sehr zu schaffen gemacht. Dann jedoch habe er bemerkt, dass die Bäume aus seiner Kindheit noch standen. Er habe Markus erzählt, die Bäume seien damals seine Welt gewesen. Manchmal seien sie zum Piratenschiff geworden, manchmal zum Streitwagen. Also sei Markus stellvertretend für ihn auf seinen Lieblingsbaum geklettert.

Anschließend seien sie ins Dorf zurückgekehrt und vor einem altmodischen Dorfladen stehen geblieben, der Kleidung verkaufte. Laut Markus sei es die beste Lage im Dorf gewesen. Poppa habe ihm gesagt, die Ladenbesitzer hätten in seiner Kindheit großes Ansehen genossen. Der Sohn, Jari Varpe, sei einer seiner Mitschüler gewesen. Sie hätten den Laden betreten, wo sein Großvater einen Mann hinter der

Theke bemerkt habe. Er habe graues Haar und ein verbittertes faltiges Gesicht gehabt.

Der Mann habe ihn überrascht angestarrt. »Bist du etwa Billy Hartman?«, habe er gefragt.

»Ja, Jari. Ich bin es wirklich. Und dies ist mein Enkel Markus.«

Die beiden Männer hätten sich die Hände geschüttelt, einander erstaunt gemustert und festgestellt, dass sie sich seit vierzig Jahren nicht gesehen hatten. Danach – und darüber sprach Markus häufig – sei sein Großvater mit ihm zum Hafen gegangen. »Stell dir nur vor, wie Jari die ganzen Jahre über hier gelebt hat!«, habe er gesagt. »Jeden Morgen ist er aufgestanden, hat seinen Laden aufgeschlossen, hinter der Theke gestanden und dieselben alten Gesichter gesehen. Als ich in deinem Alter war, dachten wir alle, dass Jari Varpe die ganze Welt offenstand. Doch wegen des Familienunternehmens ist er hier hängen geblieben.«

Er hatte Markus geraten, sein Leben auszukosten, für seine Grundsätze zu kämpfen und sich nicht vor neuen Herausforderungen zu fürchten.

Als Markus seinen Großvater viele Jahre später häufig in dem elenden Pflegeheim in der Einöde besuchte, sagte ich ihm einmal, wie sehr ich ihn bewunderte, dass er sich stets für die Schwachen und Hilflosen verantwortlich fühlte. Damals wurde er ziemlich böse und entgegnete, er betrachte seinen Großvater nicht als schwach oder hilflos. Für ihn sei er noch immer ein großer Mann. In dem Jahr, als der Großvater starb, beendete er seine Beziehung mit mir. Ich habe mich oft gefragt, ob da ein Zusammenhang bestand.

Ich werde die Geburtsurkunde mitnehmen und fotokopieren. Ihr Testament war eine interessante Lektüre. Sie hat alles Billy vermacht. Allerdings besitzt sie nicht allzu viel. Die Wohnung gehört nicht ihr, sondern ist nur gemietet. Es ist ein unbegrenzter Mietvertrag, den sie für den Fall ihres Todes an Billy übertragen hat. Was ist mit Markus? Außerdem hat sie bestimmt, dass Billy einen namentlich genannten Kinderpsychologen aufsucht ... *sollte ich plötzlich sterben.* Was hat sie dazu bewogen, so etwas in ihr Testament zu schreiben? Schließlich ist sie nicht krank. Sie hat auch einige private Rentenversicherungen über kleinere Summen abgeschlossen.

Im nächsten Moment hörte ich den Schlüssel in der Wohnungstür. Der Türknauf wurde umgedreht. Ich sprang auf und versteckte mich hinter der Arbeitszimmertür. Ein ausgesprochen kritischer Augenblick. Waren sie etwa zurückgekommen? Ich hatte keine Zeit mehr, die Dokumente wegzuräumen oder den Ordner zu schließen. Schritte näherten sich im Flur. »Sie hat das Licht angelassen«, sagte jemand zu sich selbst.

Es war eine Frau, allerdings nicht Kathy. Ich hörte, wie sie in die Küche ging. Sie kramte in einem Schrank, und dann wurde eine Schüssel mit Wasser gefüllt. Offenbar eine Putzfrau, die die Wohnung sauber machen wollte. Sicher hatte sie einen eigenen Schlüssel. Kurz darauf sprang das Radio an, und sie betätigte den Regler, um den Sender zu wechseln. Country and Western hallte durch die Küche. Kathys Arbeitszimmer befand sich gleich nebenan, und ich musste an der offenen Küche vorbei, um die Wohnungstür zu erreichen. Also saß ich im Arbeitszimmer fest, bis die Putzfrau sich in einem anderen Zimmer zu schaffen machte. Würde sie ins Arbeitszimmer kommen? Es sah nicht danach aus, als ob hier je geputzt würde. Wahrscheinlich hatte sie Anweisung, nichts anzufassen. Eine Möglichkeit wäre gewesen, im Arbeitszimmer zu bleiben, bis sie mit der Arbeit fertig war. Also in zwei bis drei Stunden. Ich hatte aber nicht die Kraft, so lange hinter der Tür auszuharren.

Wenn sie im Bad oder in einem der Schlafzimmer war, erhöhte sich meine Wahrscheinlichkeit, unbemerkt zur Tür zu gelangen. Natürlich – sie würde die Betten abziehen. Das war meine Chance. Etwa zwanzig Minuten lang beschäftigte sie sich mit der Küche. Ich hörte, wie sie den Boden fegte und Geschirr wegräumte. Allmählich schliefen mir die Beine ein. Danach setzte sie den Kessel auf und machte sich einen Tee.

Dann wechselte sie von der Küche ins Bad.

Sie drehte die Wasserhähne auf und schrubbte die Wanne. Das war die beste Gelegenheit. Ich griff nach Billys Geburtsurkunde, schlich lautlos durch den Flur, öffnete die Wohnungstür und zog sie zu. Ich schloss sie nicht ganz, weil sie vielleicht geklickt hätte. Sicher würde die Frau glauben, dass sie die Tür bei ihrer Ankunft offen gelassen hatte. Ich muss diese Woche noch einmal wiederkommen, um die Urkunden zurückzulegen und den Ordner wieder an seinen Platz zu räumen. Auf wackeligen Beinen eilte ich die Treppe hinunter, durchquerte die Vorhalle und flüchtete auf die Straße.

Gerade stieg ich die Treppe zur Redaktion hinauf, als Philip Parr hinter mir erschien. Er nahm zwei Stufen auf einmal. »Hallo, Heja!«, grüßte er. »Hast du einen Moment Zeit?«

Ich folgte ihm in sein Büro, wo er mir einen Platz anbot. »Wir haben uns schon länger nicht mehr unterhalten.«

Ich mag sein Gesicht nicht – es wirkt zornig und irgendwie zerknautscht. Er sieht aus, als seien seine Züge in der Mitte zusammengeschoben worden. Er selbst hält sich für attraktiv, weil er Macht besitzt. Aber das ist er nicht. Er bewegt sich schnell und ruckartig und ist mit sich und seinem Körper nicht im Reinen.

»Wie läuft es mit dem Kulturstättenprojekt?«

»Okay, glaube ich.«

»Über welche Gegenden berichtest du?«

»Schottland und Nordengland – über die Kathedrale von Durham, den Hadrianswall …«

»War es deine Entscheidung?«

»Ja, war es.«

»Ich hätte gedacht, dass du dir etwas Exotischeres aussuchst …«

»Vielleicht finde ich diese Örtlichkeiten ja exotisch.« Ich lächelte ihn an. »Ich war noch nie im Norden von England oder in Schottland.«

»Und deiner Ansicht nach wird das Projekt ein Erfolg?«

Ich zögerte, und zwar so, dass er es bemerken musste.

»Ich denke ja.«

»Sehr überzeugt klingst du aber nicht.«

»Ich frage mich nur, ob unsere Leser sich wirklich ein ganzes Jahr lang mit diesem Thema befassen wollen, mehr nicht. Vielleicht lässt das Interesse nach einer Weile nach.«

»Das wäre ein Jammer.«

»Auf der Liste stehen einige Topadressen. Andere sind weniger bekannt und auch nicht unbedingt spannend. Die Kartonfabrik von Verla hat mich schon mit zwölf gelangweilt, und daran hat sich nichts geändert. Möglicherweise wäre es ja besser, sich auf die beliebtesten Stätten zu konzentrieren.«

»Aber dann wäre es kein umfassender Überblick mehr. Hast du mit Kathy darüber gesprochen?«

»Nein.«

»Vielleicht solltest du mit ihr über deine Zweifel reden.«

Ich bedachte ihn mit einem betont skeptischen Blick.

»Ich möchte keine schlechte Stimmung verbreiten«, erwiderte ich.

Als er hinter seinem Schreibtisch aufsprang, sah ich kurz eine Marionette auf Speed vor mir.

»Morgen treffe ich mich mit einem wichtigen Anzeigenkunden. Da Kathy verreist ist, bitte ich dich, mich zu begleiten und die Serie in höchsten Tönen zu loben. Wirst du das schaffen?«

»O ja, ich werde loben, was das Zeug hält …«, entgegnete ich spitz.

»Schön, ich freue mich schon darauf.«

Er hielt mir die Tür auf. Als ich zu meinem Schreibtisch ging, stellte ich fest, dass Aisha mich beobachtete und die Information abspeicherte, um sie an Kathy weiterzugeben. Nur zu.

KATHY

KATHY

August

Wir marschierten etwa eine Stunde lang. Markus schleppte seine Sporttasche mit Taucherbrille und Flossen sowie unseren Picknickkorb. Ich hatte Billy in einem Tragesack auf dem Rücken. Kurz nach unserem Aufbruch entdeckten wir das verfallene Maschinenhaus des alten Bergwerks, das Jennie erwähnt hatte. Sie hatte erzählt, dass es hier früher ein großes Zinnbergwerk gegeben habe, und wenn es seine Abfälle ins Meer pumpte, habe sich das Wasser rot verfärbt. Das Haus besteht aus hellgelben Backsteinen, ganz im Gegensatz zu den gedrungenen Häusern im Dorf, die alle eintönig grau sind und so geduckt wirken, als müssten sie sich gegen die Unbilden des Wetters stemmen.

Wir hatten uns den idealen Tag für unser Picknick ausgesucht, denn über unseren Köpfen schien strahlend die Sonne und tauchte die Landschaft in goldenes Licht. Wir überquerten eine ausgedehnte Heide, auf der kein einziger Baum wuchs. Nur am Rand gab es kräftige Büsche, verbogen vom Wind, der ständig über sie hinwegfegte. Der Weg war mit Geröll bedeckt, und hier und dort ragte ein kleiner Granitfelsen auf. Das gelbgrüne Gras wuchs in Büscheln und war von violetten Wildblumen durchsetzt. Rechts von uns brach sich das Meer schäumend an den Granitfelsen. Die Strecke war zumeist eben, bis wir einen steilen Abhang erreichten, der an der Klippe endete. Dort war unser Ziel. Mit Billy auf dem Rücken durch das lose Geröll zu klettern, erschien uns ziemlich gefährlich. Also ging Markus voraus und half uns. Am Fuß des Abhangs erstreckte sich eine ebene Fläche. Rings um uns herum wuchs Heidekraut in voller Blüte.

Das Gelände schloss an einer steilen Granitklippe ab, die zu einer schartigen Felsformation führte. Diese bildete tatsächlich ein natürliches Becken. Durch die Lücken zwischen den Steinen strömte das Meerwasser herein und füllte die Vertiefung in der Mitte. Das Wasser war unglaublich klar, und ich konnte bis zum Grund sehen.

»Das ist ja phantastisch!«, begeisterte sich Markus.

Wir breiteten die Decke und unsere Sachen in einem Sicherheitsabstand zum Abgrund aus.

»Ich glaube, ich gehe gleich mal ins Wasser!«, rief Markus unternehmungslustig.

»Möchtest du nicht erst etwas essen?«

»Nein, damit warte ich noch. Das Wasser sieht so einladend aus.«

Er nahm den Neoprenanzug aus der Tasche. Ich setzte Billy auf die Decke und half Markus in den eng anliegenden Anzug, der sich über seinen breiten Schultern spannte. Als ich ihn auf den Nacken küsste, wandte er sich um und erwiderte den Kuss.

»Ist es nicht zu gefährlich, allein reinzugehen?«

»Kein Problem. Mach dir keine Sorgen! Ich schnorchle ja nur.«

Er legte sich Taucherbrille, Schnorchel und Flossen in einem Netz über die Schulter und kletterte geschmeidig die Felsen hinunter. Mit Billy auf dem Rücken hätte ich das nie geschafft. Als er das ebene Gelände erreicht hatte, setzte er sich, um die Schwimmflossen anzulegen. Dann blickte er auf, grinste mich erwartungsvoll an und sprang in das Becken. Ich kehrte zur Decke zurück und wiegte Billy in den Armen, bis er einschlief. Dann legte ich ihn im Schatten der Sporttasche auf die Decke und trat wieder an die Felskante, um Markus im Wasser zu beobachten. Er schwamm einige Runden und tauchte dann. Seine Schwimmflossen ragten in die Luft. Er war ein kräftiger und eleganter Schwimmer und völlig in seinem Element.

Ich machte es mir neben Billy bequem und betrachtete die über unseren Köpfen kreisenden Möwen. Es war so friedlich hier. Eine leichte Brise rauschte im Heidekraut, und ein Duft lag in der Luft. Jemand hatte mir erzählt, dass Heidekraut nur bei Sonnenschein duftet, und an diesem Tag nahm ich seinen zarten Geruch wahr. Ich beschloss, das Essen auszupacken, und als ich mich auf den Bauch drehte, fiel mein Blick auf das Namensschild an Markus' Sporttasche. Es war in seiner kräftigen Handschrift beschriftet, und darunter stand auch eine Adresse. Ich setzte mich auf, um sie genauer in Augenschein zu nehmen. Ja, es war eindeutig eine Adresse in Helsinki. Da das Schild aus der Hülle zu rutschen drohte, zog ich es heraus, um es fester hineinzuschieben.

Hinter dem Namensschild entdeckte ich den Teil eines Fotos, so zurechtgeschnitten, dass es genau passte. Als ich das Bild betrachtete, erkannte ich einen jungen Markus in weißem T-Shirt und Kakishorts, der auf einer Kaimauer saß. Er hatte den Arm um die schmalen Schultern einer Frau gelegt. Sie war sonnengebräunt und trug ein rückenfreies türkisfarbenes Sommerkleid. Das blonde Haar wehte offen um ihre Schultern. Ihr Körper war Markus zugewandt und schmiegte sich an ihn. Ihr Gesicht war im Halbprofil zu sehen. Er wirkte so glücklich und sie so strahlend schön. Die Frau war Heja. Ich drehte das Foto um und las die Aufschrift auf der Rückseite.

Eines Tages wirst Du dieses Foto finden und Dich erinnern, wie glücklich wir waren.

Ich erschauderte heftig und hatte das Gefühl, mich gleich übergeben zu müssen. Es war, als ob der Himmel von Möwen wimmelte, die immer wieder dieselben Worte kreischten.

Wie glücklich wir waren.

Wie glücklich wir waren.

Die Arme über dem Kopf, kniete ich mich auf die Decke und wiegte mich vor Schreck und Schmerz hin und her. Es war ein körperlicher Schmerz, wie Nadelstiche am ganzen Körper. Und neben dem Schmerz fühlte ich mich gedemütigt, weil ich so viele Monate lang belogen worden war. Mein strenger, wahrhaftiger und puritanischer Markus war ein Lügner. Er hatte mir die ganze Zeit etwas vorgemacht, mich ausgeschlossen und mir vermittelt, ich sei oberflächlich, weil ich mehr über ihn und seine Vergangenheit wissen wollte. Und was alles noch verschlimmerte – Heja hatte es die ganze Zeit über gewusst. Sie hatte gewusst, dass er mich belog. Ich hatte ihr Gesicht vor mir, wenn sie mich manchmal quer durchs Büro musterte, neugierig und herablassend zugleich.

Ich konnte keine Minute länger hierbleiben. Der bloße Gedanke, in Markus' verlogenes Gesicht blicken zu müssen, war mir unerträglich. Ich hob Billy auf und weckte ihn, um ihn in seinen Tragesack zu setzen, woraufhin er natürlich zu weinen anfing. Doch ich musste die Ohren davor verschließen. Dann nahm ich das Foto und eine Wasserflasche. Den Rest ließ ich liegen.

Ich ging auf den Hügel zu und wollte hinaufsteigen. Mit Billy auf dem Rücken war das allerdings äußerst schwierig. Ich fand keinen Halt im Geröll, zerkratzte mir die Knöchel und rutschte wieder ganz nach unten. Also gab ich auch die Wasserflasche auf und zog mich mit beiden Händen bis nach oben hinauf. Der Schweiß floss mir zwischen den Brüsten hinunter, meine Hände waren aufgeschürft, und der Tragesack scheuerte mir die Schultern wund. Doch diese körperlichen Missempfindungen waren nichts im Vergleich zu meiner Wut und Trauer.

Irgendwie gelang es mir, das Dorf mit seinen zusammengeduckten, hässlichen Häusern zu erreichen. Erst dann holte ich mein Mobiltelefon heraus und rief ein Taxi, um zum zwanzig Kilometer entfernten Hotel zu fahren. Da es im Dorf kein Taxiunternehmen gab, dauerte es eine Ewigkeit, bis das Taxi kam. Ich lief die Dorfstraße auf und ab, während Billy auf meinem Rücken herumhüpfte, und hatte Angst, Markus könne uns einholen. Endlich kam das Taxi. Der Fahrer war neugierig, warum ich ihn bis nach Botallack beordert hatte.

»Ziemlich weit nach Saint Ives. Noch dazu mit einem kleinen Kind. Sind Sie etwa zu Fuß gegangen?«

»Nein, bin ich nicht«, erwiderte ich mit schwacher Stimme.

»Hier kommt nur selten ein Bus.«

»Ich habe etwas verwechselt«, sagte ich und hoffte, dass er mich in Ruhe lassen würde.

Im Hotel angekommen, rannte ich hinauf in unser Zimmer und packte so schnell wie möglich meine und Billys

Sachen, während mir vor Wut und Eifersucht die Schläfen pochten. Dann setzte ich mich an den Tisch und schrieb ihm einen Brief.

Ich habe dieses Foto in Deiner Tasche gefunden. Du und Heja, Ihr wart ein Liebespaar, und vielleicht seid Ihr es ja heute noch. Du hast mich belogen. Ich habe Dich nach ihr gefragt, und Du hast mich belogen. Alles war nur eine riesige Lüge. Du wolltest mir einreden, dass ich spinne, aber ich wusste, dass irgendetwas nicht stimmt. Dass Du so ein mieser, verkommener Lügner bist, kotzt mich einfach nur an.

HEJA HEJA August

»Tolles Kleid«, sagte Tim, der hinter einem Stapel Korrekturfahnen schier verschwand. »Ganz Jackie Kennedy.«

Ich trug ein enteneierblaues Leinenkleid, weil Philip und ich ja mit dem Anzeigenkunden zum Mittagessen verabredet waren.

»Danke«, erwiderte ich.

»Es sieht eher nach Audrey Hepburn aus«, meinte Stephanie.

»Nein, die war immer in Schwarz«, entgegnete Tim.

Wie so oft schnitten sie einander alberne Grimassen.

Auf dem Weg die Treppe hinunter erzählte mir Philip das Wichtigste über Mr Chudleigh, mit dem wir uns gleich treffen würden. Er sei Leiter der Marketingabteilung bei einem großen und erfolgreichen Reiseveranstalter und habe bereits öfter in unserer Zeitschrift inseriert. Victoria wirkte ziemlich verärgert, als sie uns zusammen aus dem Büro gehen sah. Philips Sekretärin hatte für uns einen Tisch im *Odette's* reserviert, etwa zehn Fußminuten von der Redaktion entfernt. Unterwegs erwähnte ich Philip gegenüber, ich hätte einmal eine Preisverleihung in der finnischen Werbebranche moderiert, was ihn wie beabsichtigt zu beeindrucken schien.

Mr Chudleigh kam zu spät. Philip hatte sich bereits an dem teuren Rotwein gütlich getan, den er bestellt hatte. Schließlich betrat unser Gast das Restaurant und zwängte sich zwischen den Tischen hindurch. Er sah aus wie ein Mann, der schon viele Geschäftsessen hinter sich hatte. Sein Nadelstreifenanzug wirkte an einem Augusttag wie diesem völlig deplatziert. Da er und Philip sich recht gut kannten, plänkelten die beiden ausgelassen miteinander. Sie bestellten schwere Gerichte: Kaninchenragout und gebratene Waldtaube. Ich entschied mich für ein Risotto mit Erbsen und Minze.

Eigentlich sprachen wir kaum über die Reiseführer. Wie vermutet bestand meine Rolle darin, für den nötigen Glamour am Tisch zu sorgen. Irgendwann, nach einer geraumen Weile, erwähnte Philip die Preisverleihung, die ich moderiert hatte, und dass ich früher Nachrichtensprecherin beim finnischen Fernsehen gewesen sei. Mr Chudleigh äußerte sich erstaunt, dass ich der Welt des Fernsehens den Rücken gekehrt hatte. Ob ich denn nichts vermissen würde? Ich war auskunftsbereiter als sonst, weil ich Philip auf meine Seite ziehen musste. Nachdem Mr Chudleigh gegangen war, blieben wir noch sitzen, und Philip bestellte einen Calvados.

»Das hat prima geklappt. Der Mann war eindeutig von dir beeindruckt. Ich sollte dich öfter mitnehmen.«

»Das wäre mir ein Vergnügen.«

»Also gefällt dir dein neuer Beruf?«

»Es macht mir großen Spaß, bei der besten aller Architekturzeitschriften zu arbeiten«, erwiderte ich.

»Keine Nachteile? Der Job bringt doch sicher weniger ein.«

»Während meiner Jahre beim Fernsehen habe ich einiges zur Seite gelegt. Der einzige Nachteil ist nur, dass ich keine gute Teamarbeiterin bin. Ich finde das Gekungel und Getratsche anstrengend und manchmal richtig unangenehm.«

»Es wird also viel getratscht?«

Auch wenn er noch so beiläufig tat, wusste ich, dass er vor Neugier platzte.

»Natürlich. Beim Sender war es das Gleiche.«

»Und worüber tratscht man so?«

»Natürlich über dich, Philip.« Ich lächelte ihn spöttisch an. »Mitarbeiter tratschen immer über den Chef.«

»Das also ist der Dank dafür, dass ich mich krumm schufte, um die Zeitschrift am Leben zu erhalten und die Gehälter zu bezahlen.«

Ich war ein Risiko eingegangen. Hatte ich einen wunden Punkt getroffen? Für diesmal war es genug. Es wäre zu viel des Guten gewesen, ihm einzuflüstern, dass Kathy seiner Frau von der Affäre mit Andrea erzählt haben könnte. Das würde ich mir für das nächste Gespräch aufsparen, ein noch nicht explodierter Blindgänger, der sie so richtig in Schwierigkeiten bringen würde.

Philip bezahlte die Rechnung, und wir verließen das Restaurant. Ich beschloss, kleine Brötchen zu backen.

»Tut mir leid, wenn ich dich gerade gekränkt habe. Das wollte ich nicht. Ich fand das Mittagessen wirklich schön.«

Er hielt inne und betrachtete mich, als hätte ich ihm gerade einen Antrag gemacht. »Ich auch. Du hast mich überhaupt nicht gekränkt.«

Dann erzählte er, ab nächster Woche werde er drei Wochen Urlaub in der Toskana machen. Sobald er zurück sei, würde er mich gern zum Abendessen einladen.

Natürlich sagte ich zu.

KATHY August

Ich nahm wieder ein Taxi und fuhr zu Jennie. Als das Taxi vor ihrem Haus in Newlyn hielt, fiel mir ein, dass sie gesagt hatte, sie werde den Großteil des Tages nicht zu Hause sein. Ich bezahlte den Fahrer – zum Glück hatte ich das Reisegeld bei mir – und rüttelte an der Tür, nur für den Fall, dass sie vielleicht offen war. Sie war abgeschlossen. Ich schob Billy durch den Garten zur Hintertür. Ebenfalls abgeschlossen. Also schleppte ich meinen Koffer hinter das Haus und ließ ihn auf dem Gartenweg stehen. Hier würde er wohl kaum gestohlen werden. Schließlich war dies Newlyn und nicht London. Es war kurz nach drei. Da Jennie vermutlich nicht vor sechs nach Hause kommen würde, musste ich die drei Stunden irgendwie totschlagen.

Ich machte mit Billy einen Spaziergang und ließ dabei jedes Gespräch Revue passieren, das Markus und ich je über Heja geführt hatten. Der Satz *In Finnland wurde sie sehr bewundert* fiel mir ein.

Rasch schob ich den Kinderwagen die Strandpromenade entlang und an einem großen Parkplatz vorbei. Zwei Möwen saßen auf dem Parkautomaten, zwei weitere scharrten im Kies am Boden. Als Billy auf die Möwen deutete, ließ ich ihn aus dem Kinderwagen. Er läuft noch nicht richtig, sondern schafft nur einige Schritte, wenn ich ihn an beiden Händen festhalte und ihm helfe. Als wir uns näherten, erhoben sich die Möwen in die Luft und flogen in Richtung Meer. Billy stand ein wenig wackelig auf seinen Beinchen und blickte ihnen nach. Das Gefühl in meiner Brust ähnelte einem sehr schmerzhaften Sodbrennen, als ich mich an seine kalte, abweisende Frage *Was geht dich das eigentlich an?* erinnerte.

Ich hob Billy hoch, drückte ihn an mich und schob ihn dann im Kinderwagen bis zur Dorfmitte. Newlyn ist nicht so wohlhabend und touristisch wie St. Ives, sondern eher eine Arbeiterstadt. Ich kam an einer dieser Billigbäckereien vorbei, wo gelb glasierte Würstchen im Schlafrock im Schaufenster lagen und der Geruch nach Transfetten aus der Tür wehte. Daneben befanden sich ein Secondhandladen und ein Geschäft für Surferbedarf. Ständig hatte ich das Foto vor Augen, auf dem sie sich an ihn schmiegte. Es war, als passten ihre Körper ideal zusammen, und sie schienen sehr verliebt gewesen zu sein.

Nachdem ich mich eine schiere Ewigkeit lang leidend durch die Straßen geschleppt hatte, fing Billy an zu greinen, und mir fiel ein, dass er sicherlich Hunger hatte. Wir hatten seit Stunden nichts gegessen, und ich dachte an unser auf der Klippe liegen gebliebenes Picknick. In einer Seitenstraße entdeckte ich ein kleines Café namens *Sea Breezes.* Vor dem Lokal stand eine Tafel, auf der mit bunter Kreide die Tagesgerichte vermerkt waren. Die Fenster waren so beschlagen, dass ich nicht hineinsehen konnte. Also öffnete ich die Tür und stellte fest, dass die meisten Tische besetzt waren. Am Fenster stand ein Tisch mit drei Stühlen, an dem ein junges Mädchen saß. Neben ihr stand ein Kinderwagen mit einem Baby. Da noch Platz war, fragte ich, ob ich mich setzen könne. Sie nickte.

Sie las ein Buch und schaukelte dabei den Kinderwagen,

damit das Kind einschlief. Sie war mager und zierlich und hatte ein spitzes trauriges Gesicht und Ringe unter den Augen. Ich schätzte sie auf achtzehn oder neunzehn. Aus einem violetten Trägertop ragten knochige Schultern hervor. Sie war in ihr Buch vertieft, *Der Strand*, wie ich feststellte. Das Buch war mit einer Plastikhülle versehen, stammte also offenbar aus einer öffentlichen Bibliothek. Ihre Fingernägel waren abgekaut, und sie knabberte hin und wieder an der Ecke ihres Daumennagels.

Ich bestellte eine Kanne Tee und ein Stück Siruptorte mit Vanillesoße, förderte ein Gläschen mit Steckrüben und Karotten für Billy zutage und fütterte ihn. Da er großen Hunger hatte und alles aufaß, bekam er noch ein zweites Gläschen mit Apfelmus. Die junge Mutter klappte seufzend ihr Buch zu und trank einen Schluck Cola light. Ihr Baby war sehr niedlich, hatte einen dunklen Lockenkopf und trug ein hübsches rotes T-Shirt und eine gestreifte Hose. Die Augen fielen ihm zu, als sie den Kinderwagen sanft hin und her schaukelte. Meine Siruptorte wurde serviert. Ich griff hungrig zu und ließ mir die warme süße Masse im Mund zergehen. Es war so tröstend, dass ich am liebsten geweint hätte. Ich gab Billy ein Stück Kruste zum Lutschen. Inzwischen war das Baby meiner Tischgenossin eingeschlafen, und unsere Blicke trafen sich.

»Wie alt ist er denn?«, fragte sie und wies mit dem Kopf auf Billy.

»Zehn Monate. Und Ihrer?«

»Er ist gerade ein Jahr alt geworden.«

»Er ist ja so niedlich.«

»Das Beste, was mir je passiert ist.«

»Wie heißt er denn?«

»Rory – Rory Peter Patrick. Peter und Patrick sind die Namen seiner Opas, und Rory habe ich mir selbst ausgesucht. Und Ihrer?«

»Billy.«

»Er ist sehr blond.«

»Ja, und ich glaube, das bleibt auch so.«

»Dabei sind Sie dunkelhaarig.«

»Ich weiß. Sein Dad ist sehr blond. Billy ist überhaupt nicht nach mir geraten.«

»Rory ist auch das Ebenbild von seinem Dad.«

Wir betrachteten beide ihr Baby. Rory hatte runde rosige Wangen und dichte dunkle Wimpern.«

»Sind Sie zu Besuch?«

»Ja, meine Tante wohnt in Newlyn. Wie lebt es sich hier so mit einem kleinen Kind?«

»Eigentlich ganz gut. Es gibt ein Zentrum für Mütter und Kinder. Dort passen sie auf die Kleinen auf, damit wir einen Kaffee trinken und mal Pause machen können.«

»Klingt gut ...«

»Es ist okay. Ich gehe vormittags meistens hin. Sie haben auch DVDs und Bücher, die man ausleihen kann.«

Sie steckte den Roman ein und stand auf. »Nett, Sie kennenzulernen ...«

»Ebenfalls. Ich heiße Kathy.«

»Tina«, erwiderte sie.

Nach einer Weile schlenderte ich zu Jennies Haus. Das Gespräch mit Tina hatte mich für eine Weile von meinem Elend abgelenkt. Nun kehrte es mit voller Wucht zurück. Markus und Heja waren ein Paar gewesen. Als ich Jennies Auto vor dem Haus stehen sah, wäre ich vor Erleichterung fast in Tränen ausgebrochen. Nun konnte ich ihr alles erzählen. Noch nie hatte ich ihre Hilfe und ihren gesunden Menschenverstand so nötig gebraucht.

HEJA HEJA August

Mein Körper lässt mich ständig im Stich. Einige Wochen lang ging es mir gut, und dann fing es am Mittwoch wieder an. Ich fühlte mich schwach und zittrig. Zwar war ich in der Redaktion, machte aber früher Feierabend. Abends lag ich auf dem Sofa, eingewickelt in Roberts Kimono, und wollte gerade ins Bett gehen, als das Telefon läutete. Es war Markus. Er sagte, er sei in einer Viertelstunde bei mir. Seine Stimme klang angespannt. Ich verstand kein Wort. Er wollte doch die ganze Woche mit ihr in Cornwall verbringen. Was war passiert? Ich öffnete ihm im Kimono die Tür.

»Komm herein! Ich habe dir Kaffee gekocht, so wie du ihn magst«, begrüßte ich ihn.

»Du bist ja käseweiß. Fehlt dir etwas?«

»Ich habe mir wohl eine Grippe eingefangen und bin ein bisschen wackelig auf den Beinen.«

Ich goss Kaffee in eine große Tasse und schob sie über die Theke zu ihm hinüber.

»Trinkst du keinen?«, fragte er.

»Ich habe mir den Kaffee abgewöhnt. Du siehst wirklich müde aus, Markus. Was ist los?«

»Ich komme gerade aus Cornwall.«

»Warum?«

Er nahm ein Foto aus der Tasche und legte es vor mich hin. Als ich es betrachtete, spürte ich, wie mein Gesicht zu glühen begann. Ich griff danach und musterte es eine ganze Weile. Dann drehte ich es um und las, was ich geschrieben hatte. *Eines Tages wirst Du es finden und Dich daran erinnern, wie glücklich wir waren.*

»Das habe ich seit zehn Jahren nicht gesehen. Es war in dem Sommer auf Aland.«

»Kathy hat es in meiner Sporttasche gefunden. Wo hattest du es hingesteckt?«

»Unter dein Namensschild. Du solltest es nach unserem Streit finden. Offenbar war es die ganze Zeit dort. Du siehst so jung aus.«

»Du auch.«

Ich wandte mich ab und spülte das Espressokännchen ausgiebig mit fließendem Wasser aus. Meine Hände zitterten. Ich wusste, dass ich krank und alt wirkte und dass er mich mit der jungen Heja auf dem Foto verglich.

»Heja, ich kann mich nicht mehr mit dir treffen.«

»Warum nicht…? Nur wegen eines Fotos?«

»Es tut mir sehr leid, aber ich habe jetzt Billy.«

»Ich würde mich nie zwischen dich und Billy stellen.«

»Ab heute Abend muss Schluss sein«, beharrte er.

Ich wartete einen Moment, bevor ich es aussprach. »Kathy trifft sich noch mit ihrem Ex.«

Er richtete sich auf und straffte die Schultern.

»Was behauptest du da?«

»Du hast mich sehr gut verstanden: Sie trifft sich noch mit ihrem Ex. Ich habe vor ein paar Wochen beobachtet, wie sie sich am Empfang umarmt haben. Warum also sollten wir uns nicht auch treffen?«

Er wirkte so ratlos und unglücklich, antwortete aber nicht. Leider konnte ich ihm nicht sagen, dass ich ihren Ex auch in der Wohnung mit Billy auf dem Arm gesehen hatte. Denn damit hätte ich meine nächtlichen Beschattungsaktionen verraten. Er stand auf.

»Ich habe mich entschieden, Heja. Ich habe einen Fehler gemacht. Das tut mir sehr leid. Aber ich habe mich entschieden.«

»Du hast dich auch für mich entschieden, Markus.«

Wie gern hätte ich mich an ihn geschmiegt, damit wir einander trösten konnten. Wortlos machte er auf dem Absatz kehrt und ging. Die Tür fiel hinter ihm ins Schloss. Ich kenne Markus. Wenn sein Entschluss erst mal feststeht, ist daran nicht mehr zu rütteln.

Ich zitterte so, dass ich mich wieder hinlegen musste. Das Foto hatte ich ganz vergessen gehabt. Und nun hatte sie es gefunden und wusste endlich über uns Bescheid. Er hatte mich wieder verlassen. Eine zweite Zurückweisung. Ein weiterer unerträglicher Schlag.

Ich erinnerte mich daran, wie Markus mich zum ersten Mal verlassen hatte. Wir hatten wieder einmal gestritten, diesmal ziemlich heftig, und zwar wegen einer Frau in seinem Büro. Wie immer versöhnten wir uns, gingen ins Bett und liebten uns. Ich nahm an, dass alles wieder in Ordnung sei. Markus dachte offenbar anders. Er verließ mich, und er verließ Helsinki. Drei Tage später bekam ich einen Brief von ihm. Er schrieb, er liebe mich zwar noch und werde mich immer lieben, doch er halte das ewige Hin und Her zwischen eifersüchtigen Streitereien und Versöhnungen nicht mehr aus. Anscheinend seien wir nicht in der Lage, friedlich und glücklich zusammenzuleben. Die Beziehung schade uns beiden. Deshalb müsse er sie beenden. Er werde Finnland den Rücken kehren. Wohin er wollte, verriet er mir nicht.

Es war eine brutale Zurückweisung. Ich befand mich auf dem Höhepunkt meiner Karriere, hatte Geld und eine wunderschöne Wohnung und war dennoch außer mir vor Trauer. Obwohl ich gründliche Nachforschungen anstellte und alle meine Medienkontakte nutzte, blieb er spurlos verschwunden. Ich fand nur heraus, dass er tatsächlich nicht mehr in Finnland lebte. Er hätte überall und nirgendwo sein können.

Dann, nachdem ich mich etwa drei Wochen lang zermürbt hatte, stellte ich fest, dass meine Periode ausgeblieben war. Ich schob es auf meine tiefe Verzweiflung wegen Markus. Einige Tage später war mir morgens beim Aufwachen übel. Ich kaufte einen Schwangerschaftstest, untersuchte meinen Urin und erhielt die Bestätigung, dass ich schwanger war. Als ich den positiven Test betrachtete, war ich so überglücklich wie noch nie in meinem Leben. Ich erwartete unser Kind. Nun würde alles gut werden. Markus würde von meiner Schwangerschaft erfahren. Wenn ich in einigen Monaten ein Bäuchlein bekäme, würden es ohnehin sämtliche Medien melden. Das Fernsehen und die Zeitungen würden darüber berichten. Er würde irgendwo davon hören und zu mir zurückkehren. Wir konnten wieder von vorn anfangen. Welch wundervoller Zeitpunkt, schwanger zu werden!

In den nächsten Monaten hütete ich mein Geheimnis. Doch die Welt erschien mir verändert, ein glücklicher und hoffnungsfroher Ort. Meine Prioritäten verschoben sich. Ich hatte ein klares Ziel vor Augen, das meinem Leben einen Sinn verlieh. Nun freute ich mich über das Geld, das ich verdiente, über die Stellung, die ich erreicht hatte. Markus, ich und unser Kind würden ein angenehmes Leben führen. Ich überlegte, wo wir wohnen sollten. Da ich wusste, dass Markus immer gern am Meer leben wollte, meldete ich mich bei einigen Immobilienagenturen an. Wie gern hätte ich ihn gefunden, um ihm alles zu erzählen. Ich wollte, dass er als Erster von der Schwangerschaft erfuhr, sah aber keine Möglichkeit dazu.

Und dann, ich war etwa dreieinhalb Monate schwanger, fühlte ich mich plötzlich sterbenselend. Ich litt an schweren Schwindelanfällen, und an manchen Tagen war mir entsetzlich übel. Allmählich hatte ich Angst um das Wohlergehen meines Babys. Auch mein Arzt war in Sorge und nahm mir immer wieder Blut ab. Er war der Hausarzt unserer Familie, und ich kannte ihn schon seit Jahren. Schließlich kam der Tag, als er mich anrief und mich bat, so schnell wie möglich zu ihm in die Praxis zu kommen. Vielleicht sei es besser, eine Freundin mitzubringen. Sobald er die Worte ausgesprochen hatte, wusste ich, dass er schlechte Nachrichten bereithielt. Der Anblick seiner Miene bestätigte meine Befürchtungen.

»Setzen Sie sich, Heja!«, forderte er mich leise auf.

»Ist mit meinem Kind alles in Ordnung?«

»Die Untersuchungsergebnisse liegen vor, und es sieht nicht gut aus.«

»So sagen Sie schon! Ist mit meinem Kind alles in Ordnung?«

»Heja, es tut mir so leid, es Ihnen mitteilen zu müssen, aber Sie leiden an einer Erbkrankheit.«

»Ich verstehe nicht ganz …«

»An der Krankheit, die in Ihrer Familie verbreitet vorkommt …«

Ich begriff immer noch nicht.

»Ihre Großtante Tanya …«

»Soll das heißen, ich habe das Gleiche wie Tanya?«

»Ich fürchte ja.«

Plötzlich zitterte ich am ganzen Leib. Meine Gedanken überschlugen sich. Ich erinnerte mich an den Tag im Garten: den strahlenden Sonnenschein, die zarten Gräser, ihr Weinen, die Beerdigung.

»Niemand konnte sie retten …«

Er war ziemlich blass im Gesicht. »Wir können viel tun, um Ihnen zu helfen, Heja.«

»Ich bin achtundzwanzig Jahre alt, und Sie erzählen mir, dass ich an einer tödlichen Krankheit leide?«

»Sie haben dieselbe Krankheit.«

»Sie ist mit siebenundvierzig gestorben!«, schrie ich ihn an.

»Ich weiß, dass es ein schwerer Schock für Sie ist. Soll ich Ihre Eltern anrufen?«

»Nein! Wehe, Sie tun das!«

Ich zitterte noch immer. »Aber mit meinem Kind ist alles in Ordnung, oder?«

Er sagte es mir zwar nur ungern, doch es blieb ihm nichts anderes übrig. Mein Kind sei nicht lebensfähig. So drückte er sich aus: *nicht lebensfähig.* Ich müsse die Schwangerschaft so schnell wie möglich abbrechen, nachdem ich bereits im vierten Monat sei.

Ich dachte an Tanyas Worte an jenem Tag im Garten: *Hab keine Angst, Heja, mein Schatz! Manchmal sind Tränen etwas Gutes. Sie bringen neues Leben hervor.*

Bringen neues Leben hervor? Ich hatte gedacht, dass in meinem Körper neues Leben heranwuchs, doch stattdessen trug ich ein Todesgen in mir. Es war von Anfang an in mir gewesen, am Tag meiner Geburt, an jenem Tag im Garten, an dem Tag, als ich Markus kennenlernte, und heute. Es bedeutete, dass unser Kind abgetrieben werden musste. Ich musste noch an diesem Nachmittag in der Arztpraxis meine Zustimmung zum Schwangerschaftsabbruch erteilen. Niemand half mir, mit niemandem konnte ich darüber sprechen. Der Arzt flehte mich an, meine Eltern anzurufen, damit ein vertrauter Mensch da sei, wenn ich aus der Narkose aufwachte. Das sei ein sehr schwieriger Moment, fügte er hinzu. Ich weigerte mich. Er verschrieb mir ein starkes Beruhigungsmittel, um das Grauen dieses Tages und der Zeit danach zu dämpfen.

Warum hatte ich es Markus an diesem Abend nicht erzählt, als er in meiner Wohnung stand und mir sagte, er wolle mich nie wiedersehen? Er musste wissen, dass Billy nicht das erste Kind war, das er gezeugt hatte. Er musste von unserem armen abgetriebenen Baby erfahren.

Die Leute dachten, dass ich alles gehabt hatte – gutes Aussehen, Ruhm, einen attraktiven Freund. Doch ich hatte gar nichts. Nur das Todesgen, das in mir brodelte und darauf wartete, mir den Garaus zu machen.

KATHY KATHY August

»Ich war ja so was von blöd!«, stöhnte ich.

Mit Billy an der Schulter schlenderte Jennie in der Küche hin und her und strich ihm mit kreisförmigen Bewegungen sanft über den Rücken. Nun blieb sie neben mir stehen und tätschelte mich anteilnehmend.

»Hör auf, dich zu zermürben …«

»Da habe ich doch allen Ernstes geglaubt, dass Markus' Geheimnis in seiner politischen Vergangenheit liegt. Und die ganze Zeit war Heja sein Geheimnis!«

»Billy schläft. Ich lege ihn hin, und dann koche ich uns einen Tee.«

Ich verbrachte eine unruhige Nacht in Jennies Gästezimmer und fragte mich, ob sie mich wohl auf und ab gehen hörte. Auf den Dielenbrettern lag nur ein Teppich, und sie knarrten beim Darübergehen. Falls ich sie gestört hatte, verlor sie kein Wort darüber. Als das fahle Morgenlicht durch die Vorhänge schimmerte, schaffte ich es endlich, mich hinzulegen und zu schlafen. Jennie hatte sich um Billy gekümmert, als er aufgewacht war, und mich weiterschlafen lassen. Als ich endlich aufstand, kam mir meine Lage nicht mehr ganz so düster vor. Markus hatte sich nicht gemeldet.

Jennie betrat die Küche, füllte den Wasserkessel und setzte sich an den Tisch.

»Ich habe letzte Nacht gründlich über alles nachgedacht«, verkündete sie. »Dass sie bei deiner Zeitschrift aufgekreuzt ist, kann kein Zufall sein. Wann hat sie sich bei euch beworben?«

»Ich war schwanger, etwa im fünften oder sechsten Monat. Das weiß ich noch, weil sie mir beim Bewerbungsgespräch ständig auf den Bauch starrte.«

»Ach herrje …«

»Und ich habe sie eingestellt! Obwohl es einen anderen Bewerber gab, der mir besser gefiel. Ein Mann, der genau die passende Berufserfahrung hatte. Sie war nur meine zweite Wahl. Aber Philip Parr wollte sie unbedingt. Wir haben uns wegen ihr sogar ein bisschen gezankt, und ich habe mich breitschlagen lassen.«

Jennie füllte die Teekanne und brachte sie zum Tisch.

»Erinnerst du dich noch, wann du Markus zum ersten Mal von ihr erzählt hast?«

»Darüber habe ich mir schon das Hirn zermartert. Damals wohnte er noch nicht bei mir. Es war kurz, bevor er einzog. Er kam zum Abendessen vorbei, und ich erzählte ihm, wir hätten eine finnische Journalistin eingestellt. Ich erwähnte sogar ihren Namen, Heja Vanheinen.«

»Und wie hat er reagiert?«

»Wenn ich mich recht entsinne, eigentlich gar nicht. Und er hat mir eindeutig nicht verraten, dass er sie kennt! Allerdings waren wir damals mit meiner Schwangerschaft beschäftigt und verstanden uns so gut. Eine Ewigkeit später habe ich ihn gefragt, ob er wisse, dass sie in Helsinki als Fernsehmoderatorin gearbeitet habe, und er erwiderte, ja, sie sei sehr berühmt gewesen. Und das war es auch schon. Er hat das Gespräch einfach abgebrochen. Ich habe es damit erklärt, dass er über sein Leben in Finnland nicht reden wollte. Ich kam gar nicht darauf, dass er früher mit ihr zusammen war.«

»Ich glaube nicht, dass Markus etwas mit der Sache zu tun hat – ich meine damit, dass sie bei eurer Zeitschrift arbeitet. Er war sicher ziemlich erschrocken.«

»Warum hat er mir dann nicht von ihr erzählt, sobald ihr Name fiel? Merkt er denn nicht, wie verlogen es war, mir das zu verschweigen?«

Jennie schenkte uns Tee ein und stellte einen Teller mit Zitronenplätzchen auf den Tisch. Der Tee war dunkelbraun und stark, so wie sie ihn immer kochte.

»Er hat Finnland vor sieben Jahren verlassen. Sie ist noch nicht lange in London. Deshalb ergibt es keinen Sinn. Warum ist sie ausgerechnet jetzt gekommen?«

Wir tranken unseren Tee.

»Für mich liegt es auf der Hand, dass sie eure Beziehung sabotieren will. Sie hat herausgefunden, wer du bist, und deshalb bei euch angeheuert«, stellte Jennie fest.

»Meinst du, sie hat mich gestalkt?«

»Genau das meine ich.«

»Verdammter Mist! Ich habe schon seit einer Weile ein merkwürdiges Gefühl, insbesondere wenn ich ihr Verhalten Philip gegenüber bedenke.«

»Ich glaube, sie ist eifersüchtig auf dich. Es gibt Frauen, die einfach nicht loslassen können. Sicher war es schrecklich für Markus, dass sie mit dir zusammenarbeitet. Aber nun ist das Thema endlich auf dem Tisch, und ihr könnt darüber reden.«

Der Tee war stark, die Kekse schmeckten säuerlich und leicht, und ich fühlte mich schon ein wenig besser.

»Auf dem Foto sehen sie so verliebt aus.«

»Sie waren sehr jung«, erwiderte Jennie.

»Diese Erfahrung werde ich nie mit ihm teilen.«

»Aber du teilst etwas anderes mit ihm.«

»Wir haben ein Kind, das wir beide anbeten. Als ich Markus kennenlernte, war ich verrückt nach ihm und überglücklich. Seit Billys Geburt ist alles anders. Wir können einfach nicht unbefangen miteinander umgehen. Doch die beiden wirken auf dem Foto völlig unbefangen, so als passten sie eben zusammen.«

»Es ist viel zu früh, um die Flinte ins Korn zu werfen. Lass nicht zu, dass diese Frau deine Ehe kaputt macht! Er ist es wert, dass du um ihn kämpfst.«

Jennie sah mich liebevoll an und tätschelte mir aufmunternd die Hand. Sicher erinnerte sie sich an meine Krisen mit Eddie. Sie wollte, dass es mit meiner Ehe klappte.

»Ich möchte mich nicht von ihm trennen. Wirklich nicht. Aber er darf keine Geheimnisse vor mir haben. Auf der Fahrt hierher sagte er plötzlich, er wolle mit uns aus London wegziehen und in Cornwall leben. Völlig aus heiterem Himmel. Es sei ihm in London zu eng.«

»Sie ist der Grund, dass es ihm zu eng wird«, entgegnete Jennie.

Nach dem Mittagessen ging ich mit Billy zu einem Spielplatz, von dem Jennie mir erzählt hatte. Es war einer jener Tage, an denen sich Sonne und Wolken abwechseln. Auf dem Spielplatz wimmelte es von jungen Müttern und ihren Kindern. Es war eine ganz normale, alltägliche Szene, und dennoch fühlte ich mich als Außenseiterin. Ich fragte mich, wie viele Jahre Heja mit Markus zusammen gewesen war. Wann hatten sie sich getrennt? Bevor er nach London gezogen war? Ich parkte den Kinderwagen neben dem Sandkasten, zog Billy Schuhe und Socken aus und setzte ihn in den Sand. Er wackelte fröhlich mit den Zehen und warf Hände voller Sand in die Luft. Ich zeigte ihm, wie man ein Eimerchen füllt. Dann drehte ich es um, sodass eine kleine Burg entstand, die Billy unter Jubelrufen zerstörte. Ein kleiner Junge, der ganz in der Nähe saß, nahm eine Handvoll Sand und warf damit nach Billy.

»Nein, Johnnie! Das macht man nicht«, sagte seine Mutter.

Der Kleine wiederholte die Aktion. Diesmal landete ein Teil des Sands in Billys Haaren. Ich entfernte ihn und sah nach, ob er etwas in die Augen bekommen hatte.

»Ich habe *Nein* gesagt, Johnnie.« Seine Mutter versetzte ihm einen ziemlich kräftigen Klaps auf die Hände, worauf der Junge zu weinen anfing. Ihr grobes Verhalten gefiel mir gar nicht.

»Er hat es sicher nicht böse gemeint«, wandte ich mich beschwichtigend an sie.

Sie warf mir nur einen verächtlichen Blick zu, packte den Kleinen unsanft und schleppte ihn zu den Schaukeln. In diesem Moment sah ich Tina aus dem Café am Eingang des Spielplatzes stehen. Sie unterhielt sich mit einem dunkelhaarigen jungen Mann, der Rorys Dad sein musste. Er hatte das gleiche engelhafte Gesicht und die dunklen Locken wie sein Sohn. Die beiden stritten. Offenbar wollte er sie von etwas überzeugen, doch sie schüttelte immer wieder ärgerlich den Kopf. Rory saß in seinem Kinderwagen, stopfte sich irgendein Plastikspielzeug in den Mund und beobachtete seine Eltern mit weit aufgerissenen Augen. Der junge Mann machte kehrt und ging rasch davon. Tina ließ die Schultern hängen. Dann bückte sie sich, nahm Rory das Spielzeug aus dem Mund und wischte ihm sanft das Gesicht ab. Als sie mich sah, winkte ich ihr zu.

Langsam kam sie mit Rory näher.

»Hallo«, sagte ich.

»Hallo«, erwiderte sie.

Sie hob Rory aus dem Kinderwagen und zog ihm die Sandalen aus. Mir fiel auf, dass er wieder sehr hübsch gekleidet war. Diesmal trug er gelbe Shorts mit einem dazu passenden T-Shirt.

»Er liebt diesen Sandkasten«, meinte sie bedrückt.

Sie setzte sich neben mich auf den Sandkastenrand. Ich baute eine weitere Sandburg, damit die beiden sie wieder zerstören konnten.

»Hast du was dagegen, wenn ich rauche? Ich puste den Rauch auch in die andere Richtung. Eigentlich rauche ich nicht in seiner Nähe, aber im Moment brauche ich einfach eine Zigarette.«

»Kein Problem«, antwortete ich. »Kann ich vielleicht auch eine haben?«

»Klar ...«

Sie holte die Zigaretten heraus, hielt mir das Päckchen hin, zündete erst meine und dann ihre Zigarette an und nahm einen tiefen Zug.

»Ich habe aufgehört, als ich schwanger wurde. Und dann habe ich wieder angefangen. Doch zu Hause rauche ich nicht«, erklärte sie.

Ich hatte seit Eddie nicht mehr geraucht. Doch ich genoss diese Zigarette. Das Rauchen schien uns beide zu beruhigen, als wir unsere Kinder beobachteten.

»Das war Sean, Rorys Dad.«

»Er ist ihm wie aus dem Gesicht geschnitten.«

»Ich weiß.«

Wieder zog sie heftig an ihrer Zigarette.

»Er liebt Rory. Aber es ist ihm einfach zu viel, in seinem Alter bereits Vater zu sein.«

»Wohnt ihr zusammen?«

»Zurzeit schon. Bei meiner Mum. Doch er will verschwinden, bevor der Sommer um ist. Er möchte unbedingt herumreisen.«

»Das ist sicher nicht leicht für dich.«

»Wir sollen mit ihm nach Thailand kommen. Wir könnten dort in einer Bar arbeiten. Was denkt er sich eigentlich dabei? Ich kann Rory doch nicht in der Weltgeschichte herumschleppen. Er braucht einen festen Tagesablauf.«

»Stimmt.«

»Obwohl ich wirklich gern mitgefahren wäre.«

»Ich habe gesehen, dass du *Der Strand* gelesen hast.«

»Ja, jeder von uns würde gern abhauen. Aber das Leben ist eben nicht so.«

»Nicht für Mütter«, antwortete ich.

Bevor ich ging, gab ich Tina meine E-Mail-Adresse und bat sie, sich zu melden. Sie tat mir leid – eine Neunzehnjährige, die bald mit einem einjährigen Kleinkind allein in Newlyn zurückbleiben würde. Wahrscheinlich hatte sie kaum Geld. Mir war aufgefallen, dass sie ihrem kleinen Sohn eine vorbildliche Mutter war. Sie hatte mir bewusst gemacht, welch privilegiertes Leben ich führte.

Auf dem Rückweg zu Jennies Haus sah ich Markus' Saab in der Church Road stehen. Mein Herz pochte wie wild. Das Auto war ziemlich schmutzig, und auf dem Rücksitz lag eins von Billys Kuscheltieren. Wo war er gewesen? Er stand in Jennies Wohnzimmer und starrte aus dem Fenster. Bei meinem Anblick kam er sofort heraus, kniete neben Billy nieder, öffnete den Sicherheitsgurt und drückte ihn an sich.

»Es wird Zeit, nach Hause zu fahren, Kathy«, sagte er streng. »Pack deine Sachen! Dann brechen wir auf.«

»Nicht so schnell!«, protestierte ich. »Wir müssen reden.«

»Nicht in Gegenwart deiner Tante. Fahren wir ins Hotel!«

»Nein. Ich verlange Antworten, Markus, und zwar sofort.«

Ich nahm ihm Billy ab, brachte ihn ins Haus und bat Jennie, auf ihn aufzupassen. Markus ging auf dem Gartenweg hin und her.

»Lass uns einen Spaziergang zum Strand machen!«, schlug ich vor.

Als wir uns ein Stück von Jennies Haus entfernt hatten, brach es aus mir heraus: »Wie konntest du mir die Sache mit Heja verschweigen?«

»Hör mich an!«, beschwor er mich. »Als ich aus dem Wasser kam und ihr weg wart, dachte ich schon, du und Billy wärt von der Klippe gefallen. Dort geht es senkrecht in die Tiefe. Wer da abstürzt, ist tot. Ich bin hinuntergeklettert und habe eine Ewigkeit lang die Felsen abgesucht. Dann bin ich wieder nach oben und stundenlang herumgelaufen, um Ausschau nach euch zu halten. Zu guter Letzt bin ich zu Fuß nach Botallack gegangen, in der Hoffnung, dass du mit Billy im Auto sitzt. Keine Spur von euch. Du hattest kein Recht, Billy einfach mitzunehmen, ohne mir Bescheid zu sagen. Ich war in größter Sorge.«

»Jetzt bin ich auch noch die Schuldige? Das ist doch wohl der Gipfel! Immerhin hatte ich gerade herausgefunden, dass Heja und du ein Paar wart.«

»*Wart.* Vergangenheitsform.«

»Du hast mich angelogen.«

»Ich habe dir nicht von ihr erzählt.«

»Warum nicht, verdammt?«

»Es war schon seit Jahren aus. Das Ende war ziemlich unschön. Als ich erfuhr, dass sie bei eurer Zeitschrift angefangen hatte, war ich ziemlich erschrocken.«

»Genau deshalb hättest du mit mir darüber reden müssen.«

»Ich habe es nicht über mich gebracht.«

»Warum nicht? Ich muss es wissen.«

»Ich konnte nicht verstehen, was sie bei eurer Zeitschrift wollte. Das kam mir seltsam und besorgniserregend vor. Heja ist sehr besitzergreifend. Du warst schwanger und brauchtest Ruhe. Also habe ich den Mund gehalten.«

»Aber das war ein Fehler! Warum weigerst du dich, über deine Vergangenheit zu sprechen? Wie sollen wir eine ehrliche Beziehung führen, wenn es Geheimnisse zwischen uns gibt?«

Meine Stimme wurde lauter, das wusste ich. Er hingegen schien immer ruhiger, kühler und abweisender zu werden.

»Da bin ich anderer Meinung. Du hast sicher auch Geheimnisse vor mir, Kathy. Verheiratet zu sein, bedeutet nicht, jeden Gedanken, jeden Einfall mit dem anderen zu teilen. Das wäre schrecklich beengend.«

»Dreh mir nicht die Worte im Mund herum! Etwas derart Wichtiges, eine Beziehung, die dir etwas bedeutet hat. Und dann taucht sie plötzlich an meinem Arbeitsplatz auf! Ist dir nicht klar, dass dein Schweigen ein Zeichen mangelnden Vertrauens ist?«

»Es ist längst vorbei, seit sieben Jahren. Hätte ich es dir erzählt, wäre es zu allen möglichen Missverständnissen gekommen. Ich wusste, dass du es irgendwann erfährst.«

Inzwischen hatten wir den Strand erreicht, und ich musste die Frage stellen, die mich krank machte und die mich die ganze Nacht in Jennies Gästezimmer wach gehalten hatte. Ich musste einfach fragen, obwohl ich mich vor der Antwort fürchtete.

»Hast du dich mit ihr getroffen? Seit sie in London ist?«

Markus hielt inne und blickte aufs Meer hinaus. Er konnte mir nicht in die Augen sehen.

»Hast du?«

»Ich habe mich dreimal mit ihr getroffen. Gestern bin ich nach London gefahren, um ihr zu sagen, dass ich sie nicht wiedersehen will.«

»Dreimal, seit wir zusammen sind?«

»Ja.«

»Du Mistkerl!«

Ich brach in Tränen aus. Es waren heiße, zornige, eifersüchtige Tränen, die keine Erleichterung brachten. Ich hatte alle meine guten Vorsätze vergessen. Auch den Kuss zwischen mir und Hector. Ich wollte jede Einzelheit seiner Verabredungen mit ihr wissen.

»Wann hast du sie gesehen?«

»Sie hat mich angerufen, als du in Lissabon warst.«

»Ach ja, der optimale Zeitpunkt. Und du hast ihr Spielchen einfach mitgemacht? Hast du mit ihr geschlafen?«

»Mach dich nicht lächerlich, Kathy!«

»Warum antwortest du nicht?«

»Weil ich mich weder von dir noch von sonst jemandem überwachen lasse. Wir sind nicht aneinandergekettet, sondern aus freien Stücken zusammen. Und wir werden nur so lange zusammenbleiben, wie wir beide es wollen.«

In diesem Moment musste ich an Tina denken. Ich sah sie auf dem Spielplatz stehen und mit Sean streiten, die mageren Schultern hochgezogen und voller Verzweiflung. Sie wusste, wie es im Leben lief, und machte sich keine Illusionen. Ich war hier die Naive, die immer hoffte, dass die Dinge sich besser entwickeln, als sie es dann tun.

Ich bin müde, aber ich kann nicht schlafen. Offenbar ist Markus noch früher aufgestanden als sonst, denn seine Seite des Betts ist kalt. Letzte Nacht lag ich in unserem Bett und starrte auf seinen Rücken. Wie kann ein Rücken so viel Feindseligkeit ausdrücken?, dachte ich. Es war, als klaffe ein gewaltiger Abgrund zwischen uns. Ich schaffte es nicht, die Hand auszustrecken, um seinen Rücken zu berühren oder seinen Nacken zu streicheln. Wenn es mir nur gelingt, zärtlich seinen Nacken anzufassen, wird alles wieder gut, sagte ich mir. Dann wird er sich umdrehen, mich umarmen, und wir werden uns lieben. Anfangs wird der Sex zornig, dann leidenschaftlich und zu guter Letzt heilsam sein. Aber mein Arm bewegte sich nicht. Vor Zorn war ich wie erstarrt. Wenn man neben jemandem liegt und sich in Stein verwandelt, ist die Nacht sehr lang, dunkel und einsam.

Ich stand auf und schlüpfte in Jeans und Hemd. Markus saß in seinem Arbeitszimmer und war offenbar in seine Zeichnungen vertieft. Ich zog Billy an, gab ihm sein Frühstück und teilte Markus mit, wir würden einen Spaziergang im Park machen. Er nickte nur wortlos. Billy war vergnügt, unterhielt sich in Babysprache mit der kleinen Kette aus Figürchen, die ich vorn an seinem Kinderwagen angebracht hatte, und drehte sie zwischen seinen pummeligen Fingern. Einen Straßenzug von meinem Haus entfernt, rief ich sie mit dem Mobiltelefon an. Ich ertappte mich dabei, dass ich das Gesicht verzog, als ich ihre schneidende Stimme hörte.

»Hallo …«

»Ich bin es, Kathy. Ich finde, wir sollten uns treffen und miteinander reden, und zwar außerhalb der Redaktion.«

»Warum? Willst du mir kündigen?«

»Es ist nicht beruflich.«

»Dann muss ich mich auch nicht mit dir treffen.«

»Ich habe nichts von *müssen* gesagt, sondern dass wir uns sehen sollten, bevor ich am Montag in die Redaktion zurückkomme.«

Eine lange Pause entstand. »Meinetwegen«, erwiderte sie dann. »Ich schlage vor, wir treffen uns im Royal Institute of British Architecture. Dort gibt es ein Café.«

»Das kenne ich. Ich bin in einer Stunde da«, antwortete ich.

Danach rief ich Fran an und bat sie, Billy für den Vormittag zu übernehmen.

»Ich dachte, ihr seid bis Sonntag am Meer.«

»Wir mussten früher zurück.«

»Wie schade! Du hattest den Urlaub bitter nötig.«

»Es ist etwas dazwischengekommen. Kannst du ein paar Stunden auf Billy aufpassen?«

»Ich habe ein verstopftes Rohr und warte auf den Klempner. Also muss ich zu Hause bleiben. Könntest du Billy herbringen? Ich behalte ihn gern hier, wenn dir das recht ist.«

»Vielen, vielen Dank, Fran! Ich bin sofort bei dir.«

Früher bin ich gern ins RIBA-Gebäude am Portland Place gegangen, es war einer meiner Lieblingsorte. Vor Billys Geburt habe ich häufig Ausstellungen dort besucht, einen Kaffee getrunken und Bücher und Postkarten gekauft. Als ich heute den Portland Place entlangging, kam ich an einem alten Mann vorbei, der die Steinstufen vor dem Institute of Physics wischte. Sein Putzeimer dampfte und verströmte den typisch beißenden Geruch von Bleiche und Seifenwasser. Als ich das Gebäude erreichte, sah ich eine junge Chinesin, die allein auf dem Gehweg auf einer Matte saß. Sie trug ein gelbes Sweatshirt mit der Aufschrift *Wahrhaftigkeit, Mitgefühl, Duldsamkeit* in schwarzen Buchstaben auf dem Rücken. Sie war eine Falun-Gong-Anhängerin und konzentrierte ihre Energie auf die chinesische Botschaft gegenüber. Ich betrachtete die Botschaft, die aussah wie alle anderen in dieser exklusiven Straße, nur dass auf dem Dach eine riesige Funkantenne prangte. Die junge Frau starrte mit entschlossener Miene auf das Gebäude. Das Transparent, das sie bei sich hatte, prangerte die Folter und Ermordung von Falun-

Gong-Mitgliedern an. Sie beobachtete die Botschaft. Wurde sie auch beobachtet?

Die gravierten Glastüren ließen sich nur schwer bewegen, und während ich über den Marmorboden zur Treppe ging, murmelte ich »Wahrhaftigkeit, Mitgefühl, Duldsamkeit« vor mich hin. Ich wiederholte es wie ein Mantra, als ich die Treppe hinaufstieg. Heja saß bereits an einem Tisch am anderen Ende des Cafés. Sie war elegant wie immer, allerdings blasser als gewöhnlich. Sie nahm mich kaum zur Kenntnis, als ich mich dem Tisch näherte. Inzwischen sah ich sie mit anderen Augen und überblendete diese erwachsene, weltgewandte Frau mit dem Foto eines strahlenden jungen Mädchens. Das Strahlen war verschwunden. Sie grüßte mich nicht, als ich mich setzte und mich zwang, in ruhigem Ton mit ihr zu sprechen. Immerhin war ich die Chefredakteurin und sie eine meiner Mitarbeiterinnen.

»Hallo, Heja, danke, dass du Zeit für mich hast! Es ist eine heikle Situation für uns beide.«

Heja blickte über meine Schulter hinweg in Richtung der Kellnerin, die gerade auf unseren Tisch zukam. Ich bestellte Cappuccino, sie Limettenblütentee.

»Warum sollte mein früheres Privatleben Auswirkungen auf unser berufliches Verhältnis haben?«

So kalt. So typisch Heja.

»Du siehst doch sicher ein, dass das zu Peinlichkeiten führen kann«, entgegnete ich. »Du warst mit Markus zusammen, ich bin inzwischen mit ihm verheiratet, und wir sind Kolleginnen.«

»Ja, ich war neun Jahre lang mit Markus befreundet.«

Sie betrachtete mich mit ihrer üblichen undurchdringlichen Miene. Die Haut unter ihren Augen war beinahe blau.

»In Helsinki?«, hakte ich in möglichst neutralem Ton nach. Neun Jahre waren eine lange Zeit. Meine Beziehung mit Markus dauerte gerade einmal gute zwei Jahre. Just in diesem Moment erschien die Kellnerin mit unseren Getränken und servierte Heja eine kleine weiße Teekanne und mir eine große Tasse Cappuccino. Heja wartete mit ihrer Antwort, bis die Frau außer Hörweite war.

»Ich glaube, bei euch nennt man das eine Sandkastenliebe. Es war für uns beide die erste richtige Beziehung. Wir sind mehr oder weniger zusammen aufgewachsen.«

Sie goss hellen Tee in ihre Tasse. Offenbar wollte sie damit ausdrücken, dass sie ältere Rechte auf Markus hatte. Ich wusste, dass nicht sie die Beziehung beendet hatte. Er hatte sich von ihr getrennt. Mich interessierte vor allem, warum sie bei meiner Zeitschrift angefangen und einen so drastischen Berufswechsel vollzogen hatte. Der Grund war sicher der Wunsch gewesen, in seiner und meiner Nähe zu sein.

»Markus hat mir erzählt, dass du Nachrichtenmoderatorin beim finnischen Fernsehen warst. Das ist doch ein Riesenunterschied zum Verfassen von Artikeln über irgendwelche Gebäude.«

Heja zuckte mit den Achseln.

»Ich interessiere mich eben sehr für Architektur.«

Ich wartete ab, aber sie fügte nichts hinzu, und die Antwort war absoluter Schwachsinn. Also versuchte ich es noch einmal.

»Meine Wunschvorstellung wäre eine gute Arbeitsbeziehung mit dir, ohne dass es zu Peinlichkeiten kommt.«

»Erinnere dich«, entgegnete sie, »dass ich dir im April angeboten habe, einen Teil deiner Aufgaben zu übernehmen.«

»Ich erinnere mich genau. Aber dein Vorschlag hat sich als überflüssig erwiesen«, erwiderte ich spitz.

Daraufhin warf sie mir einen fragenden Blick zu. Ich schüttete Zucker in meinen Kaffee und rührte ihn in die aufgeschäumte Milch. Ob sie wohl wusste, wie ich die Vorstandssitzung an die Wand gefahren hatte? Hatte Philip ihr gegenüber vielleicht etwas erwähnt?

»Ist es nicht ein seltsamer Zufall, dass wir beide bei derselben Zeitschrift arbeiten?«

»Ich habe keine Ahnung, wovon du redest«, gab sie zurück.

»Es ist mir wichtig, dass deine frühere Beziehung mit meinem Mann unser Arbeitsverhältnis nicht trübt.«

»Für mich macht das keinen Unterschied. Es ist nicht wichtig«, sagte Heja ruhig. »Du warst es, die um dieses Treffen gebeten hat.«

Ja, ich hatte um dieses Treffen gebeten, doch ich wurde den Eindruck nicht los, dass sie das Gespräch an sich gerissen hatte. Außerdem glaubte ich ihr kein Wort. Falls es so unwichtig gewesen war, wäre sie doch nicht an meinem Arbeitsplatz aufgetaucht.

»Ich halte es ganz und gar nicht für unwichtig«, konterte ich.

»Kannst du denn nicht verstehen, dass ich mit dem Mann, mit dem ich so lange zusammen war, in Verbindung bleiben möchte? Das tust du doch auch.«

Bei diesen Worten sah sie mich unverwandt an, und mein Magen krampfte sich zusammen. Natürlich spielte sie auf Eddie an. Sie hatte ihn gesehen, als er mich betrunken im Büro besucht hatte, und seine Umarmung mitbekommen. Hatte sie Markus von dem Besuch erzählt? Warf mir Markus deshalb vor, ich hätte Geheimnisse vor ihm? Ich holte tief Luft, um mich zu beruhigen, und spielte meine Trumpfkarte aus.

»Wir haben einen kleinen Sohn, und Markus und ich versuchen uns eine gemeinsame Zukunft aufzubauen.«

Als sie herablassend lächelte, bedauerte ich, das Wort *versuchen* benutzt zu haben.

»Ja, Markus hat sehr viel Verantwortungsgefühl.«

Inzwischen musterte sie mich mit unverhohlener Verachtung. Offenbar wollte sie mich verletzen und andeuten, dass Markus nur wegen Billy bei mir blieb. Sie war die Beherrschung selbst und so unbeschreiblich bösartig. Am liebsten hätte ich ihr den heißen Inhalt meiner Tasse in die arrogante Visage gekippt. Ich wollte sehen, wie ihr der Kaffee ins Gesicht klatschte und ihren eleganten pastellblauen Pulli beschmutzte.

»Er ist wirklich ein wunderbarer Vater«, erwiderte ich.

»Ja, das ist er sicher. Die Schwangerschaft war nicht geplant, richtig?«

Als sie mir wieder ins Gesicht sah, musste ich den Blick senken. Ich spürte, wie mir die Röte in die Wangen stieg. Woher konnte sie das wissen? Sicher hatte Markus es ihr erzählt. Ungeplant. Bei ihr klang es so, als hätte ich etwas Schmutziges und Unanständiges getan. Sie hatte mir überhaupt nichts verraten und mich, was mein Leben mit Markus anging, noch mehr verunsichert.

»Manchmal sind die ungeplanten Ereignisse die schönsten«, brachte ich mühsam heraus. Ich musste hier weg, bevor ich die Beherrschung verlor.

»Wir sehen uns am Montag.«

Ich sprang auf und stieß dabei gegen den Tisch. Mein unberührter Kaffee ergoss sich über die Tischplatte, und Heja erhob sich ebenfalls rasch. Als einige Tropfen Kaffee sie trafen, schnappte sie nach Luft.

»Das war ein Unfall«, sagte ich zornig, als hätte sie mir Vorwürfe gemacht. »Ich bezahle die Reinigung.«

Dann hastete ich aus dem Café, möglichst schnell weg von ihr.

Ich rannte die Treppe zu unserer Wohnung hinauf, schloss die Tür auf und stürmte in sein Arbeitszimmer. Er saß in aller Seelenruhe an seinem Zeichentisch, und seine Gelassenheit versetzte mich noch mehr in Rage.

»Ich habe gerade mit Heja gesprochen. Sie hat angedeutet, du seist nur wegen Billy mit mir zusammen. Hast du ihr das erzählt?«

Er stand auf. »Du hast dich mit Heja getroffen?«

»Ja. Denn du rückst ja nicht raus mit der Sprache ...«

»Wo ist Billy?«

»Hast du ihr erzählt, meine Schwangerschaft sei nicht geplant gewesen?«

»Wo ist Billy?« Er packte mich am Handgelenk.

»Lass mich los!«

»Wo ist Billy?«

Ich befreite meinen Arm.

»Er ist bei Fran!«, schrie ich verzweifelt. »Was hast du ihr über uns erzählt?«

»Sieh dich doch nur an! Du führst dich auf wie eine Verrückte. Nimm dich zusammen!«

»Ich ertrage es nicht mehr! Ich halte deine verdammte Kälte nicht länger aus!«

Ich fing an, seine Bücher aus den Regalen zu zerren und sie mit aller Kraft zu Boden zu schleudern.

»Lass meine Bücher in Ruhe!«

Wieder packte er mich, und wir rangen heftig miteinander, bis es ihm gelang, mich zu Boden zu drücken. Er kniete auf mir und hielt mir die Arme seitlich am Körper fest.

Sein Tonfall war hasserfüllt.

»Warum musstest du dich mit ihr treffen? Weil du Krisen brauchst. Du liebst Dramen, richtig? Du willst nur, dass alles noch schlimmer wird, als es schon ist.«

Er stand auf.

»Ich hole Billy ab. Reiß dich zusammen!«

Er stürmte hinaus und knallte die Wohnungstür hinter

sich zu. Ich rollte mich zu einer Kugel zusammen, wiegte mich auf dem Boden hin und her und weinte vor Wut, Angst und Verzweiflung. Diese beiden Menschen machten mich wirklich ratlos.

HEJA HEJA August

Ich hatte das Foto von Markus in der Hand, auf dem Billy auf seinem Bauch schläft. Ich lag im Bett und betrachtete das Bild. Markus' Hand ruhte beschützend auf Billys nacktem Rücken. Er hatte Lachfältchen um die Augen. Vater und Sohn. Markus mit seinem geliebten Sohn … Ich habe nicht mehr die Willenskraft, um aufzustehen.

Wie leicht durchschaubar, tollpatschig und albern sie sich doch bei unserem Treffen verhalten hat. Sie hat versucht, ihre Autorität herauszustreichen, und dachte, sie könne mich schlagen, indem sie Billy ins Gespräch bringt und betont, dass sie mit Markus verheiratet ist. Ich könnte sie ausbooten, aber was soll das noch nutzen? Markus ist unnachgiebig wie Granit. Er hat gesagt, dass er mich nie wiedersehen will. Und das wird er auch nicht. Ich weiß, dass er in Zukunft einen Bogen um mich machen wird, und zwar Billys wegen. Sie würde er morgen verlassen. Billy niemals.

In unserem Haus hingen überall Fotos von Tomas. Fotos von Solange mit Tomas auf dem Schoß, in ihren Armen oder auf einem Schlitten. Sein Leben dauerte zwölf Monate – 378 Tage, um genau zu sein. Ein Leben, das endete, bevor es richtig begonnen hatte. Meine Mutter klammerte sich mit aller Macht an die Trauer. Ich war nie gut genug. Nie hätte ich ihren geliebten Sohn ersetzen können. Als kleines Mädchen sehnte ich mich danach, von meiner Mutter berührt zu werden, auf ihrem Schoß zu sitzen und ihre Arme um mich zu spüren. Wenn ich mich zurückerinnere, hat sie mich als Kind nur angefasst, um mir die Haare zu flechten.

Im Haus gab es zwei Fotos von mir. Das eine war ein Schulfoto, entstanden, als ich sieben war und gerade zwei Schneidezähne verloren hatte. Solange hatte mein Haar zu straffen Zöpfen geflochten. Sie steckte dieses Foto in einen cremefarbenen und goldenen Rahmen und gab ihm einen Ehrenplatz auf dem Klavier. Als ich sie fragte, warum sie es schon die ganzen Jahre über dort stehen habe, antwortete sie, es sei ihr Lieblingsfoto von mir, »weil du mit deinen Zöpfen, der blauen Bluse und der Krawatte aussiehst wie ein kluges kleines Schulmädchen«. Vielleicht hat sie mich ja gemocht, als ich sieben war.

Das zweite Foto ist eine Porträtaufnahme, die der Sender gemacht hat. Der Fotograf brauchte eine Ewigkeit, um das Foto so auszuleuchten, dass ich unnahbar und glamourös wirkte – das makellose Gesicht der finnischen Nachrichten.

Seit zwei Tagen bin ich ziemlich krank und dämmere in einem Zustand zwischen Schlaf und Wachsein vor mich hin. Ich habe schreckliche Träume. Einmal kam die Aaskrähe, um mich zu holen. Sie war so groß, dass sie die Sonne verdunkelte. Ihre Schwingen bestanden aus abgerissenen und zerfetzten schwarzen Lumpen, ihr Gesicht war eine kreideweiße Maske. Ich war eine kleine graue Maus, die sich im Gras versteckte und vor Angst erstarrt war. Die Krähe bemerkte mich und stieß mit ausgefahrenen Krallen und zähnefletschend auf mich herunter. Sie durchbohrte mich mit ihren Klauen und trug mich, blutend und mit gebrochenem Rückgrat, in den Himmel hinauf.

Von meinem großen Fenster aus beobachte ich, wie die

Sonne durch die Wolken bricht. Mir fällt ein, dass Markus und ich in Durham verabredet sind. Aber ich kann mich nicht mehr an Treffpunkt und Zeit erinnern. Ich werde hinfahren, um ihn in der Kathedrale zu suchen. Es ist so schwer, es war so ein langer, einsamer Kampf. Aber hör nur, in der Kathedrale wird gesungen! Sie singen Bach. Tanya singt. Die Kathedrale ist voller Menschen. Tanya trägt ein bodenlanges, strahlend königsblaues Samtkleid. Ihre wunderschönen Schultern ragen aus dem Kleid hervor. Beim Singen breitet sie die Arme aus. Ihre Stimme erfüllt das gewaltige Tonnengewölbe der Kathedrale. Ich stehe im Seitenschiff und beobachte sie. Sie singt *Mein Herze schwimmt im Blut* von Johann Sebastian Bach.

Mein Herze schwimmt im Blut,
Weil mich der Sünden Brut
In Gottes heilgen Augen
Zum Ungeheuer macht.

In der Kathedrale drängen sich Frauen in bunten Kleidern und Männer in Schwarz. Ihre ernsten Gesichter sind Tanya zugewandt, und ihre Stimme schlägt sie in Bann. Als die letzten Worte der Kantate verklungen sind, herrscht ehrfürchtiges Schweigen. Die Besucher würden so gern applaudieren, wissen aber, dass dies in einer Kathedrale nicht erlaubt ist. Tanya neigt den Kopf. Als sie sich vom Orchester entfernt, sieht sie mich im Seitenschiff stehen. Mit ausgebreiteten Armen und einem Gesicht voller Liebe kommt sie auf mich zu. Ich laufe ihr entgegen und schmiege mein Gesicht an ihre weiche, duftende, samtumhüllte Brust.

KATHY KATHY August

Heja ist schon seit drei Tagen nicht in der Redaktion erschienen und hat sich auch nicht telefonisch krankgemeldet. Ich bin ja so erleichtert, ihr nicht begegnen zu müssen, und mir graut schon vor dem Wiedersehen. Bin ich bei unserem Gespräch am Samstag zu weit gegangen? Hat sie die Möglichkeit, sich über mich zu beschweren? Mein Team darf auf keinen Fall erfahren, was passiert ist, und irgendwie muss es mir gelingen, mich ihr gegenüber ganz normal zu verhalten. Es wird schwierig werden, weiter mit ihr zusammenzuarbeiten, und ich wäre froh, wenn sie für immer aus meinem Leben verschwände. Dank ihrer Abwesenheit kann ich die üblichen Fragen beantworten – Hattest du einen schönen Urlaub? Ja, es war wundervoll, danke! –, ohne mich von ihrem hasserfüllten Blick Lügen strafen zu lassen. Außerdem verbringt Philip drei Wochen mit seiner Frau in Italien, ebenfalls eine Erleichterung.

Zu Hause herrscht eine entsetzlich angespannte Stimmung. Seit unserer Auseinandersetzung im Arbeitszimmer sprechen Markus und ich kaum noch miteinander. Er verbringt viel Zeit im Büro. Es wundert mich, wie ich es schaffe, jeden Morgen aufzustehen und zur Arbeit zu fahren, obwohl die unverarbeitete Wut schmerzhaft in meiner Brust brennt. Immer wieder lasse ich mein Treffen mit Heja Revue passieren, nur dass ich diesmal als Siegerin daraus hervorgehe. Ich mache ihr klar, dass Markus sich entschieden hat, sich von ihr zu trennen und mich zu heiraten, und dass keines ihrer Worte etwas daran ändern kann. Im nächsten Moment kommen mir wieder die Tränen, weil mir ihre Andeutung einfällt, Markus sei nur mit mir zusammen, weil ich schwanger geworden und er ein verantwortungsbewusster Mann sei. Ungeplant, hat sie gesagt. Du hast ihm ein Kind angehängt, soll das wohl heißen. Und ich weiß, dass ich von nun an für immer an seinen Gefühlen für mich zweifeln werde.

Inzwischen ist mir klar, dass er bei ihr zur fixen Idee geworden ist und dass sie ihn nicht freigeben wird. Deshalb ist sie nach England, nach London und zu unserer Zeitschrift gekommen. Deshalb arbeitet sie nur wenige Meter von mir entfernt. Noch nie habe ich solchen Hass empfunden, und ich muss mir eingestehen, dass ich mich dadurch in einen abscheulichen und eifersüchtigen Menschen verwandle, den ich kaum wiedererkenne.

Dennoch ist der Tagesablauf, um eine bestimmte Uhrzeit aufstehen, mich waschen und anziehen zu müssen, eine gewisse Hilfe. In der Redaktion finde ich Strukturen und eine Rolle vor, die es mir gestatten, mich beinahe normal zu fühlen. Morgens begrüßt mich Aisha, und wir gehen gemeinsam den Terminkalender durch. Meine Teammitglieder fragen mich wie immer um Rat. Ich kann Artikel überarbeiten, bis sie richtig sitzen. Arbeiten geht immer, auch wenn der Haussegen noch so schief hängt.

Als ich noch mit Eddie zusammenlebte, fand ich ihn beim Nachhausekommen manchmal sturzbetrunken vor. Er war aggressiv oder rührselig, in der Wohnung herrschte Chaos, und ich konnte ihn nicht erreichen. Und dennoch zwang ich mich an den meisten Tagen, morgens zur Arbeit zu gehen. Wenn es zu Hause wirklich schlimm war, rief ich hin und wieder an und meldete mich krank. Damals war mein Beruf meine Rettung. Er half mir, die Kontrolle nicht zu verlieren und in der Wahnwitzspirale von Eddies verpfuschtem Leben zu versinken. Damals hielt ich meine Situation für eine Ausnahme. Und nun ist es offenbar wieder so weit – zu Hause ist es nicht auszuhalten, bei der Arbeit nehme ich mich zusammen. Inzwischen glaube ich, dass es unzählige Menschen gibt, die morgens mit Grauen im Herzen aufstehen, zur Arbeit fahren, ihre Pflicht erfüllen und aufpassen, dass ihnen das Leben nicht entgleitet.

Victoria hat die Veranstaltung für den Weltkulturerbeführer vorbereitet. Im Oktober findet eine Party statt, um das Erscheinen der ersten Ausgabe zu feiern. An meinem ersten Arbeitstag kam sie zu mir ins Büro.

»Ich habe gerade den Veranstaltungsort für die Party bestätigt. Philip wollte ein ganz besonderes Gebäude haben, und ich habe mir viele angesehen. Dieses hier ist optimal.«

»Für welches hast du dich denn entschieden?«

»Die Locarno Suite im Außenministerium. Ein wundervoller großer Saal mit einer traumhaft verzierten Decke.«

»Davon habe ich noch nie gehört.«

»Der Raum ist nicht öffentlich zugänglich, sondern wird nur für Veranstaltungen vermietet. Zwar teuer, aber das ist es wert.«

Sie legte einige Fotos des großen Empfangssaals auf meinen Schreibtisch. Sie zeigten einen lang gestreckten hohen Raum, dessen Decke mit kunstvollen Abbildungen mythologischer Figuren geschmückt war, die sich rot und golden von einem leuchtend türkisfarbenen Hintergrund abhoben.

»Sieht toll aus. Brauchen wir da nicht jede Menge Gäste, damit der Raum nicht leer wirkt?«

»Überlass das nur mir! Spitze, findest du nicht?«

»Ja, echt beeindruckend. Gut gemacht.«

Am Donnerstag kam sie endlich wieder zur Arbeit. Sie erschien gegen halb elf in der Redaktion und bat Aisha um einen Gesprächstermin mit mir. Ich saß in meinem Büro und telefonierte, als sie in mein Blickfeld geriet. Sie sah verändert aus, hatte abgenommen und trug ihr Haar offen, was ich bei ihr noch nie erlebt hatte. Bekleidet war sie mit einem taillierten schwarzen Kostüm mit schmal geschnittenem Rock. Sie war wirklich sehr attraktiv, und ich verstand, warum Männer sie sexy finden. Bei diesem Gedanken kochte wieder der Hass in mir hoch.

Aisha warf mir durch die Glaswand meines Büros einen Blick zu. Heja war inzwischen nicht mehr in Sicht. Ich telefonierte gerade mit einem freien Mitarbeiter und winkte Aisha zu mir. Sie kam herein, schloss die Tür hinter sich und wartete ab.

»Heja will mit dir reden. Sie war sehr förmlich. Ich glaube, da ist etwas im Busch.«

Ich stellte fest, dass mir der Atem stockte.

»Sie sieht verändert aus«, meinte ich.

»Ja, das stimmt. Sie hat sich nicht krankgemeldet, oder?«

»Nein, sie hat die ganze Woche nichts von sich hören lassen.«

Aisha riss die schalkhaft funkelnden Augen auf. »Vielleicht heiratet sie ja den Typen, mit dem ich sie beobachtet habe.«

»Glaubst du wirklich?«

Wenn es nur wahr wäre!, dachte ich, wusste aber, dass sie hinter meinem Mann her war.

»Von den Terminen her habe ich gerade ein bisschen Luft, oder?«

»Ja. Soll ich sie gleich zu dir schicken?«

Ich atmete tief durch und nickte.

Heja blieb auf der Schwelle meines Büros stehen. Ich verharrte reglos hinter meinem Schreibtisch. Ich brauchte den Abstand des Schreibtischs zwischen uns und bat sie, auf dem Stuhl davor Platz zu nehmen. Sie setzte sich, und ihr Gesicht zeigte kaum verhohlene Verachtung. Ich musste das

Bedürfnis unterdrücken, sie zu ohrfeigen und unflätig zu beschimpfen. Doch ich schwieg, weil ich ihre Methode, einem das Wort im Mund umzudrehen, inzwischen kannte. Sollte sie doch zuerst reden.

»Ich habe gerade erfahren, dass meine Mutter schwer erkrankt ist und ich sofort in Helsinki gebraucht werde«, verkündete sie.

Ich war nicht in der Lage, Bedauern vorzutäuschen, und da ich nicht wusste, was ich sagen sollte, schwieg ich.

»Ich werde morgen abreisen«, fügte sie mit aufreizender Lässigkeit hinzu. Ich richtete mich auf meinem Stuhl auf und hatte Mühe, ihr ins Gesicht zu sehen.

»Ich verstehe. Sicher brauchst du aus familiären Gründen eine Weile Urlaub.«

»Ich wollte dir nur mitteilen, dass ich sofort bei dieser Zeitschrift kündige. Ich habe keine Zeit, ein Kündigungsschreiben zu verfassen.«

Aufgrund des Gewichtsverlusts standen ihre Wangenknochen noch stärker hervor, und mit dem offenen Haar, das ihr Gesicht umrahmte, wirkte sie wie das Sinnbild hilfloser Weiblichkeit. Allerdings wusste ich, dass sie aus Stahl gemacht war.

»Möchtest du Urlaub nehmen, oder kündigst du?«

»Ich kündige, und zwar fristlos. Morgen fliege ich nach Helsinki.«

»Morgen«, erwiderte ich. »Hiermit nehme ich deine Kündigung an. Allerdings brauche ich eine schriftliche Erklärung, dass es sich um einen familiären Notfall handelt. Dann kann ich auf die Kündigungsfrist verzichten.«

Sie lächelte nur eiskalt, als wolle sie sagen: *Versuch doch, mich zu zwingen*!

»Du kannst sämtliche Papiere an meine Londoner Adresse schicken.«

Dann stand sie auf, strich den Rock über den schmalen Hüften glatt und stolzierte ohne ein weiteres Wort aus meinem Büro.

Zwei Minuten später kam Aisha herein.

»Alles in Ordnung, Kathy?«

»Ich hatte eine unruhige Nacht. Außerdem hat Heja gerade gekündigt.«

»Warum?«

»Ihre Mutter ist sehr krank, und sie muss unbedingt nach Finnland.«

»Gut, dass wir sie los sind«, verkündete Aisha mit Leidenschaft. »Das mit ihrer Mutter tut mir leid, aber es war wirklich nicht leicht, sie zu mögen. Ich habe ihr nie über den Weg getraut, Kathy. Und während du in Cornwall warst, ist sie mit Philip zum Mittagessen gegangen.«

Mit einem Seufzer stützte ich den Kopf in die Hand. »Ich habe Kopfschmerzen.«

»Soll ich dir einen Cappuccino bringen? Ich hole mir selbst auch einen. Außerdem habe ich Paracetamol in der Schreibtischschublade. Ich gebe dir zwei Tabletten.«

»Danke, Aish.«

Eigentlich sollte ich erleichtert sein. Sie ist meine Feindin, und jetzt verschwindet sie. Aber ich habe das Gefühl, dass es noch nicht ausgestanden ist.

HEJA HEJA September

Robert war in Amerika, um seine Mutter und seine Schwester zu besuchen. Diese Woche kommt er zurück, und es könnte schwierig werden, ihn abzuschütteln. In den letzten Monaten ist er mir immer mehr auf die Pelle gerückt. Er ist überzeugt, dass sich unsere Beziehung verfestigt hat, seit ich ihn meinen Eltern vorgestellt habe und er sich so gut mit Solange verstand. Also habe ich ihm einen kurzen Brief geschrieben, den er bei seiner Rückkehr vorfinden wird.

Lieber Robert,
gerade habe ich schlechte Nachrichten erhalten, was die Gesundheit meiner Eltern betrifft, und muss deshalb innerhalb der nächsten Stunden nach Helsinki fliegen. Tut mir leid, dass wir uns vor meiner Abreise nicht mehr sehen können, aber alles geschah so furchtbar schnell und ist ziemlich besorgniserregend. Ich melde mich, sobald ich etwas Neues weiß. Hoffentlich geht es Deiner Mutter und Deiner Schwester gut.
In Liebe
Heja

Mein Anrufbeantworter läuft, ich habe die Lichter ausgeschaltet. Robert wird nicht kommen, um mich zu besuchen, und die Adresse meiner Eltern in Helsinki kennt er nicht.

Kathy musste ich etwas Konkretes erzählen, etwas Ernstes, damit sie mir glaubt und keine Fragen stellt. Niemals würde ich eine schwere Krankheit meines Vaters vortäuschen, denn das hieße, das Schicksal herauszufordern, und daran denke ich nicht einmal im Traum. Doch dass Solange krank ist, konnte ich behaupten, ohne mit der Wimper zu zucken. Ein plötzliches und akutes Leiden.

Heute hatte ich eine dicke Einladung mit Prägedruck zur Feier der ersten Ausgabe des Führers zu den Stätten des Weltkulturerbes in der Post. Die Veranstaltung findet in drei Wochen in der Locarno Suite des Außenministeriums statt. Ein wundervoller Veranstaltungsort. Bestimmt hat Philip ihn ausgesucht. Sie wird bei dieser Veranstaltung im Mittelpunkt stehen, da die Reiseführer ja ihr Vorschlag waren. Markus wird dabei sein, um seine Unterstützung zu zeigen. Als Begleiter seiner Frau, der Chefredakteurin.

Letzte Woche habe ich mein Cabrio an einen Autohändler in South Kensington verkauft. Heute habe ich den Immobilienmakler angerufen, damit er meine wunderschöne Wohnung annonciert. Ich fahre einen gemieteten Volvo. Gerade war ich unten auf dem Parkplatz, um den Motor anzulassen. Der Wagen lässt sich nicht so leicht lenken wie mein Cabrio, ist aber praktischer für die Fahrten, die mir noch bevorstehen. Außerdem ist er weniger auffällig. Bis nach Deal habe ich über zwei Stunden gebraucht. Den Großteil der Strecke konnte ich auf Schnellstraßen zurücklegen. Wie hässlich Großbritannien in vielen Gegenden geworden ist: diese scheußlichen Raststätten, die aufragen wie Klötze, die schmucklosen, praktischen Brücken, die über die Straßen führen. So viel fleckiger Beton, so viele verpasste Gelegenheiten, etwas Schönes zu bauen.

Das *Crown and Castle Hotel* in Deal war leicht zu finden, denn es liegt unmittelbar am Meer. Die Frau am Empfang sah sehr jung aus. Sie trug eine grässliche marineblau und rot gemusterte Bluse, offenbar die Dienstkleidung des Hotels, war stark geschminkt, um älter zu wirken, und hatte zu viel Grundierung und Lipgloss aufgelegt.

»Ich habe für Sie zwei Nächte reserviert«, sagte sie.

»Ja, das ist richtig.«

»Möchten Sie heute Abend im Hotelrestaurant speisen?«

»Ja bitte, um acht.«

»Und brauchen Sie Hilfe mit Ihrem Gepäck?«

»Ja, im Kofferraum habe ich einen Koffer, vielen Dank.«

Ich reichte ihr meinen Autoschlüssel.

Mein Zimmer ist mit hässlich plüschigen Möbeln in einem kränklich wirkenden Pfirsichton ausgestattet. Die Vorhänge bestehen aus nachgeahmtem Leinen mit einer Spitzengardine davor. Ich zog alles zurück und öffnete das Fenster. Ich habe Meerblick. Es klopfte an der Tür, und ein junger Mann brachte meinen Koffer. Ich habe einen großen Koffer dabei, weil ich hier eine Menge Sachen einkaufen muss. Das Haar des jungen Mannes sträubte sich in alle Richtungen, und er hatte unreine Haut. Ich schätzte ihn auf etwa sechzehn. Als ich ihm ein Trinkgeld gab, errötete er. Ich legte mich aufs Bett und ruhte mich eine halbe Stunde lang aus.

Deal ist ein verschlafenes, altmodisches Städtchen. Ich schlenderte die Strandpromenade entlang und kam an älteren Ehepaaren und Frauen mittleren Alters vorbei, die ihre Hunde ausführten. Am Strand gibt es eine Rettungsstation, die der Mittelpunkt dieser Gemeinde zu sein scheint. In der Hauptstraße reihen sich die üblichen kleinen Läden aneinander, und ich zählte vier Teestuben. Die Ortschaft eignet sich optimal.

Ich machte einen Immobilienmakler ausfindig, der einen seriösen Eindruck erweckte. Der Mann hinter dem Schreibtisch trug ein Namensschild: Wayne Bevan. Er war Mitte zwanzig und hatte einen dicken Hals und einen Stoppelhaarschnitt. Ein hoffnungsvoller Ausdruck malte sich auf seinem Gesicht.

»Ich würde gern im Oktober und November ein kleines Haus mieten«, sagte ich.

»Ja, um diese Jahreszeit ist die Auswahl ziemlich groß. Wie viele Zimmer brauchen Sie denn?«

»Drei reichen völlig.«

»Wahrscheinlich mit Meerblick.«

»Ach, das ist nicht nötig. Ich möchte etwas Gemütliches und Ruhiges, ein kleines frei stehendes Haus oder ein Häuschen mit Garten.«

Er nickte und tippte auf seiner Tastatur herum.

»Ich habe hier einige Häuschen mit Garten, die wir besichtigen könnten. Ich erledige heute Nachmittag die Anrufe, und dann besichtigen wir sie morgen, wenn Ihnen das passt.«

Zum Abendessen bestellte ich Forelle vom Grill. Sie war wässrig und schmeckte nach nichts. Das Gemüse war ebenfalls wässrig. Der Speisesaal des Hotels hatte Fenster, die aufs Meer hinausgingen. Eine wundervolle Aussicht, wären die drei hässlichen orangefarbenen Glasvasen mit Trockenblumen auf dem Fensterbrett nicht gewesen, die den Blick versperrten. Was die Leute an Trockenblumen finden, bleibt mir immer ein Rätsel. Wer will schon tote Stängel und staubige Blüten betrachten? Der Speisesaal war zur Hälfte besetzt. Die anderen Gäste waren betagt und sprachen leise.

Ich bemerkte eine Frau, die allein an einem Tisch in der Ecke am Fenster saß. Sie wirkte ein wenig seltsam. Ich schätzte sie auf Ende sechzig. Sie hatte langes graues Haar, das ihr über Schultern und Rücken fiel. Ihr tief ausgeschnittenes violettes Oberteil spannte sich über ihren großen Brüsten. Sie las beim Essen ein Buch und machte ein zorniges Gesicht. Später hörte ich, wie sie die Kellnerin anfuhr, weil sie auf ihr Dessert warten musste. Ich fragte mich, ob sie sich benachteiligt fühlte, weil sie als Frau allein hier war.

Um zehn Uhr am nächsten Morgen holte Wayne mich im Hotel ab. Wir fuhren durch die Straßen von Deal. Das erste Haus, das wir besichtigten, war völlig ungeeignet. Vier Stufen führten zur Eingangstür hinauf, und die Rückseite konnte von einem großen Holzhaus aus eingesehen werden. Ich teilte Wayne mit, dass es nicht infrage komme.

»Das nächste Haus ist ein wenig teurer. Es handelt sich um ein wirklich hübsches Anwesen in einer Privatstraße am Rand von Deal.«

Wir verließen die Stadt und bogen in ein Sträßchen namens Cremers Drift ein, das eigentlich eher ein Feldweg war. Auf der einen Seite des Wegs erstreckte sich eine große Wiese.

»Die gehört zu einer Farm. Sie dürfen den Fußweg benutzen, der daran entlangführt. Es ist ein netter Spaziergang nach Kingsdown und nach Deal.«

Ich nickte.

»Die Straße ist ein wenig holperig«, merkte ich an.

»Ja, sie hat ein paar Schlaglöcher. Wissen Sie, es ist eben eine Privatstraße, und die Anwohner müssen die Instandhaltung selbst bezahlen. Aber es ist hier hübsch ruhig, und das Haus gehört der gehobenen Kategorie an.«

Overstrand Cottage stand am Ende der Straße. Das Haus war klein und weiß, verfügte über einen gepflegten Garten und war von einer gestutzten Hecke umgeben. Drinnen war alles makellos sauber. In der oberen Etage gab es ein recht großes Schlafzimmer, das nach vorn hinausging, und ein kleines mit Blick auf den Garten. Die Küche war gut ausgestattet, das Bad annehmbar. Das ganze Haus machte einen gepflegten Eindruck und verbreitete nicht die deprimierende, vernachlässigte Atmosphäre, die man oft in Häusern antrifft, die auf Zeit vermietet werden.

»Es gefällt mir. Ich nehme es.«

Wayne fuhr mich zurück ins Hotel.

»Und … äh … haben Sie Familie hier?«

»Nein, habe ich nicht.«

»Hoffentlich haben Sie Freude daran. Das Wetter kann hier manchmal recht wechselhaft sein, aber wir haben im Herbst auch oft schöne Tage.«

»Wann kann ich die Schlüssel haben, Wayne?«

»Sie können sie am Tag Ihrer Ankunft im Büro abholen.«

»Tja, das wird ein bisschen schwierig, weil ich erst spätabends wieder in Deal bin. Wäre es möglich, sie mir ein paar Tage im Voraus mit der Post zu schicken?«

»Eigentlich tun wir das sonst nicht.«

»Könnten Sie für mich eine Ausnahme machen? Ich zahle die beiden Monatsmieten und die Kaution noch heute. Ich brauche die Schlüssel schon früher. Sie können sie ja per Einschreiben schicken.«

Er hielt vor dem Hotel an. Ich blickte ihm lange in die Augen.

»Ich sehe zu, was sich machen lässt«, sagte er.

»Danke, Wayne, ich weiß das sehr zu schätzen.«

Am Nachmittag unternahm ich wieder einen Spaziergang auf der Strandpromenade von Deal. Vor mir erkannte ich die Frau mit dem langen grauen Haar. Es wehte offen im Wind, und sie trug einen langen schwarzen Rock, der hinter ihr herflatterte. Ich beobachtete, dass sie an einer Teestube stehen blieb. Sie betrachtete die Porzellanplatten, auf denen sich Käsekuchen und Baisers türmten. Ich ging an ihr vorbei. Wir grüßten uns nicht. Ein Stück weiter die Hauptstraße entlang gab es eine Filiale des Drogeriemarkts Boots. Ich trat ein und entdeckte die reich bestückte Babyabteilung im hinteren Teil des Ladens. Ich kaufte mehrere Fläschchen und Milchpulver. Die Windelgröße abzuschätzen, erwies sich als schwierig. Schließlich nahm ich eine Packung für achtzehn

Monate alte Babys. Die Frau bei Boots sagte mir, wo ich in Deal einen Kinderwagen erwerben könne.

Schließlich hatte ich alles beisammen, was ich brauchte. Ich packte die Babysachen in den Koffer und verstaute den Kinderwagen im Kofferraum. Eigentlich wäre ich am liebsten in meine ruhige, komfortable Wohnung zurückgekehrt, doch ich kannte die Anzeichen. Ich musste mich wieder ausruhen, denn meine Beine fühlten sich schwer an. Also schleppte ich mich hinauf in mein hässliches, unpersönliches Hotelzimmer und legte mich bis zum Abendessen aufs Bett.

Als mein Arzt mir eröffnet hatte, dass ich an dieser Krankheit litt, hatte er mir erklärt, ich könne etwas unternehmen, um die Symptome zu lindern. Es gebe zwar keine Heilung, aber vielleicht würde ich das Ende bis Mitte oder gar bis Ende vierzig hinauszögern. Ich lag da und dachte daran, wie Arvo Talvela mich überzeugt hatte, es mit allen Behandlungen zu versuchen, die die Medizin für meine Krankheit zu bieten hatte. Seinetwegen ließ ich die schmerzhaften Untersuchungen, die ständigen Blutabnahmen und die Medikamente über mich ergehen.

Doch sein Tod veränderte alles. Er war mein Licht in der Dunkelheit gewesen, hatte versprochen, mich im Kampf gegen die Krankheit zu begleiten, und vorausgesagt, ich würde als Person wachsen, selbst wenn meine Kräfte nachließen. Er meinte, ich hätte keine Ahnung, welchen Wert mein Leben für mich gewänne, auch wenn ich gelähmt sei. Ich erzählte ihm, wie ich als kleines Mädchen Tanya im Garten meines Vaters beim Weinen überrascht hatte. Er erwiderte, Tanya sei gern am Leben gewesen, das habe schon ihre Bemerkung mir gegenüber gezeigt. Es sei das Leben selbst, das zähle. Auch in meinen letzten Monaten werde es etwas geben, das das Kämpfen wert sei, etwas, von dem ich noch nichts ahnte.

KATHY KATHY September

Gestern ist etwas Merkwürdiges und Beunruhigendes geschehen. Ich saß in meinem Büro und las die Korrekturfahnen für die erste Ausgabe des Reiseführers, als Aisha an der Tür klopfte. Hinter ihr stand ein breitschultriger großer Mann, den ich nie zuvor gesehen hatte.

Aisha wirkte verlegen, als sie den Kopf zur Tür hereinsteckte. »Robert Mirzoeff ist da, ein Freund von Heja. Hast du kurz Zeit für ihn?«

Mein Magen schlug einen doppelten Salto.

»Natürlich.«

Ich stand hinter meinem Schreibtisch auf, während er den Raum durchquerte. Wir schüttelten uns die Hände.

»Robert Mirzoeff. Tut mir leid, dass ich hier so hereinplatze. Ich hätte vorher anrufen sollen.«

Er hatte eine dunkle Stimme und einen amerikanischen Akzent und entsprach der Personenbeschreibung, die Aisha mir von Hejas Freund gegeben hatte.

»Schon in Ordnung.«

»Es war eine Spontanidee, weil ich gerade in der Gegend war. Ich mache mir Sorgen um meine liebe Freundin Heja Vanheinen, Ihre Kollegin.«

»Ehemalige Kollegin. Heja hat vor einigen Wochen gekündigt.«

»Gekündigt?«

»Ja, es kam sehr überraschend. Ihre Mutter sei schwer krank und …«

»Solange?«, fragte er verwundert.

»Verzeihung?«

»Sagten Sie, ihre Mutter?«

»Ja. Heja hat mir mitgeteilt, sie werde dringend in Helsinki gebraucht, um ihre Mutter zu pflegen.«

»Das ist aber seltsam. Ich habe ihre Mutter erst letzten Monat gesehen. Sie war kerngesund. Ihr Vater war es, der kränkelte.«

Er hatte große, ernst dreinblickende dunkle Augen und wirkte sehr besorgt. Da er für längere Zeit schwieg, fühlte ich mich aus irgendeinem Grund verpflichtet, mich zu rechtfertigen.

»Wissen Sie, es kam alles so überstürzt. Sie sagte, sie müsse auf der Stelle fort. Sie hatte für den nächsten Tag einen Flug gebucht und wollte mit sofortiger Wirkung kündigen.«

»Das klingt ja gar nicht gut. Sie hat versprochen, sich bei mir zu melden, sobald sie etwas Neues weiß, aber ich habe nichts mehr von ihr gehört. Jetzt mache ich mir natürlich Sorgen.«

»Das ist nur allzu verständlich«, erwiderte ich ausweichend. »Bitte, setzen Sie sich doch!«

Ich wies auf meinen Konferenztisch. Er nahm Platz und schüttelte einige Male den Kopf.

»Könnten Sie mir ihre Nachsendeadresse in Finnland geben? Ich weiß, das ist ziemlich unüblich, doch wir stehen uns sehr nahe und …«

»Ich fürchte, dass ich keine Nachsendeadresse habe, zumindest keine in Helsinki. Heja hat mich gebeten, ihr die Papiere an ihre Londoner Adresse zu schicken.«

»Und eine Telefonnummer?«

»Nur die in London.«

»Entschuldigen Sie die Störung! Es überrascht mich bloß so, dass es ihre Mutter ist, die krank sein soll. Ich hätte eher auf ihren Vater getippt. Er hat Herzprobleme.«

Inzwischen tat mir der Mann leid, nachdem sie ihn einfach so abserviert hatte. Er war in die Redaktion gekommen, weil er sich um sie sorgte und sie nichts von sich hören ließ. Ich empfand eine eigenartige Solidarität mit ihm. Wir waren beide Opfer ihrer Heimlichtuerei und Kaltherzigkeit, und so beschloss ich, ihm zu helfen.

»Mir ist gerade eingefallen, dass ich Hejas Stellenbewerbung noch hier habe. Vielleicht enthält die ja weitere Daten. Ich werfe mal einen Blick hinein.«

Ich stand auf und öffnete die Aktenschublade meines Schreibtischs.

»Das ist sehr nett von Ihnen«, sagte er.

Ich blätterte die Akten durch, bis ich ihr Bewerbungsschreiben gefunden hatte, und überflog es rasch.

»Nein, tut mir leid, nur die Adresse in Blackfriars.« Ich studierte die zweite Seite.

»Da ist eine Telefonnummer wegen der Referenzen. Das könnte in Helsinki sein.«

»Darf ich mal sehen?«

»Ich bin nicht sicher, ob das richtig ist …«

Ich zeigte ihm den Teil des Formulars.

»Ilkka Laine. Kann ich mir das notieren?«

Ich schrieb den Namen und die Nummer von Ilkka Laine auf einen Post-it-Zettel und reichte ihn ihm.

»Aber das bleibt unter uns«, meinte ich.

»Natürlich. Vielen, vielen Dank. Ich weiß Ihre Hilfe sehr zu schätzen.«

Im nächsten Moment bemerkte ich, dass er das Foto von Billy und Markus auf meinem Schreibtisch betrachtete, und ich war sicher, dass kurzes Erkennen in seinen Augen aufblitzte. Als er feststellte, dass mir sein Blick nicht entgangen war, wollte er rasch mit einer Frage ablenken.

»Ist das Ihr Sohn?«

»Ja, Billy. Es wurde vor ein paar Monaten aufgenommen. Inzwischen ist er fast ein Jahr alt.«

»Er scheint neugierig auf die Welt zu sein.«

»Ist er!«

Ich begleitete ihn zur Tür. Als er mir seine Karte überreichte, las ich, dass er Psychoanalytiker war. Verlegen standen wir da, als gebe es zwischen uns noch etwas zu sagen.

»Ich hoffe, dass Sie etwas herausfinden.«

»Ich auch. Es ist mir sehr wichtig, Heja in dieser Krise zu unterstützen, wenn ich das kann.«

Wir schüttelten uns die Hände, und er ging.

Die Begegnung mit Robert erschütterte mich tief. Er hatte Markus erkannt, da war ich ganz sicher. Und er hatte es mir gegenüber nicht zugeben wollen. Aber woher kannte er ihn? Hatte sie Fotos von Markus in ihrer Wohnung? Hatte er ihn vielleicht getroffen? Und wusste er, dass sie neun Jahre lang ein Paar gewesen waren? Nein, das glaubte ich nicht. Sicher hatte sie genauso Geheimnisse vor ihm wie Markus vor mir. Er wollte ihr helfen, und sie hatte ihn einfach in die Wüste geschickt. Sie und Markus waren sich sehr ähnlich: Sie gaben anderen Menschen so wenig und behielten das Wichtigste für sich.

Dann fragte ich mich, warum ich mich nicht eingehender bei ihm nach ihr erkundigt hatte. Wenn er seit Monaten mit ihr zusammen war, wusste er sicher einiges über sie. Vermutlich habe ich deshalb geschwiegen, weil er sie offensichtlich vergöttert und ich nicht hätte verhehlen können, wie sehr ich sie hasse.

Da Aisha gerade Mittagspause machte, schloss ich mein Büro ab und unternahm einen Spaziergang nach Hampstead, um mich zu beruhigen. Wie macht Heja das nur? Beim bloßen Gedanken an sie verhärten sich meine Gesichtszüge, und meine Lippen pressen sich aufeinander, als hätte ich einen stark bitteren Geschmack im Mund. Ich will dieses Gefühl nicht mehr, sondern wieder so empfinden wie auf dem Weg nach Botallack, als sich zu beiden Seiten das süß duftende Heidekraut erstreckte und die Sonne hoch über unseren Köpfen stand. Markus an meiner Seite und Billy auf meinem Rücken. So wie es war, bevor ich das Foto von den beiden fand. Damals war ich glücklich, ohne es zu wissen.

Glücklich? Ich habe in einem Wolkenkuckucksheim gelebt. Die Lüge, weil Markus mir nichts von Heja erzählt hat, als ich ihre Einstellung in der Redaktion erwähnte. Mit einer einzigen Lüge beginnt es, doch die löst eine Kettenreaktion aus, die alles andere beeinflusst. Diese Lüge bedeutete, dass Markus nicht mit mir über sein Leben in Finnland sprechen konnte. Sie bedeutete, dass der Abstand zwischen uns immer größer wurde. Sie wurde zu einer Erdspalte, die sich durch unsere Beziehung zog und die ich seit Billys Geburt immer stärker wahrnahm. Doch natürlich hatte die ganze Geschichte schon angefangen, als ich im sechsten Monat schwanger war und wir Heja an Bord holten. Diese Lüge zerstörte die Vertrautheit und die Freude der ersten Monate unserer Beziehung, als wir beide glaubten, dass uns ein Neuanfang geschenkt worden sei. Die Lüge hatte zur Folge, dass Heja stets das Wissen, also einen Paralleldialog, im Kopf hatte, wenn ich mit ihr sprach, sie auf der Treppe traf oder sie mit einem Artikel beauftragte. Sie wusste mehr als ich. Sie wusste, dass Markus mich belogen hatte. Und Markus setzte noch eine weitere Lüge auf die erste, als ich ihn nach Heja und ihrer Stelle beim Fernsehen fragte. Und irgendwann einmal kommt der Tag, an dem die Lüge an die Oberfläche steigt und vor unseren Augen auf und nieder tanzt wie ein Exkrementenhäufchen in verseuchtem Wasser. Die Lügen verbreiten Verwesung und Zerstörung, und eigentlich ist es nicht weiter wichtig, was ich an jenem Tag in Botallack entdeckt habe oder was Robert heute über Markus und Heja erfahren hat. Die Lügen hätten nicht mehr lange Bestand gehabt.

Heute war ein grauenhafter Tag. Philip Parr ist aus dem Urlaub zurück und schon früh in der Redaktion. Hejas Gift wirkt bereits.

Zuerst hatte er eine Besprechung mit Victoria. Während sie bei ihm war, las ich meine E-Mails und stellte fest, dass Hector Agapito mir geschrieben hatte. Wir hatten alle Mitwirkenden sowie die Presse und auch Reiseschriftsteller zu der Party eingeladen. Ich öffnete die Mail sofort. Hector schrieb, er werde auf jeden Fall zur Party kommen. Außerdem werde er nächste Woche in London sein und fragte, ob wir uns zum Mittagessen treffen könnten. Er hoffe, es gehe mir gut und Billy sei gesund und munter. Ich solle ihm Bescheid geben, ob ich Zeit hätte, ihn zu sehen. Es war eine sehr nette Mail, und seine Fotos werden bei der Party die große Attraktion sein. Wir planen, eine Leinwand aufzuhängen und die besten Fotos in starker Vergrößerung darauf zu projizieren. Einige seiner Aufnahmen wurden für die Präsentation ausgewählt.

Aus einem ersten Impuls heraus wollte ich die Verabredung mit Hector absagen. Ich habe mich seit unserer Begegnung im Juni in Lissabon sehr verändert. Meine Ehe steckt in der Krise, und ich werde von Eifersucht und Minderwertigkeitsgefühlen geschüttelt. Dann jedoch erinnerte ich mich an unser gemeinsames Muschelessen, wie unbefangen ich mit ihm reden konnte und welche Wärme er verbreitete. Und Wärme hatte ich im Moment bitter nötig. Also schrieb ich zurück, ja, das mit dem Mittagessen sei ein guter Vorschlag. Diesmal würde ich ihn einladen, ich wisse, wo es leckeren Fish and Chips gebe. Als das Telefon auf meinem Schreibtisch läutete, zuckte ich aus unerklärlichen Gründen zusammen. Es war Philips Sekretärin, die mich in sein Büro zitierte, damit ich ihm über die Ereignisse während seiner Abwesenheit Bericht erstattete.

Sobald ich den Raum betrat, spürte ich, dass er vor Wut kochte. Er antwortete kaum auf meine höflichen Fragen nach seinem Urlaub, brummelte nur etwas und machte eine wegwerfende Handbewegung. »Was muss ich da über Hejas Kündigung hören?«, fügte er in schneidendem Ton hinzu.

»Ich wollte es dir gerade erzählen. Heja hat mich vor ein paar Wochen um ein Gespräch gebeten. Sie musste sofort nach Helsinki fliegen. Ihre Mutter ist schwer krank …«

»Warum hast du das nicht mit mir abgeklärt?«, herrschte er mich an.

»Verzeihung?«

»Warum hast du dich nicht mit mir abgesprochen? Ich war nicht auf dem Mond, sondern hatte Telefonanschluss.«

»Was gab es da abzusprechen? Heja hat mehr oder weniger gefordert, auf der Stelle gehen zu können. Ich habe ihr Urlaub aus familiären Gründen angeboten, doch sie sagte, nein, sie wolle mit sofortiger Wirkung kündigen. Sie habe nicht einmal mehr Zeit, ein Kündigungsschreiben zu verfassen. Ihr Flug sei für den nächsten Tag gebucht.«

»Etwas stimmt doch hier nicht«, entgegnete er vorwurfsvoll.

Ich spürte, wie Angst und Wut in mir aufstiegen. Ich fühlte mich gleichzeitig ungerecht behandelt und im Unrecht.

»Was soll das heißen?«

»Warum sollte Heja aus heiterem Himmel ihren Job hinwerfen?« Er drohte mir mit dem Finger. »Mir hat sie gesagt, dass sie gern hier arbeitet. Hattest du ein schwieriges Verhältnis zu ihr?«

»Philip, ich verbitte mir diesen Ton! Offenbar gibst du mir an irgendetwas die Schuld.«

»Während du im Urlaub warst, hat Heja ein paar kritische Anmerkungen zum Reiseführer gemacht, zufälligerweise ziemlich vernünftige Argumente. Sie hatte das Gefühl, mit dir nicht darüber sprechen zu können.«

»Das höre ich zum ersten Mal.«

»Genau«, fauchte er mich an.

»Jetzt reicht es mir! Heja wollte gehen, weil ihre Mutter schwer krank ist. Wenn du mir vorwerfen willst, dass ich eine schlechte Vorgesetzte bin, nur zu!«

Philip ruderte zurück. »Ich bedaure ja bloß, eine fähige Mitarbeiterin wie Heja zu verlieren.«

»Ganz zu schweigen von einer gut aussehenden«, gab ich zurück.

Ich machte auf dem Absatz kehrt und stürmte zornbebend aus dem Büro.

Kurz darauf kam Victoria in mein Büro. Ich hatte einen riesigen Papierhaufen auf dem Fußboden liegen, den ich gerade durchsah, zerriss alte Artikel und Briefe und stopfte sie zornig in den Papierkorb. Ich würde kündigen. Ich konnte nicht mehr mit Philip Parr zusammenarbeiten. Mir reichte es. Vor Botallack hätte ich Markus angerufen, um ihm alles zu erzählen und ihn um Rat zu fragen. Doch die Situation hatte sich verändert. Ich konnte nicht mehr mit ihm sprechen – und ganz sicher hatte ich keine Lust, das Thema Heja zu erörtern.

Victoria stand auf der Türschwelle meines Büros und zog die Augenbrauen hoch. »Ich bin als Friedensbotin gekommen«, sagte sie. »Er weiß, dass er zu weit gegangen ist, und will nicht, dass du kurz vor der großen Veranstaltung auch noch kündigst.«

»Der Typ ist das Hinterletzte. Er hat mir vorgeworfen, ich hätte Heja vergrault.«

»Hör zu, Heja war kein einfacher Mensch. Niemand mochte sie.«

»Bis auf Philip …«

Seufzend kniete Victoria neben mir auf dem Boden nieder.

»Ach herrje, er stand auf sie! Du kennst doch Philip. Und sie hat sich an ihn rangemacht, während du in Cornwall warst. Sie war mit ihm beim Mittagessen, und wahrscheinlich hat er sich Chancen ausgerechnet.«

»Das passt zu ihr, hinter meinem Rücken Spielchen zu treiben. Wie hältst du den Kerl nur aus? Er ist ein Widerling. Am liebsten würde ich einfach meine Sachen packen und abhauen.«

»Nein, Kathy. Du bist eine verdammt gute Chefredakteurin, und bald kommt dein Reiseführer heraus. Er ist dein Baby.«

»Eher ein Monsterbaby. Außerdem hat er gesagt, Heja habe sich kritisch dazu geäußert.«

»Sie fand, dass wir nicht alle Gebäude behandeln sollten, und hat über einige der unbedeutenderen gelästert.«

»Dann veranstalten wir eben eine Umfrage, was wir am besten weglassen.«

»Hey, ich bin auf deiner Seite! Komm, wir trinken einen Kaffee.«

»Tut mir leid. Ja, lass uns verschwinden!«

Als Victoria und ich das Büro durchquerten, herrschte eine aufgeladene Stimmung. Offenbar hatte sich schon herumgesprochen, dass es zwischen Philip und mir mächtig gekracht hatte.

Als Hector in der letzten Septemberwoche in der Redaktion erschien, hastete ich hinunter zum Empfang, um ihn zu begrüßen. Am Morgen hatte ich meine Kleidung sorgfältig ausgewählt und ein mit Sonnenblumen bedrucktes Sommerkleid und eine kurze gelbe Strickjacke angezogen. Obwohl es ein sonniger Tag war, hatte ich mich in dem hübschen Kleid den ganzen Vormittag über befangen gefühlt. War es zu offensichtlich, dass ich gut aussehen wollte? Zumindest gab es keine Heja mehr, die mich mit spöttischen Blicken beäugte. Hector trug Jeans und ein weißes Leinenhemd, war sonnengebräunt und wirkte entspannt. Er umarmte mich, küsste mich auf die Wange und machte mir ein Kompliment zu meinem Kleid.

Wir gingen in ein Café, das ich mochte, und ergatterten einen Ecktisch. Die Tischdecke bestand aus roter Baumwolle und verbreitete eine fröhliche Stimmung.

»Der Dorsch hier ist lecker, aber der Schellfisch ist ein Traum«, verkündete ich.

»Ich vertraue dir blind, Kathy.«

Ich bestellte zwei Portionen Schellfisch mit Pommes und als Beilage Erbsenmus und zwei riesige Salzgurken.

»Erbsenmus …? Das wird eine ganz neue Erfahrung. Wie geht es dir?«, fragte er und bedachte mich wie immer mit einem gefühlvollen Blick.

»Okay. Vielleicht ein bisschen besser als okay …«

»Ich höre da ein Aber heraus …«

Als ich mich im Café umsah, konnte ich keine bekannten Gesichter entdecken. Dennoch wechselte ich sicherheitshalber ins Portugiesische.

»Mein Chef ist ein schwieriger Mensch.«

»Das sind Chefs häufig.«

»Ja. Aber ich bin noch nicht lange Chefredakteurin, erst seit April. Und deshalb noch in der Probezeit. Er verunsichert mich. Und wenn ich verunsichert bin, unterlaufen mir Fehler. Und letzte Woche hatten wir einen Riesenkrach.«

»Was ist passiert?«

»Er hat seine Wut an mir ausgelassen, weil eine meiner Mitarbeiterinnen aus einer Laune heraus gekündigt hat, während er im Urlaub war.«

»Er muss ja ein richtiger Idiot sein.«

»Ist er. Ich lecke noch immer meine Wunden.«

»Aber jetzt kommt bald dein Reiseführer heraus.«

»Ja. Ich habe ernsthaft mit dem Gedanken an eine Kündigung gespielt. Doch mittlerweile habe ich mich wieder einigermaßen beruhigt.«

»Verstehst du dich mit deinem übrigen Team?«

»Ja. Die Kolleginnen sind wirklich toll. Du weißt doch – als Chefredakteurin musst du ein bisschen Abstand halten.«

»Ich glaube, ich könnte niemals bei einer Firma arbeiten«, erwiderte er. »Ich war schon immer Freiberufler, und es gefällt mir so.«

Sein Lächeln war so gewinnend, dass es mir leichtfiel, mit ihm zu sprechen.

»Und wie geht es deinem Billy?«

»Er wächst und gedeiht und wird bald laufen können. Dann habe ich wahrscheinlich keine freie Minute mehr.«

»Irgendwie beneide ich dich um ihn.«

»Hast du noch keine Kinder?«

»Nein, zum Bedauern meiner Eltern. Sie lassen keinen Zweifel daran, dass sie schon bald Enkelkinder erwarten.«

»Eltern haben diese Haltung auch ihren Söhnen gegenüber, wie mir scheint.«

»O ja!«

»Ich hatte vor Markus eine etwa sechsjährige Beziehung. Vor allem meine Mum hat ständig diese unausgesprochene Sehnsucht verbreitet, ich solle doch endlich die nächste Generation in die Welt setzen.«

»Was ist passiert?«

»Wir haben uns irgendwann getrennt. Eddie trinkt, weißt

du? Zwar nicht ständig, aber er hat ein Alkoholproblem. Ich habe ihn sehr geliebt, die Augen davor verschlossen und gehofft, dass er sein Leben irgendwann auf die Reihe kriegt.«

Hector nickte und bedachte mich mit einem Blick voller Zuneigung aus seinen braunen Augen.

»Das hat sicher wehgetan.«

»Hat es.«

Wir bestellten noch eine Runde Tee und Kaffee. Ich wollte nicht, dass das Mittagessen schon zu Ende war, und offenbar war Hector ebenfalls in gesprächiger Stimmung.

»Dann habe ich endlich einen Schlussstrich gezogen und kurz darauf Markus kennengelernt. Ich bin ziemlich bald schwanger geworden. Alles ging so schnell, dass mir immer noch ein wenig schwindelig ist.«

Ich trank meinen Tee und hoffte, dass ich nicht zu viel verraten hatte.

»Das wundert mich nicht. Und dann noch einen Idioten als Chef …«

Ich kicherte.

»Jetzt aber genug von mir! Hast du eine Beziehung?«

»Nicht mehr. Ich hatte eine Freundin. Ich war etwa fünf Jahre lang mit Lucia zusammen, aber es hat nicht geklappt.«

»Das tut mir leid. Was war denn das Problem?«

»Sie hat es nicht ausgehalten, dass ich beruflich so viel auf Reisen war. Nachdem wir uns kennengelernt hatten, zogen wir ziemlich bald zusammen. Und sie wollte, dass ich die ganze Zeit bei ihr war. Es hat mich in den Wahnsinn getrieben, dass sie so klammerte, und irgendwann hielt ich es nicht mehr aus. Es war nicht leicht, denn sie hat mir wirklich viel bedeutet.«

»Habt ihr noch Kontakt?«

»Nein. Inzwischen ist sie verheiratet und glücklich mit einem Mann, der nie verreisen muss. Wenn man sich verliebt, ist einem nicht klar, wie wichtig es ist, dass der andere auch zu einem passt und ähnliche Erwartungen hat. Ich könnte auf lange Sicht nie mit einer Frau glücklich werden, die mir keinen Raum lässt. Aber ich habe mir mit Lucia große Mühe gegeben.«

Wir alle haben gescheiterte Beziehungen hinter uns, dachte ich. Warum ist es so schwierig, es richtig zu machen?

»Wir tragen beide unsere Kriegsnarben mit uns herum«, meinte ich.

»Ja, wir sind Veteranen. Vielen Dank, dass du dich mit mir getroffen hast, Kathy! Es hat mich sehr gefreut.«

»Mich auch.«

Trotz Hectors Protest bezahlte ich die Rechnung. Wir gingen zum Camden Parkway, wo ich ihm den Weg zur U-Bahn-Station am Ende der Straße zeigte. Ich würde mit dem Taxi nach Primrose Hill zurückfahren. Ich hatte fast drei Stunden Mittagspause gemacht.

»Wir sehen uns auf der Party«, sagte er und umarmte mich herzlich.

Er wandte sich zum Gehen und drehte sich noch einmal um, als ich gerade in ein Taxi stieg.

»Kathy …«

Ich blickte auf.

»Du kannst mich immer anrufen, wenn du mit einem freundlichen Veteranen reden möchtest.«

»Danke.«

Auf der Taxifahrt zurück in die Redaktion sah ich meine Lage zum ersten Mal seit Wochen wieder rosiger. Das Treffen mit Hector hatte mir neue Hoffnung geschenkt. Und im nächsten Moment wurde mir klar, woran das lag. Hector vermittelte mir das Gefühl, dass ich trotz allem ein guter Mensch war.

HEJA HEJA Oktober

Heute sieht der Fluss ganz grau aus. Der Himmel ist bedeckt, und der Wind erzeugt kleine Wellen auf der Wasseroberfläche. Da die Wellen schon den ganzen Tag über höher werden, frischt der Wind offenbar auf. Heute ist mein letzter Tag in meinem wunderschönen Zimmer. Das letzte Mal, dass ich an meinem großen Fenster stehen und den Fluss und die Brücke betrachten kann. Markus hat auch hier gestanden, als wir einander zum ersten Mal nach sieben Jahren Trennung wiedersahen. Er wollte immer am Wasser leben. Schon als Student sprach er davon, dass er eines Tages ein Haus mit freiem Ausblick auf Meer und Himmel besitzen werde. Das erzählte er mir, als wir erst kurz zusammen waren, in jener Phase, in der sich Liebende alles anvertrauen, was sie sich vom Leben wünschen. Jene seelische Entblößung, die am Anfang einer Beziehung steht und die wichtiger ist, als sich nur seiner Kleidung zu entledigen.

Wir lagen in seiner kahlen Studentenbude im Bett. Er lebte in einer Wohngemeinschaft, und sein Zimmer befand sich im obersten Stockwerk. Es war laut im Haus. Es gab keine Teppiche, und man hörte, wie seine Mitbewohner die Treppen herauf- und hinunterpolterten. Sein Zimmer war blitzsauber. Er hatte die Dielenbretter glänzend weiß lackiert. Die Bettwäsche war ebenfalls weiß. Er besaß einen Tisch, einen Stuhl, ein gutes Radio und einen altmodischen Einbauschrank. Mehr nicht. An den Wänden hingen Architekturpläne. Wir sprachen über das Haus, das er eines Tages für uns am Meer bauen würde.

Letzte Woche habe ich einen handschriftlichen Brief von Philip Parr erhalten. Er schreibt, er hoffe, der Brief werde mich erreichen, nachdem ich seines Wissens ja noch in Finnland sei. Dass es in meiner Familie Schwierigkeiten gebe, tue ihm leid. Wenn er mir irgendwie helfen könne, solle ich mich bei ihm melden. Außerdem bedaure er sehr, dass ich bei der Zeitschrift gekündigt hätte. Ich hätte viel zu ihrem Gelingen beigetragen, und falls ich es mir je anders überlegen sollte, sei immer ein Platz für mich frei.

Davon bin ich überzeugt. Doch welchen Sinn hätte es? Ich habe so viel Energie in das Ziel gesteckt, die Stelle zu ergattern und in ihrem Team zu arbeiten. Und was hat es gebracht? Vielleicht habe ich ihr ein paar unbehagliche Momente bereitet und einige Schrammen zugefügt. Doch alle meine Bemühungen konnten sie nicht schachmatt setzen. Sie besitzt tiefe Kraftquellen, aus denen sie schöpft. Und meine Zeit wird knapp.

In den letzten Tagen habe ich den Anrufbeantworter laufen lassen. Heute Morgen bekam ich eine Nachricht von Ilkka Laine. Ich hatte schon seit vielen Monaten nicht mehr mit Ilkka gesprochen. Er erzählte, ein Robert Mirzoeff habe ihn angerufen und nach der Adresse meiner Eltern gefragt. Ob er sie ihm geben solle? Ich rief ihn zurück.

»Heja, toll, von dir zu hören! Ich war nicht sicher, ob dich meine Nachricht erreicht, weil du vielleicht gerade in Helsinki bist. Wie geht es dir?«

»Sehr gut, wirklich sehr gut … Und was ist jetzt mit diesem Robert Mirzoeff?«

»Er hat mir vor ein paar Tagen auf Band gesprochen. Ich bin gerade erst zurückgekommen. Wir waren verreist. Er sagte, er sei ein guter Freund von dir und brauche die Adresse deiner Eltern. Er habe gehört, Solange sei sehr krank und du seist wieder hier.«

»Nein, nein, das stimmt nicht! Es tut mir leid, Ilkka. Keine Ahnung, woher er deine Telefonnummer hat. Ich will meine Beziehung mit Robert beenden. Deshalb habe ich ihm erzählt, ich würde auf unabsehbare Zeit nach Helsinki fliegen. Ich habe ihm absichtlich keine Adresse gegeben und möchte auch nicht, dass er sie bekommt.«

»Er klang aufrichtig besorgt und meinte, er wolle dir nach besten Kräften helfen ...«

»Er ist wirklich ein netter Kerl, aber es hätte nicht geklappt mit uns. Er wollte eine feste Beziehung und hat einfach nicht lockergelassen.«

»Immer noch die Herzensbrecherin, ich verstehe. Und mit deiner Mutter ist alles in Ordnung?«

»Bestens. Meine Eltern sind gerade von einem vierwöchigen Frankreichurlaub zurückgekommen.«

»Wunderbar. Und wann kommst du mal wieder nach Helsinki?«

»Ich weiß nicht genau. Aber dann müssen wir uns treffen. Macht der Job immer noch Spaß?«

»Nicht so richtig. Es ist nicht mehr so spannend wie früher und eigentlich kein Beruf für Erwachsene mehr. Inzwischen haben verhaltensgestörte Kinder das Ruder übernommen. Es war klug von dir, rechtzeitig auszusteigen.«

»Danke für den Anruf, Ilkka. Und wimmle Robert bitte irgendwie ab!«

»Wird gemacht. Pass auf dich auf, Heja!«

Zum Teufel mit Robert! Verdammt noch mal! Woher hat er Ilkkas Nummer? Und woher weiß er, dass Solange krank sein soll? In meinem Brief an ihn stand nichts von Solange. Es gibt nur eine mögliche Erklärung. Er war bei *ihr*. Das einzige Blatt Papier, auf dem Ilkka Laines Nummer steht, ist mein Bewerbungsschreiben. Offenbar hat sie sie ihm gegeben. Ich kann mir gut vorstellen, wie die beiden sich in ihrem

Büro unterhalten haben. Sie hat ihm die vernünftige und kompetente Managerin vorgespielt. Und er hat sanft weitergebohrt, bis er mehr Informationen aus ihr herausgeholt hatte, als sie ihm eigentlich geben durfte. Er hat ein Talent, sich das Vertrauen seiner Mitmenschen zu erschleichen, und ist ein Mensch, der Grenzen nicht respektiert, ganz gleich, ob es um meinen Körper oder um meine Pläne geht. Dass mein Innerstes ausgeforscht wird, fühlt sich genauso an wie früher, als er den Finger in mich hineingesteckt hat.

Spätestens um sechs brechen sie auf. Die Party fängt um sieben an und dauert bis halb zehn. Sie muss bis zum Schluss bleiben – und Markus auch, denn er will ja seine Unterstützung demonstrieren. Währenddessen ist die Babysitterin in der Wohnung. Sie wird im Wohnzimmer fernsehen. Vielleicht raucht sie eine Zigarette am offenen Fenster. Oder ruft ihren Freund an. Ich muss nur den richtigen Moment abpassen. Ich fahre erst um acht hin. Bis dahin schläft Billy schon.

Die Reiseausrüstung stapelte ich mitten im Zimmer auf: meinen Koffer und eine Reisetasche mit Billys Utensilien, einschließlich Windelpackung. Den neu gekauften Kinderwagen hatte ich bereits unten im Kofferraum verstaut und mit einer Decke getarnt. Dann verschloss ich den Pappkarton voller Fläschchen und Babynahrung mit Klebeband. So viel Kram! Der Portier darf nicht sehen, was ich da alles ins Auto packe. Er ist ein ehemaliger Polizist und interessiert sich brennend für das Leben und Treiben der Hausbewohner. Ich muss die Sachen von der Wohnung in den Volvo schaffen. Und danach muss ich mich vor der langen Fahrt ausruhen.

Zuerst schleppte ich alles aus der Wohnung und zum Lift. Dann schloss ich die Wohnung ab und räumte das ganze Gepäck in den Aufzug. Unten angekommen wuchtete ich es hinaus in die Vorhalle.

Als der Portier mich bemerkte, stand er hinter seinem Schreibtisch auf. Er hatte ein Mondgesicht und trug eines dieser lächerlichen weißen Hemden mit marineblauen Schulterklappen, wohl um sich als Amtsperson zu gebärden. Das Hemd steckte in seiner marineblauen Hose, und der Bauch hing ihm über den schwarzen Ledergürtel.

»Guten Morgen. Kann ich Ihnen helfen?«

»Danke.«

Er griff nach Koffer und Karton. Als ich ihm folgte, hielt er mir die Tür auf. Wir überquerten den Vorplatz. Ich wusste, dass er sich nach meiner Reise erkundigen würde.

»Machen Sie Urlaub?«

»Ja, etwa eine Woche.«

»Das ist aber ein anderes Auto als sonst.«

»Ja, das Cabrio ist in der Werkstatt.«

»Da hat Ihnen wohl jemand eine Katsche reingefahren.«

»Wie bitte?«

»Ihr Auto, ein Blechschaden.«

Ich öffnete den Kofferraum. Er hievte den Koffer hinein und stellte Karton und Reisetasche ordentlich daneben.

»Nein, es musste nur zur Inspektion.«

»Ja, ja. Und wo soll es hingehen?«

»In den Lake District.«

»Ah, ein idyllisches Fleckchen Erde … obwohl es um diese Jahreszeit recht unbeständig sein kann. Sieht aus, als würde sich gerade ein Unwetter zusammenbrauen.«

Ich blickte nach oben. Gewaltige violettgraue Wolken ballten sich über dem Fluss zusammen. Ich schloss den Kofferraum ab und kehrte mit ihm ins Haus zurück.

»Danke für Ihre Hilfe.«

»Ich habe ein Auge auf Ihre Wohnung, während Sie weg sind.«

»Das wäre sehr nett.«

Ich öffnete die Handtasche und gab ihm zwanzig Pfund. Wie ich diese neugierigen Engländer hasse!

Ich stand vor ihrer Wohnungstür und lauschte angespannt. Von drinnen war nichts zu hören. Ich steckte den Schlüssel ins Schloss und drehte ihn und den Türknauf vorsichtig um. Dann schob ich die Tür einen Spaltbreit auf und spitzte die Ohren. Aus dem Wohnzimmer kam das Auf und Ab von Fernsehstimmen. Ich öffnete die Tür ein weiteres Stück und spähte den Flur entlang. Dort brannte eine Tischlampe, und aus Billys Zimmer drang Licht. Ich trat ein und zog die Tür hinter mir zu, ließ sie jedoch nicht einrasten. Dann schlich ich in Billys Zimmer. Er lag auf dem Rücken in seinem Bettchen und schlief.

Ich schloss die Tür hinter mir und nahm die wattierte Jacke vom Haken. Der Wind frischte auf, und er würde sie brauchen. Dann beugte ich mich über sein Bettchen und hob ihn samt Decke heraus. Ich wickelte die Decke fest um ihn herum und wiegte ihn, bis er wieder eingeschlafen war. Anschließend ging ich zur Tür und öffnete sie leise. Immer noch Fernsehstimmen aus dem Wohnzimmer. Ich pirschte mich den Flur entlang und zur Wohnungstür hinaus. Wieder ließ ich sie nicht einrasten. Drei Minuten später stand ich vor dem Gebäude. Ich legte Billy in seiner Decke auf den Rücksitz. Es dauerte ein paar Minuten, bis ich ihn mit dem Sicherheitsgurt verschnürt hatte. Ich hatte keinen Kindersitz gekauft. Sie sind so auffällig, und wir würden ja nur diese eine lange Fahrt machen. Danach stieg ich ein, startete den Motor und brach nach Kent auf.

KATHY KATHY Oktober

Um halb sechs trafen wir im Außenministerium ein. Ein Wachmann hob für uns den Schlagbaum, Philip fuhr durch den Torbogen und hielt an der Pforte an. Ein Mann verglich das Autokennzeichen mit der Liste auf seinem Klemmbrett, überprüfte unsere Namen und untersuchte die Unterseite des Wagens mit einer Taschenlampe und einem Metalldetektor. Mussten wirklich alle Gäste diese Sicherheitsmaßnahmen über sich ergehen lassen? Gut, es handelte sich um ein Regierungsgebäude, und heutzutage waren solche Kontrollen normal. Der Wachmann reichte Philip einen quadratischen Ausweis, den er aufs Armaturenbrett legen sollte. Langsam fuhr Philip auf den viereckigen Platz und parkte. Victoria und ich stiegen aus. Sie musste ihren Rock festhalten, weil ein starker Wind über den Platz wehte und uns Staub ins Gesicht blies.

»Hoffentlich bleiben die Leute bei diesem Wetter nicht zu Hause«, raunte Victoria mir zu.

»Was?«, meinte Philip, der mit Elan aus dem Auto sprang. Er trug einen braunen Leinenanzug, der ihm nicht stand, und ich fragte mich, ob er wohl nervös war. Ich war es ganz sicher.

»Ich sagte nur, wie gut, dass wir so früh dran sind – jetzt haben wir genug Zeit, die Soundanlage und die Präsentation zu checken.«

In Begleitung des Veranstaltungsbeauftragten, der uns erwartet hatte, betraten wir das Gebäude. Vor uns führte eine gewaltige Treppe nach oben. Unter unseren Füßen erstreckten sich weite Flächen aus vielfarbigem Marmor, über unseren Köpfen funkelte es golden. Zwei riesige Kronleuchter aus Goldbronze hingen über der Treppe. Mein Blick wanderte hinauf zu einer goldverzierten Kuppel mit einem Kreis aus Frauengestalten im Innern, die verschiedene Länder darstellten. Am Kopf der Treppe kamen wir an beeindruckenden Wandgemälden vorbei.

Ein Bild trug den Titel *Britannia Pacificatrix* und zeigte die Nationen der Welt als kostümierte Figuren, die Großbritannien ihre Ehre erwiesen. Italien war eine weiß gewandete Frau mit den *fasces* in der Hand, Kanada ein junger Mann mit einem Schurz aus Ahornblättern, Afrika ein nackter kleiner Junge mit einem Korb mit tropischen Früchten auf dem Kopf. Als ich genauer hinsah, entdeckte ich, dass Portugal von einer Frau mit einem Korb voller Weintrauben vertreten war. Britannia, die Friedensstifterin, tröstete ein nacktes Mädchen, Belgien, das ein zerbrochenes Schwert reckte. Wir verharrten einige Minuten lang vor dem Werk.

»Wirklich beeindruckend. Das Selbstbewusstsein des Imperiums springt mir geradezu entgegen. Wann wurde das Bild denn gemalt?«, fragte Philip.

»Zwischen 1914 und 1921 von einem Künstler namens Sigismund Goetze«, erwiderte der Veranstaltungsbeauftragte.

»Eine ausgezeichnete Wahl für unsere Veranstaltung, Victoria! Wir sollten einen Artikel darüber bringen, Kathy.«

»Das sollten wir wirklich«, antwortete ich.

Inzwischen herrschte zwar mehr oder weniger Waffenstillstand, aber unser Umgang miteinander blieb weiterhin kühl.

Wir betraten den großen Empfangssaal. Ein riesiger Plasmabildschirm war an einem Ende aufgebaut, und davor hatte man eine Bühne mit einem Tisch und zwei Mikrofonen für Philip und mich errichtet. Zwei lange Tische mit weißen Leinentischdecken säumten die Seiten des Raums und wurden gerade als Getränkebüfetts eingedeckt. Kellner in weißen Jacken bestückten Tabletts mit Weingläsern.

»Ich habe außer Wein und Bier auch ausgefallene alkoholfreie Getränke bestellt«, teilte Victoria uns mit. »Holunderblütensirup und Granatapfelsaft. Inzwischen machen immer mehr Leute einen Bogen um Alkohol.«

Einer der Kellner bot uns etwas zu trinken an. Ich bat um ein Mineralwasser. Ich war völlig grundlos nervös und musste ständig schlucken.

»Wir würden jetzt gern einen Soundcheck machen«, verkündete der Veranstaltungsbeauftragte. »Mister Parr, Kathy, könnten Sie bitte Ihre Plätze auf der Bühne einnehmen?«

Philip las seine Rede vor. Es war eine gute, streckenweise humorvolle Rede, die auch der Tatsache Rechnung trug, dass der Reiseführer meine Idee gewesen war. Allerdings sprach er ein wenig zu schnell. Ich überlegte, ob ich ihn darauf hinweisen sollte, entschied mich aber dagegen. Das Ende seiner Rede war das Stichwort für einen dreiminütigen Werbefilm mit Musik, der aus den besten Fotos und Textstellen des Reiseführers bestand. Er war ansprechend gestaltet, und ich freute mich, dass man auf mich gehört und an den Schluss eine Standaufnahme von Hector gestellt hatte, die den Torre de Belem vom Fluss aus zeigte. Anschließend würden wir die Fragen der Gäste beantworten, was meine Aufgabe war.

»Kathy, könnten Sie bitte ein paar Worte ins Mikrofon sprechen, damit wir die Lautstärke regeln können?«

»Der Torre de Belem in Lissabon ist eine Stätte des Weltkulturerbes …«, begann ich.

»Danke, das genügt. Alles ist bereit.«

Philip und ich verließen die Bühne.

»Tolle Rede, Philip! Vielleicht ein bisschen langsamer«, meinte Victoria.

»Wirklich?«

»Gib den Witzen Zeit für ihre Wirkung, dann ist alles sehr amüsant. Der Fotograf, der die letzte Aufnahme gemacht hat, kommt heute Abend auch.«

»Kathy, den musst du mir unbedingt vorstellen. Er hat wirklich etwas Besonderes …«

»Hector Agapito.«

»Wir sollten ihn öfter beauftragen.«

»Das habe ich auch vor.«

Ich ging aufs Klo, um meine Optik zu überprüfen. Mein Magen hörte einfach nicht auf zu flattern. Ich wollte nur noch, dass dieser Abend endlich vorbei war.

Gegen fünf vor sieben trafen die ersten Gäste ein. Philip, Victoria und ich bezogen an der großen Eichentür Posten, um die Leute zu begrüßen. Der Raum war so groß und prachtvoll, dass die Neuankömmlinge ein wenig verloren wirkten und sich um die Bar scharten. Ich hörte, wie der Wind vor den riesigen Fenstern ächzte, und sah totes Laub in den Himmel hinaufwirbeln.

»Ein schauerliches Wetter«, zischte Philip. »Vielleicht bleiben die Leute ja lieber zu Hause.«

»Keine Angst!«, erwiderte Victoria. »Alle wollen dieses traumhafte Gebäude sehen.« Trotz ihrer Zuversicht wirkte sie ein wenig besorgt.

Doch allmählich füllte sich der Raum, und immer mehr Gäste trafen ein. Markus kam zu mir und tätschelte mir den Arm. Der Veranstaltungsbeauftragte wandte sich an Victoria.

»Ich glaube, wir reichen jetzt die warmen Häppchen herum.«

»Gut, aber sorgen Sie dafür, dass kein Essen mehr gebracht wird, wenn Philip mit seiner Rede anfängt.«

Im nächsten Moment stand Hector vor mir. Er trug ein

rotes Hemd aus aufgerauter Baumwolle und eine schwarze Hose. Sein Haar lockte sich am Nacken, und er lächelte mich voller Zuneigung an.

»Kathy.« Er küsste mich auf beide Wangen. »Was für ein Laden! Diese Treppe würde ich gern fotografieren. Hast du das Gebäude entdeckt?«, fragte er.

»Nein, habe ich nicht. Hast du dir die Wandgemälde angesehen?«

»Ja, wundervoll und absolut absurd!«

»Portugal ist auch dabei – die Frau mit dem Korb voller Weintrauben natürlich. Mir persönlich ist das Mosteiro lieber«, erwiderte ich.

Er musterte mich eindringlich. »Wie geht es dir wirklich?«

»Offen gesagt bin ich froh, wenn alles vorbei ist. Aber ich freue mich, dir mitteilen zu können, dass du einer der Stars des heutigen Abends bist. Im Werbevideo kommen viele deiner Fotos vor.«

Philip stand neben der Journalistin einer Kunstsendung auf Radio Four. Er blickte zu uns herüber.

»Ich möchte dich mit dem Herausgeber unserer Zeitschrift bekannt machen«, sagte ich. »Philip Parr, das ist Hector Agapito, der die Fotos in Portugal geschossen hat.«

Philip erwiderte, er bewundere Hectors Arbeiten sehr. Hector bedankte sich, und ich erinnerte mich an unser Gespräch im Café, in dem er Philip als Idioten bezeichnet hatte. Hector schien das zu spüren, denn er sah mich an und zwinkerte mir zu. Im nächsten Moment gesellte sich Victoria zu uns. Sie stellte sich vor. »Sie müssen Hector sein«, fügte sie hinzu. »Ein Journalist von einer Fotozeitschrift ist hier, der einige Ihrer Arbeiten gesehen hat. Wären Sie zu einem Interview bereit?«

»Mit Vergnügen ...«

Er warf mir einen Blick zu. »Wir unterhalten uns später.«

»Zeit, sich unters Volk zu mischen«, meinte Philip.

Inzwischen hatte sich der Raum gefüllt – es waren wohl über dreihundert Gäste. Wie immer auf einer guten Party herrschte aufgeregtes Stimmengewirr. Markus stand an der großen Tür, die vom Saal in einen kleineren Raum führte.

»Schau her, ich möchte dir etwas zeigen!«, sagte er und betrat mit mir den angrenzenden Konferenzraum.

»Sieh dir diese Türscharniere an, die in Messing eingeprägten Eicheln dicht darüber! Ein wundervolles Detail an einer Tür aus Eichenholz ...«

Als er über das Holz strich, verliebte ich mich von Neuem in ihn, weil er sich an architektonischen Einzelheiten erfreute, ohne sich um die lauten Wichtigtuer ringsum zu kümmern. Ich berührte ihn am Rücken.

»Ich sterbe vor Lampenfieber.«

»Du wirkst aber völlig ruhig und gelassen.«

»War mit Billy alles in Ordnung, als du gefahren bist?«

»Er war putzmunter.«

»Fran kommt gut mit ihm zurecht.«

Zusammen betraten wir den Saal. Als eine Kellnerin uns ein Tablett mit knusprigen Entenpfannkuchen im Miniaturformat anbot, griff Markus zu.

»Ein ziemlicher Menschenauflauf. Geh schon, du solltest dich um die Gäste kümmern!«

Das war das liebevollste Gespräch seit Wochen gewesen, und ich freute mich, dass er mitgekommen war und mich unterstützte. Ich kehrte in das Menschengewühl im warmen Saal zurück.

Philip trat auf die Bühne und brauchte zwei Minuten, um die Anwesenden per Mikrofon um Ruhe zu bitten, bis die Stimmen endlich verstummten und Stille einkehrte.

»Vielen Dank, vielen Dank. Es wird nicht lange dauern.

Wir wollen Ihnen nur unseren Führer zu den Stätten des Weltkulturerbes vorstellen. Ich bin Philip Parr, der Herausgeber, und das ist Kathy Hartman, die Chefredakteurin.«

Markus war dicht an die Seite der Bühne getreten. Hector und Victoria standen mitten im Raum. Während Philips Rede blickte ich aus dem Fenster und stellte fest, dass der Wind noch mehr aufgefrischt hatte. Eine Plastiktüte wehte vorbei, blähte sich auf und flatterte weiter wie ein gebeutelter Vogel. Philip redete immer noch, als Aisha an der Tür erschien und sich durch die Gästemenge drängte. Ich fragte mich, was sie vorhatte. Offenbar suchte sie jemanden. Als ich Blickkontakt mit ihr aufnehmen wollte, sah sie nicht in meine Richtung. So schnell und unauffällig wie möglich schlängelte sie sich durch die Anwesenden. Inzwischen war Philip fertig. Seine Rede hatte ihm einige Lacher eingebracht. Dann wurden die Lichter gedämpft, und auf dem Plasmabildschirm waren Fotos von Stätten des Weltkulturerbes zu sehen.

Ich spähte zu Hector und Victoria hinüber. Sie standen dicht beeinander und beobachteten gebannt das Geschehen. Als der Film endete, seufzten alle Anwesenden begeistert auf und brachen in begeisterten Applaus aus.

Philip wartete einen Moment lang ab. »Ich freue mich, dass es Ihnen gefallen hat«, sagte er dann. »Jetzt werden wir gern Ihre Fragen beantworten. Es sind Mitarbeiter mit Saalmikrofonen anwesend, damit Sie Ihre Fragen stellen können.«

Ich stellte fest, dass Aisha inzwischen Markus erreicht hatte. Sie berührte ihn am Arm und flüsterte ihm etwas ins Ohr. Seine Miene veränderte sich schlagartig, und er machte ein Gesicht, als hätte er ein schweres Verbrechen begangen. Er sah mich einen Sekundenbruchteil lang an, zu kurz, als dass ich seinen Blick erwidern konnte. Dann wandte er sich um und hastete hinaus, ohne sich um die übrigen Gäste zu kümmern. Aisha folgte ihm auf den Fersen. Mein erster Gedanke galt Billy. War ihm etwas zugestoßen? Ein eiskaltes Gefühl stieg mir in der Brust auf, und mein Magen krampfte sich zusammen. Die Stimmen der Anwesenden klangen weit entfernt. Das Hämmern meines Herzens übertönte alle Geräusche

Und dann hörte ich, dass Philip wie durch einen Nebel meinen Namen aussprach.

»Kathy, ich glaube, das ist eine Frage an dich.«

Ich sah ihn an. Er warf mir einen merkwürdigen Blick zu.

»Verzeihung, könnten Sie die Frage bitte wiederholen?«

Wir standen die Fragestunde durch, und irgendwie gelang es mir, die richtigen Antworten zu geben. Philip übernahm das meiste. Inzwischen war Aisha zurückgekehrt. Sie stand an der gleichen Stelle wie Markus zuvor und war offensichtlich sehr aufgebracht. Sie konnte die Hände nicht ruhig halten, ja, sie rang sie sogar vor Verzweiflung. Und noch immer konnte sie mir nicht in die Augen sehen, so durchdringend ich sie auch anstarrte. Mein Mund war ganz trocken, und mein Verstand spielte den ganzen Katalog von Möglichkeiten durch: plötzlicher Kindstod, Babys, die an ihrem eigenen Erbrochenen erstickten, Krämpfe oder Unfälle mit kochendem Wasser.

»So, und jetzt wünsche ich Ihnen noch eine schöne Party«, sagte Philip schließlich.

Ich erhob mich, trat von der Bühne und steuerte auf Aisha zu. Philip ließ ich mitten im Satz stehen. Endlich sah sie mir ins Gesicht.

»Was ist?«

»Nicht hier, Kathy! Lass uns nach nebenan gehen!«, flehte sie.

»Sag es mir, sofort! Was ist passiert?«

»Es geht um Billy. Er ist verschwunden. Dein Kindermädchen hat am Empfang angerufen, und der Wachmann hat mich ausfindig gemacht.«

»Ich verstehe kein Wort.«

»Als dein Kindermädchen in sein Zimmer kam, war er weg.«

Der Raum schien in einem merkwürdigen Winkel zu kippen. Offenbar hatte Philip neben mir gestanden, denn er führte mich zu einem Stuhl.

HEJA Oktober

Ich überquerte die Oxford Street in Richtung North Audley Street und fuhr um den Grosvenor Square. Als ich am *Connaught Hotel* vorbeifuhr, hatte ich das Gesicht meines Vaters vor mir, wie er die Hühnerpastete anschnitt. Seine Augen funkelten belustigt, als er mich anblickte, und die Erinnerung brachte mich zum Schmunzeln. Vielleicht werde ich ihn nie wiedersehen. Aber so werde ich ihn in Erinnerung behalten, mit einem leichten Lächeln im Gesicht. Ich bog nach links in den Piccadilly Circus und von dort aus in den Trafalgar Square ein. In den letzten Minuten hatte der Wind aufgefrischt und peitschte Papier und Plastikmüll zu einem wilden Wirbel auf. Ein verbogener Regenschirm wurde von einer Bö erfasst. Die zerknickten Speichen öffneten sich und trugen den schwarzen Schirm wie eine widerliche Krähe mit gebrochenen Schwingen in den Himmel hinauf, vorbei an der Löwenstatue an der Ecke. Der Wind streifte pfeifend die Scheiben des Autos, als wir Whitehall hinter uns ließen und über die Westminster Bridge fuhren. Ich spürte, wie der Sturm die Karosserie des Wagens erschütterte, als wir auf der Brücke waren. Ich umfasste das Lenkrad fester und wünschte mir wieder einmal mein tiefer gelegtes Cabrio zurück.

Der heftige Wind hatte etwas Beängstigendes an sich. Im Radio hatte es keine Warnungen gegeben. Und dabei hatte ich um sechs den Wetterbericht gehört. Ich fuhr an Waterloo vorbei in Richtung Elephant and Castle. Hier wirbelte der Wind Sand und Kies zu Minizyklonen auf. Einige Steinchen trafen meine Windschutzscheibe mit einem widerlichen Knacken, bei dem mir fast das Herz stehen blieb.

Ich hatte am Morgen vollgetankt. Nun fragte ich mich, ob ich an einer Tankstelle Schutz suchen sollte. Ich entschied mich zum Weiterfahren. Der Sturm würde sich verziehen. Ich wollte London unbedingt verlassen und so schnell wie möglich nach Deal.

In jenem Sommerurlaub auf Aland wurden Markus und ich von einem Sturm überrascht. Es war der Sommer unseres großen Streits. Markus hatte sich mit einem schwedischen Paar angefreundet, das ein kleines Segelboot besaß. Wir waren zu viert hinausgefahren, um den Tag mit Segeln und Tauchen zu verbringen. Am Morgen war das Wetter schön gewesen, und wir waren ziemlich weit gekommen. Doch um die Mittagszeit zog sich der Himmel zu, und die Wellen wurden höher. Eigentlich hatten wir geplant, über Nacht zu einem Anlegeplatz in Sottunga auf der anderen Seite der Insel zu segeln. Es begann zu regnen, und die Wellen wurden drei Meter hoch, was das Boot mühelos bewältigte. Aber dann gab die Bilgepumpe den Geist auf. Die Bootsbesitzer gingen nach unten, um die Kabine frei zu schöpfen, während Markus und ich das Boot steuern mussten.

Der Wind wurde immer stärker, und vor uns türmten sich die Wellen auf. Inzwischen hatten sie eine Höhe von fünf Metern erreicht. Wir sausten in die Wellentäler hinab. Als wir sie wieder hinauffuhren, erschien der Mond hinter einer Wolke und strahlte auf uns herunter. Markus schrie mir zu, der verdammte Mond sei schuld an der unruhigen See. Er war so in Hochstimmung, so lebendig. Dann kamen die Bootsbesitzer wieder nach oben und erklärten, wir müssten die ganze Nacht abwechselnd Wache halten. Ich stieg nach unten, um ein paar Stunden zu schlafen. Markus blieb mit Agneta, der Frau des Besitzers, an Deck.

Inzwischen hatte ich die M20 erreicht, und der Wind beutelte das Auto mit aller Macht. Ich musste meine ganze Konzentration und Kraft aufbieten, um die Spur zu halten. Es waren kaum Autos unterwegs, viel weniger als sonst. Vor mir sah ich einen hohen Lastwagen, dessen Fahrer Mühe hatte, nicht von der Straße abzukommen, da der heftige Seitenwind ihn immer wieder auf die Überholspur drängen wollte, sodass er kräftig gegenlenken musste. Ich beschleunigte, wechselte auf die dritte Spur und überholte. Ein Stück weiter bemerkte ich fünf Lastwagen, die auf dem Seitenstreifen parkten. Als einer der Fahrer das Führerhaus verließ, schleuderte ein Windstoß die Tür zurück. Er brachte sich mit einem Satz in Sicherheit. Ich fuhr weiter, den Blick geradeaus auf die Straße gerichtet.

Als ich von der Schnellstraße abbog, taten mir die Arme weh, und meine Hände prickelten. Außerdem hatte ich kaum noch Gefühl in den Fingern. Sollte ich anhalten und eine Zeit lang im Auto warten? Wie schön wäre es gewesen, den Kopf anzulehnen und meinen Armen ein wenig Ruhe zu gönnen. Doch der Wind machte keine Anstalten nachzulassen. Wenn ich anhielt, würde der Wagen womöglich von einem herabfallenden Ast oder einem noch gefährlicheren

Gegenstand getroffen werden. Die Bäume, die die Straße säumten, ächzten und rauschten und bogen sich in einem wilden Tanz im Wind. Billy auf dem Rücksitz gab keinen Mucks von sich. Er verschlief den Lärm und die heftigen Windstöße einfach.

Schließlich erreichte ich die A258, die nach Deal führt. Auf der Fahrbahn lagen Teile abgebrochener Äste. Links von mir erstreckten sich einige Äcker, und ich sah, dass ein großer Baum auf eine Scheune gestürzt war und das Dach eingedrückt hatte. Scheune und Baum waren miteinander zu einem seltsamen Mischwesen aus Backstein und verdorrendem Holz verschmolzen. Inzwischen spritzte Gischt vom Meer gegen die Windschutzscheibe. Salz und abgerissene Blätter blieben am Glas kleben. Die Scheibenwischer konnten gegen diesen Ansturm kaum etwas ausrichten. Meine Arme waren so unbeschreiblich schwer, aber ich hatte es ja schon fast geschafft. Ich bog in den Cremers Drift ein, an dessen Ende mein Häuschen stand. Die Straße war mit Dornengestrüpp und Ästen übersät. Ich trat das Gaspedal des Volvo durch und raste einfach darüber hinweg. Die Äste knackten unter den Reifen.

Durch die verschmierte Windschutzscheibe stellte ich fest, dass unmittelbar vor mir ein Baum quer über die Straße gefallen war und sie völlig blockierte. Ich musste das Auto stehen lassen und Billy und meine Habseligkeiten zum Haus tragen. Ich schaltete den Motor aus.

Irgendwo in der Nähe ertönte die Sirene einer Alarmanlage, und am Himmel waren Lichter zu sehen, als würde das Meer mit Suchscheinwerfern abgeleuchtet. Nach kurzer Verschnaufpause wollte ich die Fahrertür öffnen. Der Wind hatte eine gewaltige Kraft. Ich drückte mit aller Macht dagegen, bis die Tür offen war, und stieg aus. Nun zerrte der Sturm an meiner Kleidung und an meinem Haar. Die Wipfel der Bäume über mir peitschten hin und her. Ich kämpfte mich zum Kofferraum des Wagens durch und kramte Fläschchen, Milchpulver und Windeln heraus.

Dann stopfte ich alles in meine Reisetasche und hängte mir die Tasche um. Danach arbeitete ich mich zur rückwärtigen Autotür vor, indem ich mich flach an die Karosserie presste. Reichte meine Kraft noch, um die Tür zu öffnen und Billy herauszuheben? Ich würde die Strecke bis zum Haus höchstens einmal schaffen. Ich lehnte den Kopf ans Autodach und ruhte mich kurz aus, während der Sturm mich umtoste.

Lass dich nicht unterkriegen!, hatte Arvo Talvela bei einer unserer letzten Sitzungen zu mir gesagt. *Du hast sehr viel Willenskraft und einen starken Charakter.*

Ich zog die Tür auf, blockierte sie mit meinem Körper und bückte mich, um den Sicherheitsgurt zu öffnen. Billy schlief zwar noch, wachte aber auf, als ich ihn hochhob. Ich drückte ihn fest an mich und wickelte ihm die Decke enger um Kopf und Körper. Meine Arme waren so schwach, und ich hatte keine Kraft mehr in den Handgelenken. Das Kind war bleischwer. Ich befürchtete schon, es fallen zu lassen, als ich aus dem Innenraum des Autos zurückwich. Der Wind ergriff die Autotür und knallte sie mit Wucht zu. Ich wandte mich um und kämpfte mich die letzten Meter die Straße entlang. Meine Beine zitterten so heftig, dass jeder Schritt eine Anstrengung bedeutete. Billy war inzwischen hellwach, spähte unter seiner Deckenkapuze hervor und betrachtete leise wimmernd die tobende dunkle Nacht.

Das nächste Hindernis war der umgestürzte Baum. Ich hob das linke Bein so hoch wie möglich und setzte mich rittlings darauf. Ich musste eine Weile verharren, um mich auszuruhen. Die kleineren Zweige peitschten meine Beine. Ich spürte, wie sich unter der Hose Striemen auf meiner Haut bildeten. Also zog ich das rechte Bein nach und marschierte weiter. Inzwischen war ich so wackelig auf den Beinen, dass ich die letzten Meter eher taumelte als ging.

Billy hatte zu weinen angefangen. Endlich erreichte ich das Gartentor und schob es auf. Der Garten war das Sinnbild der Verwüstung, denn überall lagen zerknickte Stämme, Äste und abgerissene Blätter herum. Ein Terracottatopf war umgeworfen worden und in tausend Scherben zerbrochen. Tonsplitter und Erde bedeckten den Gartenweg und knirschten unter meinen Füßen. An der Haustür kramte ich den Schlüssel heraus und schloss auf. Ich war völlig erschöpft. Ich rutschte an der Tür hinunter und blieb, Billy auf dem Schoß, auf dem Boden sitzen. Inzwischen schrie er wie am Spieß.

In fünf Minuten gehe ich in die Küche und wärme ihm ein Fläschchen Milch auf. Vielleicht gebe ich ihm etwas Calpol. Die Frau bei Boots hat mir gesagt, dass Babys danach besser schlafen.

KATHY

KATHY Oktober

Philip und Aisha bugsierten mich aus dem Raum und in ein Taxi. Der Sturm toste, und ich konnte nur daran denken, wo Billy bei diesem entfesselten Wind wohl sein mochte. Aisha begleitete mich nach Hause. Die ganze Zeit hielt sie meine Hand. Ich brachte kein Wort heraus. Vor Angst hatte es mir die Sprache verschlagen.

Vor meinem Haus angekommen, umarmte Aisha mich fest und fuhr davon. Ich nahm den Aufzug. Markus öffnete die Wohnungstür. Die Polizei war schon gekommen. Zwei uniformierte Beamte saßen mit Fran in der Küche. Bei meinem Anblick sprang sie sofort auf. Ihr Gesicht mit den geröteten Augen war verschwollen, die Wimperntusche verlaufen.

»Kathy, ich war im Wohnzimmer. Er hat fest geschlafen.«

Ich brach in Tränen aus und fing an zu zittern.

»Was ist passiert? Wie kann er einfach weg sein, Fran?«

»Ich weiß es nicht.«

»War jemand in der Wohnung?«

»Niemand …«

»Man schickt uns einen Detective«, erklärte Markus. »Er ist schon unterwegs.«

Einer der Uniformierten, der ältere, machte sich Notizen. Ich ging in Billys Zimmer. Sein Bettchen war leer, seine Decke verschwunden.

»Sie hat seine Decke mitgenommen«, stellte ich fest.

Seinen blauen Teddy hatte sie zurückgelassen; er lag auf dem Boden. Ich hob ihn auf und schnupperte daran. Markus stand an der Tür.

»Sie hat mein Baby entführt, da bin ich ganz sicher.«

Er zuckte zusammen. »Wir werden ihn finden«, erwiderte er.

Als er auf mich zukam, um mich zu berühren, wich ich zurück und ging wieder in die Küche. Billy hatte gerade seinen ersten Geburtstag gefeiert. Überall in der Küche hingen Geburtstagskarten. Die niedlichen Abbildungen von Babys, Häschen und Bärchen schienen mich zu verhöhnen.

Die Polizisten waren noch dabei, Fran zu vernehmen. Sie saß zusammengesunken am Küchentisch, und einer der Polizisten fragte immer wieder, was sie gehört hatte. Sie beteuerte verängstigt weinend, dass sie gar nichts gehört habe. Sie habe ferngesehen, und Billy habe geschlafen. Die

Wohnungstür sei geschlossen gewesen. Sie habe keine Ahnung, wie jemand in die Wohnung gelangt sein könne.

»Das stimmt«, bestätigte Markus. »Ich bin gegangen, nachdem Fran ankam, und habe die Tür hinter mir zugemacht.«

»Und Sie haben niemandem geöffnet?«, hakte der Polizist nach.

»Natürlich nicht. Das habe ich Ihnen doch schon gesagt!«, rief Fran verzweifelt.

»Ich weiß, wer mein Baby entführt hat«, sagte ich zu dem Mann, der sie befragte.

»Lassen Sie uns einen Moment nach nebenan gehen!«, schlug er vor.

Wir wechselten ins Wohnzimmer.

»Eine Frau namens Heja Vanheinen hat mir Billy weggenommen. Sie hasst mich, und nun ist Billy in ihrer Gewalt.«

Ich hörte, wie der Sturm draußen tobte, während ich im Zimmer auf und ab lief. Die ersten Dachziegel gaben sich der Wucht des Winds geschlagen, sausten, begleitet von einem Pfeifen, durch die Luft und landeten mit dumpfem Krachen auf dem Boden.

»Könnten Sie den Namen buchstabieren?«, forderte der Polizist mich auf.

»Sicher hat er bei diesem schrecklichen Sturm große Angst. H-e-j-a V-a-n-h-e-i-n-e-n«, buchstabierte ich.

Er schrieb es auf. »Warum verdächtigen Sie sie?«, erkundigte er sich.

»Ich verdächtige sie nicht, ich *weiß*, dass sie ihn entführt hat«, entgegnete ich mit Nachdruck.

»Okay, okay, erzählen Sie das dem Detective, wenn er kommt. Wir nehmen jetzt Ihr Kindermädchen zur weiteren Vernehmung mit aufs Revier. Es war hier, als es passierte, ganz gleich, was sonst los war.«

Als ich ihn ansah, wurde mir klar, dass er Fran für die Schuldige hielt. »Es war nicht Fran, sondern Heja.«

Es läutete an der Tür, und Markus kam mit einem Mann in Zivil herein, der dem Polizisten zunickte. Dann wandte er sich an mich. »Hallo, ich bin vom Revier in der Marylebone Road, Detective Inspector Nick Austin.«

Er zeigte uns seinen Ausweis.

Ich konnte Markus nicht ansehen, spürte aber seine Gegenwart neben mir. »Warum setzen wir uns nicht?«, schlug Nick Austin vor.

»Sie heißt Heja Vanheinen und stalkt mich schon seit Monaten ...«

Ich warf einen Blick zu Markus hinüber, um festzustellen, ob er mir widersprechen wollte. Er schwieg.

»Es gibt keinerlei Einbruchspuren«, meldete der Uniformierte. »Also muss der Entführer entweder einen Schlüssel gehabt haben oder hereingelassen worden sein.«

»Kathy, richtig?«, sagte Nick zu mir. »Was meinen Sie mit *stalken*?«

»Sie hasst mich. Sie hat sich eine Stelle bei meinem Arbeitgeber erschlichen.«

»Und warum hasst sie Sie?«

»Sie war früher mit meinem Mann zusammen und kann es nicht ertragen, dass wir ein Kind haben.«

Ich sah zu der Stelle hinüber, wo ich Markus' Gegenwart inzwischen wahrnahm: hinter dem Sofa am Fenster. Er hatte die ganze Zeit kein Wort von sich gegeben, und ich schloss aus seinem Schweigen, dass er sie schützen wollte.

»Okay, dann ganz der Reihe nach. Ich brauche alle Einzelheiten. Was bringt Sie auf den Gedanken, dass sie Ihnen das Kind wegnehmen will?«

»Sie will mich fertigmachen.«

Ich wusste, dass ich schrill und hysterisch klang und der

Detective mir womöglich nicht glauben würde. Also zwang ich mich zur Ruhe.

»Vor einigen Wochen hat sie mich um ein Gespräch gebeten. Sie teilte mir mit, sie wolle kündigen und nach Finnland zurückkehren, nach Helsinki.«

»Ist sie Finnin?«

»Ja.«

»Wie kommen Sie darauf, dass sie noch hier ist?«

»Der Mann, mit dem sie eine Beziehung hat, suchte mich auf. Er fand es seltsam, dass sie so Hals über Kopf verschwunden ist ... Das können Sie doch überprüfen, oder?«

»Ja, das können wir. Wo wohnt sie denn?«

»In Blackfriars. Sicher hat sie sich die ganze Zeit dort versteckt und abgewartet. Heute Abend hat sie Billy entführt, weil sie wusste, dass wir nicht zu Hause waren. Jetzt ist er da draußen im Sturm, und sie wird ihn umbringen ...«

»Nein! Das darfst du nicht einmal denken!«

Endlich hatte Markus die Sprache wiedergefunden. Ich bekam inzwischen kaum noch Luft, so wütend war ich auf ihn. Er wollte sie noch immer schützen.

»Wenn du so etwas denkst und sogar aussprichst, verlieren wir beide den Verstand.« Seine Stimme klang heiser, und das Sprechen schien ihm Mühe zu bereiten.

»Sie ist ein Ungeheuer!«, stieß ich hervor.

»Kathy, wir brauchen alle Informationen, um Billy wiederzufinden. Also müssen Sie Ruhe bewahren und mir so viele Einzelheiten wie möglich erzählen, damit wir der Sache sofort nachgehen können. Ist das für Sie in Ordnung?«

Er hatte ein offenes Gesicht und eine Narbe am Kinn. Er schien mir wirklich helfen zu wollen.

»In Ordnung. Aber sie ist nicht ganz normal.«

Nick warf einen Blick auf seinen uniformierten Kollegen. »Haben Sie die Angaben des Kindermädchens?«

»Ja, aber wir denken, es sollte mit aufs Revier kommen.«

»Einverstanden. Wir brauchen den genauen zeitlichen Ablauf«, erwiderte Nick. Fran warf mir einen kläglichen Blick zu, als man sie wegführte. Doch im Moment hatte ich nicht die Kraft, Mitgefühl für sie aufzubringen. Ich traute Heja alles zu. War es möglich, dass sie Fran dazu gebracht hatte, sie in die Wohnung zu lassen?

HEJA Oktober

Der Sturm hatte sich verzogen. Ich lag in dem fremden weichen Bett im vorderen Schlafzimmer. Da es hier zusätzlich zu Laken und Decken ein altmodisches Federbett gab, hatte ich es nachts angenehm warm gehabt. Ich stützte mich auf vier große Kissen. Billy neben mir schlief tief und fest. Durch das Fenster erkannte ich ein kleines Viereck blassblauen Himmel. Er sah aus wie mit Wasserfarben gemalt, wenn der Pinsel zu nass ist und kaum Farbe aufnimmt. Ich hörte Vögel singen. Nach den Schrecken und dem Tumult der letzten Nacht schienen sie die Welt neu zu erschaffen. Die Alarmanlage war verstummt. Von der Straße draußen wehten Schritte und andere menschliche Geräusche herauf.

Ständig musste ich an Markus denken. In jenem Sommer auf Aland hatten wir gestritten, denn ich spürte, dass er sich von Agneta, der Schwedin auf dem Boot, angezogen fühlte. Wir hatten die Nacht überstanden und an einem frischen und klaren Morgen wohlbehalten in Sottunga angelegt. Agneta machte den Vorschlag, doch gemeinsam eine längere Fahrt zu unternehmen. Sie erklärte, wir hätten die Seemannsprüfung bestanden. Wer einen solchen Sturm wie letzte Nacht überlebte, ohne seekrank zu werden, sei allen Herausforderungen gewachsen. Sie schlug eine einwöchige Tour vor, um die kleineren Inseln zu erkunden.

Beim bloßen Gedanken daran wurde mir übel. Markus hingegen war Feuer und Flamme, stimmte sofort zu und strahlte mich voller Begeisterung an. Ich schwieg, stand auf und ging einfach über den Bootssteg davon. Er lief mir hinterher, packte mich an der Hand und schrie mich an, weil ich so unhöflich gewesen war, wortlos wegzulaufen. Was denn in mich gefahren sei?

»Ich sehe keine Minute länger zu, wie diese Schlampe Agneta sich dir an den Hals wirft!«, kreischte ich.

»Bist du schon wieder eifersüchtig? Du spinnst wohl!«, rief er. »Du kannst nicht jedes Mal einen Eifersuchtsanfall kriegen, wenn eine Frau mich auch nur anspricht.«

Wir stritten uns kurz und heftig. Als ich ihn mit voller Wucht gegen das nackte Schienbein trat, rang er vor Schmerz nach Luft, stürzte sich auf mich, zerriss mein weißes T-Shirt und kratzte mich dabei am Hals, bis es blutete. Ich rannte davon und flüchtete in unsere Pension in der Stadt.

»Mit deiner Eifersucht treibst du mich aus dem Haus, Heja!«, rief er mir hinterher.

Zornig packte ich meine Sachen und zog gerade meinen Koffer zur Fährstation, als er mich einholte. Wir versöhnten uns. Dann kehrten wir in unser Zimmer zurück, gingen ins Bett und liebten uns den ganzen Nachmittag lang. Am frühen Abend fiel ein Sonnenstrahl durch einen Spalt in den Vorhängen und malte eine Lichtspur auf seinen nackten Körper. Ich legte den Kopf auf seinen Bauch und streichelte die goldenen Haare über seinem Penis. Ich vergrub mein Gesicht in diesen Haaren und sog seinen Geruch ein. Wie dumm ich nur war, so eifersüchtig zu sein! Markus liebte mich, nur mich allein.

Da Billy aufgewacht war und zu greinen anfing, nahm ich ihn hoch und ging mit ihm in die Küche. An diesem Morgen waren meine Beine und Handgelenke sehr schwach. Wieder fiel mir auf, wie schwer er war, und ich stützte ihn auf meine Hüfte. Ich musste mich am Treppengeländer festhalten, denn die Treppe im Haus war steil und schmal. Während ich sein Milchfläschchen vorbereitete, legte ich ihn auf einem Handtuch auf den Küchenboden. Er drehte sich auf den Bauch und robbte in erstaunlicher Geschwindigkeit aus der Küche und in den Flur hinaus. Ich hob ihn auf, trug ihn zurück in die Küche und schloss die Tür. Heute würde ein anstrengender Tag werden. Mir tat jeder Knochen im Leib weh, und ich brauchte Ruhe. Aber zuerst musste ich mein Gepäck aus dem Auto holen. Doch der Volvo stand unten an der Straße und wurde von einem Baum blockiert.

Nachdem Billy sein Fläschchen ausgetrunken hatte, wickelte ich ihn und zog ihn an. Das dauerte eine Weile, weil er auf dem Bett herumzappelte, während ich mich mit seiner Hose abmühte. Außerdem musste ich Unmengen von Knöpfen schließen, während er weiter mit den Beinen strampelte. Danach zog ich mich selbst an.

Es war ein sonniger Herbsttag, und die Luft roch nach Meer. Ich ging zum Auto. Billy hatte ich im Wohnzimmer auf dem Boden zurückgelassen und die Tür geschlossen. Ich nahm den Kinderwagen und stapelte die restlichen Sachen hinein. Dann legte ich einen Zettel mit der Aufschrift *Ich wohne im Overstrand Cottage* hinter die Windschutzscheibe.

Kurz darauf hörte ich jemanden den Pfad heraufkommen. Es wurde laut an die Tür geklopft. Im ersten Moment wollte ich mich verstecken, doch dann fiel mir der Zettel im Auto ein. Ich setzte Billy im Wohnzimmer auf den Boden, schloss die Tür und öffnete. Ein kräftiger rothaariger Mann in einem blauen Overall und einer neonfarbenen Weste stand auf der Schwelle.

»Hallo. Ist das Ihr Volvo dort hinten auf der Straße?«

»Ja.«

»Wir wollen den Baum zersägen und müssen deshalb mit unserem Laster ran. Könnten Sie das Auto von der Straße fahren? Am Ende gibt es eine Stelle, wo Sie parken können.«

»Ja, natürlich.«

»Also waren Sie letzte Nacht da draußen unterwegs?«

»Ja, war ich.«

»Das war ein ordentliches Unwetter, was?«

»Ja, war es wirklich.«

»Tja, dann mache ich mich mal an die Arbeit.«

Er ging davon. Im nächsten Moment bemerkte ich, dass überall geschäftiges Treiben herrschte. Die Leute waren draußen in ihren Gärten, räumten abgebrochene Äste weg und richteten Zäune und Tore wieder auf. Ich holte einen Besen aus der Küche und fegte die Terracottascherben und die Erde aus dem zerbrochenen Blumentopf vom Weg. Ich darf mir keinen Sturz erlauben. Danach machte ich mich auf den Weg zum Auto. Drei Arbeiter standen bei dem umgefallenen Baum.

Als ich an ihnen vorbeikam, wandte sich der große Rothaarige um. »Das hier wird eine Weile dauern. Es war ein großer Baum, jede Menge Brennholz. Ich gebe Ihnen Bescheid, wenn wir fertig sind.«

»Vielen Dank.«

»Keine Ursache.« Er grinste mich an und warf den anderen Männern einen Blick zu. Vor der Neugier der Mitmenschen gibt es offenbar kein Entrinnen. Ich fuhr im Rückwärtsgang die Straße hinunter, parkte und kehrte zum Haus zurück.

Als ich mir im Radio die Nachrichten anhörte, wurde kein entführtes Baby erwähnt. Alle Berichte behandelten den Sturm der letzten Nacht, der offenbar in Südengland eine Schneise der Verwüstung hinterlassen hatte. Viele alte Bäume waren ihm zum Opfer gefallen. Eine Gesprächsrunde aus Experten beklagte die Folgen für die Natur.

Ausruhen kam nicht infrage. Ich hatte im Leben bisher kaum Kontakt zu Kindern gehabt, da ich keine Nichten und Neffen habe. Deshalb wusste ich nicht, wie viel Aufmerksamkeit ein Baby erforderte. Sobald ich mich aufs Sofa setzte, krabbelte Billy durchs Zimmer, warf etwas um und fing an zu weinen. Babygeschrei zu überhören, ist ein Ding der Unmöglichkeit. Ich hatte irgendwo gelesen, Erwachsene seien so programmiert, dass sie unwillkürlich auf das Weinen eines menschlichen Kinds reagieren. Man kann sich dem Geräusch nicht entziehen. Allerdings hatte ich keine Ahnung, was ich tun sollte, damit es aufhörte. Ich gab Billy eine Brotkruste, die er aber nicht wollte. Sein pausenloses Weinen löste Unbehagen in mir aus, so als würde eine tiefe unbefriedigte Bedürftigkeit in mir selbst geweckt. Ich spürte, wie sich Druck in mir aufbaute. Also brachte ich ihn nach oben ins Schlafzimmer, setzte ihn auf den Boden, schloss die Tür und ließ ihn weiterweinen. Dann kehrte ich nach unten zurück, machte mir einen grünen Tee und ging in den Garten. Nach der Anstrengung der letzten Nacht taten mir Arme und Beine weh, und ich hatte blaue Flecken am rechten Bein. Ich brauchte Ruhe und Erholung.

Nach einer Weile sah ich oben nach ihm. Offenbar hatte er sich müde geweint. Er schluchzte noch ein paarmal auf und schlief ein. Ich legte mich aufs Sofa.

Am Abend war alles still. Das an die Straße angrenzende Feld wurde von gelben Wildblumen gesäumt und von hohen Bäumen umringt, hinter denen gerade die Sonne unterging.

Diese Bäume hatten den Sturm überstanden. Ich grillte ein Schollenfilet und machte mir dazu einen Tomatensalat. Zum Füttern setzte ich Billy in seinen Kinderwagen, und er aß den Fisch, ohne zu murren. Mit den Tomaten schien er allerdings lieber zu spielen, als sie zu verspeisen, und rollte die Kernchen zwischen den Fingern. Ich wollte unbedingt baden und ins Bett. Also brachte ich ihn nach oben, legte ihn an der Wandseite aufs Bett und gab ihm zwei Löffel Calpol und ein Fläschchen Milch. Ich baute einen Wall aus Kissen in der Mitte des Betts auf, damit er nicht herausfallen konnte, und schloss die Schlafzimmertür. Dann ließ ich mir eine Badewanne ein und entspannte Arme und Beine im warmen Wasser.

KATHY KATHY Oktober

Letzte Nacht hörte ich weitere Dachziegel herabstürzen und krachend auf dem Gehsteig zerschellen. Wenn ich schlief, hatte ich grausige Träume, doch die waren immer noch angenehmer als der Moment des Aufwachens, als mir schlagartig klar wurde, dass Billy verschwunden war. Ich spürte einen körperlichen Schmerz, so als drücke mir jemand brutal das Herz zusammen. Markus lag nicht im Bett. Ich stand auf und ging in die Küche. Der Himmel vor dem Fenster war klar und pastellblau, und es herrschte gespenstische Stille.

Markus kam herein. »Ich mache dir ein Frühstück«, sagte er.

Er holte Eier und Kaffee aus dem Kühlschrank. Das Telefon läutete. Es war Philip. Er klang verlegen und so freundlich, wie ich ihn nie zuvor erlebt hatte.

»Nimm so lange frei, wie du brauchst! Wir sind alle in Gedanken bei dir.«

Markus stellte eine Tasse Kaffee und einen Teller mit Rührei vor mich hin.

»Iss etwas, Kathy!«

Kurz darauf rief Nick an. Ich kam Markus am Telefon zuvor. Ich hatte das Gefühl, dass Nick auf meiner Seite war, vielleicht weil er ein offenes, gütiges Gesicht hatte und selbst Vater war, wie er mir am Abend zuvor erzählt hatte.

»Wir waren in ihrer Wohnung. Sie ist weggefahren. Ich habe mit dem Portier gesprochen. Er hat gestern gesehen, dass sie ihr Auto vollgepackt hat, und ihr geholfen, die Sachen zum Wagen zu tragen. Er sagte, sie habe eine Menge Gepäck gehabt. Angeblich habe sie zum Lake District gewollt.«

»Zum Lake District …?«

»Ja, das war vermutlich gelogen. Aber wir überprüfen die Gegend.«

»Ich wusste doch, dass sie noch in der Stadt ist.«

»Und Sie hatten recht. Wir wissen auch, welches Auto sie fährt, da war sich der Portier ganz sicher. Einen silberfarbenen Volvo Kombi. Allerdings hat er sich das Kennzeichen nicht gemerkt und meinte nur, es sei ein anderes Auto gewesen als sonst.«

»Richtig. Sonst fährt sie ein Cabrio. Ein dunkelgrünes Cabrio.«

»Sie hat ihm erzählt, das sei in der Werkstatt. Wir werden dieses Cabrio aufspüren und feststellen, was sie damit gemacht hat. Jedenfalls werden wir sie an sämtlichen Grenzübergängen zur Fahndung ausschreiben.«

»Wie genau funktioniert das?«

»Wir fordern alle Häfen und Flughäfen auf, Ausschau

nach ihr zu halten. Sie kann das Land nicht verlassen. Da wäre noch etwas, das ich mit Ihnen und Markus besprechen muss … Wir überlegen, ob wir die Öffentlichkeit um Mithilfe bitten sollen. Dazu würden wir ein Foto von Billy und Ihre Zustimmung benötigen. Kann ich heute Vormittag vorbeikommen?«

»Sie können sofort kommen, wenn Sie möchten.«

»Sie war die ganze Zeit über in der Stadt«, sagte ich zu Markus. »Nick ist gleich hier.«

Er sah elend aus. Sein Gesicht war fahl und unrasiert. Doch ich empfand nichts für ihn.

»Hast du deine Eltern angerufen?«, fragte er. »Und Jennie? Vielleicht kann sie dir Gesellschaft leisten. Du brauchst jetzt deine Familie.«

»Ich brauche Billy. Letzte Nacht bei diesem schrecklichen Sturm sind Menschen gestorben, und sie war mit Billy unterwegs. Er muss solche Angst gehabt haben. Was hast du getan, dass sie mich so hasst?«

»Ich habe sie verlassen«, erwiderte er nach einer langen Weile.

»Und wie genau hast du sie verlassen?«

»Ich bin aus heiterem Himmel gegangen, ohne es vorher anzukündigen. Ich musste es tun, denn sie war sehr besitzergreifend und wollte immer mehr.«

»Wart ihr nicht angeblich so glücklich?«, fragte ich und streute damit Salz in meine eigene offene Wunde.

»Anfangs waren wir glücklich. Doch dann ging es rapide den Bach runter. Ich bin weggezogen. Und sie hat mich wieder aufgespürt. Heja lässt niemals locker.«

»Und nun bestraft sie dich, indem sie mir mein Kind wegnimmt.«

»Er ist auch mein Sohn, mein allerliebster Junge.«

Seine Stimme zitterte. Ich starrte auf die Tischplatte, weil ich ihm nicht ins Gesicht sehen konnte. Als er einen weiteren Kaffee aufsetzte, hantierte er umständlich am Kännchen herum. Ich fragte mich nach dem Grund, weil er sonst niemals ungeschickt war. Konnte es sein, dass er weinte? Man sollte meinen, dass die Todesangst und diese schreckliche Tragödie uns zusammengeschweißt hätten, doch genau das Gegenteil ist der Fall. Zwischen uns hat sich eine unüberbrückbare Kluft aufgetan, und ich stelle fest, dass ich weder ihm noch irgendeiner seiner Äußerungen traue.

Nick traf ein, und wir setzten uns zu dritt an den Küchentisch.

»Sie hat einen Makler mit dem Verkauf ihrer Wohnung beauftragt. Also will sie offenbar nicht zurückkommen. Ich habe heute Morgen einen Kollegen in Ihre Redaktion geschickt. Er wird mit Ihrem Chef sprechen …«

»Sie hat alles ganz genau geplant, richtig?«, fragte ich.

»Sieht danach aus.«

»Also war es keine Spontanidee?«

Markus stand auf und ging in der Küche hin und her. »Heja tut nie etwas Spontanes.«

»Du musst es ja wissen«, fauchte ich ihn an.

»Sie hat es geplant«, bestätigte Nick. »Aber wir werden sie kriegen. Wir kennen ihr Auto, und sie kann das Land nicht verlassen. Hätte sie sich eine Kopie Ihrer Schlüssel verschaffen können, Kathy?«

Ich starrte Nick an. »Meine Schlüssel? Ja, schon möglich, glaube ich. Wir haben ja zusammengearbeitet.«

»Haben Sie die Schlüssel je irgendwo hingelegt, wo sie sie an sich nehmen konnte?«

Ich versuchte mich zu erinnern, ob ich die Schlüssel irgendwann auf dem Schreibtisch liegen gelassen hatte.

»Nein, ich denke nicht. Sie waren immer in meiner Tasche. Sie hätte in meiner Tasche herumwühlen müssen.«

Nick nickte. »Ich vermute, dass sie irgendwie in den Besitz der Schlüssel gelangt ist. Und dann hat sie sie nachmachen lassen. Als Nächstes geben wir die Informationen an die Medien weiter. Darüber wollte ich mit Ihnen beiden reden.«

»Wie funktioniert das?«, fragte Markus.

»Ich brauche ein aktuelles Foto von Billy und auch eins von Heja Vanheinen.«

»Werden Sie sie namentlich nennen?«, erkundigte ich mich.

»Ja, das werden wir. Wir werden erklären, dass wir im Zusammenhang mit Billys Verschwinden mit dieser Frau sprechen müssen.«

»Halten Sie das für ein sinnvolles Vorgehen?«, wandte Markus ein. »Sie könnte sich in die Enge getrieben fühlen.«

Nick schwieg.

»Wenn sie spürt, dass sich das Netz um sie zusammenzieht, kann sich die Lage doch nur verschlimmern«, fuhr Markus fort.

»Warum willst du sie noch immer schützen?«, schrie ich ihn an.

»Wir halten diesen Weg für richtig. Es scheint uns wichtig, ihr Foto in Umlauf zu bringen, denn irgendjemand muss sie doch gesehen haben. Sie muss irgendwann das Haus verlassen. Aber ich brauche dazu die Zustimmung von Ihnen beiden. Warum besprechen Sie das nicht unter vier Augen? Ich warte draußen im Auto.«

Er ging und schloss die Küchentür hinter sich.

Ich hatte im Fernsehen schon häufig Bitten um Mithilfe der Bevölkerung gesehen, wenn ein Kind vermisst wurde. Der Anblick, wie die Eltern um Informationen über ihr verschwundenes Kind flehten, hatte mich immer mit Grauen erfüllt. Und so oft war dieses Kind schon längst tot …

»Es ist schrecklich, aber wir müssen es tun«, sagte ich.

»Wenn du auch nur eine Minute lang glaubst, dass ich sie decken will, liegst du absolut daneben«, entgegnete Markus zornig. »Ich habe nur Angst, dass sie sich provoziert fühlen könnte.«

»Nick ist der Fachmann, und er glaubt, dass es hilfreich ist.«

»Er kennt sie nicht.«

»Ganz im Gegensatz zu dir«, schleuderte ich ihm hasserfüllt entgegen.

»Hör auf damit, Kathy! Seit Billy verschwunden ist, behandelst du mich wie einen Verbrecher. Mein Sohn bedeutet mir alles. Ich möchte ihn nur wohlbehalten zurückhaben.«

»Warum hast du mich nicht davor gewarnt, dass sie nicht richtig tickt? Du hast mir vorgeworfen, ich würde alles dramatisieren.«

»Ich dachte doch keinen Augenblick lang, dass …«

»Dass sie Billy entführen könnte?« Meine Stimme wurde lauter. »Aber genau das hat sie getan. Wir müssen mit der Polizei zusammenarbeiten.«

»Glaubst du, die haben sich alles gründlich überlegt? Die gehen doch nur nach Schema F vor, das übliche Verfahren. Selbst wenn sie dann endgültig ausrastet …«

»Ich vertraue Nick«, beharrte ich.

»Du bist zu vertrauensselig.«

»Was soll das schon wieder heißen?«

»Vielleicht irrt er sich ja. Es ist meiner Ansicht nach zu riskant.«

»Natürlich ist es riskant. Diese Teufelin hat meinen Sohn entführt. Was mag sie wohl in diesem Moment mit ihm anstellen?«, schrie ich.

Er schwieg eine Weile. »Wenn du darauf bestehst, gebe

ich meine Zustimmung. Allerdings nur unter starken Vorbehalten«, sagte er dann leise.

»Ja, nur zu, lade die ganze Verantwortung bei mir ab!«

»Dann hör auf mich und weigere dich! Wenn wir auch nur die geringsten Zweifel haben, brauchen wir es nicht zu tun.«

»Ich bin in dieser Sache auf Nicks Seite – er verfolgt keine Hintergedanken.«

»Du kannst manchmal ein richtiges Miststück sein, Kathy, ein blöde Tussi! Dann geh doch zu deinem tollen Nick!«

Als Nick zurückkam, hätte sich die Stimmung im Raum mit einem Messer schneiden lassen. Er fragte mich, woher er ein aktuelles Foto von Heja bekommen könne.

»Vielleicht von Robert Mirzoeff«, erwiderte ich.

»Von wem?«

»Von dem Mann, mit dem sie zusammen war. Der hat vielleicht ein Foto.«

»Haben Sie seine Nummer?«

»Ja. Er ist Psychoanalytiker und hat eine Praxis in London.« Schwerfällig erhob ich mich und holte die Visitenkarte, die Robert mir gegeben hatte.

»Gut. Wir kümmern uns sofort darum. Robert Mirzoeff.«

Markus ging in sein Arbeitszimmer, um ein Foto von Billy herauszusuchen. Ich folgte ihm. Markus hat seit Billys Geburt Hunderte von Fotos von ihm gemacht. Er klebt sie in Alben und schreibt Datum und Ort unter jedes Bild. Nun legte er das jüngste Album auf seinen Zeichentisch und blätterte es durch.

»Möchtest du mir helfen, eins auszusuchen?«, fragte er.

»Entscheide du!«, erwiderte ich.

Ich betrachtete die Aufnahmen von meinem Kind. Als Markus auf eins der Fotos deutete, nickte ich. Er nahm es vorsichtig heraus und reichte es Nick.

»Vielen Dank Ihnen beiden! Ich melde mich bald wieder.«

Er ging hinaus. Ich war so erschöpft, dass ich mich im Schlafzimmer aufs Bett legen musste.

Nach einer Weile kam Markus herein. »Wir müssen es Jennie und deinen Eltern sagen«, erklärte er. »Sie dürfen es nicht aus dem Fernsehen erfahren.«

»Rufst du Jennie an? Ich schaffe es nicht. Nicht meine Eltern, noch nicht ...«

»Soll ich Jennie bitten, dass sie herkommt?«

»Nein, ich ... Ich kann im Moment keine anderen Menschen ertragen.«

»Sicher will sie mit dir sprechen und dir helfen.«

»Nicht jetzt.«

Später verließ ich die Wohnung und ging zur St. James's Church am Spanish Square. Inzwischen war Billy einen ganzen Tag fort, vierundzwanzig Stunden, und die Welt hatte sich von Grund auf verändert. Die durch den Sturm angerichteten Verwüstungen waren weggeräumt worden. Allerdings waren überall noch Schäden zu sehen. Zwei Läden hatten ihre Schaufenster mit Brettern verrammelt. Ich kenne die Straßen schon seit Jahren, und St. James's ist die Kirche, in der meine Mutter immer betet, wenn sie uns besucht. Ich kann meine Eltern nicht anrufen, denn wenn ich ihnen alles erzähle, wird es Wirklichkeit. Als ich ein junges Mädchen war, sagte meine Mutter, sie habe sich vor Anrufen gefürchtet, wenn ich nicht zu Hause gewesen sei, denn ein Anruf bedeute immer schlechte Nachrichten.

Mum ist wirklich religiös und wollte, dass ich als Katholikin aufwuchs. Dad ließ zu, dass sie mich in die Kirche mitnahm, weil er ihren Glauben achtete. Als ich erwachsen wurde, ging ich nicht länger zur Kirche – außer zu Weihnachten und zu Ostern. Aber Mum bedeutet Religion sehr viel. Sie wollte, dass ich Billy taufen lasse, und hat mich einige Male darauf angesprochen. Doch ich habe nichts unternommen. Als ich die Kirchentür aufschob, stieg mir der vertraute Geruch von Weihrauch und Kerzenwachs in die Nase. Die goldene Madonnenstatue am Seitengang hat mir schon immer gefallen, und ich ging zu ihr hinüber. Sie und das Christuskind sind bis auf ihre roten Schuhe vergoldet. Beide tragen Kronen auf dem Kopf. Maria hat ein Zepter in der Hand, Jesus eine Weltkugel. Er ist ein reizendes pummeliges Kleinkind.

Ich setzte mich auf eine Bank und dachte daran, dass Heja meine Wohnungsschlüssel besaß. Sicher war sie in der Wohnung gewesen, hatte meine Sachen durchgesehen und vielleicht sogar darin herumgewühlt. Schlagartig wurde mir klar, dass sie sich in den letzten Monaten in jeden Bereich meines Lebens hineingewühlt hatte. Ein Foto von Eddie lag an einer Stelle, an der Markus es finden musste. Dann fielen mir mein verschwundenes Manuskript und die verpatzte Präsentation ein. Das ist nun schon Monate her. Sie hat dafür gesorgt, dass Philip und ich uns in die Haare gekriegt haben, und einen Keil zwischen Markus und mich getrieben. Wegen ihres Verhaltens fühle ich mich bereits seit Monaten verunsichert. Und nun der Vernichtungsschlag: Sie ist in unsere Wohnung eingedrungen, weil sie wusste, dass wir bei der Premierenfeier waren. Dann hat sie Billy entführt. Offenbar hasst sie mich abgrundtief.

Obwohl ich nicht gläubig bin, stand ich auf und kniete auf dem Gebetsschemel vor der goldenen Madonna nieder. Ich betete, dass ich, was die Fotos anging, die richtige Entscheidung getroffen und Billy nicht in Gefahr gebracht hatte.

Ich wachte früh auf. Billy schlief auf der anderen Seite des Betts. Ich beugte mich über ihn und lauschte seinem Atem. Er ging ruhig und regelmäßig. Sein Atem riecht frisch. Seine Haut ist so glatt. Ich erinnerte mich an meinen verstorbenen Bruder Tomas und an meine Mutter, als sie in jener Nacht der Krankenwache auf dem Fußboden im Kinderzimmer eingeschlafen war. Sicher hatte sie sich auf die Knie gestützt und in sein Bettchen gespäht. Er war bleich, atmete zwar noch, reagierte aber nicht mehr. In diesem Moment muss ihr klar geworden sein, wie krank er wirklich war. Dann die Panik, die hastige Fahrt ins Krankenhaus. Er starb ganz plötzlich. Er hatte keinen langsamen Tod wie Tanya.

Mein eigener Tod wird sich an mich heranpirschen, Tag für Tag, Monat für Monat, Jahr für Jahr – wie bei Tanya. Vielleicht liegen noch zehn Jahre des Sterbens vor mir. Zuerst versagen die Beine den Dienst. Dann brauche ich einen Rollstuhl. Anschließend werden meine Arme schwächer und schwächer, bis ich die Räder nicht mehr drehen kann. Dann muss ich ganztags eine Pflegerin beschäftigen, die mich wäscht, anzieht und füttert. Und schließlich verkümmern meine Muskeln in Hals und Kehle, bis ich nicht mehr schlucken und atmen kann. Es ist schwer, die Würde zu bewahren, wenn man vom eigenen Körper eingemauert wird.

Solange wollte Tomas' Beerdigung verhindern. Als man ihr mitteilte, er sei gestorben, wollte sie im Krankenhauszimmer mit ihm allein sein. Also blieb sie mit dem toten Baby in den Armen zurück. Stunden vergingen, doch sie weigerte sich, aus dem Zimmer zu kommen oder Tomas loszulassen. Die Leichenstarre hatte schon eingesetzt. Er hatte leuchtend violette Flecken am Körper und war kalt und steif. Als mein Vater ihr Tomas abzunehmen versuchte, klammerte sie sich an den toten Körper und fing an zu schreien.

»Er muss warmgehalten werden!«

Sie wiegte ihn weiter und flüsterte ihm leise Worte ins Ohr. Schließlich mussten drei Schwestern sie festhalten, während mein Vater das tote Kind den klauenartig zupackenden Fingern entwand.

Den Tag von Tomas' Beerdigung verbrachte sie in der geschlossenen Abteilung einer psychiatrischen Klinik. Sie sah nicht, wie der kleine Sarg in die Erde hinabgelassen wurde. Woher ich das weiß? Mein Vater hat es mir nicht erzählt. Er hätte das Gefühl gehabt, Solange zu verraten. Doch ich bin Journalistin und kam der Wahrheit auf den Grund. Ich fand heraus, dass Solange Vanheinen, meine Mutter, nach dem Tod ihres Sohns eine akute Psychose durchmachte. Billy ist fast so alt wie Tomas, als er starb. Als ich ihn betrachtete, merkte ich, wie sehr sich ein lebendiges Baby von einem toten unterscheidet.

Nachdem er aufgewacht war, badete ich ihn, was nicht leicht war, denn er war glitschig, zappelte und patschte mit beiden Händen aufs Wasser. Bei einem eigenen Kind hat man vielleicht die Geduldsreserven, die mir fehlten. Vielleicht ist man dann so verdrahtet, dass man die ständigen Ansprüche seines Babys gern erfüllt. Ich trocknete Billy ab und zog ihn an. Ich durfte mich nur nicht hetzen lassen. Es klappte besser, als ich mir die Zeit nahm, ihn auf dem Bett herumzappeln und strampeln zu lassen. Es klopfte an der Tür. Ich trat ans Fenster und spähte zum Gartenweg hinüber. Es war Wayne. Sein Auto stand auf der Straße. Er wartete etwa eine Minute lang. Da ich wusste, dass er irgendwann nach oben sehen würde, wich ich zurück. Als ich einen weiteren Blick wagte, hatte er den Kopf gesenkt. Er schrieb etwas auf, schob das Papier durch den Briefschlitz und ging. Ich hörte, wie er im Rückwärtsgang den Cremers Drift hinunterfuhr.

Ich wartete, bis sich mein Herzschlag beruhigt hatte. Dann stieg ich mit Billy auf dem Arm die Treppe hinunter. Wayne hatte einen gefalteten Zettel auf der Fußmatte hinterlassen. Ich las seine recht kindliche Handschrift.

Wollte nur schauen, ob Sie gut angekommen sind und ob nach dem schweren Sturm alles in Ordnung ist. Rufen Sie mich an, wenn Sie etwas brauchen. Viele Grüße, Wayne

Mein ganzes Leben lang werde ich schon mit unerwünschter männlicher Aufmerksamkeit überhäuft. Arvo Talvela meinte, ich solle dies als Kompliment betrachten. Doch das kann ich nicht. Ich will nicht, dass sich ständig fremde Männer in mein Leben drängen.

Beim Frühstück hörte ich die Nachrichten. Billy wurde nicht erwähnt. Sicher war inzwischen die Polizei eingeschaltet worden, und sie musste vor Sorge außer sich sein. Natürlich hat sie meinen Namen genannt und mich beschuldigt. Sie haben mit meinem Portier und vermutlich auch mit Philip Parr und Robert gesprochen. Ich bereue lediglich den Schmerz, den die Sache meinem Vater zufügen wird, wenn sie ihn ausfindig machen. Er wird schockiert sein und größte Angst um mich haben.

Ich muss zwar vorsichtig sein, aber ich würde gern zumindest für ein paar Stunden vor die Tür gehen. Ich ertrage es nicht, auch nur einen Tag länger mit einem pausenlos schreienden Baby eingesperrt zu sein. Also band ich mir ein Kopftuch um, setzte Billy in den Kinderwagen und schloss die Haustür ab. Als ich ihn den Weg entlangschob, hörte er auf zu weinen und strampelte mit den Beinen.

In Deal angekommen, schob ich ihn die Promenade entlang. Wie gern wäre ich über die Kiesel gelaufen und hätte mich an den Strand gesetzt wie damals als Kind. Wir erreichten die Rettungsstation. Über dem Wasser kreisten Möwen. Ihre schrillen Rufe hallten durch die Luft. Eine tiefe und traurige Erschöpfung ergriff Besitz von mir.

Nie werde ich meine letzte Begegnung mit Tanya vergessen. Es war in den Ferien, die wir wie immer bei Großvater auf dem Land verbrachten. Diese Ferien waren Ferien für Erwachsene. Ich war das einzige Kind im Haus. Bei stundenlangen Abendessen im Familienkreis wurde über Bücher und Musik gesprochen. Meine Mutter unternahm ausgedehnte Spaziergänge mit ihren beiden Hunden. Manchmal kam ich mit. Sie sagte mir klipp und klar, dass sie lieber allein sein wolle, weil sie ohne mich schneller und weiter gehen könne. Ich hatte meine neuen rosafarbenen Ballettschuhe aus Satin eingepackt, die mein ganzer Stolz und meine Freude waren, und übte im großen Wohnzimmer meines Großvaters Tanzen.

Mein Vater ging gern zum Angeln und fragte mich immer, ob ich ihn begleiten wolle. Er mochte es, wenn ich dabei war. Ich saß neben ihm am Ufer, während er die Angel auswarf. Die Schnur fiel ins Wasser und erzeugte konzentrische Kreise, die nach außen hin ausliefen. Dann beugte er sich vor, als fasziniere ihn der Anblick der Wasserfläche. Ich spielte mit meiner glasierten Tonmaus. Es waren friedliche Nachmittage.

Am besagten Tag hüpfte ich durch die Vorhalle. Tante Tanya bewohnte inzwischen ein Zimmer im Parterre mit Blick auf den Garten. Obwohl ich schon seit einer Woche hier war, hatte ich sie noch kein einziges Mal gesehen. Ich war oft mit Tanya zusammen gewesen. Sie hatte Geduld mit mir, brachte mir Lieder bei oder sang mir vor. Diesmal hieß es, sie sei zu krank, um Besuch zu empfangen. Es war Mittagszeit, und ihre Zimmertür stand offen. Also spähte ich hinein. Tanya saß in ihrem Rollstuhl. Sie war magerer als bei unserer letzten Begegnung. Eine Pflegerin beugte sich über sie, hielt mit der einen Hand Tanyas Kopf an der Kopfstütze fest. Mit der anderen Hand fütterte sie sie mit einem Löffel wie ein Kleinkind. Tanya blinzelte über die Schulter der Pflegerin hinweg, und unsere Blicke trafen sich. Anders als sonst begrüßte sie mich nicht und lächelte mir auch nicht zu. Sie sah mich einfach nur an, und ihre Augen waren so traurig, wie ich es noch nie erlebt hatte. Im nächsten Moment bemerkte die Pflegerin, dass ich auf dem Flur stand, und schloss die Tür. Ich könnte nie so sein wie Tanya, ein sanfter leidender Engel.

Seit ich von meiner Krankheit weiß, habe ich einen langen und einsamen Weg zurückgelegt. Nach Arvos Tod habe ich mit niemandem mehr darüber gesprochen. Der Zeitpunkt ist gekommen, Markus davon zu erzählen. Er muss wissen, dass ich bald sterben werde. Und er muss von unserem Baby wissen. Ich muss Markus sehen, damit ich in Frieden sterben kann.

Ich schob den Kinderwagen die Ladenzeile entlang, bis ich eine funktionierende Telefonzelle fand.

KATHY KATHY Oktober

Ich lag im Bett und wartete auf Nicks Anruf. Er hatte versprochen, sich zu melden und mir Bescheid zu sagen, wann der Aufruf an die Öffentlichkeit gesendet werden würde. Markus war irgendwo unterwegs. Ich begriff nicht, wie er sich so normal verhalten konnte, obwohl Billy möglicherweise schon tot war. Der Schmerz war so unerträglich, dass ich keinen Sinn darin sah, aufzustehen, mich zu waschen und mich anzuziehen. Allerdings hielt ich es im Bett auch nicht aus.

Meine Brüste waren von der Milch, die Billy in den letzten beiden Tagen getrunken hätte, prall angeschwollen und schmerzten. Ich ließ mir ein heißes Bad ein und drückte mit dem Badeschwamm immer wieder darauf, bis die Milch herauskam, was wenigstens den körperlichen Schmerz ein wenig linderte.

Nach dem Bad saß ich in Handtücher gewickelt in der Küche und hatte nicht den Antrieb, mich abzutrocknen und anzuziehen. Es war ein sehr alter Tisch. Mit dem Finger fuhr ich die Kratzer im Holz nach. Meine Tante Jennie hatte ihn jahrelang besessen, und viele Dramen hatten sich daran abgespielt. Einige hatte ich selbst miterlebt. Ich erinnere mich an den Morgen, als sich meine Schwangerschaft bestätigt hatte. Markus und ich hatten an diesem Tisch gesessen, wie vom Donner gerührt und – in meinem Fall – von einem unbeschreiblichen Glücksgefühl erfüllt.

Doch was gerade geschah, war das schrecklichste aller Dramen, denn falls Billy etwas zustoßen sollte, würde ich nie mehr derselbe Mensch sein wie früher. Könnte ich überhaupt weiterleben? Ich war schon jetzt nicht mehr derselbe

Mensch wie vor zwei Tagen. Da hatte ich geglaubt, es ginge mir schlecht, weil es zwischen Markus und mir gekriselt hatte. Doch verglichen mit dem derzeitigen Geschehen war das nichts gewesen. Gar nichts. Irgendwann wäre ich darüber hinweggekommen, dass er mir seine Beziehung mit Heja verschwiegen hatte.

Eigentlich hätte ich mir denken können, dass Heja sich nicht damit zufriedengeben würde, mich nur zu quälen. Sie will mich vernichten. Hinter diesem abgrundtiefen Hass muss noch etwas anderes stecken. So etwas ist nicht normal und rührt bestimmt von einer tiefer sitzenden Störung her. Dass Markus sie verlassen hat, kann nicht der einzige Grund sein. Könnte sie ein traumatisches Erlebnis gehabt haben, eine Fehlgeburt vielleicht?

Plötzlich fiel mir ein, dass Robert möglicherweise etwas wusste. Nachdem ich ihm geholfen hatte, würde er mir vielleicht auch helfen. Sofort rief ich in seiner Praxis an. Eine Frau teilte mir mit, er behandle gerade einen Patienten und sei in zwanzig Minuten fertig. Ich erwiderte, ich müsse unbedingt so bald wie möglich mit ihm sprechen, und nannte meinen Namen und meine Telefonnummer. Sie wollte ihn bitten, mich anzurufen, sobald er Zeit habe. Also zog ich mich an und wartete. Das Telefon läutete. Robert war am Apparat. Ich fragte, ob ich gleich zu ihm kommen könne. Er entgegnete, es tue ihm leid, aber ein Patient warte auf ihn, dem er nicht absagen könne. Also in einer Stunde und fünfzehn Minuten. Seine Angaben waren sehr genau, fast pedantisch, und er diktierte mir die Adresse. Er hat seine Praxis in Belsize Park.

Roberts Praxis befand sich in einem weiß verputzten Haus, dessen Tür von zwei großen Fenstern flankiert wurde. Das Gebäude beherbergte mehrere Praxen, die sich ein Wartezimmer im ersten Stock teilten. Die Empfangsdame forderte mich auf, sofort einzutreten, und entriegelte eine Tür auf der linken Seite. Als ich einen Blick in den Raum warf, sah ich die Couch, auf die sich alle seine Patienten legen müssen. Robert begleitete mich hinein und schloss die Tür hinter uns.

»Kann ich Ihnen Wasser oder Tee anbieten?«

»Nein danke.«

»Wie kann ich Ihnen helfen?«

»Hat sich die Polizei bei Ihnen gemeldet?«

»Ja, ein Detective namens Nick Austin. Bitte setzen Sie sich, Kathy!«

Ich ließ mich auf der Kante eines Stuhls nieder.

»Heja hat meinen Sohn Billy entführt«, sagte ich.

»So direkt hat er das nicht ausgedrückt …«

»Hat sie aber. Und ich bin sicher, dass sie ihm etwas antun wird.«

Alle nicht vergossenen Tränen stiegen mir in Kehle und Nase auf. Dann rannen sie mir aus den Augen, als hätten sie ein Eigenleben entwickelt. Ich rieb mir heftig die Augen.

»Unterdrücken Sie die Tränen nicht! Lassen Sie ihnen freien Lauf!«, meinte er.

Ich tat es. Es war eine Erleichterung, einfach dazusitzen und zu schluchzen. Er reichte mir eine Schachtel mit Papiertüchern.

»Ich glaube nicht, dass sie Billy etwas antut. Ich denke wirklich nicht …«

»Wie können Sie da so sicher sein, obwohl sie mein Kind entführt hat?«

»Wie kommen Sie darauf, dass sie Billy bei sich hat?«

»Wegen Markus.«

»Markus …«

»Weil ich mit ihm zusammen bin, weil wir einen Sohn

haben – eben wegen Markus! Ich wusste, dass Sie ihn erkannt haben, als Sie bei mir im Büro waren.«

»Ja, das habe ich. Ich bin Markus ein einziges Mal in Hejas Wohnung begegnet.«

»Wann war das?«

»Im Juli. Ich hatte die Vermutung, dass die beiden ein Paar gewesen waren.«

Wieder ein schmerzhafter Stich. Markus hatte mir erzählt, er habe sich mit ihr getroffen, während ich in Lissabon war, also im Juni.

»Sie waren neun Jahre lang zusammen. Markus hat sich vor sieben Jahren plötzlich von ihr getrennt.«

»Aber es war noch eine gewisse Energie zwischen ihnen zu spüren.«

Ich stellte fest, dass Eifersucht, ganz gleich, wie heftig sie war, längst nicht so wehtat, wie Billy zu verlieren.

»Markus hat ihr mitgeteilt, er wolle sie nie wiedersehen. Daraufhin hat sie gekündigt, um angeblich nach Finnland zurückzukehren. Nur dass sie nie abgereist ist. Sie hat sich wochenlang in London versteckt, weil sie Billy entführen und mich vernichten wollte. Und da glauben Sie, dass sie ihm nichts tun wird!«

»Ich bin mir ganz sicher.«

»Und ich bin sicher, dass Sie die professionelle Distanz verloren haben«, entgegnete ich zornig. Wie konnte er ihr noch immer vertrauen? Ich merkte, dass ihn mein Seitenhieb getroffen hatte.

»Ich bin gekommen, weil ich mir Hilfe von Ihnen erhofft habe. Sie hat Sie nicht geliebt, sondern immer nur Markus.«

»Das ist möglich«, erwiderte er ruhig.

»Dann helfen Sie mir bitte! Bitte helfen Sie mir! Erklären Sie mir, was in ihrem Kopf vorgeht!«

»Ich bin überzeugt, dass Heja irgendein Trauma erlebt

hat. Und außerdem könnte ich schwören, dass sie lange Zeit in Analyse war, obwohl sie es rundheraus abstreitet. Hinzu kommt ein schwieriges Verhältnis zu ihrer Mutter. Zu meinem Erstaunen spricht sie ihre Mutter mit dem Vornamen an. Ihre Mutter verhält sich ihr gegenüber auch sehr kalt.«

»Sie ist kalt.«

»Sie ist ein sehr reservierter Mensch. Falls sie irgendwelche Probleme haben sollte, macht sie alles mit sich selbst ab. Darf ich Sie etwas fragen, Kathy?«

Als ich nickte, setzte er sich mir gegenüber.

»Wie lange dauert Ihre Beziehung mit Markus schon?«

»Gut zwei Jahre ...«

»Also kam Billy recht schnell.«

»Ja, wir waren erst seit sechs Monaten zusammen, als ich schwanger wurde.«

»Das ist ein ziemliches Tempo für eine neue Beziehung und ein Baby. Sie sind sehr unterschiedliche Menschen, nicht wahr? Sie machen auf mich einen offenen und geradlinigen Eindruck, Kathy.«

»Ganz im Gegensatz zu Markus? Stimmt. Aber Billy bedeutet uns alles.«

»Natürlich ist er der Mittelpunkt Ihres Lebens. Aber vielleicht war es ja für Sie beide nicht einfach.«

Inzwischen wurde mir unbehaglich.

»Ja«, räumte ich schließlich ein. »Es war nicht einfach.«

Er betrachtete mich schweigend und abwartend.

»Es war nicht einfach, doch wir wollten beide, dass es klappt. Und es war auch alles in Ordnung, bis sie in unser Leben trat.«

»Sie haben gerade gesagt, dass Heja immer nur Markus geliebt hat.«

»Ja.«

»Glauben Sie, dass auch Markus immer nur Heja geliebt hat?«

Ich betrachtete meine Hände auf meinem Schoß und das zerknüllte, feuchte Kleenex und kam mir sehr angreifbar und verunsichert vor. Ich hatte nicht erwartet, dass er mir so nahetreten würde.

»Ich weiß es nicht«, erwiderte ich schließlich.

»Nun, ich würde sagen, dass Heja in Bezug auf andere Menschen recht besitzergreifend ist«, sagte er.

»Sehr besitzergreifend. Markus meint, dass sie niemals loslässt.«

»Sie denkt, dass Markus noch immer ihr gehört. Sie hat gehofft, dass er zu ihr zurückkommt. Dann stellt sie fest, dass er einen Sohn hat, an dem er sehr hängt. Sie glaubt, dass er zu ihr zurückkehrt, wenn sie seinen Sohn entführt. Also wird sie Billy ganz sicher nichts antun.«

Ich dachte über seine Worte nach, die eigentlich ganz vernünftig klangen. Dann jedoch erinnerte ich mich, dass wir über Heja sprachen, die sich nicht so verhielt wie andere Menschen. Ich dachte an Markus' Angst, sie zu provozieren, und schließlich war er derjenige, der sie am allerbesten kannte.

»Was sie getan hat, ist der totale Wahnsinn. Markus ist außer sich. Das wird er ihr nie verzeihen.«

»Es ist eine Wahnsinnstat, und meiner Ansicht nach steckt Angst dahinter.«

»Angst? Aber wovor denn?«

»Ich habe die Vermutung, dass sie krank ist.«

»Wie krank?«

»Ernsthaft krank, glaube ich. Vielleicht sogar tödlich krank …«

Ich wurde von Entsetzen ergriffen, und eine Panik stieg in mir auf, wie ich sie nicht für möglich gehalten hätte.

»Soll das heißen, sie stirbt bald?«

»Ich halte sie für schwer krank.«

»Kapieren Sie denn nicht? Sie hat nichts mehr zu verlieren. O Gott, sie wird Billy umbringen!«

»Nein, Kathy. So funktioniert das nicht. Heja ist ein Mensch, der immer alles im Griff haben muss. Die Tat ist ihr Hilfeschrei.«

»Hilfeschrei! Für meinen Sohn läuft die Zeit ab, und Sie sitzen da und verteidigen seine Entführerin …«

»Kathy …«

»Sie sind genau wie die anderen!«, schrie ich. »Alle nehmen sie in Schutz und wollen nicht sehen, dass sie ein Ungeheuer ist.«

Er blickte mich nur an.

»Wie macht sie das nur?«

Ich stürmte hinaus und knallte die Tür hinter mir zu.

HEJA

HEJA **Oktober**

Die Telefonzelle funktionierte, und eine Frau stellte mich durch.

»Gott sei Dank, dass du dich meldest! Ist Billy bei dir?«

»Billy ist bei mir. Es geht ihm gut.«

»Was bildest du dir eigentlich ein, meinen Sohn zu entführen?«

»Schrei mich nicht an, Markus!«

»Wo ist Billy? Wo bist du?«

»Wenn du noch länger schreist, lege ich auf.«

»Ich werde allmählich verrückt hier. Ist Billy okay?«

»Billy fühlt sich einfach blendend. Ich brauche dich, Markus.«

»Sag mir, wo du bist!«

»Ich brauche dich, weil ich bald sterbe.«

»Was …?«

»Ich sterbe. Ich habe die gleiche Krankheit wie Tanya und werde bald tot sein. Das wollte ich dir noch sagen. Und nun lege ich auf.«

»Nein! Warte, Heja. *Warte!* Bist du noch dran?«

»Ja.«

»Wie kann es sein, dass du stirbst?«

»Meine Muskeln verkümmern.«

»Aber du warst doch letztens noch in Ordnung.«

»Nein, war ich nicht. Ich leide an tödlichem Muskelschwund. Eine Erbkrankheit, Markus, die kostbaren Vanheinen-Gene …«

»Wie lange weißt du das schon?«

»Ich habe es erfahren, kurz nachdem du mich verlassen hattest.«

»Nein …«

»Doch … Und sonst weiß es niemand.«

Er schwieg eine Weile.

»Bist du deshalb nach London gekommen?«

»Ja. Ich wollte dich noch einmal sehen, bevor ich sterbe und solange ich mich noch bewegen kann.«

Wieder herrschte Stille, und er schien zu weinen.

»Wo bist du? Ich komme sofort zu dir. Die Polizei sucht dich.«

»Das ist mir klar. Ich darf es dir nicht verraten, Markus. Du hast doch gesagt, dass du mich nie wiedersehen willst.«

»Das habe ich nicht so gemeint. Erzähl es mir, Heja, bitte …«

»Du wirst es nur der Polizei weitersagen und …«

»Nein! Ich gebe dir mein Wort. Ich komme sofort und helfe dir. Bitte, Heja, du warst immer die Einzige.«

»Das behauptest du nur, weil du Billy zurückhaben willst.«

»Ich will Billy und dich auch. Ich bin in dieser Ehe so einsam. Sag mir, wo du bist, Heja! Ich verrate dich nicht. Du weißt, dass ich das nicht tue. Ich gebe dir mein Wort.«

Ich fragte mich, ob Tanya auch eine Liebe ihres Lebens gehabt hatte. Ich habe nie von einem Mann gehört, hoffe aber, dass es so war. Jemanden von Herzen geliebt zu haben, ist das Wichtigste im Leben.

»Wenn du lügst, bringe ich mich und Billy um«, erwiderte ich.

Dann verriet ich ihm, wo wir waren, weil Markus niemals lügt. Er ist der aufrichtigste Mensch, den ich je kennengelernt habe. Ich teilte ihm mit, ich würde zur Seerettungsstation am Strand von Deal kommen und mich dort mit ihm treffen. Er antwortete, die Fahrt nach Deal dauere mindestens zwei Stunden. Ich kehrte in mein Haus zurück.

Die Welt entfernte sich immer weiter. Die Welt, die mir einmal etwas bedeutet hatte. Markus hatte mit seiner Bemerkung recht gehabt – mein Beruf und mein Prominentenstatus waren mir sehr wichtig gewesen, und die Art, wie ich mich ins Mediengetümmel gestürzt hatte, führten zu einer tiefen Entfremdung zwischen uns. Ich sprach mit Arvo Talvela darüber, nachdem Markus mich verlassen und ich von meiner Krankheit erfahren hatte. Ich erklärte ihm, mein Beruf sei bei uns ein Streitthema gewesen. Er fragte mich, ob mir Markus möglicherweise meinen Erfolg neidete. Nein, erwiderte ich, das sei sicher nicht der Fall gewesen. Markus hätten materielle Dinge nie viel bedeutet. Es habe eher daran gelegen, dass er mir das Gefühl vermittelte, ich sei durch meine Rolle als Medienstar oberflächlich geworden. Arvo entgegnete, das müsse sich wie eine Zurückweisung angefühlt haben. Und das traf zu, denn ich liebte meinen Beruf. Dann fragte er mich, was genau ich daran geliebt hätte. Ich erinnere mich noch gut an das Gespräch.

»Ich stehe gern im Zentrum des Geschehens. Wer in einer Nachrichtenredaktion arbeitet, erfährt vor allen anderen, was gerade in der Welt passiert. Ja, ich genieße die Anerkennung. Die Bewunderung, wie Markus es einmal nannte.«

»Genießen?«, fragte er. »Oder brauchen? Vielleicht ist das Fernsehen ja wie das Leuchten in den Augen einer Mutter.«

Als ich ihn verdattert ansah, wiederholte er den Satz.

»Das Fernsehen zieht dich an, weil es wie das Leuchten in den Augen einer Mutter ist.« Ich dachte eine Weile darüber nach. Er wusste, dass die Augen meiner Mutter nie leuchteten, wenn sie mich ansah.

KATHY

KATHY

Oktober

Als ich aus dem Haus trat, schwindelte mir vor Panik. Ich sah ein Taxi und hielt es an, denn ich musste sofort Nick aufsuchen und ihm von dem Gespräch berichten. Hatte Robert recht und lag Heja wirklich im Sterben? Ich bat den Fahrer, mich zum Polizeirevier in der Marylebone Road zu fahren. Also war Markus' Theorie, was die Fotos anging, doch richtig gewesen, und wir mussten die Sache sofort abbrechen. Die Frau war verrückt und krank, und sie hatte mein Kind in der Gewalt. Wenn sie ihr Foto im Fernsehen entdeckte und ihren Namen hörte, würde sie womöglich durchdrehen.

Und dennoch verteidigte Robert sie in einem fort. Hilfeschrei! Sie faszinierte sie alle – Markus, Robert und Philip Parr.

Im Polizeirevier angekommen, rief ich Nick mobil an und sagte ihm, ich stünde am Empfang und müsse ihn sofort sprechen. Seine Sekretärin holte mich ab und brachte mich in sein Büro. Ich zitterte und war einem hysterischen Anfall nahe.

»Wir dürfen die Fotos nicht veröffentlichen!«, rief ich, sobald sich die Tür öffnete und Nick mich hereinbat. »Auf gar keinen Fall! Ich war gerade in Roberts Praxis. Er vermutet, dass Heja bald stirbt.«

Kurz zeigte sich Besorgnis in Nicks Augen. »Immer mit der Ruhe! Was hat Robert genau gesagt?«

»Sind die Fotos schon raus?«

»Noch nicht.«

»Gott sei Dank!« Ich erschauerte vor Erleichterung.

»Setzen Sie sich, Kathy! Beruhigen Sie sich und erzählen Sie mir alles!«

Ich wiederholte unser Gespräch.

»Als ich ihn befragte, hat er das mit keinem Wort erwähnt«, brummte Nick verärgert.

Er griff zum Telefon und wies jemanden an, die Fotos von Heja Vanheinen und Billy Hartman zurückzuhalten und auf klare Instruktionen von ihm zu warten.

Ich zitterte noch immer und konnte mich nicht zusammenreißen.

»Wenn das stimmt, wird sie ihm sicher etwas antun«, beharrte ich.

»Fassen Sie sich, Kathy! Bis auf Weiteres legen wir die Fotos auf Eis. Außerdem werde ich Robert Mirzoeff einen Besuch abstatten. Er hätte mir von dieser Vermutung erzählen müssen, denn sie ist eindeutig wichtig.«

»Wissen Sie jetzt, ob sie Billy in ihrer Gewalt hat?«

»Wir glauben es. Inzwischen haben wir die Polizei in Helsinki kontaktiert, und die hat mit ihren Eltern gesprochen. Sie war seit letztem Jahr nicht mehr dort und hat seit Wochen nichts von sich hören lassen. Am besten fahren Sie nach Hause und erstatten Markus Bericht. Ich halte Sie beide weiter auf dem Laufenden.«

HEJA Oktober

Wie verabredet stand er vor der Seerettungsstation. Er hatte seinen Saab so geparkt, dass ich ihn sehen konnte. Ich hatte ihm gesagt, dass ich ihn brauchte, und er war gekommen.

Billy hatte ich bei Wayne gelassen. Mein Gespräch mit Markus sollte unter vier Augen stattfinden. Wayne hatte ich erzählt, ich müsse eine alte Freundin besuchen, die an einer Gürtelrose leide, weshalb das Baby besser nicht in ihre Nähe kommen solle. Ich erklärte ihm, ich bliebe höchstens eine Stunde weg. Billy schlief in seinem Kinderwagen und würde vermutlich während der ganzen Zeit weiterschlafen. Könne Wayne mir vielleicht einen Riesengefallen tun und auf ihn aufpassen? Wayne wirkte ein wenig ratlos, doch die Frau, die neben ihm saß, bot mir sofort ihre Hilfe an. Sie stellte Billys Kinderwagen neben ihren Schreibtisch und meinte, ich solle mir keine Sorgen machen. Sie habe selbst drei Kinder, und Billy sei bei ihr gut aufgehoben.

Ich fuhr an Markus vorbei und wusste, dass er mich gesehen hatte. Allerdings blieb ich nicht stehen, sondern kurvte weiter durch die Straßen von Deal und hielt Ausschau nach irgendwelchen Anzeichen, dass er die Polizei mitgebracht hatte. Doch vermutlich würde er mich doch nicht verraten. Schließlich kehrte ich um und parkte neben seinem Auto. Als er auf mich zukam, malte sich Angst auf seinem Gesicht. Ich brachte ihn mit einer Handbewegung zum Schweigen, als er gerade das Wort ergreifen wollte.

»Billy ist wohlauf. Du wirst ihn in zwanzig Minuten sehen. Er ist bei Freunden. Aber zuerst muss ich dir etwas sagen, Markus. Ich hätte es dir schon vor Jahren sagen sollen.«

Er stieg in den Volvo. Ich fuhr in eine ruhige Seitenstraße, hielt an und wandte mich zu ihm um.

»Versichere mir, dass es Billy gut geht!«, sagte er.

»Es geht ihm wunderbar. Ich könnte ihm nie etwas antun. Er ist dein Sohn.«

Und dann, ich war machtlos dagegen, füllten sich meine Augen mit Tränen. Dabei weinte ich nie. Er griff nach meiner Hand.

»Ich sterbe, Markus. Ich werde mit jedem Tag schwächer. Also muss ich es dir jetzt erzählen.«

Ich hielt inne und wischte mir die Tränen weg.

»Vor sieben Jahren, als du mich so überstürzt verlassen hast, wurde mir immer öfter übel, und meine Periode blieb aus.«

Er schluckte heftig.

»Ich bin zum Arzt gegangen, und der hat mir bestätigt, dass ich unser Kind erwarte.« Erschrecken zeigte sich auf seinem Gesicht. Oder waren es Zweifel?

»Beim letzten Mal, nach diesem schrecklichen Streit, habe ich ein Kind von dir empfangen.«

Wir erinnerten uns beide an jene Nacht. Wir hatten uns so oft gestritten und danach leidenschaftlichen Sex gehabt, um uns wieder zu versöhnen. Doch diesmal war etwas anders gewesen, und wenige Tage darauf hatte er mich verlassen.

»Markus, ich habe mich so auf unser Kind gefreut. Du warst zwar fort, aber ich war sicher, dass du zurückkommen würdest. Einige Wochen lang war ich wirklich glücklich. Aber dann bin ich plötzlich schwer krank geworden. Mir war schwindelig, und ich musste mich ständig übergeben. Mein Arzt hat verschiedene Tests gemacht und mir eröffnet, ich hätte den gleichen Gendefekt, an dem Tanya starb.«

Markus wirkte aufrichtig bestürzt.

»Er sagte, unser Baby werde nicht überleben. *Nicht lebensfähig*, lauteten seine Worte. *Nicht lebensfähig.*«

»Oh, Heja ...«

»Es war der schrecklichste Augenblick meines Lebens. Ich erfuhr, dass ich einen grausamen Tod sterben werde, obwohl ich doch neues Leben in mir trug.«

Tränen liefen mir übers Gesicht. Tränen, die ich nie hatte weinen können. Er nahm mich ganz fest in die Arme, und dann weinte auch er. Mittlerweile regnete es. Die Tropfen prasselten aufs Auto, wie um uns zu verhöhnen, als wir eng umschlungen dasaßen. Schließlich machte ich mich los.

»Versprich mir, dass du mich nie wieder verlassen wirst, Markus!«

»Ich verspreche es.«

»Ich brauche deine Hilfe.«

»Ich verspreche es.«

»Jetzt holen wir Billy. Kannst du fahren? Ich fühle mich zu zittrig.«

Wir tauschten die Plätze, und ich lotste ihn zur Ladenzeile in Deal und zu dem Maklerbüro. Als ich eintrat, hatte die Frau Billy auf dem Schoß.

»Ein kleiner Prachtkerl«, sagte sie.

»Vielen Dank, dass Sie auf ihn aufgepasst haben.«

Ich setzte Billy in den Kinderwagen, was ihm offenbar nicht sonderlich gefiel. Dann schüttelte ich der Frau und

Wayne die Hand. Wayne hielt mir die Tür auf. Ich schob Billy zu Markus hinaus, der auf dem Boden niederkniete. Als Billy seinen Vater sah, strahlte er übers ganze Gesicht und streckte die Arme aus. »Dada!«, rief er begeistert.

Markus hob ihn hoch, drückte ihn an sich, musterte ihn und umarmte ihn noch einmal. »Die Polizei weiß, dass du einen Volvo fährst«, sagte er. »Wir müssen ihn irgendwo verstecken und mein Auto nehmen.«

Ich stimmte zu. Er fuhr den Volvo zum Bahnhof von Deal, hinter dem ein Parkplatz für Langzeitparker lag, und ließ den Wagen dort zurück. Er sagte, er werde Geld für eine Woche in den Automaten werfen. Dann saßen wir im Volvo und warteten, bis es nicht mehr regnete. Wir holten alles aus dem Kofferraum und setzten Billy wieder in den Kinderwagen. Inzwischen war ich völlig erschöpft und fast zu schwach, um zu Fuß zu seinem Auto zu gehen. Ich klammerte mich an seinen Arm, als er den Kinderwagen langsam zur Seerettungsstation schob. Dort stiegen wir in seinen Saab, und ich erklärte ihm den Weg zum Haus.

Dort angekommen, setzte ich mich aufs Sofa. »Ich muss mich ausruhen, Markus«, sagte ich. »Ich bin total erledigt.«

»Leg dich hin!«, befahl er mir. Nachdem ich mich ausgestreckt hatte, nahm er zu meinen Füßen Platz und zog mir die Schuhe aus. Da Billy auf seinem Schoß herumzappelte, setzte er ihn auf den Teppich. Es war eine so unglaubliche Erleichterung, Markus bei mir zu haben.

Er griff nach meiner Hand.

»Jetzt verstehe ich, warum du immer so kalte Hände hast. Wir machen jetzt Folgendes, Liebling. Wir fahren nach Nordengland und suchen uns eine Unterkunft. Aber zuerst bringe ich Billy zu Kathy zurück.«

»Nein!« Jäh entzog ich ihm die Hand.

»Doch, Liebling. Überleg doch mal! Die Polizei wird Fotos

von dir und Billy an die Medien weitergeben. Solange der Kleine bei uns ist, wird das ganze Land nach uns suchen. Du hast mich. Lass Kathy Billy haben!«

Er streichelte meine Hand. Ich schwieg.

»Mein Liebling«, sagte er, »ab sofort sorge ich für dich.«

»Und du hattest nie den Verdacht, ich könnte krank sein?«

»Nein. Bei unserer letzten Begegnung warst du sehr blass. Angeblich hattest du Grippe.«

»Keine Grippe. Ich hatte einen schlechten Tag. Ich habe gute Tage und schlechte Tage, Markus. Auch wenn ich in letzter Zeit offenbar mehr schlechte Tage habe … Machst du mir einen grünen Tee? In der Küche liegen Teebeutel.«

Er brachte mir den Tee.

»Jetzt wickle ich Billy«, sagte er.

»Die Sachen sind oben im Bad«, erwiderte ich.

Während er mit Billy hinausging, dachte ich über seine Worte nach. Man würde uns suchen. Und wie ich in den letzten Tagen herausgefunden hatte, verändert ein Kind von Grund auf alles. Es bleibt für nichts anderes Zeit als für die Bedürfnisse des Babys.

Als er wieder nach unten kam, stimmte ich zu, dass er Billy zu ihr zurückbringen sollte. Markus meinte, er werde sofort losfahren. Es müsse sein. Die Zeit werde knapp. Ich bestand darauf mitzukommen. Ich wollte nicht allein bleiben. Also trug er Billy zum Auto und half mir auf den Beifahrersitz. Wir brachen auf.

KATHY Oktober

Als ich nach Hause kam, entdeckte ich unter der Post auf dem Flurtischchen auch einen Brief von Hector. Offenbar hatte er von Billys Entführung gehört. Ich stand im Flur, öffnete den Brief und las ihn. Er war so einfühlsam geschrieben und wartete nicht mit falschen Versprechungen auf. Hector schrieb, er denke viel an mich, und ich könne ihn jederzeit anrufen, wenn ich jemanden zum Reden brauchte. Unterschrieben hatte er mit *Deinem Freund und Mitveteran,* was ich sehr rührend fand. Natürlich spielte er damit auf unser Mittagessen an, und ich dachte daran, wie unbefangen ich mit ihm sprechen konnte. Er war ein wirklich einfühlsamer Mensch, das hatte ich schon an jenem Tag bemerkt, als er dem alten Mann auf der Fähre geholfen hatte. Und nun hatte er sich die Zeit genommen, mir zu schreiben und mir seine Unterstützung anzubieten.

Ich fuhr mit dem Aufzug nach oben und schloss die Tür zu unserer stillen Wohnung auf. Markus war noch immer nicht zu Hause, und ich spürte Billys Abwesenheit so sehr, dass ich es nicht über mich brachte, sein Zimmer zu betreten. Sein leeres Bettchen fühlte sich wie ein Vorwurf an. Ein Vorwurf, weil ich ihn nicht hatte beschützen können. Ich musste Markus erzählen, dass die Fotos von Billy und Heja nicht veröffentlicht würden. Sicher wäre er über diese Information erleichtert. Wieder wählte ich seine Mobilfunknummer, doch wie schon den ganzen Tag sprang sofort die Mailbox an. Er wollte nicht mit mir sprechen. Also hinterließ ich eine Nachricht, in der ich die jüngsten Entwicklungen schilderte, und bat ihn, endlich nach Hause zu kommen. Ich sagte, ich hätte Angst und brauchte ihn hier.

Wenn er käme, würde ich ihm berichten, was Robert über sie gesagt hatte. Dass Heja sterben würde, konnte ich ihm am Telefon nicht mitteilen. Dazu musste er mir gegenüberstehen.

Ich rief Jennie an und erzählte ihr, was geschehen war. »Soll ich kommen und bei dir bleiben, Liebes?«, schlug sie sofort vor.

»Ja, bitte komm! Ich habe solche Angst, dass sie ihm etwas antut«, erwiderte ich.

Anschließend rief ich endlich meine Eltern an und erklärte ihnen alles. Es war ein aufwühlendes Gespräch. Meine Mum weinte bitterlich, während mein Dad die Ruhe bewahrte und versprach, das nächste Flugzeug zu nehmen.

Ich lag auf meiner Seite des Betts, starrte auf die Digitaluhr, beobachtete, wie sich die Ziffern veränderten, und versuchte zu ergründen, wie sie ineinander übergingen. Jede Ziffer bestand aus geraden Linien. Die Eins setzte sich aus zwei kurzen Strichen zusammen. Die Null aus sechs, zwei auf jeder Seite, eine oben und eine unten. Die Acht hatte die meisten Striche vorzuweisen, nämlich sieben, wie eine Null mit einer Linie in der Mitte. Wie viele Minuten und Stunden musste ich noch ohne Billy leben? Ich fror, war aber zu erschöpft, um unter die Decke zu kriechen.

Nach vielen Stunden, ich weiß nicht, wie vielen, hörte ich den Schlüssel in der Tür. Das ist Markus, dachte ich, schaffte es aber nicht, mich zu rühren. Mir war so kalt, und ich hatte einfach keine Kraft mehr.

»Kathy!«, rief er.

Mühsam rappelte ich mich auf und öffnete die Schlafzimmertür. Und da stand Markus mit Billy. Er hielt mir Billy hin, und dann hielt ich Billy wieder in den Armen. Es war der glücklichste Moment meines Lebens, sogar noch freudiger als der Augenblick seiner Geburt.

Ich umarmte ihn, beschnupperte ihn und küsste ihn. Lachend und weinend liebkoste ich mein Baby wieder und wieder.

»Danke, danke, danke … wo hast du ihn gefunden? Und wie?«

Wir gingen zusammen in die Küche.

»Ich habe Heja aufgespürt. Und jetzt weiß ich auch, warum sie es getan hat.«

Er sah mich an. »Sie ist schwer krank. Sie wird sterben«, fügte er hinzu.

Also wusste er es. Ich schwieg. Ich hatte Billy zurück und küsste ihn und schnupperte an seinem Köpfchen. Sein Geruch war wie eine wundervolle Droge, von der ich einfach nicht genug bekommen konnte.

»Erzähl mir alles! Aber zuerst muss ich ihn wickeln.«

Ich ging in Billys Zimmer und zog ihm den Strampler aus. Als ich sein dickes Bäuchlein küsste, lachte er vergnügt. Wie schön, wieder seine Windeln wechseln zu können!

»Jennie ist unterwegs hierher!«, rief ich.

Markus war im Schlafzimmer, und ich hörte, wie er Schubladen öffnete. Ich wickelte Billy und zog ihm einen frischen Strampler an. Ich konnte einfach nicht aufhören, ihn zu küssen, seine Haut zu streicheln und mich an ihm zu erfreuen.

»Niemals werde ich dich verlassen, mein Liebling«, sagte ich zu ihm, hob ihn hoch und setzte ihn auf meine Hüfte. Er schien keinen Schaden erlitten zu haben und war offenbar einfach nur froh, wieder bei seiner Mum zu sein. Inzwischen hörte ich Markus im Bad.

»Ich muss sofort Mum und Dad anrufen. Sie wollen herkommen. Und natürlich Nick …«

»Nein, Kathy.«

Seinen Kulturbeutel in der Hand, kam er aus dem Bad.

»Was soll das heißen?«

»Ruf Nick bitte noch nicht an!«

»Warum nicht? Was ist los?«

Als er ins Schlafzimmer zurückkehrte, folgte ich ihm mit Billy. Ich sah, wie er seinen Kulturbeutel und seinen Zeichenblock in einer Reisetasche verstaute.

»Was ist in dieser Tasche?«

»Ich muss weg.«

»Willst du fort?«

Als er die Reisetasche schloss, fiel bei mir der Groschen. »Du willst zu ihr, richtig?«

»Ich muss los.«

»Du willst zu Heja. Sie hat unser Baby entführt, und jetzt willst du zu ihr.«

Er nahm die Reisetasche und kam auf mich zu. Am liebsten hätte ich ihn geschlagen, ihm das Gesicht zerkratzt und ihm richtig wehgetan. Aber da ich Billy im Arm hatte, schrie ich ihn nur an.

»Wie kannst du nur? Sie ist ein Ungeheuer!«

»Kümmere dich um Billy! Er ist in Sicherheit, und nur das zählt«, erwiderte er.

Er tat einen Schritt vorwärts und wollte Billy küssen. Ich wich zurück.

»Verschwinde! Du hast nicht mehr das Recht, in Billys Nähe zu kommen.«

Er warf mir einen unglaublich traurigen Blick zu und verließ mit seiner Tasche die Wohnung.

HEJA Oktober

Ich saß im Auto und wartete auf ihn. Obwohl die Möglichkeit bestand, dass er bei ihr blieb und die Polizei rief, zweifelte ich nicht an seiner Rückkehr. Die Straßenlaternen leuchteten, die Straße war ruhig, und nur hin und wieder kam ein Auto vorbei. Ich lehnte den Kopf an die Scheibe. Ich fühlte mich erschöpft.

Nach einer Weile kam er mit verbissener Miene aus dem Haus. Er warf seine Tasche auf den Rücksitz, setzte sich neben mich und ließ den Motor an.

»Du bist böse auf mich«, sagte ich.

Er antwortete nicht, sondern starrte nur geradeaus, als wir die Stadt verließen. Erst als wir auf der Schnellstraße waren und die Überholspur entlangrasten, ergriff er das Wort. »Für wie lange hast du das Haus gemietet?«

»Oktober und November.«

»Wolltest du dort bleiben?«

»Ich wusste nicht recht, was ich wollte. Mir war nur wichtig, dass du zu mir zurückkommst, Markus.«

»Wir müssen schnell sein. Sobald Nick mein Kennzeichen hat, wird uns die Polizei verfolgen.«

»Wer ist Nick?«

»Der Detective, der in dem Fall ermittelt. Du hast dich strafbar gemacht, Heja, und man fahndet nach dir.«

Dann erklärte er mir, dass die Polizei das Kennzeichen des gemieteten Volvo bereits in Erfahrung gebracht hatte. Es sei nur eine Frage der Zeit, bis der Volvo auf dem Parkplatz hinter dem Bahnhof von Deal gefunden werde. Man würde daraus schließen, dass wir uns in Kent aufhielten, und Nachforschungen anstellen. Seiner Ansicht nach würde man nicht lange brauchen, um uns aufzuspüren. Sicher habe mich jemand in den letzten Tagen beobachtet. Er war zwar wütend auf mich, aber ich wusste auch, dass er angestrengt über einen Ausweg nachdachte. Er wollte mit allen Mitteln verhindern, dass die Polizei mich verhaftete.

Endlich bogen wir in die von Schlaglöchern durchsetzte Straße zu meinem Häuschen ein.

»Da hast du dir wirklich ein abgelegenes Versteck ausgesucht«, bemerkte Markus.

Dann waren wir im Haus, endlich nur wir beide allein miteinander. Wir standen in dem kleinen Flur und sahen uns an. »Danke«, sagte ich.

Ich drehte die Heizung höher. Markus sah im Kühlschrank nach und nahm ein paar Eier heraus.

»Kein Pfeffer, kein Kaffee! Morgen besorge ich uns Vorräte.«

Er schlug die Eier auf und briet uns ein Omelette. Es war, als hätten wir die Zeit zu einem früheren Stadium unserer Beziehung zurückgedreht. Wir sprachen kaum. Nach dem Essen gingen wir in das kleine Wohnzimmer. Er schloss die Vorhänge und ließ sich auf dem Sofa nieder. Ich setzte mich auf seinen Schoß und schlang ihm die Arme um den Hals.

»Ich muss dich besser füttern. Du wiegst ja fast gar nichts mehr«, meinte er.

»Bei unserer Begegnung im Sommer hatte ich solche Angst, du könntest mir meine Krankheit anmerken.«

»Für mich hast du sehr gut ausgesehen.«

»Jahrelang habe ich meiner Umwelt vorgemacht, dass mit mir alles in Ordnung ist.«

»Und niemand weiß davon? Auch dein Vater nicht oder Robert?«

»Robert würde ich es nie erzählen, und mein Vater hat schon genug durchgemacht.«

»Er würde versuchen, dir zu helfen.«

»Es geht ihm nicht gut, Markus. Er hat Herzprobleme.«

»Deinen Vater mochte ich immer gern. Einmal sagte er zu mir, du hättest es nicht leicht gehabt und ich solle mich um dich kümmern.«

Wir küssten uns, und ich sagte, ich ginge jetzt gern ins Bett. Nach den vielen vergeudeten Jahren begehrte ich ihn.

Nackt und eng umschlungen lagen wir da. Sein Körper ist ein wenig breiter geworden. Sein Geruch hat sich nicht verändert. Er sagte nichts, obwohl ihm sicher nicht entgangen ist, wie mager ich inzwischen bin. Als er langsam meinen Rücken streichelte, war es, als zähle er nacheinander jeden Wirbel. Als ich mich zu ihm umdrehte, bohrten sich meine Hüftknochen in seinen Unterleib. Er schien zu befürchten, mir wehzutun, wenn er in mich eindrang. Aber ich wollte ihn wieder in mir spüren. Danach schmiegte ich den Kopf an seine Schulter.

»Wenn ich nur unser Kind hätte bekommen können!«, flüsterte ich.

»Wenn …«

»Tut mir leid, wenn ich dich enttäuscht habe.«

»Du hast mich nicht enttäuscht«, entgegnete er mit Nachdruck. »Du hattest keine andere Wahl.«

»Keine andere Wahl. Ich bin die letzte Vanheinen. Mit mir endet alles.«

Als ich am nächsten Morgen aufwachte, lag dichter Meeresnebel über dem Land. Markus stand am Fenster. Die Bäume am Rand des Felds waren kaum zu erkennen. Ich fühlte mich elend und zittrig und wollte nicht aufstehen.

»Heute können wir nirgends hinfahren, Markus. Ich bin zu schwach, ich brauche Ruhe.«

»Ich mache dir einen Tee.«

Ich hörte, wie er in seinem Büro anrief und erklärte, er

müsse eine Weile Urlaub nehmen. Seine Stimme klang angespannt, und ich hatte den Eindruck, dass die Person am anderen Ende der Leitung weitere Informationen verlangte.

»So bald wie möglich melde ich mich wieder. Und jetzt muss ich Schluss machen«, sagte Markus nur. Dann kehrte er mit einer Tasse grünen Tee ins Schlafzimmer zurück.

»Hast du dein Mobiltelefon dabei?«

»Nein, das habe ich in der Wohnung gelassen.«

»Gut.«

Er schaltete sein Telefon ab und nahm den Akku heraus.

»Ich bleibe nicht lange weg. Ich gehe zu Fuß nach Deal und kaufe Lebensmittel für uns und eine Zeitung. Außerdem brauche ich Kaffee.«

»Warum nimmst du nicht das Auto?«

»Das ist hier besser aufgehoben.«

Nachdem er fort war, stand ich auf und holte meine Handtasche. In der Innentasche befand sich eine kleine Dose, in der früher Grammofonnadeln aufbewahrt worden waren. Markus hatte sie mir vor Jahren geschenkt, als wir noch Studenten gewesen waren. Er hatte sie in einem Secondhandladen gefunden. Auf dem Deckel war der Hund von His Master's Voice abgebildet. Er wird es für mich tun. Das weiß ich genau. Er ist schon viel zu tief verstrickt.

Etwa zwei Stunden später hörte ich, wie Markus die Haustür aufschloss. In eine Decke gehüllt, saß ich im Wohnzimmer. Beim Hereinkommen brachte er einen Schwall Meeresluft mit. Er sah so gesund und lebendig aus.

»Ich habe uns vier köstliche frische Makrelen besorgt. Ein Fischer hat sie in einer Bude am Strand verkauft. Er meinte, heute liefen die Geschäfte schlecht.«

Wir verbrachten einen geruhsamen Nachmittag. Der Nebel lichtete sich den ganzen Tag über nicht. Wir sprachen nicht viel über unsere Pläne. Markus sagte, er habe über verschiedene Möglichkeiten nachgedacht und wolle sie gern mit mir erörtern. Ich erwiderte, morgen, lass uns bis morgen warten. Wir redeten über die Jahre, in denen wir getrennt gewesen waren. Ich erzählte ihm von Arvo Talvela und wie er mir in größter Not geholfen hatte. Dann sei Arvo plötzlich gestorben, und da hätte ich gewusst, dass ich Markus wiederfinden müsse. Arvo habe immer gesagt, Markus müsse von unserem Kind erfahren. Es täte mir leid, dass ich so lange geschwiegen hätte. *Sie* oder Billy erwähnten wir kein einziges Mal.

Später ließ er mir eine Wanne ein. Ich lag eine Ewigkeit im warmen Wasser, in der Hoffnung, dadurch ein wenig mehr Gefühl in den Beinen zu bekommen. Ich hatte mich den ganzen Tag nicht angezogen. So verhält man sich, wenn man ein Pflegefall ist. Man bleibt den ganzen Tag im Nachthemd. Morgen werde ich mich anziehen. Ganz gleich, wie schwach ich bin, ich werde mich anziehen. Ich ging nach unten in die Küche und nahm mein Döschen mit.

Markus sah sich die Nachrichten an. Als ich ihm einen Blick zuwarf, wusste er, was ich dachte. »Kein Wort über uns. Ich brate jetzt diese Makrelen mit viel Zitrone und Pfeffer«, erklärte er.

Ich legte mein Döschen auf den Küchentisch.

»Du hast ja noch immer das Döschen, das ich dir geschenkt habe.«

»Ja, und es ist mir ein großer Trost.«

Ich öffnete es und zeigte ihm die winzigen weißen Tabletten.

»Das sind genug starke Schmerztabletten, um Schluss zu machen.«

»Oh, Heja …« Er umarmte mich fest.

Der nächste Morgen war mild und golden, einer jener Tage, nach denen man sich im dunklen Winter sehnt. Die Sonne hatte den Nebel vertrieben. Die Bäume am Rand des Felds erinnerten an eine rostrote, bernsteinfarbene und ockergelbe Farbpalette. Markus machte grünen Tee für mich und Kaffee für sich selbst und brachte die Tassen nach oben ins Schlafzimmer. Ich lehnte mich an die Kissen.

»Heute bereite ich ein Picknick für uns vor und fahre mit dir nach Dungeness«, verkündete er.

»Ist das einer deiner Außenposten?«

»Ja, und zwar einer, der mir besonders gut gefällt. Zieh zwei Pullover an! Heute ist es milder, wir können uns an den Strand setzen.«

Wir fuhren die Küstenstraße entlang nach Dungeness, wo sich ein breiter Kiesstrand vor uns erstreckte. Links von uns ragten die unverkennbaren Klötze von Dungeness A und Dungeness B auf, zwei fensterlose Bunker.

»Nur du kannst etwas Schönes an einem Ort mit zwei Atomkraftwerken finden«, spottete ich.

»Das ist gemein. Es ist wunderschön hier. Sieh dir nur die Häuser an!«

Er nahm den Fuß vom Gas, wies auf einige kleine Holzhäuser auf dem Geröll und erklärte mir, es handle sich um umgebaute Eisenbahnwaggons. Sie sahen wirklich aus wie Häuser, bis ich die Fenster betrachtete, die eindeutig verrieten, dass sie einmal auf Schienen gefahren waren. Markus sagte, sie gehörten ortsansässigen Fischern. Am Strand lagen kleine Boote. Vor einem der Waggonhäuser stand ein Schild mit der Aufschrift *Nordseegarnelen zu verkaufen.* Markus parkte den Wagen dicht am Strand.

»Oh, ich möchte über den Strand zum Meer laufen! Aber meinen Beinen geht es heute wieder schlecht. Ich spüre sie kaum noch.«

»Ich trage dich«, erwiderte er.

Er hatte eine dicke Decke mitgebracht. Nachdem er mich in einen Kokon aus Wolle eingewickelt hatte, trug er mich zum Strand und kehrte dann noch einmal um, um unser Picknick zu holen. Aneinandergekuschelt saßen wir auf den Kieseln. Ich lehnte den Kopf an seine Schulter, und wir lauschten der Brandung und dem Gurgeln der Wellen. Es war so friedlich hier, nur das Meer, der Himmel und wir beide, während die Möwen sich vom Auftrieb der leichten Brise hoch emportragen ließen. Ich setzte mich auf und untersuchte die Kiesel rings um mich herum.

»Ich suche nach einem vollkommen runden Stein«, erklärte ich.

»Immer noch eine Puristin ...«

»Dies ist ein typischer Markus-Ort. Warst du je mit Kathy hier?«

»Nein, nie ...«

»Ihr habt nicht zusammengepasst, Markus«, stellte ich sanft fest, ohne jede Spur von Gehässigkeit. »Ihr fehlt deine erstaunliche Klarheit.«

»Außer dir bin ich noch nie jemandem begegnet, der Klarheit so liebt wie ich. Einige mögen es als Zwanghaftigkeit bezeichnen.«

»Manchmal kann es auch ein Fluch sein.«

»Ja.«

Ich fuhr fort, zwischen den grauen, braunen und weißen Kieseln nach dem vollkommenen Stein zu suchen. Zwischen den Steinen lagen auch kleine grüne Glasstücke, von der Bewegung des Meers auf dem Sand milchig glatt geschliffen. Markus hob ein Stück Treibholz auf, begutachtete es eingehend mit dem Auge eines Architekten und überprüfte, wie das Holz durch Wasser und Wetter verwittert war. Der ganze Strand war von Treibholz und verrosteten Metallteilen übersät. Einige widerstandsfähige, salzwasserliebende Strandgewächse behaupteten sich im Geröll.

»Ich habe solche Angst, sie zu verlieren«, sagte ich nach einer Weile.

»Deine Klarheit?«

»Die Kontrolle über meinen Körper. Tanya starb mit siebenundvierzig. Zehn Jahre lang saß sie im Rollstuhl, und ihre Muskeln verkümmerten nach und nach, bis sie allein zu nichts mehr in der Lage war.« Ich erschauerte. »Nicht einmal schlucken konnte sie noch.«

Er drückte mich fester an sich.

»Du lässt doch einen Hund nicht so leiden, oder? Einen Hund lässt du einschläfern.«

»Da bin ich mir bei dir sicher«, erwiderte er und streichelte mein Gesicht.

»Es wäre eine gute Tat gewesen, Tanya von ihren Leiden zu erlösen. Niemand hatte den Mut, ihr beim Sterben zu helfen. Niemand hat sie genug geliebt.«

Ich sah ihn an, als ich die Worte aussprach. Er küsste mich auf die Lippen.

Wir saßen noch eine Weile schweigend am Strand. Später packte er unser Picknick aus. Er hatte Käsebrote gemacht und Äpfel, Nüsse und Rosinen mitgebracht. Ich aß ein wenig. Dann erschienen drei Hobby-Ornithologen. Sie waren mit Ferngläsern bewaffnet und offenbar sehr aufgeregt wegen eines Vogels, den sie am Strand entdeckt hatten. Wir sahen zu, wie sie den Vogel beobachteten.

»Es ist wunderschön hier«, sagte ich. »Düster, aber schön …«

Wir blieben noch lange sitzen, denn wir wollten warten, bis es dunkel wurde. Ich fühlte mich so ruhig, als ich, Markus an meiner Seite, die Wasserfläche und den dunkelnden Himmel betrachtete. Arvo Talvela hatte recht gehabt. Mein

Körper war schwach, doch mein Verstand war noch nie wacher gewesen. Nichts würde mich daran hindern, bis zuletzt meinen Prinzipien treu zu bleiben.

Er trug mich auf den Armen zum Auto zurück. Auf dem Heimweg kamen wir an einem jener kleinen Lebensmittelläden vorbei, die in umgebauten Garagen untergebracht sind.

»Könntest du mir bitte Milch und ein Glas Honig kaufen?«

»Du trinkst doch sonst nie Milch.«

»Manchmal habe ich Lust auf eine warme Milch mit Honig und ein bisschen Zimt darauf. Aber ich glaube, Zimt bekommst du hier nicht.«

»Keine Chance.«

Als wir in die Straße zu unserem Haus einbogen, war es schon dunkel. Alles, was ich an diesem Abend auf der Fahrt nach Hause gesehen hatte, war mit einer Schönheit und Bedeutung beseelt, wie ich sie nie zuvor empfunden hatte. Selbst die alltäglichsten Dinge rührten mich an. Ich bemerkte die erleuchteten Fenster der Häuser in unserer Straße, Vierecke aus warmem Licht, die Zimmer dahinter bereit für den kommenden Abend.

Als wir ausstiegen, bat ich Markus, noch einen Augenblick zu warten. Wir standen nebeneinander im Garten und betrachteten den Himmel. Ich war so froh, dass er heute Abend nicht bewölkt war und dass ich die Sterne deutlich sehen konnte. Dann schleppte ich mich mühsam in die Küche, holte mein Pillendöschen und drückte es ihm in die Hand.

»Bitte, hilf mir ins Bett! Ich hätte gern eine warme Milch mit Honig. Bitte zermahl sie ganz klein, damit sie sich auflösen.«

»Heja, nein!«

»Du hast gesagt, du hilfst mir.«

»Dass ich dich pflege, wenn du krank wirst, ja.«

»Ich werde nicht mehr gesund, Markus.«

»Ich weiß.«

»Ich könnte es nicht ertragen, langsam dahinzusiechen.«

»Verlang das nicht von mir!«

»Es war ein wunderbarer Tag. Vollkommen. Bitte hilf mir! Ich will mich nicht mit dir herumstreiten.«

Er trug mich die Treppe hinauf und entkleidete mich wie ein Kind. Da ich das weiße T-Shirt tragen wollte, das er den ganzen Tag angehabt hatte, zog er es aus und streifte es mir über. Es war mir viel zu groß, und ich konnte einen Hauch von ihm daran riechen. Er half mir ins Bett und ging hinunter in die Küche.

Er machte sich lange Zeit dort zu schaffen, aber er würde mich nicht enttäuschen. Ich saß aufrecht im Bett, als er mir das Glas brachte. Sein Gesicht war bleich, und er hatte offenbar geweint.

»Heja ...«

Ich sah ihn an.

»Ich bin ganz sicher, mein Liebling. Ich will es so.«

Ich nahm das Glas. Er klopfte die Kissen zurecht und legte den Arm um mich. Langsam und mit tiefen Schlucken trank ich das Glas ganz aus. Dann kroch er zu mir unter die Decke. Wir lagen da und betrachteten einander. Er streichelte mein Haar und mein Gesicht, weil er wusste, wie sehr ich das liebte. Sicher erinnerte er sich auch daran, dass ich mich als Kind danach gesehnt hatte, meine Mutter möge das tun. Wir sagten kein Wort, denn es gab nichts zu sagen. Ich hatte keine Angst, sondern war so froh, Markus an meiner Seite zu haben.

Später stieg starker Brechreiz in Wellen in mir auf, eine nach der anderen wie bei schwerer Seekrankheit. Ich war kurz davor, mich zu übergeben. Aber ich wollte nicht. Ich musste es schaffen, die Milch bei mir zu behalten. Ich schloss die Augen, zwang mich, tief und langsam durchzuatmen, und stellte mir einen Wasserfall vor, einen gewaltigen Strom aus klarem Wasser, der sich in ein Becken ergießt. Der Brechreiz dauerte eine Ewigkeit an, aber ich drängte ihn zurück. Es war mein letzter Kampf gegen meinen Körper. Dann, endlich, ließ die Übelkeit nach, und ich spürte, wie ich schläfrig wurde.

»Ich werde dich immer lieben, Heja«, sagte er.

Mühsam öffnete ich die inzwischen so schweren Augenlider. »Ich werde dich immer lieben, Markus. Danke.«

»Ruhe sanft, Liebling ...«

Welch friedliches Gefühl zu wissen, dass mir nie wieder etwas zustoßen kann! So viele Bilder, solche Farben: die von der Sonne beschienenen Erdbeeren im Garten meines Großvaters; meine rosafarbenen Ballettschuhe, als ich neun war; die Angelrute meines Vaters im feuchten Gras; eine Schale mit Orangen und Zitronen; das Licht auf dem Fluss.

KATHY KATHY Oktober

Nachdem Markus die Wohnung verlassen hatte und zu ihr gegangen war, stand ich mit Billy auf dem Arm im Flur. Mein Herz war so unbeschreiblich voll. Ich hatte meinen geliebten Sohn zurück und wusste gleichzeitig, dass Markus und ich nie wieder zusammen sein würden. Es war aus zwischen uns. Diese beiden extremen Gefühle prallten in mir aufeinander. Schluchzend rutschte ich die Wand hinunter und schmiegte Billy fest an mich.

Einige Stunden später traf Jennie ein, und am nächsten Morgen erschienen meine Eltern. Wir waren überglücklich, wieder als Familie vereint zu sein, und ich glaube, Billy wurde in den nächsten Tagen kein einziges Mal tagsüber in sein Bettchen gelegt, weil wir ihn alle umarmen, küssen und an uns drücken mussten. Ich überließ meinen Eltern das Schlafzimmer und bereitete mir ein Bett auf dem Fußboden in Billys Zimmer. In den ersten Nächten wachte ich immer wieder auf und sah nach, ob er noch wohlbehalten in seinem Bettchen lag. Ich fragte mich, ob er sich wohl an die Ereignisse der letzten Woche erinnern würde. Immerhin war er während des heftigen Sturms von einer fremden Frau entführt worden. Was hatte sie mit ihm angestellt? Doch wenn ich sein schlafendes Gesicht musterte, wirkte er friedlich und unverändert.

Am nächsten Morgen erzählte ich meinem Vater, dass Heja höchstwahrscheinlich meine Handtasche durchwühlt und meine Schlüssel gestohlen hatte. So war sie in die Wohnung gelangt. Und ich war sicher, dass sie mehr als einmal hier herumgeschnüffelt hatte, wenn wir nicht zu Hause waren.

»Beim bloßen Gedanken daran gruselt es mich, Dad. Allein die Vorstellung, dass sie durch die Wohnung geschlichen ist und meine Sachen angefasst hat ...«

»Ich wechsle die Schlösser aus«, erwiderte er.

Er schritt sofort zur Tat, suchte eine Schlosserei in der Marylebone Road auf und kaufte neue Schlösser. Als er zurückkam, bat er mich um einen Schraubenzieher und eine Zange. Ich holte Markus' Werkzeugkasten aus seinem Arbeitszimmer. Es war ein großer Metallkasten, und wie zu erwarten gewesen war, steckte jedes Werkzeug gebrauchsfertig an seinem Platz.

Als ich mich danach bückte, wurde ich von einem überwältigenden Gefühl des Verlusts ergriffen. Nie wieder würde Markus in diesem Zimmer arbeiten, nie wieder im Lichtkegel seiner Lampe am Zeichentisch sitzen, während ich ihn vom Lehnsessel aus beobachtete. Er würde kommen und alle seine Bücher, seine Plantruhe und seinen Tisch mitnehmen. Das Zimmer war so sehr sein Reich geworden, dass ich nicht wusste, was ich nun damit anfangen sollte. Heja hatte uns trennen wollen, und das hatte sie geschafft. Ich konnte die Tränen nicht zurückhalten. Dann brachte ich meinem Vater den Werkzeugkasten, und er machte sich an die Arbeit.

»Jetzt kommt sie hier nicht mehr herein«, verkündete er, nachdem er fertig war.

Ich umarmte ihn dankbar.

»Warum die Tränen, Liebes? Nun bist du in Sicherheit.«

Ich war zwar froh, aber auch zornig und konnte nicht begreifen, warum Markus nach allem, was sie uns angetan hatte, zu Heja zurückgekehrt war. Meine Mutter war unbeschreiblich wütend. Jennie und mein Vater versuchten zwar, sie zu beruhigen, aber wie immer machte sie aus ihrem Herzen keine Mördergrube.

Am zweiten Abend war Mum in der Küche und kochte Huhn mit einer Sauce aus schwarzen Oliven für uns alle. Ich leistete ihr Gesellschaft und bügelte dabei Billys kleine T-Shirts. Sie erkundigte sich nach Heja. Ich sprach nur ungern über sie, weil ich wusste, dass Mum sich bloß aufregen würde. Doch nachdem sie unbedingt Einzelheiten hören wollte, erzählte ich ihr von einigen der Vorfälle. Ich merkte ihr an, wie zornig sie wurde, und beobachtete, dass sie gewaltsam die Haut von den Hühnerbrüsten abriss.

»Solltest du dazu nicht besser ein Messer nehmen?«

»Nein, das klappt schon.«

Meine Mutter warf die gehäuteten Hühnerbrüste in heißes Öl, um sie zu braten, und bewegte sie mit einem Kochlöffel hin und her. Sie sagte, sie könne das alles nicht verstehen. Markus sei mein Mann und müsse Billy und mir zuliebe bei uns bleiben. Dann griff sie nach den Zwiebeln und hackte auf einem Brettchen heftig auf sie ein. Sie verkündete, Markus müsse sich von dieser bösen Frau lossagen. Ich stellte mir eine Begegnung zwischen meiner Mutter und Heja vor – das hätte eine unglaubliche Szene gegeben!

Aber schließlich musste ich es aussprechen. »Mum, wir werden *nie wieder* zusammen sein. Das ist dir doch sicher klar.«

Nach Auffassung meiner Mutter ist eine Ehe ein Bund fürs Leben, und ich weiß, dass sie sich im Innersten ihres Herzens immer eine glückliche Ehe und eine Familie für mich gewünscht hat. Allerdings bin ich nicht meine Mutter, und ihre lodernde Wut und ihre Enttäuschung waren nicht sehr hilfreich. Ich wollte nicht die verbitterte, zornige Frau bleiben, in die ich mich seit dem Fotofund in Botallack verwandelt hatte. So traurig und verletzt ich auch war, das Gefühl der Erleichterung nach Billys Rückkehr überwog.

Jennie war nach Cornwall zurückgekehrt. Als Nick mir am nächsten Tag einen Besuch abstattete, waren meine Eltern anwesend. Ich öffnete ihm, er erkundigte sich, wie es Billy gehe, und ich antwortete, alles sei großartig. Dann kam er herein, und ich stellte ihn Mum und Dad vor und bot ihm Kaffee an. Er lehnte ab und fragte, ob wir uns nicht ins Wohnzimmer setzen könnten, da er uns von den neuesten Entwicklungen berichten wolle. Mir fiel auf, dass er sich ziemlich förmlich verhielt.

Nachdem wir alle im Wohnzimmer Platz genommen hatten, beugte Nick sich vor, sah mich unverwandt an und teilte mir mit, dass Heja tot sei. Ich war wie vom Donner gerührt. Inzwischen hatte ich schon fast angenommen, Heja sei unbesiegbar und zu allem in der Lage. Sie war ein so starker, durchsetzungsfähiger Mensch, wie konnte sie tot sein? Sie hatte doch bekommen, was sie wollte. Markus war zu ihr zurückgekehrt. Wie hatte sie da so schnell sterben können?

»Wie kommt es, dass sie tot ist?«, fragte ich schließlich.

Nick erklärte, Heja und Markus hätten in einem Haus in Kent gewohnt. Markus habe die Polizei verständigt. Sie sei keines natürlichen Todes gestorben.

»Was soll das heißen?«, hakte ich nach.

»Ein ungeklärter Todesfall. Wir wissen noch nicht, was passiert ist, nur dass sie Gift getrunken hat.«

»Selbstmord also?«

»Wir sind nicht sicher. Wie ich schon sagte, handelt es sich um einen ungeklärten Todesfall, und die Ermittlungen laufen noch«, erwiderte er.

Inzwischen machten meine Eltern sehr besorgte Gesichter.

»Sie wollen doch nicht etwa behaupten, dass Markus etwas damit zu tun hat!«

»Ich behaupte gar nichts, Kathy. Wir wissen noch nichts Genaues. Es gibt Hinweise darauf, dass er dabei war, als es geschah.«

»Steckt er in Schwierigkeiten?«

»Wir müssen in allen Einzelheiten untersuchen, wie Heja gestorben ist.«

»Aber man wird ihn doch nicht anklagen, oder?«

Sein Blick wurde beinahe streng.

»Mehr kann ich Ihnen nicht sagen, Kathy. Genau genommen darf ich es nicht einmal. Ich wollte nur, dass Sie davon erfahren, bevor es in den Nachrichten kommt.«

Also steckte Markus in Schwierigkeiten, und der Albtraum war noch nicht vorbei. Ich hätte wissen müssen, dass Heja uns selbst im Tod nicht in Ruhe lassen würde.

KATHY Ein Jahr später

Letzte Nacht ist mir Heja erschienen. Es war, als stünde sie in meinem Schlafzimmer am Fußende des Betts. Ich sah ihr Gesicht deutlich vor mir: das blonde Haar zu einem strengen französischen Zopf zurückgebunden, ihre zarten, so fotogenen Gesichtszüge und derselbe undurchdringliche Ausdruck, mit dem sie mich immer quer durchs Büro gemustert hat. Ich versuchte aufzuwachen, hatte Angst und wollte die Bruchstücke des Traums festhalten, bevor er in der Dunkelheit versank. Was hatte sie mir angetan? Die Einzelheiten hatten sich verflüchtigt, und ich blieb mit Zorn im Herzen und trockenem Mund zurück.

Warum hatte ich den Ausdruck in ihren Augen nie deuten können? Ich hatte so viele Hinweise übersehen. Wie sie bei unserer ersten Begegnung meinen Schwangerschaftsbauch betrachtet hatte, als Philip und ich an jenem Nachmittag das Vorstellungsgespräch mit ihr führten. Ihre starke Abwehrhaltung, wann immer ich mit ihr hatte plaudern wollen. Ich war wie ein offenes Buch für sie gewesen, während sie für mich ein Geheimnis geblieben war. Inzwischen weiß ich, dass sie mir in diesen ersten Wochen das Gefühl vermitteln wollte, ein unfähiger Trampel zu sein, und ich hatte tatsächlich häufig das Bedürfnis gehabt, mich bei ihr zu entschuldigen oder sie friedlich zu stimmen.

Und dann fiel mir ein, dass heute der Jahrestag ihres Todes im Oktober war. Manchmal schlägt unser Verstand die eigenartigsten Kapriolen.

Ich sah sie zum letzten Mal lebendig, als sie in mein Büro kam, um zu kündigen. Sie wirkte so beherrscht und in ihrem schwarzen Kostüm so elegant. Dann verließ sie zwar mein

Büro, nicht aber unser Leben, und ihr Tod zog eine Menge Schwierigkeiten nach sich.

Die Polizei hat ermittelt und auf dem Glas mit dem tödlichen Getränk nicht nur Hejas Fingerabdrücke gefunden, sondern auch die von Markus. Da Beihilfe zum Selbstmord verboten ist, steht Markus derzeit vor Gericht, weil er Heja bei ihrem Selbstmord geholfen hat. Wir leben getrennt, doch ich war jeden Tag im Gerichtssaal, um ihm während dieser schrecklichen Tragödie beizustehen.

Inzwischen arbeite ich von zu Hause aus, da ich nach Billys Entführung die Stelle als Chefredakteurin gekündigt habe. Ich habe es getan, ohne zweimal darüber nachzudenken oder es je zu bereuen. Denn ich werde Billy nie wieder einer anderen Person anvertrauen. Zu meiner großen Überraschung konnten Philip Parr und ich uns einigen, und er war einverstanden, dass ich die Reiseführer zu den Stätten des Weltkulturerbes im Homeoffice betreue.

Ich habe Fran gebeten, auf Billy aufzupassen, solange der Prozess läuft, und sie kommt jeden Tag. Da sie gleich hier sein wird, muss ich aufstehen. Also schwinge ich die Beine über die Bettkante und setze den Teekessel auf. Dann wasche ich mich rasch und ziehe mich an. Billy schläft noch, und ich lasse ihn weiterschlafen. Ich warte darauf, dass es läutet, lasse Fran herein, mache ihr eine Tasse Tee und haste anschließend los, um pünktlich bei Gericht zu sein.

Die letzten drei Prozesstage waren schon für mich unerträglich. Wie entsetzlich müssen sie dann für Markus gewesen sein! Er sitzt mit undurchdringlicher Miene auf der Anklagebank, fast so, als gehe ihn das alles nichts an. Ich kann mir nicht vorstellen, dass er keine Höllenqualen aussteht. Von seiner Familie ist niemand erschienen, um ihn zu unterstützen. Keine Menschenseele. Hejas Eltern sind bereits die ganze Woche lang hier. Ihr Vater wirkt manchmal ziemlich aufgewühlt und hat während der Verhandlung mehr als einmal geweint. Ihre Mutter hat sich die ganze Zeit nichts anmerken lassen. Sie scheint auch etwas von einer Eiskönigin zu haben, genau wie ihre Tochter. Robert Mirzoeff ist auch gekommen und sitzt neben ihnen.

Der Prozess stößt bei den Medien auf großes Interesse, insbesondere bei den finnischen. Heja war dort sehr berühmt, das Gesicht der finnischen Fernsehnachrichten, und nun ist sie auf geheimnisvolle Weise umgekommen. Jeden Abend sehe ich mir im Internet die internationalen Nachrichten an. Inzwischen ist in Finnland eine Art Mythos um Heja und Markus entstanden – die schöne blonde Moderatorin, tot mit fünfunddreißig, und ihr linksradikaler Geliebter auf der Anklagebank. In Finnland gilt Markus offenbar als ehrenwerter Mann, der ihr aus Liebe zum Sterben verholfen hat und nun von einer engstirnigen Justiz verfolgt wird. Jeden Tag erscheint ein finnisches Kamerateam, bis dem Richter irgendwann wegen des »Medienzirkus«, wie er es nannte, die Hutschnur geplatzt ist.

Bei den heutigen Zeugenaussagen geht es um Hejas Krankheit. Ihr Vater weinte heftig, als ein Arzt die Symptome und den voraussichtlichen Verlauf dieser schrecklichen Krankheit schilderte. Allmählich hatte ich wieder Hoffnung für Markus, denn das medizinische Gutachten liefert ein unwiderlegbares Motiv für einen Selbstmord. Sie litt an einer fatalen Form von Muskelschwund, der inzwischen so fortgeschritten war, dass sie sich deshalb das Leben genommen hat. Ja, natürlich war Heja noch in der Lage, sich umzubringen. Inzwischen wussten wir ja alle, wie wichtig es ihr war, die Kontrolle über ihr Leben zu behalten. Weshalb also nicht auch über den Zeitpunkt und die Art ihres Todes? Und sie hätte es mühelos allein geschafft. Warum hat sie Markus in diese Rolle gedrängt?

Es war wieder ein langer, anstrengender Tag. Nach dem Ende der Verhandlung führt der Verteidiger mich in den kleinen Konferenzraum, in dem Markus sich mit mir treffen will. Morgen wird das Urteil verkündet, was heißt, dass Markus eine sehr schwere Nacht bevorsteht. Ich hasse ihn nicht mehr, sondern möchte nur noch die Mauer aus Geheimnissen und Lügen niederreißen, die sich zwischen uns aufgebaut hat.

Markus kommt herein und setzt sich mir gegenüber. Der Verteidiger lässt uns allein. Endlich führen wir ein offenes Gespräch miteinander. Sein erster Satz lautet, dass ich ihn auf gar keinen Fall besuchen oder gar Billy ins Gefängnis mitnehmen darf, wenn er verurteilt werden sollte.

»Sie dürfen dich nicht einsperren! Das wäre ja so ungerecht!«

Meinen heftigen Ausbruch kommentiert er mit einem Schmunzeln.

»Was ich schon immer an dir mochte, Kathy, ist dein Optimismus und dein Glaube daran, dass alles gut wird. Doch so wird es nicht laufen. Ich halte es für sehr wahrscheinlich, dass man mich schuldig spricht.«

Und dann erzählt er mir alles. Wie er Heja nach einem Streit verließ. Dass bei ihr nur wenige Wochen später die schwere Krankheit festgestellt wurde, die zu einem frühen Tod führen würde. Ich erwiderte, er habe ja nichts von ihrer Krankheit gewusst, müsse sich also wegen der Trennung keine Vorwürfe machen. Doch mir ist klar, dass er es trotzdem tut. Er sagt weiter, sie habe Rat bei Arvo Talvela gesucht, einem bekannten finnischen Psychoanalytiker. Der sei plötzlich gestorben, während Heja bei ihm in Behandlung war. Dieses Ereignis habe sie dazu bewogen, nach London zu ziehen. In diesem Zusammenhang habe sie vermutlich beschlossen, dass sie zum Sterben seine Hilfe brauche, sagt er.

»Sie hat Schreckliches erlebt. Aber warum hat sie dich zu ihrem Komplizen gemacht, Markus? Sie hätte es auch allein geschafft.«

»Darüber habe ich auch schon nachgedacht. Ich glaube, es war eine Prüfung. Eine Prüfung, wie sehr ich sie liebe. In den letzten Tagen war ich so unbeschreiblich wütend auf sie. Ich kenne dieses Gefühl noch aus unserer Beziehung. Heja, die mich Schritt für Schritt dazu bringt, mich ihrem Willen zu beugen.«

Ja, denke ich, das hat sie ihm angetan – Liebe, Schuld und Wiedergutmachung. Natürlich hat er sie sehr geliebt. Zwischen ihnen bestand eine ganz besondere Verbindung.

Letzte Nacht habe ich kaum geschlafen. Fran erscheint früh, ich fahre zum Gericht und setze mich. Vor Nervosität ist mir ganz schlecht, denn heute ist der Tag der Urteilsverkündung, und was heute geschieht, wird Einfluss auf unser aller Leben haben. Die Medien sind in voller Besetzung angerückt. Im Gerichtssaal herrscht eine angespannte Stimmung. Wir alle haben uns versammelt und wollen erfahren, was aus Markus wird. Heute wird der letzte Akt gespielt.

Während der Schlussplädoyers wird mir klar, dass zwei Punkte gegen ihn sprechen könnten. Erstens gibt es keine Beweise dafür, dass Heja je auf einem Todeswunsch beharrt oder eine »klare, vernünftige und auf Fakten basierende« Entscheidung geäußert hat, dass sie sterben wollte, wie es so schön heißt. Angeblich sei sie zwar krank gewesen, aber gut mit ihrem Zustand zurechtgekommen. Es gebe genügend Beweise, dass sie ein angenehmes Leben geführt, eine gut dotierte Stelle gehabt und eine schöne Wohnung besessen habe.

Der zweite und noch verheerendere Punkt ist die Tatsache, dass Markus, wie sich herausgestellt hat, von Hejas Tod profitieren würde. Sie hat ihm alles vermacht, die große

Wohnung am Fluss und eine Menge Geld. Ihr Testament befand sich in einer Kiste in ihrer Wohnung, zusammen mit Fotos von Markus und jedem Brief und jeder Postkarte, die er ihr im Lauf ihrer neunjährigen Beziehung geschickt hat. Markus hat während des Prozesses kaum ein Wort von sich gegeben, aber beteuert, er habe keine Ahnung gehabt, dass Heja ihm ihr Hab und Gut hinterlassen hat. Zum Glück hat sich Pieter Vanheinen, ihr Vater, in diesem Moment für ihn verwendet und ausgesagt, seiner Ansicht nach habe Markus einzig und allein aus Anteilnahme gehandelt. Jeder, der Markus kenne, wisse, dass er sich niemals von finanziellen Überlegungen leiten lasse.

Ich frage mich, ob sich Markus durch sein Schweigen und seine Weigerung, auf unschuldig zu plädieren oder ausführlich auf alle die vielen Fragen zu antworten, nicht selbst schadet. Jeden Tag sitzt er stolz und wortlos auf der Anklagebank und vermittelt den Eindruck, dass er die Berechtigung des Gerichts nicht anerkennt, über sein Handeln zu urteilen. Er verachtet sämtliche öffentlichen Institutionen. Ich befürchte, dass man ihm daraus einen Strick drehen wird.

Gleich wird das Urteil verkündet. Ich krampfe die Hände fest um die Holzbank vor mir und wünsche mir mit aller Macht, dass man ihn freispricht, damit er sein Leben zurückbekommt. Markus ist ein überaus freiheitsliebender Mensch. Das Gefängnis wäre unerträglich für ihn.

Markus wird für schuldig befunden, Beihilfe zum Selbstmord von Heja geleistet zu haben. Seine Miene ist bleich und verspannt, als der Richter das Urteil verkündet. Fünfzehn Monate Haft.

Nach der Verhandlung sehe ich Pieter Vanheinen und Robert beisammenstehen. »Das ist ein Justizirrtum«, höre ich ihren Vater sagen. »Ich mache weder ihr noch Markus einen Vorwurf. Mein armes kleines Mädchen hatte sicher große Angst.«

»Sie war der hellste aller Sterne, Pieter«, erwidert Robert ernst. »Und die hellsten Sterne verglühen rasch.«

Pieter schüttelt ihm voller Zuneigung die Hand. Ich beobachte die beiden, wie sie dastehen, vereint in ihrer Trauer und ihren hehren Gefühlen. Es macht mich wütend, wie sie die Geschichte umschreiben. Sie vergessen, was Heja in den letzten Monaten ihres Lebens getan und wie viel Angst und Leid sie uns zugefügt hat. Sie hat Billy aus seinem Zuhause entführt, und jetzt muss Markus ins Gefängnis. Und dennoch scheint die Tragödie einer schönen jungen Frau, die sterben musste, sie von jeglicher Kritik freizusprechen. Die Macht eines hübschen Gesichts.

Ich eile zum Verteidiger hinüber und frage ihn, ob Markus wirklich ins Gefängnis muss. Kann er gegen das Urteil denn keine Berufung einlegen? Er antwortet, Markus habe eine Berufung abgelehnt. Er müsse die fünfzehn Monate ohnehin nicht ganz absitzen und werde in einem knappen Jahr entlassen. In einem knappen Jahr. In diesen langen Monaten wird Billy keinen Kontakt zu seinem Vater haben, und das ist für ein kleines Kind eine lange Zeit. Eines Tages werden wir Billy erzählen müssen, dass Heja ihn entführt hat und dass sein Vater im Gefängnis saß. Nun wird Markus niemals sein Kulturzentrum mit Kino in Durham bauen, das Projekt, das ihm am wichtigsten war. Und selbst nach seiner Entlassung wird er nie wieder frei sein, denn man wird ihn stets mit Hejas Tod in Verbindung bringen. Dafür hat sie gesorgt. Welch grausames Vermächtnis an ihn, demzufolge er sogar ins Gefängnis wandert. Ich mache mir Sorgen, dass er sich nach seiner Haft noch stärker vor seinen Mitmenschen zurückziehen wird. Er hat sich schon immer die Welt auf Abstand gehalten.

Ich denke öfter daran, als mir recht ist, und vielleicht auch öfter, als mir guttut. Liegt es daran, dass ich keinen Schlussstrich unter unser Verhältnis ziehen konnte? Weil ich nie Gelegenheit hatte, ihr zu sagen, was ich von ihr hielt? Rückblickend betrachtet sehe ich, dass ich damals offen und optimistisch war. Ich war auch ein wenig unvorsichtig und gab mir zu viele Blößen. Mittlerweile ertappe ich mich dabei, dass ich die Beweggründe meiner Mitmenschen stärker infrage stelle als früher und ihnen mit größerem Argwohn begegne.

Ein paar Wochen später bin ich nach einem der gelegentlichen Arbeitstreffen mit Philip Parr auf dem Nachhausweg und beschließe, durch den Park zur Wohnung in Primrose Hill zu gehen. Oben auf dem Hügel bleibe ich stehen, um die Aussicht auf London zu genießen, das sich unter mir erstreckt. Dies ist meine Stadt mit ihren vielen Lebensläufen und ihren vielen Möglichkeiten. Plötzlich werde ich von Wehmut ergriffen, als ließe ich diese Möglichkeiten ungenutzt. An diesem Abend schicke ich Hector eine Mail und schreibe ihm, dass Billy und ich über Weihnachten nach Lissabon kommen. Ich brauche einen Freund. Hoffentlich versteht er mich. Ich bin noch nicht so weit, wieder einem Menschen zu vertrauen und mich auf eine Beziehung einzulassen, aber ich brauche einen Freund.

Hätten Markus und ich eine gemeinsame Zukunft gehabt? Wir sind uns begegnet, als wir beide einsam, problembeladen und auf der Suche nach einem Neuanfang waren. Dann gab es die Wochen während meiner Schwangerschaft, als wir ein vergängliches Glück fanden. Doch dieses Glück stand auf tönernen Füßen, und kurz darauf trat Heja in unser Leben.

Heja ist tot, doch die Toten geben nicht auf. Sie hat mit aller Macht gegen ihre Krankheit gekämpft. Welch ungewöhnliche Willenskraft sie gehabt haben muss, um Markus aufzuspüren, mir das Leben zur Hölle zu machen, Billy zu entführen und Markus zurückzuerobern! Auch wenn wir unser Leben weiterführen und tun, was nötig ist, bleibt ein Mensch wie Heja Vanheinen unvergesslich.

Danksagung

Meinen allergrößten Dank an das Team bei Head of Zeus, dessen Liebe zu Büchern inspirierend ist. Insbesondere danke ich Laura Palmer für ihre nützlichen Anregungen, die diesem Roman sehr gutgetan haben, und Becci Sharpe für ihre Hilfe.

Ich bin wirklich vom Glück gesegnet, eine so engagierte Unterstützerin wie meine Agentin Gaia Banks zu haben, und danke auch Lucy Fawcett – beide bei Sheil Land.

Es heißt immer, dass man beim Schreiben den idealen Leser vor Augen hätte. Nun, ich hatte vier: meine Tochter Amelia Trevette, Roomana Mahmud, Karolyn Shindler und Jan Thompson, die alle frühere Entwürfe gelesen und mit mir darüber gesprochen haben.

Danke auch an Andrew Smith für das packende Titelbild, Ros Jesson für das gründliche Korrekturlesen und Nick Trevette für seine Hinweise, was die Arbeitsweise bei Polizei und Justiz betrifft.

Und vor allem danke ich Barry Purchese für seine wundervollen Anregungen und seine liebevolle Unterstützung.